就让她的妈妈做那个永远幸运的人吧。

有爱的青春陪伴者

图书在版编目（CIP）数据

暴雨凶猛：全2册 / 林不答著. -- 南京：江苏凤凰文艺出版社，2024.1
 ISBN 978-7-5594-8056-9

Ⅰ.①暴… Ⅱ.①林… Ⅲ.①长篇小说－中国－当代 Ⅳ.①I247.5

中国国家版本馆CIP数据核字(2023)第197100号

暴雨凶猛：全2册

林不答 著

责任编辑	王昕宁	
特约编辑	廖 妍　文佳慧	
出版发行	江苏凤凰文艺出版社	
	南京市中央路165号，邮编：210009	
网　　址	http://www.jswenyi.com	
印　　刷	长沙鸿发印务实业有限公司	
开　　本	880mm×1230mm　1/32	
印　　张	20.5	
字　　数	661千字	
版　　次	2024年1月第1版	
印　　次	2024年1月第1次印刷	
书　　号	ISBN 978-7-5594-8056-9	
定　　价	68.80元	

江苏凤凰文艺版图书凡印刷、装订错误，可向出版社调换，联系电话025-83280257

上册目录

第一章 / 空降转学生 ——————— 003
蒋寒衣。
果然是这几个字。名字倒是好名字,可惜这人……
看起来不怎么样,油腔滑调。

第二章 / 原来是他 ——————— 026
所有人都很喜欢他。
除了班上老考第一名的那个弋戈。

第三章 / 第一名,弋戈 ——————— 045
蒋寒衣一帆风顺的交际人生里,出现了第一个滑铁
卢,名叫弋戈。

第四章 / 扔铅球的女孩 ——————— 069
蒋寒衣又想到弋戈刚刚的那个眼神,憎恶的、不屑
的、报复的,仿佛燃着一小丛蓝色的焰火。

第五章 / 关于桃舟的一切 ——————— 101
某种意义上,桃舟是她的"蛋壳"——每个人都会
有自己的蛋壳,就是那种回来就安心、谁也不能打
搅的地方。

上册目录

第六章 / 和你站在一起 ——— 137
她没有跟着喊口号，心里却也产生了一种汹涌的节奏，和着同学们的叫嚷，澎湃地激扬着。

第七章 / 冬泳 ——— 196
弋戈忽然觉得江城的确是个好地方。有离家很近的肯德基，能能让银河安心玩耍的中心花园，还有这么一个有趣的人。

第八章 / 十六岁的玫瑰 ——— 217
她有些悲哀地意识到，好不容易在这所学校积攒起来的那么点儿归属感，好像就要消失了。

第九章 / 项脊轩志 ——— 255
男生的呼吸吹在她耳边的绒毛上，她全身上下像过电一般抖了一下，然后耳朵像烧起来了似的发烫。

第十章 / 世界上独一无二的雨 ——— 284
她想，她的感冒并没有好。
可能永远也不会好。

第十一章 / 生命从未如乐园 ——— 308
他在甜蜜而矛盾的心情中一边享受与弋戈并肩而行的快乐，一边又灰心地看着自己并不光明的前途。

下册目录

第十二章 / 复乐园 —————— 329
心底有股冲动，控制不住地向上翻涌，命令她、逼迫她说出来——说出来，告诉他们你不懂事，也不想懂事。

第十三章 / 忽如远行客 —————— 358
你说的话很珍贵的，弋戈同学。

第十四章 / 总有人为你而来 —————— 401
"我永远在这里。"他说，"你回头就能看到我，永远。"

第十五章 / 暴雨凶猛 —————— 429
他想，虽然两人心照不宣，但他还是应该表白才对，应该堂堂正正地、坦率直白地告诉她——我喜欢你，你愿意和我在一起吗？

第十六章 / 泯然众社畜矣 —————— 453
还是蒋寒衣。
"寒光照铁衣"的寒衣。

第十七章 / 少年回头望 —————— 473
"谢谢"刚说了一半，蒋寒衣已擦着她肩走了，撂下语气极轻的两个字——"客气"。

第十八章 / 银河诗集 —————— 486
自从重逢后，这人和她说话，要么就是冷淡得像她不存在，要么就是像这样，总有点夹枪带棒挖苦她的意思。

第十九章 / 我们的岛屿 —————— 507
少年人最早感受到的人生剧变莫过于此，哪怕见过了更荒唐、更可怕的事情，心里也始终为这事留着道淡淡的疤。

下册目录

第二十章 / 我很爱你 —————— 541
他不禁在心里想，如果是弋戈的话……那么多可怜
可怜我也关系，挺好的。

第二十一章 / 爱人 —————— 564
蒋寒衣又在她眼里看见那股熟悉的、从第一眼就深
深吸引他的焰火，燃烧着熊熊的野心与澎湃的意志。

第二十二章 / 女儿 —————— 595
至少，至少到今年，她终于对自己的女儿说了一句
新年快乐。

第二十三章 / 一如少年时 —————— 610
夏夜晚风拂过，池塘里仍有蛙鸣，但已经不显聒噪。
正是最好的时节。

番外一 / 蒋娇娇 —————— 620

番外二 / 白糖麻辣烫 —————— 628

番外三 / 南法玫瑰 —————— 635

少女，是锐利的剑锋，是鲜活的棱角，是浪里翻腾的船，是直击骄阳的箭，是于群峰之巅俯视平庸沟壑的热烈野心与澎湃意志。

是终身美丽，是美丽本身。

——题记①

---

① 化用自丽江华坪女子高级中学校训。

第一章
空降转学生

九月,江城一夜之间入了秋。

午休时间,校园里安静无比,只有蝉强弩之末般地断续发出几声虚弱的鸣叫。

弋戈等在树人中学的门口。

几步远外的那位保安背着手站在保安亭的台阶下,严肃地拧眉盯着她,目光中充满怀疑和探询。

其实真不怪他反应过度。

弋戈看起来并不像个学生。她背着巨大的登山包,足足高过她半个头,穿了一身黑色的冲锋衣,从桃舟赶来江城这一路上沾了灰,腰际还有一块诡异的油污。她个子高得很突出,打眼一扫快一米八,肩宽腿长,看起来人高马大,十分结实。如果不是那一头乌黑浓密的齐肩发,恐怕没人能在第一眼确定她是个女生。

这样的身形和打扮,加上一张漠然得有些呆滞的年轻脸庞,不怪保安对她多长个心眼。弋戈对此很习惯,因此面无表情地挪开了眼。

十分钟后,一个中等身材、头顶锃亮的中年男人步履匆匆地走出来。

中年男人停在校门口,环顾左右看了看,没见到其他人,才将打量的目光停在弋戈身上,拧起眉,有些不确定地问道:"……弋戈?"

弋戈看了眼手表。

她的这位新班主任迟到了足足二十分钟。

她上前一步,微微倾身:"老师好。"

刘国庆再次上上下下地仔细打量这位新学生。

从教二十多年,他见多了通过各种手段塞进树人的学生,但能直接空降到尖子班的,这是头一个。

看这模样,又是个格格不入还被强塞进来的怪咖。

刘国庆早已经是江城教育系统里赫赫有名的老师,带学生从来只看成绩不看背景,没什么心思敷衍三教九流的人,于是简单点了下头便转身:"跟我来吧。"

弋戈默默跟上。

刘国庆边走边做了一个非常简单的自我介绍,然后就再没开口,脚步匆匆。

弋戈原以为他会向自己介绍一下学校情况,现在见他一路沉默,反而松了一口气。

正好,省了她假装认真听的心力。

刘国庆带弋戈穿过竖着孔子雕像的广场,经过一栋红砖房大楼和一排看起来年久失修的小平房,才走到教学楼。一楼的教室里空空如也,学生们都还没来。

他终于开口说了句:"这是普通班,中午都休息去了。咱们班不一样的,中午也要留在学校自习,你做好心理准备。"

语气中难掩得意与规训之意。当然,还有一丝丝对她这位插班生的不屑和警告。

弋戈神色不变:"嗯。"

刘国庆抬腿正要上楼，余光忽然瞥见个人，他冲走廊尽头叫了句："蒋寒衣！"

弋戈循着他的视线望过去。

是个穿着白色校服的男生，个子很高，因为高而显得清瘦。

他背对着他们站在走廊尽头，靠着阳台，略低头，两手操作着什么。

很明显，是在打游戏。

听见刘国庆的声音，他身形一动。

"蒋寒衣！"

刘国庆显然也看出来了，又叫了一声，迈步走上前。

弋戈对班主任教育学生没兴趣，但她忽然觉得刘国庆刚刚喊的这个名字有些耳熟。

"寒光照铁衣。"

她脑海中没由来地闪过这么一句诗。

男生回头，毫不慌张但动作迅速地把手机往兜里一揣，笑着说："老刘好！"

话音刚落，他那手机大约网络延迟，从兜里传来一声愤怒的"呼噜"声，然后是高空抛物的音效。

……他在玩《愤怒的小鸟》。

弋戈视力极佳，站在原地微微眯眼打量那男生。

他肤色白皙，脸庞棱角分明，一对剑眉有些叛逆地上扬，眉下一双眼睛也细长锐利，挺直的鼻子下，嘴角微微敛着。

是有些冷感的长相，很有英气。偏偏此刻笑得优哉肆意，一点儿没有玩手机被当场抓获的心虚。

他转了身，弋戈才看见阳台上还放着两沓杂志，花花绿绿的，最上面两本是《花火》和《男生女生》。

弱智游戏。地摊杂志。
省级重点？师范学校？校风端正管理严格？
弋戈看着走廊尽头和秃头老师嬉皮笑脸的男生，心中不耐烦地"嗤"了声。

"不在教室自习，跑到这里来干什么？"刘国庆对蒋寒衣似乎很宽容，表面上是质问，语气里却没有丝毫的问责或怒意。
对于蒋寒衣明目张胆藏手机的行为，他也睁一只眼闭一只眼，略过不提。
"课间休息呗。"
"你本事？自己给自己定个课间？"刘国庆气笑了。
"可不是，劳逸结合嘛。"蒋寒衣对答如流，看见刘国庆身后站着个人，还悠闲地关心一句，"老刘，这就是新同学？"
蒋寒衣毫不见外，正要上前认识一下，刘国庆嫌弃地摆手把人赶走："去去去，给我把夏梨叫下来！"
蒋寒衣应了声，抱起阳台上的两摞杂志，从另一侧的楼梯上了楼。

刘国庆还赶着个会要开，对弋戈说了句在楼下等班长，就匆匆忙忙地走了。
走廊里一片寂静，只剩下弋戈一个人。
她走到教学楼外，百无聊赖地看起宣传栏上的排名榜。

第一名是一个叫夏梨的女生，应该就是刘国庆说的班长。她的成绩非常漂亮，只有数学和物理相对弱势一点——和她的其他科目相比，85分确实可以说"弱势"。
弋戈在心里默默算了一下自己上一次考试的分数。
眼神向右漫不经心地扫过，鬼使神差地定格在一个中不溜的位置。
蒋寒衣。
果然是这几个字。名字倒是好名字，可惜这人……看起来不怎么样，油腔滑调。
他的排名在第五十八，并不起眼，数学却是满分。怪不得刘国庆对他那么宽容，原来也是个香饽饽。

楼梯间传来轻快的脚步声，一个身形纤瘦五官标致的女生小跑着来到弋戈面前，露出甜美的笑容。

她笑起来有两个小梨涡，弋戈因此在心里正式记住了她的名字——夏梨。

"哇，你这么高！"见到弋戈第一眼，夏梨仰起头感叹了一句，"咱们班女子篮球队有希望了！"

弋戈抿嘴笑了笑，心里却在翻白眼。

看见高个女生就要叫人去打篮球究竟是哪个二百五先想出来的社交礼仪？

"你的课桌我们都帮你搬来啦，"夏梨嗓音细细柔柔，边说边引弋戈上楼，"还好你今天来得早，我们马上要做周练呢。"

"周练？"

才一点二十分，非上课时间。

"哦，老刘经常会给我们加练，利用午休的时间，"夏梨吐了吐舌头，俏皮道，"有点难，我们都很怵的，你做好心理准备。"

弋戈默默听着，不时道谢，话不多。

夏梨见弋戈沉默，不知想到什么，忽然亲切地挽住她的手，熟稔道："刘老师都跟我说了，你是刚从外地转上来的，可能会有点不适应。没关系，有任何问题你随时问我就好啦。我们这里可能进度紧张一点，你多花点时间，肯定很快就能赶上了，别担心！"

弋戈不习惯这么亲密的肢体接触，下意识地将手甩开了。

夏梨还有一大堆话在嘴边，被她这一动作骤然打断，尴尬地笑了一下，也没说什么。

弋戈在桃舟时就听说过树人中学，这所大名鼎鼎的省级重点有着严格的录取门槛，她能在这个首尾不接的尴尬时间点转学并空降至尖子班，不知她神通广大的亲爹怎么办到的。

但听夏梨的意思,似乎已经默认弋戈是个有些特殊的插班生,经由特殊通道进入了"她们一班"。

那夏梨这么热情,是真心想帮助新同学呢,还是怕她这位乡下中学来的插班生跟不上进度、融不进集体呢?

弋戈沉默地跟在夏梨身后,一路无话。

高二(1)班在教学楼顶楼,整一层只有两间教室,一间是一班,另一间是一班各科老师专用的办公室。

这环境,可谓得天独厚。

非上课时间,教室里却静悄悄的,大家都埋头苦读。一色整齐的脑袋里,弋戈一眼看见最后一排靠门有一个特别不安分的。

弋戈不自觉地又在心里念了一遍他的名字。

蒋寒衣。

可惜了,挺好的名字。

她们站在后门外面,能清楚地听见蒋寒衣和他的同桌压低了嗓子的对话:

"你下次再买这些八卦杂志,还骗老子去拿,老子灭了你!"

"顺手嘛,还是不是兄弟了?"

"我是你妈的兄弟!"

"哎,大舅!"

弋戈听了两耳朵垃圾,心里冷笑一声下了判断——智障。

夏梨直接走过去伸手戳了下蒋寒衣的背,小声呵斥:"还不快自习!"

弋戈发现夏梨连生气的时候嗓音都是细细柔柔的,微微鼓着嘴,两颊泛红,神态就像小孩子玩过家家时扮演刁蛮的妻子或严厉的妈妈。

蒋寒衣倒老实,一被警告便低头,翻书前回了下头,目光极快地掠过站在夏梨身后的弋戈。

他同桌却笑嘻嘻地回头道:"班长,你这可是谋杀'亲夫'啊!"

夏梨霎时脸更红了,轻轻一跺脚急道:"范阳,你别乱说!"

叫范阳的男生瘦得像个猴,长相也像猴,嬉皮笑脸的,看见夏梨身后面无表情站着的弋戈,似乎被她的身高和体格震惊,上下打量了好几眼, 霍然抱拳:"嚯,壮士!"

范阳:"这位壮士想必就是新同学了吧!敢问尊姓大名?"

这个身上溅油星子的男生脸上仿佛就刻着"不太聪明"四个大字,弋戈冷漠地别开脸,并不搭理。

夏梨出来打圆场,指着范阳前面的空位问弋戈:"你就坐那里可以吗?跟我坐同桌。"

弋戈看了眼座位,从喉咙里闷出一个"嗯"字。

登山包太大,放不进桌洞里,只好丢在地上。弋戈有条不紊地从中拿出几样常用的文具:一本《王力古汉语字典》、一本《高中英语基础知识手册》,按习惯摆放在桌面两角。

刚收拾完,刘国庆小跑着进了教室。

"来把卷子传一下,半个小时哈!"

班上响起一阵长吁短叹,弋戈表情木然。

夏梨见状十分贴心地靠过来安慰道:"老刘经常这样临时加练,不算排名的,别担心,放轻松。"

她手里的天蓝色中性笔上挂着一只蓝色的米菲小兔,随着她活泼灵动的语气摆动着。

弋戈拿出本语文课本垫在桌上,冲她笑了笑。

雪片似的试卷白花花传下来,弋戈拿了自己的,还要把最后一张传给后面的范阳。

正要转身,范阳动静不小地把桌子往后一拉:"壮士小心!你这吨位,别把我桌子给掀了!"

桌腿拖在地上发出刺耳的一声，他的声音也不小，周边同学都闻声看过来。弋戈没有做自我介绍，他们便借此机会好奇地打量新同学。

弋戈感觉到数道目光正盯着自己。

范阳依旧笑得贱兮兮，甚至有点挑衅的意思。弋戈知道他是在报复她刚才对他的无视。

弋戈迎着他挑事的目光，脸色不变。

思索两秒，她把试卷放在他桌上，然后迅速用力一推，范阳连桌带人直接向后摔了个结实，"扑通"一声巨响，桌洞里的东西"哗啦啦"全掉了出来。

"那你就再滚远点，更安全。"弋戈撂下话，转身去做自己的卷子。

"嗷！"范阳直接尾椎骨着地，痛得眼冒金星，爬起来骂了句粗话。

动静太大，刚走出教室的刘国庆又折回来，见这一片狼藉，厉声道："干什么！做卷子时间有多是不是？"

范阳揉着屁股站起来，倒是嘴快，指着弋戈恶人先告状："她发卷子就发卷子，推我干吗！"

范阳在班里一向是"活跃分子"，刘国庆看了眼规规矩矩做试卷的转学生，对他的控诉表示怀疑。

蒋寒衣抓住机会把范阳拽回座位上："老师，是他自己不小心摔的，没事没事。"

范阳猛地被拉回凳子上，尾椎骨又是一阵剧痛，惨叫了一声。

这时，夏梨也转过身来搭腔："是啊老师，就是他不好好坐，不小心摔了，弋戈是转身给他传卷子呢。"

班长都发话了，范阳的话彻底没了可信度。刘国庆警告地瞪了他一眼："平时就坐没坐相！赶紧写卷子！"

范阳憋屈地又骂了句粗话，缩回到自己的座位。

等刘国庆走远了，他才狠狠拍了把蒋寒衣的肩，压着声音道："你有病？"

蒋寒衣算着题，眼皮也没掀一下："就算我不说，老刘会信你的鬼话？到时候挨罚的还不是你。"

前座的夏梨留着半边耳朵听见他们的对话，不由得再次偏头打量自己的新同桌，目光里带着好奇和探询。

而弋戈全程专注地写着自己的卷子，对身后发生的一切置若罔闻。

所谓的"周练"其实只有小题，十二道填空加四道选择，但难度都不小，而且限时三十分钟内完成。

弋戈按正常速度一题一题往下做，到第十二题，立体几何，她还没有学过。

树人的进度比桃中快，她并不意外，考虑两秒之后盲选了一个看起来最顺眼的答案，然后迅速转向填空题。

弋戈写完试卷，用时二十五分钟。

三分钟后，夏梨也抬起头来，放松地呼了一口气。余光瞥见弋戈早就写完了的样子，她很是讶异："你写完了？"

她的惊讶不加修饰地落进弋戈眼里，弋戈顿了顿，点头说："蒙的。"

夏梨温和一笑，安慰道："没事，马上老刘就会讲的。"

上课铃响，刘国庆走进教室。他不收卷子，飞快地报了答案让大家自行批改，然后开始讲解。

弋戈对完答案，那道瞎蒙的选择题果然错了。

刘国庆从倒数第一题开始讲，刚好是弋戈没有学过的内容。

她看着黑板上刘国庆随手画的立体坐标系，听了两分钟，确定这一节内容她不可能直接听懂，索性翻出课本，低头先自学起来。

这一"自暴自弃"的行为再次吸引了班长的注意，夏梨轻轻拉了拉弋戈的袖子，小声道："还是先听课吧？"

专注在自己的事情里的时候，弋戈很讨厌被人打断。她不耐烦地往外推了推手肘，头也没抬："不用管我。"

夏梨像受了惊的兔子似的收回手去。

深受爱戴的班长大概是从未受过此等委屈,足足愣了十几秒,才回了神,坐直身子继续听课。

刘国庆滔滔不绝讲了一整节课,弋戈把课本上立体几何的十几条公理捋了一遍,盘算着晚自习的时候再做题巩固,明天应该能跟上进度听课。

第四节化学课下课,夏梨邀请弋戈一起去校外吃饭。

女生笑吟吟道:"其实咱们学校食堂也挺好吃的,不过今天你是第一天来,我请你去对面吃煲仔饭怎么样?"

中午来时弋戈观察过,树人对面有一整条美食街,大概就靠着傍晚下了课的学生们做生意。

肯定很多人。弋戈想了想,摇头拒绝:"你自己吃吧。"

一般人推辞邀请都会说"我还不饿"或者"我待会儿再吃"之类的,弋戈直接让人家自己去吃,拒绝得太干脆,夏梨霎时愣了,显然有些尴尬。

但弋戈就是这么个性格,她也没察觉自己有哪里说得不对,见夏梨还杵在面前,还疑惑地问:"还有事?"

夏梨轻轻蹙眉,摇了摇头,挽着好友江一一的手走了。

教室里人陆陆续续走得差不多,弋戈写完下午老师布置的英语试卷,错峰去了食堂。

她今天心情极差,没什么胃口,只吃了一小碗汤粉。

踩着点回到教室,晚自习开始。

树人的晚自习没有老师监督,也没有占课的情况,但大家都很安静自觉地坐在自己的位置上写作业,就连弋戈身后那个范阳,全程也没发出什么动静。

弋戈想到桃中那形同虚设的晚自习和永远坐不满的座位,不得不承认弋维山说得也有些道理,回来有回来的好处。

九点半，晚自习结束，刘国庆又踩着点进教室，大嗓门道——

"通知一下哈，我们第一次月考的时间出来了！下周一周二两天！这个周末按惯例是不补课的，大家自己在家也不要松懈，查漏补缺，好好复习！"

刘国庆马不停蹄地开始介绍考试注意事项，包括考场安排等。

考号条传下来，所有人都有自己的位置，只有弋戈两手空空。

刘国庆这才想起还有个她。

"哦，那个谁……你！"他一时没想起来弋戈的名字，就用手指点了点，"你之前没有排名，只能安排在最后一考场，十二班，就是一楼最右边那个教室！"

第二次，全班同学扭头看她。

弋戈面无表情地点了个头。

她不用看就知道那些目光里会是什么内容，会有人忍不住地打量她异常高大的身材；会有人带着"我们一班"的优越感不屑她这个走后门的插班生；当然，也会有人单纯地对一个普通新同学传递好奇而友好的信号。

类似的目光她很熟悉，在桃舟初高中入学的时候，也不是没经历过，只是没现在这么夸张罢了。

范阳看了眼前方这位暴躁大姐一动不动的后脑勺，嘴巴又闲不住了，"啧"了声蓄力："哟——"

他刚蹦出一个字，蒋寒衣就把抄完的物理卷子甩他桌上："赶紧，十分钟抄完回家。"

范阳没工夫再嘴贱，立马埋头苦抄起来。

蒋寒衣和范阳用互抄大法把没写完的卷子补齐后，教室里就剩下夏梨一个人了。

他们撂下笔轻松地叹一口气，夏梨也拉上书包拉链，回身笑着问："回家吗？我爸爸来接我，把你们也一起送回去。"

范阳正要答应，蒋寒衣摇摇头："别了，你爸一看到我又要叫我好好学习，我听着头疼。"

夏梨"扑哧"一声笑了："那你就用点功呗。我爸还不是看你天天吊儿郎当的才说你。"

蒋寒衣有一搭没一搭地转着笔，态度闲散："没兴趣，用功不起来。"

夏梨又笑："你就对那些枪啊车啊感兴趣。"语气熟稔。

蒋寒衣没再接茬，扛起书包拍了拍范阳的肩。

夏梨见状，非常善解人意地摆手同他们告别："那我就先走啦，晚安！"

夏梨窈窕的小小身影消失在教室前门，长长的马尾辫随着她的步伐左右摆动。

只有这时候范阳才觉得模范作文里那些话也不全是扯淡——这可真是"洋溢着青春的步伐"啊。

范阳恨铁不成钢地叹气："你怎么就这么'不解风情'呢？"

蒋寒衣："闭嘴。"

两人像往常一样，单肩背着包晃荡着走出校园。

蒋寒衣的自行车送修了，他们今天得坐公交车。

校门口走到公交站还有段距离，范阳远远地看见站牌前站了个高高的身影。

弋戈一边啃着面包，一边看着书，耳朵上还戴着耳机，似乎是在练英语。

"胖子！"范阳拉住蒋寒衣。

蒋寒衣也看见弋戈，皱眉道："你给人乱起什么鬼外号？"

范阳倒是有自省精神，"客观"地道："也是，她跟朱潇潇比其实也不算肥。但你看她那体格，都快比我高了，还那么壮！我觉得她一拳能打死两个夏梨！"

蒋寒衣嗤笑一声："我觉得她一拳也能打死两个你。"

范阳没听出他话里的讽刺，还一本正经地反驳："那倒不行，我跟你讲啊，女的再壮在力量上也比不过男的，这是生理差异。"

范阳这人，身高一米八体重不足一百一十斤，其中百分之七十是水，百分之三十是油，"贱嗖"劲儿已经渗进骨子了。他中午刚在新同学那儿吃了亏，这会儿就总想在嘴上赢回来。

他拉着蒋寒征想迎上去："走，会会她！"

蒋寒衣顿住脚步。

范阳回头："你就算不会她，也得坐车吧！车快来了！"

蒋寒衣却态度坚决："等下一班。"

范阳越被拦着，心里就越痒："你干吗？怕她啊？"

"我怕你被人打死。"蒋寒衣骂道，"你看她像是想理人的样子吗？干吗自讨没趣。"

"那不是无聊嘛，交个朋友嘛，毕竟新同学。"

蒋寒衣斜眼睨他："你缺这一个朋友？"

范阳无话可说，摇摇头只好作罢。

蒋寒衣这人是个少爷脾气，但不太典型，因为他既不纨绔也不跋扈，相反好相处得很，属于上至刘国庆这种老古板下至初中部学弟学妹都能交上朋友的那类人。但这并不代表他和范阳一样二百五。这一下午他已经看明白了，新来的这位脾气古怪，虽然原因不详但很明显满脸写着仇视，蒋寒衣作为一个正值青春期的中二少年，该阶段的人生最高信仰是全世界我最牛，他可没那兴趣去热脸贴冷屁股。

两人就这么停在路口，等着弋戈上车了，再去坐下一班。

他们发现，五分多钟了，弋戈全神贯注地看着书，除了嘴巴和眼睛，哪儿都没动一下。

"……她一个插班生，还挺用功。"范阳奇道。

蒋寒衣好笑道："插班生怎么就不能用功了？"

"用功也没用啊！"范阳分享自己的情报，"咱们都是靠中考成绩实打实进来的,她这种走了关系的,肯定不行!我听说她还是别的市乡下中学来的,他们连中考卷子都比我们的简单那么多,你说她能有多高的水平?"

蒋寒衣懒得听他婆婆妈妈地八卦新同学,随口回了一句:"谁知道,万一人家是特厉害被挖上来的呢。"

范阳不屑道:"哪有那么神,再厉害能比梨儿厉害?我跟你打赌,这大姐绝对是走关系进来的!"

蒋寒衣才不参与他这种无聊的赌局。

范阳自顾自地继续分析:"不过啊,我觉得这姐脾气火暴,估计是家里有背景,拽得二五八万的……她虽然成绩不行,但说不定贼能惹事儿,到时候那就是树人女老大,江城扛把子,刘国庆肯定要气死了!"

范阳这人,也不知祖上是不是挨着天津,一张口就像在讲相声,满嘴跑火车,说到哪儿他自己也不知道,但那张嘴就是停不下来,这导致他说的大部分话都没人在意。

但后来的很多年里,范阳都洋洋自得地宣称自己的嘴开过光。

因为弋戈很快就用事实证明,她的确是个"贼能惹事儿"的奇人。

弋戈在滨江大道站下了车,马路对面的小区金碧辉煌,巨大雕花铁栏门前的喷泉不要钱似的大开大合,还奏着乐。

而仅仅一街之隔,弋戈所在的站台背后,就是个摊贩混杂、随地可见烂菜叶和泡沫饭盒的城中村。

这城市规划,可真是够有创意的。

她盯着那"盛世华庭"四个字发呆,实在很难提起意愿走进去,却忽然听见对面传来熟悉的声音:"我们住在这里,凭什么不让进?"

是三妈。

弋戈如梦方醒,连忙穿过马路走去。

陈春杏背着大包小包,右手还牵着"银河",面前站了三个穿着齐整制服的黑脸保安。不知是累的还是窘迫所致,她满脸通红,看起来就像是和保安大吵了一架。

可就她那软脾气，能跟谁吵起来？

弋戈连忙走过去挡她身前，掏出兜里的门禁卡，正色问那保安道："有什么问题吗？"

保安看也没看，公事公办地道："您二位可以进，这只狗不能。"

弋戈拧眉，霎时面露愠色："为什么？"

客观来说，"银河"是条不太好看的狗。

呃……这其实已经是很委婉的说法了。

银河是弋戈小时候捡的小土狗，爹妈均不详，但可以肯定的是，它必然混了天南海北多种血统，而且都是不太高贵的那种，不然很难解释它为什么会长成现在这副熊样——

一身黑混棕带点黄的浓密杂毛，硕大一颗脑袋，两只耳朵只立了一只，鼻子是一半黑一半灰白，看起来就像是被谁啃掉了一边，舌头上还长着一块巨大的红色胎记。

陈春杏第一次见着它的时候怎么说的来着？

——"天哦，别的狗是舌头上长胎记，它是胎记上长了条舌头！"

饶是如此，弋戈还是给它起了"银河"这么个十足浪漫的名字。叫着叫着，银河好像也长好看了些，越看越顺眼。

但对于银河不受待见这件事，弋戈仍然很敏感。偶尔碰见路人嘟囔几句"这狗吓死人"也就算了，如果因为长得不好看就不让银河进小区，那未免欺人过甚！

弋戈的态度不算和善，那保安却非常有职业素养地微笑起来，彬彬有礼地说："我们小区有规定，没有办过犬证的狗是不允许饲养的。"

"我有犬证。"弋戈卸下巨大的登山包，从小夹层里拿出证件袋，其中就有在桃舟时给银河办的犬证。

尽管狗养在乡下是没必要办什么证的，但当年也才不到十岁的她还是非常有仪式感地拿着家里的户口本去给了银河一个"名分"。

陈银河，她的小狗有名有姓。

保安粗略扫了一眼她手里的证件,又微笑道:"不好意思,我们只认可江城相关机构签发的犬证。"

弋戈觉得自己快炸了。

这一天下来,火车上遇到个傻缺把方便面汤泼在她衣服上还一句道歉都没有,坐公交车碰上过于狂野的司机差点把她从车尾甩到车头,还有那个所谓的"超级中学"里的一群长舌鬼和二百五,再加上这个只会假笑的保安,每个人都往她心里添堵。

原本乖乖坐着的银河好像也感觉到自己受了歧视,忽地站起来,冲那保安吠了几句。

保安目不斜视,这回的态度多了些傲慢:"您也看到了。"

弋戈并没有那么好的耐心和他扯嘴皮,冷笑一声问:"你们小区不许狗叫?我看你声音不就挺大。"

她满眼戾气,狠狠盯着这个"衣冠楚楚、正义凛然"的保安。

陈春杏知道她这段时间心情一直不好,忙出来灭火,轻轻拉了拉她的衣袖,小声道:"要不还是给你爸爸打个电话吧……"

话音刚落,一辆黑色汽车停在小区门口,闪了闪车前灯。

后座上的车窗摇下来,露出弋维山和蔼的笑脸:"小戈,怎么不进去?"

弋戈看了眼自己的亲爹,和亲爹身边看她时眼神空洞得像看陌生人的亲妈,心里憋屈极了,却又不得不开口求助:"……他不让银河进。"

弋维山看向她身边的那条壮硕而不太美观的大狗,几不可察地皱了下眉头,然后又舒展开,笑着问:"小郑,这是什么原因?"

刚刚还一脸富贵不能淫的正义保安一抹脸便狗腿起来,小步跑到弋维山车窗前,微微弯腰,和颜悦色地给他讲了事情的经过。

弋维山看了下女儿的脸色,心里有了权衡。他呵呵笑了两声,道:"小郑,这个事情,要卡得这么死吗?毕竟我们确实是办了犬证的,只是签发机构不同而已。而且你知道我们家的户型,狗养在院子里,没有楼上楼下的邻居，我想应该不会太影响其他业主？"

保安笑着点头："弋先生，我这里当然没问题，就是怕有其他业主举报，经理要是追究下来……"

弋维山笑笑："这你放心，要是真的影响到你工作，你直接来找我。"

说完他没等回答，看着弋戈笑道："小戈，你是走进去还是上车？"

弋戈看着保安戴着白手套为她拉开侧边的小门，平静地说："我和三妈走进去。"

弋维山点点头："也好，那爸爸先去停车。"

小区里花木繁复，还有各种喷泉、雕塑和娱乐设施。弋戈心里默记弋维山给的地址，跟着各种造型艺术然而实用性极低的路牌，绕了半天才找到"中心花园"。

这座复古风格的小花园把整个小区一分为二，东侧是高耸的楼群，临江的西侧则是一排排精致的独栋别墅，每一栋都自带车库和小庭院。

弋戈用目光找到院门前写着"七号院"的那一栋，她将会住在那里。

弋维山和王鹤玲还没到，弋戈知道房门密码，却不想先进门，于是坐在中心花园里的长凳上等着，百无聊赖地打量着这从地段到设施到绿化，甚至连保安的着装都十分高级的小区。

她的亲爹亲妈很有钱，这她一直知道。

以前在桃舟的时候，每个月生活费到账，陈春杏都要感叹好几天说又给多了，后来还给她开了一张银行卡，每年多余的钱都存进去。来江城之前弋戈看了眼卡里余额，已经有小十万了。

陈春杏看了眼神色不豫的弋戈，有些心疼，伸手抚了抚她的肩膀："学校怎么样，还可以吧？"

弋戈抿嘴笑道："挺好的。"

她看见陈春杏眼睛里的血丝，就知道三妈肯定为了三伯的转院事宜忙前忙后，不忍心再说自己的事给三妈平添负担了。

花园外传来脚步声，陈春杏和弋戈同时望去。

王鹤玲穿着一身利落的白色风衣，脚踩细高跟，两手交叉抱臂站在花园入口处，轻声问："怎么不进去？"

"来了来了！"陈春杏赔着笑脸，忙拉起弋戈跑过去。

进入院子里，到了家门口，王鹤玲忽然说："这狗就别跟进去了，多脏。"说完又嘟囔似的问，"你怎么来的？车上司机没说不能带狗？"

陈春杏干笑一声，解释道："搭村里邻居车来的，我们都熟！他们人也好，就愿意让狗上车。"

王鹤玲不太高兴地瞥了她一眼，看向弋戈，似乎是要征询女儿的意见。

弋戈面无表情地说："银河不脏，擦下脚就可以。"

王鹤玲拧眉打量着这条体型过于庞大、品相又实在糟糕的狗，似乎在做最后的心理斗争。

陈春杏见气氛僵硬，生怕这母女两人刚重逢就闹别扭，破天荒开口做了一回主："我看这院子挺好的，要不……就养在院子里吧！"

王鹤玲和弋戈都不说话。

"我……我这还带了点零食呢。丫头，就让它在院子里待着，啃两块骨头，它也自在！"陈春杏从小包里掏出两块磨牙棒往地上一丢，银河立刻摇着尾巴过去捡。她又拽了拽弋戈的手，充满安抚和嘱咐的意味。

弋维山停好车来晚一步，一进门并没有察觉到气氛不对，乐呵地招呼道："小戈回家第一顿，爸爸在酒店里订了好多菜！马上就送到了！"

弋戈看了眼累得满头大汗的中年男人，略过了面色阴沉的王鹤玲，点点头走进门。

一楼开门正对着走道，左边是餐厅，右边是客厅。弋戈一进门，看见客厅一侧墙壁上挂着全家福，一家三口，中间的男孩骑在父亲的脖子上，牵着妈妈的一根手指，头发微卷、笑容灿烂。

虽然统共没见过几面，但弋子辰是她的弟弟，同父同母的亲弟弟。

两年前，弋子辰车祸去世时，未满十二岁。

原本那时弋维山就想将弋戈的户口转回自己名下,但当时王鹤玲精神状态极差,这事就被搁置下来。

直到上个月三伯弋维金病情加重,弋维山借着把他转来江城治疗的契机,一并把弋戈接回了家。各类手续办齐费了些周折,因此弋戈才不得不在这个已经开学两周的尴尬时间点转学。

弋维山看见弋戈目光定格在那张照片上,有些尴尬,正要开口岔开话题,王鹤玲后一步进了门,淡淡地说:"什么时候重新去照一张吧。"

"好,肯定!我马上就叫小陈去安排。"弋维山笑着拍了拍女儿的肩膀,"小戈喜欢什么风格的,可以跟爸爸说。"

弋戈没回答。

一阵门铃声打破了尴尬,弋维山如蒙大赦般转身开门。服务员彬彬有礼地打过招呼,套上鞋套,把各式菜品转移到餐桌上。

弋维山重新撑开笑脸,用一种极力生动但尽显古怪的活泼语气——向弋戈介绍他精心挑选的菜品。

"粉蒸鮰鱼,多吃鱼补脑子的!

"这个莲藕汤是他们家的招牌菜,爸爸最喜欢喝的,小戈肯定也喜欢。

"蒸三圆,听过吧?有肉有豆腐,很香的!

"清炒藕带,很爽口,小戈要多吃蔬菜哦……"

弋戈渐渐听不清弋维山究竟说了什么,只看见他嘴巴一张一合,面色渐渐涨红,额角的青筋因为过分用力的表演而突突跳动着。

弋维山终于说完了,弋戈看着满满一桌外卖盒子,轻轻说了声:"谢谢爸。"

这声"爸"显然让弋维山有了一种"功夫不负有心人"的感动,他的眼眶甚至一瞬间就红了起来。他连忙拉弋戈坐下,开始了这顿前奏过于漫长的晚餐。

三个女人都很沉默，一顿饭下来，只有弋维山时不时问弋戈一些问题，譬如转学紧不紧张、有没有想买的东西、零花钱够不够用之类。
　　弋戈通通以最简单的字眼回答。弋维山倒不介意，默认孩子跟他们确实还不亲，每每回以慈祥包容的微笑。

　　饭快吃完的时候，一直沉默的王鹤玲开口了："我给你买了新校服，已经洗好了，就放在你床上。"
　　弋维山适时补充道："可是你妈妈亲手洗的！爸爸都从来没这个待遇呢！"
　　弋戈察觉到王鹤玲的嘴角不自然地抿了抿，同样对她说了一句："谢谢妈。"
　　她把碗放进厨房洗手池，上楼走进房间。

　　新房间很大，窗户朝西开，视野极好。长书桌就安在窗前，搁着台液晶屏的电脑，配了把一看就很贵的人体工学椅。书桌后面摆了张大床，白色床单淡粉色被子，叠得整整齐齐，床头挂了个淡紫色的风铃。
　　弋戈花了点两分钟适应这淡粉色调的房间，然后拿起床上的校服。

　　树人的校服没有什么特殊设计，是最普通的白底蓝条款，面料也不怎么样，一摸就知道是化纤。
　　弋戈想到王鹤玲长长指甲上繁复的晕染图案，心说可惜，这衣服实在很没有手洗的必要。
　　王鹤玲没见过她几面，买校服时大概也是凭记忆估计她的身形，保险起见直接买了最大码的。弋戈看着衣领内侧"XL"的标签，顿了两秒，还是换上了。
　　校服本就偏大，这一身穿在她身上，裤子还算合适，将将到脚踝；上衣却实在太大了，肩线下滑至手臂，袖管也空了一大截。

　　弋戈看着镜子里的自己，活像个偷穿大人衣服的小孩。
　　王鹤玲对她的印象大概也就停留在小孩的时候吧，那会儿她还没抽条长高，而且有婴儿肥，看起来是胖嘟嘟的肉团一个。

她把袖管往上折了两折，试图适应这件宽大的校服。

再下楼的时候，陈春杏在厨房洗碗，弋维山靠在餐椅上，王鹤玲则躺在客厅的按摩椅里，贴着面膜，细白如藕段一般的胳膊分别卡在按摩椅两边的把手里，享受着数个触角的按摩。

弋戈看见宽大的开放式厨房里那个勾着背的瘦削身影，一整天积攒的情绪好像再也绷不住，就要决堤了。

"……三妈。"她走过去，喊了陈春杏一声，尾音带着哭腔。

陈春杏忙着掏卡在水池里的剩菜，头也没抬："哎，马上。马上洗完了哈。"

她直接用手掏出下水口里的食物残渣丢进台面的小垃圾桶里，然后把水池冲了一遍，抬头看弋戈一眼，才发现弋戈情绪的异样。她叹了口气，又回头确定了下弋维山听不见，才小声叮嘱道："我这几天要在医院陪你三伯，你在家好好的，听话哈，不要跟你爸爸妈妈吵架。"

"你不住这里？"弋戈忙问。

"住还是住的，但你三伯在医院，我肯定不能经常回来。"陈春杏拍了拍她的手，"听话，好好陪你爸爸妈妈，他们也不容易。"

她又替弋戈整了整肩线，不经意嘟囔了句这衣服怎么这么大，又继续啰唆："还有银河，你妈妈是个讲究的人，银河那么爱掉毛，养在家里肯定不行。我看那个院子那么宽敞，你就让它在院子里待着，别带进家里来，听见没？"

弋戈低头，轻轻地"嗯"了声。

她不能说不行。

因为这是别人的家。

她也不能说她想回桃舟。

因为三伯还要靠这里的医生、靠弋维山的钱和人脉才能活下来。

不咸不淡地上了两天课，弋戈仍然没有认识任何新同学。不过两天下来，她决定买辆自行车，江城的公交车司机风格狂野，她实在受不了。

周六早上，弋戈还是六点半就起了床，洗漱后打算去医院看看三伯，走出房间却发现王鹤玲穿着睡裙在厨房忙碌,煎锅里的东西发出"滋滋"的响声。

王鹤玲个子很高,目测也在一米七五左右,弋戈的身高大概是遗传。

但她比弋戈瘦很多,身体罩在睡裙下空荡荡的,小腿苍白而枯瘦,几乎只有弋戈手臂那么粗。

弋戈记不起来她以前的模样,也就不知道她是一直这么瘦,还是在弋子辰去世后才憔悴至此。

听见动静,王鹤玲回头看见弋戈,神情淡淡道:"起来了?吃早饭吧。"说着,从料理台上端出两个碟子。

弋戈犹豫了两秒,见她睡眼惺忪的倦色,还是点点头,走到餐桌边坐下。

两片烤全麦吐司,一只半熟的煎蛋。

弋戈看着这碟简单却摆盘精致的早餐,没说什么,先拿起手机给陈春杏发了条信息:家里做了饭,我不去医院了。

陈春杏很快回复:好的,陪你妈妈吃早饭吧,她难得起这么早,肯定是特意为了你做早餐呢!

王鹤玲又从厨房里拿了两个小碗走出来,说:"吃饭别玩手机。"

弋戈把手机放回口袋,看了眼王鹤玲放在桌上的酸奶碗。

铺着草莓、猕猴桃和蓝莓,还撒了一层坚果,奶香混着水果清香,看起来比那碟吐司有食欲多了。

但是量依旧很少。

王鹤玲见弋戈眼神端详,问:"吃不惯西式的早餐?"

弋戈收回眼神,拿起一片吐司开始啃:"没有,挺好的。"

王鹤玲上下扫她两眼,又问:"以前在桃舟,你三妈给你做什么早餐?"

弋戈如实回答:"粥、面条、豆浆油条油饼,三样换着来。"

王鹤玲点点头，像在思考。

"管饱倒还可以，但是营养太单一，都是碳水，而且热量高，胖人。"王鹤玲说，"西餐清淡点，营养也更全面。"

弋戈麻利地吃完了吐司煎蛋，开始挖酸奶吃，没接她的话。

"我今天想去买辆自行车。"酸奶几口就吃完了，弋戈忽然说。

王鹤玲愣了一下，不确定地问："……需要我带你去？"

没等回答，她先拿起手机看了眼日历和邮箱："我待会儿有个会……"

"不是，"弋戈解释道，"我就跟你说一声。"

王鹤玲动作停住，僵了两秒放下手机，点头道："好。"

弋戈换好衣服走出房间，王鹤玲坐在沙发上等她，递给她一个信封。

"平时零花钱你爸爸应该已经给你了，这个给你买自行车，多的你拿去给身边的同学挑点礼物。"王鹤玲说，"你是转学生，要尽快融入学校的环境。"

弋戈蹙眉，摆手拒绝："不用了。"

给夏梨、蒋寒衣他们送礼物？她想想都头皮发麻。

"你别想太复杂，也别挑太贵的，买点可爱实用的就可以，实在不行请你同学喝杯奶茶也是一样的。"王鹤玲声音平平的，听不出情绪，"不是要你讨好同学，只是表示一个友好的态度。

"我们会和老师保持好关系，老师那边，我会帮你打点，你跟同学好好相处就可以了。"

弋戈抿着唇，心中权衡几秒，点了个头。

"好，谢谢妈。"

第二章
原来是他

王鹤玲出门后,弋戈牵着银河去买自行车。

小区后门出来是一条文东街,东西走向,将城区一分为二。北边是滨江的繁华胜景,南边则是被遗忘的老城区,鱼龙混杂,破败不堪。

与小区后门隔街正对着,有一间老旧的修车铺。一个皮肤黝黑的中年男人穿着一件单薄的短袖T恤,坐在门口的板凳上修车轮。秋风瑟瑟中,他累得大汗淋漓,肩膀上搭的白毛巾湿淋淋的,发着黄。

他身后支了个极富年代感的长木板,沾了车油,看起来脏兮兮的,粉笔写着四个大字——老蒋修车。

陈春杏从小区的保姆们那里打听到,这家店不止修车,也卖车,在文东街上开了好几年,有口皆碑。

弋戈虽然也不打算买什么名牌,但看着这破落的店铺,还是犹豫了一下。可举目四望,也没别的店了,她选择相信陈春杏打听来的"有口皆碑",牵着银河过了马路。

"老板,有自行车吗?"弋戈径直问。

"要啥样的啊?变速的没有,折叠的没有,只有最普通的。"老板头也没抬。

"就要最普通的。"弋戈说。

老板这才抬头看了她一眼，顺便也看见了咧着舌头一脸傻样的银河，他目光停滞一秒："嚯，这狗大。"

"嗯。"弋戈应了句，"能看下车吗？"

"能，就在里面！"老板拨冗抬起下巴往店里一抬，"里面有人。"

"好，谢谢。"弋戈牵着银河往店里走。

"寒衣，带人看下车！"

"哦！"

弋戈听见老板冲店里喊了声，觉得有哪里不太对的时候，已经来不及了。

蒋寒衣松松垮垮地套着件白色外套，原本悠闲地蹲在店里欣赏他老舅的那台机车，一回头，一颗硕大的狗头直冲他呼气。

"我去！"

蒋寒衣惊呼一声，应激反应下，整个人往后一仰，摔了个结实的屁股墩。他身后那一排车也像多米诺骨牌一样，一辆压着一辆，"哗啦啦"地全倒了。

蒋寒衣："我靠！"

门外的老板本人倒还淡定，没听见动静似的，连句话也没问。

蒋寒衣连着爆了两句"优美"的话，才回过神来，幽幽地看了弋戈一眼，默默退了两步，转身开始一辆一辆地扶车。

那眼神，怎么看都有点敢怒不敢言的意思。

弋戈被蒋寒衣这动静惊呆了，也花了好几秒才从这一片狼藉的场面中回过神来——他一个一米八几的男生，被一条狗吓成这样？

她抿抿唇，上前道："我帮你吧。"

"不用！"蒋寒衣反应激烈，回头指着银河道，"你……你牵好它就行。"

弋戈快被气笑了,无奈地点点头,转身把牵引绳绕了三圈拴在门口的车把上。

"行了吧?"弋戈问。

蒋寒衣目有戚戚焉,谨慎地问:"它会不会挣开绳子跟着你?"

"不会。"

"那行,你来帮忙吧。"蒋寒衣这才点点头。

弋戈无语。

怎么好像她求着去帮忙似的?

她轻笑了一声,上前走到蒋寒衣对面,从另一边开始扶车。

一排车好不容易都扶起来,蒋寒衣和弋戈在车列中间"会师",发现眼下的情形有些尴尬。

他俩都被挤在车子中间,有点不太好出去了。

两人面面相觑,蒋寒衣看着弋戈,第一秒想的是,她今天心情好像挺好,居然还会主动帮忙了。但他的注意力很快又被另一件事吸引——她居然这么高!

这两天虽然能看出弋戈身高突出,但因为她一直坐在座位上写作业,也没近距离接触过,没想到……她好像和他一样高?甚至,还比他高一点似的?

这不科学!他堂堂六尺男儿!

蒋寒衣下意识地低头,试图观察弋戈是不是穿了带跟的鞋。

然而还没看出名堂,弋戈冷清的声音响起:"你先出去。"

蒋寒衣猛地抬头:"哦。"

说完,他深吸了一口气,缩着肩膀从两列车的狭窄缝隙间挤了出去。

弋戈看着蒋寒衣滑稽的背影,忽然有点想笑,费了好大力气憋着,有样学样地也提着气从车列间走出去。

蒋寒衣眼一亮,扬眉笑道:"嘿,你还挺灵活!"

话刚说出口,他就意识到哪里不对,差点咬着自己的舌头。这话细究起来，可太阴阳怪气了。蒋寒衣悄悄抬眼观察了一下弋戈的神色，还好，她没黑脸——不过也没什么好脸色就是了。

"我要买自行车。"弋戈面无表情地扫了蒋寒衣一眼，说。

"哦哦。"蒋寒衣愣愣地应了一句，指着角落里的几辆车，"就在那儿，最普通的款。"

说完，他挠着脖子纳闷地嘟囔了句："还真有人上这儿买车。"

弋戈问："你说什么？"

"没啥！"蒋寒衣下意识地搪塞，想了想又笑了，厚道地说了实话，"唉，其实就是，我舅这店主要是修车的，新车就那几辆，还不知道是猴年马月的货了……一直没人买的。"

蒋寒衣没等她接话，又道："虽然这车质量都没什么问题吧，但款式都太老了，比'二八杠'也好不了多少。"

他顿了顿，提议道："时代广场有家捷安特店，你知道在哪儿吗？我可以带你去！"

他说完，有些紧张地看了眼弋戈。

得益于亲妈蒋女士的言传身教和这么多年武侠电视剧的熏陶，蒋寒衣从小就是个追求"江湖道义"的热心肠——虽然用蒋女士本人的话来说，他这纯属没心眼的二百五。

但他也没有古道热肠到放弃自家生意还亲自把客人引到别人店里去的地步，这个提议，一是因为弋戈今天看起来心情还不错，像个正常人了；更多的，则是因为他自己眼馋时代广场那几辆山地车很久了。

老蒋把他拴在这儿看店，他得找个由头才好旷工。

但话说出口他又有点后悔——弋戈脾气古怪，他这么上赶着，她八成不会感激他热心，只会觉得他有病。

但弋戈没接受他的提议，也没觉得他有病。她只是像没听到似的，自顾自地问："有多老？永久牌的有吗？"

蒋寒衣愣了两秒，反应过来："有！"

他引着弋戈走向最角落里的那辆永久牌黑色自行车，充满年代感的二八造型，大车杠，大车轮，后头还有个长座位。

"估计整个区也就我舅这还卖这玩意儿了。"蒋寒衣狐疑地看着她，"你要买这辆？"

弋戈看着那熟悉的大家伙，满意地点了点头："嗯。"

蒋寒衣：见了鬼了，转学两三天没看见这姐脸上有表情，这会儿她居然对着辆古董笑得这么慈祥？

蒋寒衣脑袋里冒出四个大字——俗世奇人。

"多少钱？"弋戈问。

蒋寒衣扭头冲门外喊："舅，这古董多少钱？"

老蒋喊回来："二百！"

蒋寒衣扭头："二百。"

弋戈有点吃惊："这么便宜？"

蒋寒衣耸耸肩："能卖出去就不错了。"

弋戈来之前在网站上查过"二八自行车"的价格，大多在八百以上——这年头，"古董"应该是很值钱的。

她说："我觉得，你们定价可以再高点。"

蒋寒衣有些接不上话了，这年头居然还有买东西主动抬价的人？

他愣了一下，摇头说："不用了，多给我舅肯定也不收。"

他都这么说了，弋戈也不再坚持。

她点点头，瞥了瞥墙壁架子上挂着的车锁，说："那给我配把锁，一起算二百五吧。"

蒋寒衣：她是钱多得没处花了？还是在骂人？

他好笑地点点头，伸手从架子上拿了最贵的那套锁："行，随你。"

"谢谢。"弋戈付了钱。

弋戈推着车走出门，又解了银河的绳子。

银河看见这大家伙很是兴奋，摇着尾巴围着车转了好几圈，还跳起来扒着车座闻了闻。

修车的老蒋见了，笑道："你这狗还挺喜欢这车。"

弋戈心情好，笑着点了点头："谢谢老板。"

老蒋摆摆手，回头招呼蒋寒衣："寒衣，送客！"

弋戈一回头，蒋寒衣还杵在店里，隔着大排自行车和她遥遥相望，十分矜持地挥了挥手："好走不送！"

他一挥完手，立马又收回去，抱着臂，隔着二十米的距离，警惕地盯着银河的行动，生怕它下一秒就扑过去吃了他似的。

然而银河忙着看新车，屁股朝他，显然对他一点兴趣也没有。

这人怎么怕狗到这种地步？

弋戈朝蒋寒衣点点头，又说了句"谢谢"。

推着车过马路的时候，弋戈盯着红灯跳动的数字发呆，不知怎的，蒋寒衣刚才那警惕的尿样又浮现在脑海里。

等等……这尿样，怎么越想越眼熟？

模糊的记忆碎片再一次滑过脑海，弋戈终于将它抓住。

……原来是他。

江城以西两百公里，有一座风景美丽但除了风景之外从GDP到基础设施到教育水平等方面都很不美丽的县级市——桃舟。

从出生到十六岁，弋戈一直在这里长大。

弋戈忘了自己是怎么知道的，也许是小孩子的直觉，也许是某一年过年时不小心听到大人的讲话。但她很早就明白，对于弋维山和王鹤玲来说，她是一个突然到来的意外，没来得及被打掉的意外。

如果她是个男孩，意外就能变成惊喜；可她不是，那么意外就永远只是意外。

.031.

弋戈出生时父母都还年轻，忙于事业，为了给以后的儿子腾位置，弋戈一出生就就被王鹤玲送回桃舟老家，交给弋维金和陈春杏夫妇抚养，户口也留在了桃舟，上在弋维金和陈春杏名下。

"弋戈"也并不是弋维山本来想给她起的名字——据说要上户口那会儿弋维山很忙，忘了拍板给她定个名字。最终是小外公潇洒挥毫，在姓氏上加了一笔，给她起了现在这个名字。

对于"寄人篱下"这件事，弋戈其实并没有什么感觉。

陈春杏虽然没什么文化，但为人和善，也从不短她吃穿。而弋维金常年卧病在床无法照顾她，但恰恰因此，她有了极大的自由。

她在桃舟的山间田野撒欢长大，既不比城里小孩的经济条件差，也不缺农村孩子的自由快乐，两全其美。

只是大人们，尤其是陈春杏，并不这样认为。

弋戈天生性格安静，朋友也不多，还因为高壮的身材被许多同学嘲笑过。陈春杏把这些统统归结为她缺少真正的母爱，甚至一直为此心怀愧疚。

弋戈很少对别人的话上心，更不觉得朋友少有什么值得伤心的。无奈，总有一些热心肠的人不仅要哀她之苦，还想替她疗伤。

比如二年级那年突然转来桃舟小学的那位小少爷。

桃小是所典型的"自产自销"的小学校，历年的学生都是村里自己的孩子，有些孩子长大了又回到桃小来当老师。因此，转学生蒋寒衣在到来之前，就已经吸引了全校同学的注意。

小孩子散播八卦的能力不容小觑，一传十十传百，大家都知道，蒋寒衣家是省会来的，很有钱。他爷爷还是个军人呢，立过功的那种，很威风。

蒋寒衣来之前风头十足，来之后也没让大家失望，他没什么大城市小孩的架子，长得又讨人喜欢，很快就跟大家伙打成一片。

弋戈对此并不关心，只远远围观过几次，心想这人可真是话多。

却没想到，这人不仅话多，还事儿多。

蒋寒衣性格开朗大气，又是天生的乐天派，从繁华的省城转到吃个肯德基都得坐半小时车的小镇里也没有丝毫的不适应，不过两天就和班里同学都混了个脸熟，还交了几个勾肩搭背的好兄弟。

所有人都很喜欢他。

除了班上老考第一名的那个弋戈。

事实上，在蒋寒衣刚转学来的第二天，新兄弟就告诉他，"弋胖子"不好惹。蒋寒衣问她怎么个不好惹，那兄弟嘀咕半天说不清，高深莫测地用新学的词语总结了一句："她很孤独，没朋友。"

"孤独"。

对一个二年级小朋友来说，这可真是一个严重又高级的词。

蒋寒衣小时候大概是个满级"傻白甜"，一听弋戈"没朋友"，心想她好可怜。又经观察，发现弋戈确实独来独往，不爱跟人说话，成绩好到几乎每一次都考双百分，但就连老师表扬她的时候她也不笑。

后来又听爷爷说，弋戈父母都在江城做生意，她从小是在桃舟被三伯和三妈带大的。她三伯身体还不好，常年躺在床上，三妈忙不过来，她有时候还得帮忙做饭洗衣服。

一听这话，蒋寒衣的热心肠是彻底冷不下去了。

他想到《暖春》里可怜的小花，脑补了一出小女孩寄人篱下受尽欺负吃不饱穿不暖的苦情剧。

于是，蒋小少爷忙着下河抓鱼上树掏鸟蛋的充实山村生活中又多了一项任务——思考如何帮助弋戈。

但弋戈实在是太难接近了，蒋寒衣回回嬉皮笑脸地往她身边凑，回回热脸贴个冷屁股。

有一次把弋戈惹毛了，她一个凶神恶煞的白眼瞪过来，吓得他往后摔了个屁股墩——那时候弋戈比他整整高出一个头，居高临下的，板起脸做凶相特别吓人。

.033.

然而，蒋寒衣除了热心肠，另一个优点就是执着。

他不敢再去烦弋戈，但心里仍然记挂着，怎样能让这位没朋友的大姐开心一点。

半个月后，蒋寒衣终于找到一个机会。

爷爷所里的一只警犬不知什么时候跟村里的土狗"暗度陈仓"，生下一窝狗崽子来。总共六只，样貌各异，还有两只白毛的，特别可爱。

小派出所任务清闲，留着这么多狗没用，蒋寒衣又不忍心看它们无家可归，就赖着皮跟爷爷要了来，说可以送给班上的同学养。

放学后，他在自家院子门口把六只狗崽子排成一排，果真吸引了一大批同学前来围观，而且主要是女同学。

女孩子们你一言我一语地夸着小狗狗真可爱，蒋寒衣小小的虚荣心得到了极大满足，仿佛她们夸的是他真帅。

等到几个女孩子陆续抱走了小狗狗，蒋寒衣见她们脸上的笑容，忽然灵机一动，要不送一只给弋戈？

女孩子应该都喜欢毛茸茸的小动物吧！而且有一只狗狗做伴，弋戈也就不算没朋友了。

蒋小少爷的行动力尤其强，说干就干，一低头，却发现六只狗子只剩了一只。

这被挑剩下的一只还活像是在娘胎里被它那五个兄弟胖揍过几个月，长得鼻子不是鼻子眼不是眼的，丑得实在很令人抱歉。

蒋寒衣犹豫了，把狗崽子揣回自己家养了一个星期，寻思着要不换条好看的再送给弋戈去。

谁知那丑狗越养越顺眼，蒋寒衣还跟它培养出了感情——

"行走江湖，怎能'以貌取狗'？"侠义正气上了头，蒋寒衣一咬牙一跺脚，揣上小狗就翻了弋戈家的院墙。

至于当年为什么有门不走非要爬墙，这是许多年后的蒋寒衣也没想明白的丢脸事儿。

初春傍晚，天色都比平时好看些。

蒋寒衣在粉黛色的天空下看见弋戈独自坐在院里，她手里握着一把鹅卵石。

弋戈拿了块石子，手臂轻轻向后扬起，瞄准五米开外的一个水桶，快很准地丢了出去。

"咚"的一声，石子准确地落进那收口略窄的小桶中。

她紧接着又瞄准扔了第二块，可惜这次准头不怎么好，没进桶。但石子打到树上，震动树干，桃花便纷飞而下，如雪一般。

蒋寒衣看呆了。

弋戈投得可真准，比他们那几个不懂装懂的兄弟投的烂球好多了，他想。

从侧面看她的脸肉嘟嘟的，像蜡笔小新。但她的手臂却"很帅"，好像有肌肉，他又想——对一个七岁小孩来说，"肌肉"是个非常值得崇拜的高级玩意儿。

他想着想着，差点被弋戈的声音吓得惊落墙头。

"你干吗！"弋戈敏锐地发现了坐在院墙上的不速之客，警惕地叫道。

蒋寒衣向来自认是个舌灿莲花的小帅哥，却不知为什么在那一刻大脑一片空白，打好的腹稿忘了个一干二净。

他支吾半天，连个屁都没放出来。

弋戈拧眉盯着这有门不敲的墙上君子。

和他手里的狗。

好在那小狗崽儿"嘤嘤"叫了声，蒋寒衣终于回过神来，低头见弋戈微微蹙眉，站在桃树下。

她手里攥着块鹅卵石，横眉立目，眼神坚毅而警惕。

蒋寒衣忽然想到看过哪部电视剧或者动画片里，有个女侠很会用暗器，和她现在这样就挺像的。

——哪个来着?他死活想不起来了,就记得挺漂亮的。

"你干吗?"弋戈又吼一句,把蒋寒衣跑到天边去的思绪拽了回来。

蒋寒衣被她这一吼,紧张起来,一只手揣着狗,一只手在兜里瞎摸,忽地摸到一根棒棒糖,头脑一热,两手皆往外一捧,笑道——

"给你!

"从今天起我和它就是你的朋友啦!"

弋戈满脸疑惑地仰头看着突然出现在她家院墙上的"三位"——

狗、糖果,和一个二百五。

一时间,她那能考双百分的小脑袋瓜还真想不明白这一出到底是怎么一回事。

然而她还没细想,先是听见院墙外一声凶悍的狗叫,然后墙上嗫嚅的那人一个没坐稳,惊呼一声掉了下去。

最后,是一声惨叫。

弋戈一惊,连忙推开院门跑出去。

蒋寒衣四脚朝天地摔在地上,五官痛苦地皱成一团。他怀里还护着那只小狗崽,小腿上却已经是一片血淋淋的。

离他几步远之外,有只脏兮兮的独眼流浪狗,冲这边凶狠地龇着牙,一边叫,一边伸长前腿弓背后退,明显处于进攻状态。

弋戈脑袋霎时一白,也不知哪儿来的勇气,用尽全力把手里的鹅卵石全砸在那恶犬身上。

平时无聊玩的小把戏在这时发挥了作用,她的准头和力度都很好,那狗吃痛地号了一声,蹦跶着又后退了两步。

但它还是没走,一只混浊的独眼仍死死盯着他们,看起来杀气腾腾的。

弋戈害怕了,但蒋寒衣还躺在地上。她沉了口气,眼一闭心一横,大步上前挡在蒋寒衣身前。

"走开！"她气势汹汹地喊了一句。

恶犬不为所动。

弋戈心里紧张得要命，拳头死死攥着，微微发颤。

没了武器，赤手空拳又不可能打得赢，毕竟狗能咬她，她又不能咬狗。

没办法了，弋戈只能扯着嗓子地喊了句——

"三妈！有狗！"

尾音发颤，她分明也害怕得快哭了。

很多年后，弋戈仍然不承认——在这场和恶犬对峙的战斗中，她确实是哭了的。

而在蒋寒衣的视角里，弋戈勇敢的背影孤零零地支在被夕阳映红的天空下，晚风把她的衣角向后吹起，秒杀一切大片里的超级英雄。

大人们听见动静赶来，那流浪狗一溜烟跑了个没影。

弋戈刚松下一口气，又听见身后一声虚弱的惨叫——

"啊！"

她一回头，只见蒋寒衣握在手里的那只小狗崽子不知什么时候爬到他的肩上，或许是受了惊，咬着他的脖子就不松口。

幼崽没长牙，怎么咬也不痛，但蒋寒衣刚挨了那么重的一口，还处于恐惧中，所以惨叫出声。

弋戈走上前，把小狗崽抱到自己怀里。

而让蒋寒衣发出惨叫的那块"伤口"上，除了亮晶晶的口水，什么也没有。

弋戈默默地看了蒋寒衣一眼，问："你没事吧？"

其实这句是废话，蒋寒衣的腿上都流了那么多血，怎么可能没事？但弋戈也不知道应该要问什么，只是觉得就这么走了也不太好。

蒋寒衣十分坚强地摇头说："我没事！"

"那就好。"弋戈点点头，抱着小狗崽又问，"这是送我的？"

"嗯，你别看它现在丑……"

他想要隆重介绍一下这只先天相貌有些"抱歉"的小狗，抬抬它的身价，免得弋戈嫌弃。但他还没说几个字，弋戈撂下一句"谢谢"，就抱着狗走了。
　　…………

　　清晰的记忆到这里就断了线，接下来又发生了什么，弋戈不太记得了。
　　印象中，恶犬事件发生后好像就没怎么再见过蒋寒衣，大概是又转学回了省城。而那只小丑狗一直跟在弋戈身边，有了个好听的名字，叫作"银河"。
　　时间太长，她那时候年纪又小，起初有人问起银河哪儿来的，她嫌麻烦就回答"捡的"。这么说着说着，她自己都快分不清了，下意识地觉得银河就是捡来的，连带着那个送给她狗的人，也被丢到了记忆的犄角旮旯里去了。

　　而现在，蒋寒衣躲在修车铺里和她挥手的样子，渐渐和当年那个骑在她家墙头上的小男孩重合。
　　原来就是他。
　　弋戈心里觉得好笑，怪不得他那么怕银河，看来是一朝被蛇咬十年怕井绳。

　　看样子，蒋寒衣也并不记得她。
　　被狗咬这么深刻的经历都能忘？弋戈纳闷。
　　算了，看他那二百五的样子也不像是能记事的。她又很快自顾自给出了答案。

　　回忆被翻起一页，弋戈简略复习了一遍，只觉得乏善可陈，便又按了回去。
　　她把新买的自行车停进院子里，喂银河吃了小半袋零食，又回房间自习去了。

老蒋收了摊，蒋寒衣试图蹬他的摩托车骑未果，悻悻晃悠回了家。

走到楼下，发现蒋胜男女士的车停在车位上。他眉毛一扬，撒腿往楼上跑。

刚拉开单元门，蒋志强臊眉耷眼地拎着一盒燕窝走出来，父子俩差点撞个满怀。

蒋志强抬眼见是儿子，先是愣了两秒，然后又耷拉下眼皮，戏剧性十足地提了一大口气，又长叹出声。

蒋寒衣没有这么多心理活动，看见大半年没见的亲爹，他只有一个反应——

"爸！你怎么又来了？"

蒋志强刚在楼上被前妻从经济条件到相貌人品全方面冷嘲热讽了一顿，下楼碰见儿子，迎面又是这么冷冰冰的一句，一颗心像被正反两面不同角度不同力度地抡了两巴掌，算是凉透了。

但他习惯性地想卖卖惨，于是颓然叹道："寒衣，你妈妈……还是不肯见我。"

蒋寒衣对他亲爹这套"人到中年妻离子散"的凄惨论调早就免疫了。蒋志强这会儿卖惨求原谅，真当他不知道当年他搞外头彩旗飘飘家里红旗不倒那一套吗？

不过是一直没挑破罢了。

不是他不想替亲妈出气，而是蒋胜男女士做事太干净利落，发现蒋志强出轨后立刻提了离婚，然后股权分割财产分配。

幼年蒋寒衣还没从"爸爸妈妈为什么要分开"的疑惑中反应过来，蒋胜男已经牵着他搬进敞亮的新房子，言简意赅地通知他："以后咱娘俩过。"

年仅七岁的蒋寒衣过上"孤儿寡母相依为命"的生活之后，非但没有像电视剧里演的那样受欺负被排挤，反而人见人爱顺风顺水地长到十七岁，一来因为他天生长得好看，性格又讨人喜欢，"没爸爸"这种事在他身上从没成为一个弱点；二来，他的母亲蒋女士强悍如铁，无坚不摧。

蒋胜男是杭城人，大学念的商务英语，毕业后留在江城做生意，专业能力强，人际交往方面更是一把好手，不到二十五岁就把自己的小公司干得有声有色。可惜，三十岁之前她栽了这辈子最大的一个跟头——为色所迷，脑子一热嫁给了蒋志强，还心甘情愿地退居幕后过上了相夫教子的生活。

在做生意方面，蒋志强实在没什么天赋，即使上任一把手，公司也还是靠蒋胜男以前打下的基础支撑着。

可惜蒋志强对自己的认知不太清晰，过了几年"江山美人"的好日子，得意忘了形，觉得自己今时不同往日了，先是外出应酬的时候敢揩服务员的油了，又是在公司里和女实习生眉来眼去了，最后就发展到在外租房子养情人了。

被蒋胜男发现的时候，蒋志强还十分沉痛地剖析自己："我犯了错，但并不是不可原谅，说到底，我和你的感情基础是别人比不了的。"

并且，他话里话外都在表忠心："虽然我乱搞，但我从没想过离婚。"言下之意——"你永远是大房"。

这话听得蒋胜男差点没当场吐出来，直接扬手扇了他一巴掌，骂道："滚你的，哪个地摊上买的盗版文学跟我在这儿放洋屁！"

蒋胜男在捉奸现场披头散发，把一辈子知道的脏话都骂出来了，还砸了一屋子的东西发了好大一通火，起诉离婚的时候却理智冷静得很，几张照片把蒋志强这个过错方"锤"得死死的，逼他净身出了户，然后她带着儿子单过去了。

因为一家人都姓蒋，她甚至连给儿子改姓的力气都省了。

蒋胜男这些年忙着做生意，十天半个月不见人影是常有的事，是以对儿子的管教并不严格，但也明明白白给他划了底线——不违法，尊重人，负责任。

其他比如成绩之类的，他爱咋咋的，她不强求。

蒋女士原话是这样的——"分数高低不能说明什么，你考再的高分还能挣得比我多？"

蒋寒衣心服口服，就这样在衣食无忧精神愉悦的环境里被放养着长到了十七岁。

据他观察，蒋胜男女士对他喜人的长势也是很满意的，毕竟他现在从里到外，从灵魂到皮囊，都特别有个人样。

而"有个人样"，正是英明神武的蒋女士对他的全部要求。

蒋志强抬手抓着儿子的胳膊，恳切道："寒衣，你也劝劝你妈妈……我们这把年纪了，实在不应该再折腾了。"

蒋寒衣没心没肺地笑了声："我妈就那样，爱折腾，也什么都折腾得挺好的，赚钱、恋爱一样没落，你就别担心了。"

他虽然是笑着的，但目光冷淡，眼里含着层冰似的。

蒋志强听见"恋爱"两个字，心里一慌，正要追问，对上儿子冰冷的眼神，什么话都给吓回去了。

蒋寒衣继承了父亲的好皮囊，脸庞棱角分明，浓密的横眉剑一般斜斜扫入鬓角，一双细长的瑞凤眼，眼睛大而双眼皮窄，到眼尾处微微上挑，总像含着笑意似的。然而他嘴角一敛，不怒自威。

他仍噙着笑，心里虽然烦蒋志强，但没打算真的和蒋志强撕破脸皮。

蒋胜男女士说过："你爸出轨，那是我和他的问题；你和你爸，那是另一个问题。"她不需要儿子替她出气评理，但是要他自己想清楚，"你要觉得你爸对你挺好的，那你该怎么孝顺他就怎么孝顺他；你要觉得不好，那也是你自己的事，你自己决定。"

一码归一码，这是个简单但有用的道理。

平心而论，至少在七岁以前，蒋志强在蒋寒衣心里，都还是个有趣又可靠的父亲。

蒋寒衣不想把自己搞得苦大仇深，也没那闲情逸致去恨谁，于是这么多年，他对蒋志强一直保持着"碰了面就喊爸，没碰面逢年过节也能电话问候一下"的随和态度。

但最近蒋志强确实有点太招人烦了,平时短信骚扰骚扰他也就算了,现在居然敢登门了,还专挑蒋胜男在家的时间。

蒋志强时不时来找他诉诉孤寡的苦,他尚且能勉强接受给个好脸,谁让他生下来就是给人当儿子的;但蒋志强硬要来恶心他妈,他可就没那么客气了。

蒋寒衣捏捏眉心,皮笑肉不笑地说:"爸,你跟我妈都离婚多少年了,别再来了。你要想见我,直接打个电话给我就成,我请你吃大餐!"

蒋志强还想再说什么,蒋寒衣已经拉开单元门,摆出了送客的姿态。

蒋志强可怜巴巴地看了儿子一眼,没得到任何回应,只得再叹一口气,垂头丧气地走了。

蒋寒衣回到家,蒋胜男正悠闲地跷着二郎腿靠在沙发上,端了碗新炖的燕窝吃着,一屋子的奶香味。

蒋寒衣扭头看了眼厨房料理台上的包装。他母亲大人吃的燕窝果然还是那个老牌子,目测比刚刚蒋志强拎着的那个不知名杂牌的燕窝贵了至少十倍。

而看蒋胜男这兴致大好的模样,要么是又谈下了个大单,要么是刚刚大骂蒋志强发挥极佳,酣畅淋漓。

蒋寒衣觉得二者皆有的可能性高些。

于是他非常狗腿地走过去:"蒋总,奴才可想死您了!"

蒋胜男嫌弃地挪屁股坐远了点,睨了他一眼,问:"又给你舅看店去了?"

"啊。"蒋寒衣应声,"我还帮我舅卖了一辆车呢。"

蒋胜男"呵"了声:"他那堆古董还没锈?谁买的?"

"没呢,我舅多宝贝车啊。"蒋寒衣说,"我同学还挺喜欢的。"

"你同学?"蒋胜男有点惊讶。她以为这个年纪的小孩都追求性能高造型酷炫的车,哪个小朋友这么有品味?

"嗯,新转来的。"蒋寒衣又想到弋戈牵着大狗的高挑身影,一拍脑袋,"妈,咱家卷尺在哪儿?"

"你干吗?"

"我量量身高!"蒋寒衣从茶几底下的抽屉里掏出卷尺,贴墙站好,"你来帮我看看。"

蒋胜男不知他这又闹的是哪出,老佛爷起驾似的缓缓从沙发里站起来,踮着脚用手指在他头顶的位置标了个记号。

这面墙壁上从下至上一道道的刻度和日期,都是蒋寒衣从小到大量身高的记录。

最近一次记录还停留在一年多前,蒋寒衣蹿过一米七之后蒋胜男替他量身高就很费劲了,索性也就不量了。反正她儿子的身高、长相已经远超合格线,不愁"嫁"。

"你又受什么刺激了?"蒋胜男问。

蒋寒衣拿卷尺仔仔细细量了下自己的身高,正正好一米八。

"这不科学啊……"他纳闷地嘟囔了句,弋戈难道超过一米八?

"别神神道道的,有事说事!"蒋胜男一巴掌呼在他后脑勺上。

"哎,就是我们班转来的那个新同学,个子挺高的,我……比画比画。"蒋寒衣莫名地有点不好意思。

蒋胜男"扑哧"笑出声,感叹了一下青春期幼稚的胜负欲。

"你又不是姚明,有人比你高不是很正常。"

"不是,她是个女的!"蒋寒衣补充道。

"女孩子?"蒋胜男也有点惊讶了。

"对啊!特别猛一女的。"蒋寒衣拿手比画了下,脑海里又浮现弋戈的身影。

也不知怎的,他一想到弋戈刚刚默默帮他扶车的举动,还有她那天果断推翻范阳课桌的样子,心里都有种说不上来的感觉。既觉得新奇,又好像有点熟悉。大概是从没见过这样的女生,老觉得挺有意思的。

他想不出更贴切的词了,摆了摆手说:"哎,反正就一女生,跟我差不多高,整天牵一只巨大的狗,看起来牛哄哄的!"

蒋胜男看着儿子丰富的肢体语言和渐渐激动的语气,敏锐地眯起了眼,抱起臂退后一步审视地问:"你就是这么背后说人的?"

蒋寒衣一看他妈这种表情,立刻明白她误会了——蒋家家训,不许背后议论别人,更别提嘲笑和讥讽。

他忙解释:"没没没,我没那意思!我就觉得新奇,随口一说!其实我的意思是……她、她看起来还挺帅的!"

蒋胜男冷哼一声:"你少跟范阳那个嘴上没边的学,哪天要是被人打死了,我可不给你收尸。"

蒋胜男把蒋寒衣手里的卷尺收了,又喝完最后一口燕窝,把碗往茶几上一摆,指挥蒋寒衣道:"你,把碗刷了。"

蒋寒衣:"杜阿姨呢?"

蒋家的保姆叫杜丽娟,从蒋寒衣三年级起就在家里做事了。蒋胜男生意非常忙,这么多年一直是杜阿姨照顾蒋寒衣的衣食起居。

蒋胜男闭目养神:"我都回来了,给杜阿姨放个假。"

蒋寒衣:您是回来了,倒也没见您动手啊!

蒋寒衣认命地"喳"了声,收了碗走进厨房忙活起来。

第三章
第一名，弋戈

周一，树人中学高二年级的第一次月考准时来临。

在最后一考场，弋戈没有看到在桃舟时司空见惯的"染着黄毛打着鼻环的不良少年聚在一块儿抽烟"的景象。她看着空了的十几个座位，猜测大约是那些不良少年都直接弃考了吧。

但她明显感受到这里的氛围与一班大不相同。

沉闷、压抑，每个人的眼睛都无神。

他们看弋戈的眼神也和一班的人不太一样，没那么多的惊异、好奇或是意味难明的探询，大部分人都只是幽幽地抬一下眼，再默默地收回去。

看起来，他们都很困。

弋戈找到自己的考位。

她的位置是临时加的，最后一考场的最后一个座位，和垃圾桶比邻而居。

一个男生拖着步子慢腾腾地走过来，一边走一边擤鼻涕，发出黏糊糊的声音。

鼻涕擤完,他站在离弋戈两步远的位置,有气无力地扬手一抛。

那坨纸团在空中划过一道极低的抛物线,擦过弋戈的桌角,险险落进垃圾桶里。

弋戈的桌面上,留下一道不算长,但很明显的水渍。

"不……不好意思啊。"那男生推了推鼻梁上的眼镜,小声道歉,鼻音浓重。

弋戈的脾气发不起来,摇头说:"算了,你拿纸擦干净吧。"

"好。"男生又慢腾腾地从兜里掏出另一坨纸团。

和刚才那坨比,只是干和湿的区别而已。

虽然知道这团纸大概率是干净的,只是塞在兜里变皱了,弋戈还是有些硌硬,眼皮跳了两下,扭头不想看了。

那男生不知是不是感冒太严重了,一边吸着鼻子一边展开纸巾,动作实在很慢。

还没等他开始擦,预备铃打响,监考老师抱着卷子进来了。

"快点啊!"弋戈忍不住催促。

"好好好。"男生一慌,又扶了下眼镜,还在捋纸。

"算了,我来!"

弋戈实在看不下去,伸手把他那一大团纸全拿走了,往桌上一拍,三两下擦干净。

"你去丢一下。"

擦完桌子,弋戈腾开手。她还是有点嫌弃,不太想把擦过的纸拿起来,毕竟沾了鼻涕。

"哦……好。"男生又点头。

"那两个!干吗呢!"讲台上的副校长发现他们俩还不安分,厉声呵斥道。

在考试关注度上,最后一考场和第一考场难得享受同样的待遇。每次月考最后一考场都是有资历的老师来坐镇,监考的力度也严得多。

那男生被吓得一哆嗦,小声说了句"不好意思",一溜烟跑回了自己的位置。

剩下那一大团纸巾还"陈尸"桌面。

弋戈无语。

跑的时候动作倒挺快。

她剜了那男生的背影一眼,嫌弃地拈起那团纸巾的一角,丢进垃圾桶里。

"坐好!桌面上除了笔不要留任何东西!现在开始发卷子!"副校长叫杨红霞,年过四十,中等身材,大鬈发,红框眼镜,眼神犀利,瞪了弋戈一眼,警告道。

弋戈平静地回视她的目光,拿着笔坐正了。

上午考语文,弋戈答卷速度快。作文她一向只写议论文,按着老套的框架凑三个论点三套论据堆上去,提早了四十多分钟完成。

但树人规定不能提前交卷,弋戈又没有检查语文试卷的习惯,只好搁下笔发呆。

其他同学都还在埋头苦干,弋戈突兀的"闲适"让她成了副校长的重点关注对象。她时不时地就抱着手臂晃到弋戈身边来,左看一眼,右瞟一眼,生怕弋戈是作了弊或想抄袭。

弋戈被她看得浑身不自在,索性把卷子往前一推,拿笔压住,别开脑袋撑着手肘面壁发呆,以行动表示自己没有抄袭的意图或机会。

挨过四十分钟,弋戈第一个交了卷,快步走出教室。

杨红霞狐疑地看着她的背影,又把她的答题卡翻来覆去看了两遍,看着她答得满满当当有模有样,心里更加疑惑,暗道下午要更仔细地监考。

下午考数学。

弋戈拿到卷子就通览了一遍,还好,除了立体几何,都是她熟悉的内容,而且立体几何相关的她也已经自学过一些了,多少能动笔。

她答题很流畅,写完整张卷子的时候,离交卷还有半个小时。剩下半道大题、一道选择和一道填空没有头绪,都是立体几何的题目。

弋戈仰头活动了一下脖子,又交替着摁了摁手指上的关节,才低下头去,准备用最后半小时死磕这三道题。

可在接下来的半小时里,杨红霞又像上午一样,隔几分钟就往弋戈这边晃悠、探脑袋、轻声咳嗽,似乎很不甘心,非要从弋戈这里发现点什么才对劲似的。

弋戈原本专注的注意力被她时不时打断,本就不太熟的题目,更加没思路了。

她越是急躁,就越是没头绪,一条简单的辅助线,怎么也找不准位置。明明在脑海里想的时候没问题,往图上一画,又不对了。

杨红霞在教室后方反复踱步,来来去去的脚步声扰得弋戈心烦意乱。
终于,弋戈心里着急,手上一用力,试卷纸被擦破了。
这条辅助线,是彻底画不出来了。

时间只剩最后十五分钟,弋戈不再纠结这道大题,转战选择和填空。
填空题做完,杨红霞又踱回她身边,在她座位旁边停留着,抱着手臂,侧倾身体看着她的试卷。

弋戈忍无可忍,抬头看了杨红霞一眼。

杨红霞终于找到了发挥的机会,拧着眉毛呵斥道:"不要乱瞟,自己写自己的!"

弋戈胸口气结,"唰唰"在草稿纸上写了个大字,直接贴到她面前。

杨红霞探头过来一看,勃然大怒,手掌重重地拍在她桌面上——

"你写的这是什么!"

其他同学纷纷看过来。
弋戈抬头,淡淡地迎着杨红霞的怒视:"我叫你滚开,看不懂?"
"你怎么跟老师说话的?"

"丁零丁零!"
考试结束。

弋戈把答题卡塞到杨红霞手里,起身想要离开。
"你给我站住!"杨红霞火冒三丈,"你跟我去校长办公室!"

两天的考试结束,老师们被关进综合楼连夜阅卷。
翌日,树人中学高二(1)班的学生们得知了两条大新闻:
第一条,新来的那个转学生刚考完数学就被叫进校长办公室了。
第二条,夏梨这次考砸了,年级第一怕是悬。

树人的惯例,考试后发卷子的那天不上早读。
弋戈走进教室时已经是七点四十五分,她知道所有人都在偷偷看她,一定是因为数学考试那件事。
她目不斜视地走到位置上坐下。
热心的班长同桌再一次投来关切的目光,但因为见识过弋戈的脾气,她没敢直接开口。
倒是后座的范阳,盯着弋戈的后脑勺,又联想到这两天听到的种种刺激八卦,实在是按捺不住,手贱地戳了戳弋戈的背。
"喂,喂!"他叫道。
弋戈黑着脸转过头来:"有事?"
范阳兴奋地问:"我听说……你跟杨红霞杠上啦?"
没等她回答,他赞叹起来:"牛啊大姐,我都不敢跟灭绝师太正面交锋,她太能'哔哔'了!"
弋戈又黑着脸转回去。

范阳又戳了弋戈一下:"哎,跟我们说说,你怎么就跟杨红霞干上了?她骂你了?你骂她了?你不会真的作弊了吧?"

自前天以来,学校里流传着种种说法,关于一个空降的转学生怎么就和灭绝师太正面硬刚上了。

有人说,是因为弋戈考试不规矩被杨红霞抓了现行;也有人说是杨红霞先找碴儿,弋戈才骂了她。

总之,大家把她俩对峙的场面传得十分离谱,比李莫愁杠上了灭绝师太还惊天动地。

范阳起先觉得作弊是不可能的,都已经在最后一考场了还有什么作弊的必要?可现在看弋戈不说话,他又开口分析说事情也许没有那么简单。

夏梨倒吸一口凉气,连忙朝范阳使眼色。
蒋寒衣也抓着他的胳膊用力一捏,警告他闭嘴保平安。
"干吗,我就问问!"范阳莫名道。
说着,他还要继续去戳弋戈的背。
蒋寒衣和夏梨二脸绝望,仿佛已经看到了范阳半分钟后"血溅当场"。

还好,上课铃拯救了他。

第一节是语文。
弋戈第一次见到了语文老师,是个很年轻的女人,打扮得也青春靓丽,这让她有些意外。
她还以为尖子班都会是教龄二十年以上的秃头呢。

答题卡发下来,弋戈毫不意外地迎来了一个不太好看的分数"99"。
60分的作文,她只拿了38分。前面的题目,除了前三道论述类文本阅读和古诗文默写,她每一题都得扣一两分。

弋戈看着那两位数有点烦躁,抬头随意地看了看别处。

正好对上夏梨的目光。

再往下一点，看到了夏梨的分数，129分。

夏梨朝弋戈温柔地笑了笑，两个小梨涡显得她更甜美了。她看见弋戈的分数，似乎想说点什么，但有些欲言又止。

弋戈牵牵嘴角笑回去，低头继续检查自己的失分点，然后认真跟着老师的节奏订正试卷。

虽然根据经验，再怎么订正，她这分数也不会有什么起色。

弋戈考不好语文，就像银河小时候怎么也学不会用奶嘴喝奶。

这都是命。

第二节数学课，刘国庆夹着一沓卷子走进教室，潇洒地往讲台上一扔：“课代表来发一下！”

蒋寒衣站起来开始发答题卡。

弋戈有些吃惊，这货居然能当课代表？再一想，怪不得他那天在刘国庆眼皮子底下打游戏也丝毫不慌，原来是"嫡系"。

发完卷子，刘国庆也不知受了什么刺激，忽然想起来让弋戈做一个自我介绍——在她已经转学快一周之后。

"我们掌声欢迎一下新同学！"

弋戈抬头看了看讲台上笑眯了眼的刘国庆，又看了看自己桌上刚发下来的数学试卷，看看来她的成绩让他十分满意。不确定是不是这个成绩改变了他对她这位"乡下转学生"的看法。

147分。

她最后关头瞎选的那个选择题居然蒙对了。

那半道她没有思绪的大题，也拿了点步骤分，最终只扣了三分。

弋戈把试卷反过来扣在桌上，起身走向讲台。

·051·

她折了半根粉笔在黑板上写下自己的名字,然后说:"大家好,我叫弋戈。"说完就径直走回座位。

班里静了几秒,刘国庆搓了搓手,点点头道:"欢迎弋戈同学加入我们班哈,接下来的两年里,希望大家互相帮助,共同进步!"

刘国庆开始讲评试卷,弋戈能感觉到夏梨一直往她这边看,想知道她的卷子答得怎么样,大概又是要提供帮助。

弋戈对这位班长兼同桌的过度热情已经不太耐烦,反正都147分了,她干脆再次低头做起自己的事,还是一副"自暴自弃"的样子。

身边传来一声轻轻的叹息,夏梨没有再关注她。

下课后,刘国庆把弋戈叫进办公室。

"原来你基础这么好!"一坐下,刘国庆就不掩惊喜地说了句。

弋戈站在他面前,如实道:"我第12题是蒙的。"

刘国庆喜色不减,还非常善解人意地替她分析了原因:"没事,立体几何你们是不是还没学到?咱们这进度确实快一点,而且我看你其他题目都答得很好了。"

弋戈"嗯"了声。

"找你来呢,是有两个事想征求一下你的意见,"刘国庆慢悠悠吹了口茶叶,"一个是,你需不需要换座位?"

弋戈有些疑惑,刚坐一天就换座位?

"哦,没事哈,你个子虽然挺高的,但毕竟是新同学,坐倒数第二排会不会有点影响听课?"刘国庆看出她的疑惑,笑着解释道。

弋戈默然。

她身高一米七八,在女生中远远不止算是"挺高的"。

一张高分的试卷就能带来一个换座位的机会,甚至把她前天犯的"不尊重师长不遵守考场纪律"的错误也一笔勾销。

哼。

她又在心里默默愤青了一把。这位刘主任还真是一点不掩饰自己唯成绩论的心思。

哼，重点学校？人文底蕴？素质教育？

弋戈又在心里愤青了一把。

她不想再认识新的同桌经历新一轮的寒暄，直接摇头拒绝。

"啊……也行，夏梨帮你融入融入环境也好。"刘国庆顿了顿，又说，"第二个事，你愿不愿意当数学课代表？"

弋戈更惊讶了，这位大爷哪儿来这么多莫名其妙的想法？

"你可能不知道哈，每次我出的试卷呢，他们都是要掉一层皮的，这次年级平均分估计都上不了80。"刘国庆说这话的时候，脸上不无得意，"就你一个考到145分以上，所以说实话，你的成绩非常让我惊艳。

"我现在的课代表是蒋寒衣，上学期临时委派的，当时找不到合适的人，"刘国庆看起来有点头疼，"那小子数学成绩不错，但性格不太沉稳，不是很适合当课代表的。"

刘国庆说了一大串，最后问一句："你觉得呢？"

弋戈明白老师露出这种微笑基本等于不容拒绝，说是"征求意见"，其实是知会一声而已。

但她还是摇了摇头。

"我性格也不沉稳。"

刘国庆的表情有点僵，但他毕竟当了二十多年老师，很快调整过来，温和地问："能和老师说说，是什么原因吗？"

弋戈看着他和煦慈祥的笑容，不得不想到仅仅两天之前，也是在办公室，他对她还非常头疼。他对她的态度和现在截然不同。

杨红霞拉着弋戈穿过满走廊围观的人，怒气腾腾地把她带到校长和刘国庆面前"接受审判"。

"刘老师，你看看你们班的好学生！"

弋戈潦草写着个"滚"字的草稿纸被她"啪"地摔在桌上。

刘国庆一看，脸色就变了，皱眉质问弋戈道："这是你写的？"

弋戈点头:"是。"

"还好意思说是!你想干什么?"刘国庆怒火中烧。

弋戈面不改色:"她一直在我身边晃悠,影响我考试,所以我想让她走开。"

杨红霞声音尖厉:"你要是不心虚,怎么会这么怕老师监考!"

弋戈:"你觉得你在我身边晃悠的频率正常吗?你的脚步声、咳嗽声,哪一样对考生来说不是干扰?"

"你从上午考语文就不正常!"杨红霞气得说不出话来,又转向刘国庆,"刘老师,这就是你收进来的好学生?"

刘国庆此时却收敛了方才的怒意,看向弋戈。

这两天他终于有空看了看她之前的成绩单,也扫了眼她的档案。他心里有数,弋戈没必要作弊。

这其中应该有什么误会。

但杨红霞气成这样,又是在校长面前,不给个交代说不过去。

他一时没说话,杨红霞已经开始新一轮的训导。

"我们树人,从来没有这么态度不端正还不尊重师长的学生!"

"老师监考严厉一点是因为什么?为什么我们从来不担心第一考场的学生?你自己怎么不反省反省!"

"刚来就敢作弊,树人的风气都……"

弋戈默默听她义正词严的一大串,却在此时开口了。

"我没作弊。"弋戈冷冷地看着她说。

杨红霞愣了一下,后知后觉地意识到自己在还没有确切证据的情况下断定了一个学生"作弊"。

她执教三十年了,虽然因为教学严厉不苟言笑被学生背地里叫作"灭绝师太",也从来不受学生欢迎,但一直自认是个公正负责的老师。

她很久没因为生气而口不择言过了。

杨红霞没接话,轻哼了一声。

弋戈则表情冷淡,但目光坚毅,看着校长又说了一遍:"我没作弊。"

老校长头发花白，头疼地揉了揉眉头，给刘国庆递了个眼神，意思是他自己班上的学生自己搞定。

刘国庆轻咳了声，指了指弋戈说："这个事情我们老师会调查清楚，教室里都有监控，调出来看看就知道了。"

弋戈说："调查结果出来了，请告诉我一声。"

刘国庆没想到她会这么要求，怔了下才点了个头，又正色道："但不管结果怎么样，你现在都要给杨校长道个歉。怎么能那样和老师说话？"

弋戈不说话。

刘国庆催促："快呀！"

弋戈抬头，说："那也请她给我道歉。"

刘国庆惊呆了："你说什么？"

"戴着有色眼镜看学生、打扰学生考试、冤枉学生作弊，不该道歉吗？"弋戈语速很快，一个磕绊也没打。

"什么叫打扰你考试？我是监考老师！"杨红霞几乎怀疑自己听错了，教书三十年，她什么时候见过这么横的学生？

居然还理直气壮地罗列起老师的罪名了，多荒唐！

"还有，调查结果还没出来，什么叫我冤枉你？"杨红霞气极了，连头发丝儿都在发抖。

"好，那就等调查结果出来。"弋戈淡淡地说，"出来后，我为我的出言不逊道歉，你为你的偏见和错误道歉。"

说完，弋戈扫了眼刘国庆："我能走了吗？"

刘国庆一时没反应过来。

他处理过那么多师生矛盾，见过不服管教敢在办公室直接摔杯子的学生，也见过一被批评就委屈巴巴疯狂掉"金豆"的学生，但就是没见过这一号的。

你说她没错吧，她把老师气得直接告到校长办公室了。

.055.

你说她有错吧,她句句反驳都逻辑清晰,好像还有那么点道理。

弋戈见他不说话,自顾自说了句"那我走了",头也不回地离开了办公室。

现在,两天过去了,刘国庆说的"调查"没了下文,弋戈也没有收到任何处罚或道歉。

倒是昨晚弋维山回家,她听见他打电话,似乎叫了对方一句"老师"。不知道是不是和这件事有关,弋戈也没问,反正她亲爹在这方面一向是非常关心她的。

刘国庆还保持着亲和度一百分的笑容等待弋戈的回答。

弋戈看着他满脸皱纹挤得像朵发育不良的菊花,有点心不忍,想了想编了套说辞:"我才刚来,还不太熟悉班里的环境。而且我从来没做过班干部,没有经验。"

这个理由虽然很空,但至少听起来冠冕堂皇的,更何况弋戈说得一本正经,十足真诚。

刘国庆有了台阶下,呵呵笑着点头:"那老师也不强求了,这件事我们就以后再说吧。"

弋戈点点头:"没什么事我先走了。"

刘国庆笑着摆手:"行,回教室去吧。"

弋戈没有回教室。上午上完两节课后,有一个二十五分钟的大课间,她下楼去小卖部买水。

树人的小卖部和食堂分开,在综合楼那边,离教学楼还有一段距离。这么多年一直是私人所属,垄断了树人的零食市场,但装修却很破旧,特别像个黑店,因此被学生们叫作"小黑屋"。

江城的天气实在过于诡异,昨天还妖风阵阵,今天就艳阳高照,气温直接蹿升了五六度,从教学楼穿过操场到综合楼,弋戈走出一身汗。

她很怕热,所以特别能喝水,抱着三瓶农夫山泉去柜台结账。

正好看见一个白白胖胖的女生挤进那扇摇摇欲坠的小木门。

朱潇潇。

弋戈认得她。

一是因为客观来说她的身材的确很容易被记住,二是因为课间时,她看见范阳问她:"朱妹妹,早上吃的啥?"

当时朱潇潇居然一点不生气,反而笑呵呵的,任范阳嘴贱。

她笑起来,脸上白乎乎的肉挤作一团,有些滑稽,也不失可爱。

弋戈对这个大大咧咧的笑印象深刻,因为她不太理解,面对这么不怀好意的讥讽,朱潇潇为什么能笑得这么自然?

朱潇潇其实长得很好看,皮肤白皙,脸若银盘,眼睛也是圆圆的杏眼,十分灵动,鼻梁很高,嘴唇小巧似樱桃,只是走起路来,因为腿上肉太多,有些迈不开步子,看起来是横着往前挪动,有点像螃蟹。

"Hello!"朱潇潇也看见弋戈,笑着打了声招呼。

弋戈意识到她盯着人家看了太久,有点不礼貌,抱歉地朝朱潇潇笑了笑。

朱潇潇却没什么反应,走到收银台边的冰柜前挑了一支巧乐兹,还主动问弋戈:"你要来一支吗?"

弋戈摇摇头,不知为什么觉得有点尴尬,随手又抽了盒口香糖。

朱潇潇倒是大大方方,继续往右边走,又问老板娘要了一只烤肠,隔着烤炉指了指:"要烤爆了的,那根。"

柜台后的老奶奶也说笑一句:"丫头,真会吃啊!"

朱潇潇又露出那种大大咧咧的笑,眯眼道:"那当然,肉不能白长!"

奶奶被她逗得哈哈大笑。

弋戈结完账,抱着三瓶水正要出去,就见蒋寒衣和范阳也勾肩搭背地走进来。

"哇,咱们班两大'巨头'会面啊!"范阳是一刻不说话就能憋死,见弋戈和朱潇潇齐聚,夸张地叹了句。

蒋寒衣脸色微变，用力撞了下范阳的肩。

朱潇潇还是不生气，边笑边佯怒回了句："你不说话能死？"

笑得还挺好看。

弋戈觉得这三个人都不太正常，没再看他们，擦着范阳的肩走了。

范阳又追着她问："喂，大姐，你到底为啥跟杨红霞杠上了啊？跟我们说说呗！"

弋戈顿住脚步，语气不善："跟你有关系？"

她板起脸，原本寡淡的五官显得凌厉起来。

范阳被她噎了一下，觉得又是热脸贴了冷屁股，落了下风，于是不怀好意地笑道："怎么没关系？你要是因为作弊被杨红霞抓了，那可是我们班的脸面！我们一班，从没这么丢人过！"

弋戈神色分毫微变，看也没再看他一眼，转身头也不回地走了。

蒋寒衣眉毛一绞，狠狠拽了范阳一下。

范阳不耐烦地一甩手："你老拉我干吗！她拽什么拽啊，我好好地跟她说话她干吗每次都那个脸色……说句话能死是不是？"

蒋寒衣："不说话不会憋死你。"

"我关心一下怎么了？再说了，我说的有错吗？"范阳来劲了，"如果没作弊，她干吗藏着掖着啥都不说啊？要是真作弊了，咱们班丢得起那个人？"

蒋寒衣冷笑一声："她数学147分，你觉得怎么作弊能考147分？"

范阳下巴都快掉地上了："啥？147分？"

蒋寒衣没空欣赏他的蠢样，快步走出了小卖部。

弋戈走了几十米，身后忽然传来一阵脚步声，然后听见有人喊了她一句——

"弋戈！"

回头，蒋寒衣站在她面前。

大概是因为天气太热，她的心情也跟着烦躁，眉毛又不自觉地绞起来。

这人怎么阴魂不散？

她这副生人勿近的神色有点唬人，蒋寒衣看着，差点忘了自己要说什么。

他原本是觉得范阳刚刚的话确实有点没分寸，过分了，想替兄弟道个歉来着。

"哦，我叫蒋寒衣，坐你后面左边的。"他决定先自我介绍，以免弋戈并不记得他。

弋戈眉毛绞得更深，眼里闪过一瞬疑惑的神色。

那个眼神的意思很明显——"您是智障还是我智障？"

"那个……"蒋寒衣尴尬地挠了挠脖子，"范阳就那样，嘴贱，其实没恶意的，你……你……"

蒋寒衣心里急死了，他明明是个人见人爱花见花爱的小帅哥，老少通吃跟谁都能聊几句，连卖油饼包烧卖的老太太每次都会给他包个最大的烧卖，怎么一到这位面前他就不会说话了？

就算她养了条恶犬，也不至于把他吓成这样吧？

蒋寒衣一帆风顺的交际人生里，出现了第一个滑铁卢，名叫"弋戈"。

"哦。"弋戈干脆地打断了蒋寒衣纠结的措辞，脸上明明白白写着四个大字——"有屁快放"。

一箩筐的话，因为他自己的紧张抖掉了半箩筐，再被弋戈这么一"哦"，剩下半箩筐也吓没了。

"你……你别跟他计较。"蒋寒衣挤出这么一句。

"他是智障。"弋戈语气平平，"我不跟智障计较。"

蒋寒衣看着弋戈铁血神色，勉强点了个头："那就好。"

蒋寒衣感觉到弋戈不太想再看见他，于是自觉地转身以最快的速度消失了。

蒋寒衣头顶两绺不安分的头发立起来，也随着他的步伐倔强地跳动着。

弋戈看着他背影，心里那点模糊的记忆又清晰了一点——没错，就是当年那个送她狗的二百五。

弋戈回到教室，发现夏梨趴在桌上，身边围了几个女生。

"好啦班班，别难过了，这次题目太难啦，你已经考得很好了！"

"就是呀，老刘出卷子一直这么变态，我才刚及格呢……"

"对嘛夏梨，你给别人留条活路吧，118分还差啊。"

"蒋寒衣也才考了132分哎……"

…………

看来是数学没考好。

座位被围住，弋戈没法进去，只好站在外围默默地听女孩子们柔声细语地安慰夏梨。

"132是不是最高分啊……这次卷子真的太难了。"

"不是吧，听说三班还有个一百四十多分的呢。"

"三班？那这次第一名不会也在三班吧……"一个女生忽然有些忧心忡忡地说。

其他人忙朝她使眼色，又说："怎么可能呢！咱们班还有学委他们呢。"

"但这次数学拉分实在太严重了啊……"

"我听说三班那个一百四十多分的，就是姚子奇，他其他几门也挺好的。"

…………

"干吗呢！这么热闹！"

范阳勾着蒋寒衣的肩膀走进教室，手里还拿着一本杂志："班长，我从楼下文科班给你劫了本最新的《青年文摘》！"

夏梨迅速直起身，抹了抹眼睛，小声地驱散地围观的女生们："好啦我没事，你们回去吧。"

"哟，这怎么了这是！"范阳看见夏梨眼睛红红的，忙回头叫蒋寒衣，"寒衣！夏梨哭了！"

围着的女生们自觉地给蒋寒衣让出一条道。

弋戈抓住机会，先坐进了自己位置。

夏梨这才发现弋戈刚刚一直被堵在外面,红着眼睛还要来和她道歉:"不好意思啊。"

弋戈摇摇头。

蒋寒衣走到夏梨的身边,问了句:"怎么了?"

夏梨还没说话,先有人问了:"蒋寒衣,你数学是第一名吗?"

蒋寒衣:"不是。"

"啊?那完了!真的是三班的人啊!"有人哀号。

"谁说的?"范阳嘴快,一巴掌拍在弋戈的肩膀上,"一哥147分呢!"

弋戈被他忽然这么不见外地一搭,肩膀僵了半边。

范阳还笑嘻嘻地问:"哎,我给你起的这外号,霸气不?是不是贼适合你?刚好还和你名字谐音,妙啊!"

然而,其他人没空关心他给弋戈起了什么外号,都被范阳说的"147"给说蒙了。

147 分?

这么变态的卷子,她考了 147 分?

她不是乡下中学转来的吗?

不是说成绩不行跟不上走后门来的吗?

夏梨也惊讶极了,没能控制住表情,错愕地看着弋戈。

她还以为弋戈把答题卡反扣起来不让别人看,是因为考得差没面子;她还在想,如果弋戈愿意的话,她可以抽空辅导弋戈……

此刻,夏梨无比庆幸自己没有自作多情地提供帮助。

弋戈瞪着范阳:"手拿开。"

范阳悻悻地收手,嘴里还不停:"哦哦,不好意思啊,大意了大意了,没想起来你也算个女的。"

弋戈冷冷地问:"你怎么知道我考多少分?"

说完,她不等范阳的回答,看了眼蒋寒衣。

蒋寒衣是课代表,除了老师,只有他看到过她的答题卡。

蒋寒衣被弋戈这么一瞥,忽然有些心虚似的,摸摸鼻子躲开了眼神。

躲完他才反应过来,这有什么好躲的?

他堂堂数学课代表,讨论一两句班级成绩怎么了?

夏梨怔了半天忽然笑了声,说:"你好厉害!这样就不用担心了,第一肯定还在我们班的。"

其他女生好像也感受到她的号召,附和道:"对对对,肯定还是在我们班。"

弋戈看着她们,也不知怎么想的,把自己的语文答题卡拿了出来。

99 的分数很是扎眼。

"我没戏。"她淡淡地说。

空气里弥漫着浓浓的尴尬,只有范阳目瞪口呆地说了句:"你这到底是啥水平啊,也就比我高五分!"

弋戈无语。

最终还是夏梨出来打圆场:"算啦,我们别在这儿瞎猜了,晚上就知道了。"

众人渐渐散去。

弋戈继续写自己的练习册。

夏梨看着弋戈专注的侧脸,犹豫了很久,还是什么都没说。她看着自己 118 分的数学试卷,整整两道空着没时间写的大题,心里堵得慌。

身后蒋寒衣忽然叫她一声:"夏梨。"

夏梨扭头,蒋寒衣把自己订正好的试卷递给她:"不会的问我。"

夏梨看见他用红笔写上详细的解题步骤,和以前一样。她笑道:"好,我不会客气的!"

范阳插嘴道:"订完了别忘了给我啊!我这儿才是重灾区呢。"

夏梨笑道:"知道啦,哪次忘了你?"

蒋寒衣摊开课本糊在范阳脸上:"你先给我把这几个定理背了。"

夏梨从小见惯了他俩打打闹闹,咧嘴笑起来,笑声如银铃般清脆。

直到笔尖在试卷上划出一道痕,弋戈才意识到自己已经发愣很久了。

……她居然在听身边三个人的对话。

有什么好听的?

她晃晃脑袋,提醒自己集中注意力,又继续写卷子去了。

晚自习的第一节临时改成了班会,用来公布开学考试成绩。

刘国庆春风得意地走进教室。

站到讲台上,他满眼喜色地先扫视了一下全班,最后,他的目光落在弋戈身上,难掩激赏。

虽然被他锁定的弋戈仍在埋头干着自己的事,压根没理他。

"好了,大家停一下,我们一起看下开学考试的成绩哈。"刘国庆难得和颜悦色,"弋戈,你也停一下。"

他笑眯眯的,还单独点了弋戈的名。

范阳起了一身鸡皮疙瘩,搓着胳膊嘀咕道:"老刘这态度这嘴脸……"

蒋寒衣笑了声。

弋戈放下笔,茫然地抬头看。

多媒体幕布上已经打开了排名表。

第一名,弋戈。

语文 99 分,数学 147 分,英语 141 分,物理 98 分,化学 89 分,生物 92 分,总分 666。

第二名,夏梨。

语文 129 分,数学 118 分,英语 142 分,物理 85 分,化学 86 分,生物89分，总分659。

人的眼睛习惯性地去捕捉熟悉的事物，弋戈因此还看见了蒋寒衣的名字。

他排在年级第49名，似乎除了数学之外，其他科目的分数都属于中等偏下，很不起眼，偏科偏得相当有技术。

"我说下整体情况啊！"刘国庆清清嗓子，开始总结发言，"整体来说，大家发挥得不错，这说明大家暑假里都没有偷懒，值得肯定！

"我要着重表扬的是弋戈同学，刚刚转来两天，很快就跟上了节奏，发挥出了自己的实力，为我们班在年级前十中又拿下了一个席位！"刘国庆赞许地看着弋戈，"大家给弋戈同学掌声！"

他说得其实很委婉，只说"年级前十"，而没有强调弋戈一来就占据了第一名。他需要照顾到其他学生的感受。

掌声响起来，夏梨是最积极的那个。她笑着凑过来对弋戈说："你真的好厉害！"

圆圆的梨涡使她的笑容极富感染力，弋戈也笑了，点头说了句"谢谢"。

"当然，我们也还存在一些问题！"刘国庆向来喜欢给个甜枣再扇巴掌，"大部分同学，尤其是排名靠前的同学，或多或少，都有偏科的问题。

"大家要引起重视，不能顾此失彼！"刘国庆的目光放在夏梨那一桌，"各科老师也会针对你们的情况找你们单独沟通，这几天大家自己也要反思一下。"

范阳又耐不住戳了戳弋戈的背，小声问："哎，一哥，你语文是发挥不好还是一直这德行啊……咱俩要不一起找老师去看看啊？"

他稳坐一班吊车尾一年多了，关心的当然不是语文成绩，只是对弋戈这位一直不给他好脸色的新同学充满好奇罢了。

弋戈没理他。

他不顾蒋寒衣的阻挠，又戳了两下，还吐槽道："我去，你背上肉挺厚啊！你瞅瞅这形变，好明显！"

蒋寒衣再一次绝望地闭上了眼睛。

弋戈回头，眸子漆黑："你舌头瘸了？"

"啊？"范阳没反应过来。

"我叫弋戈。"弋戈冷冷地说，"普通话不标准就闭嘴，别出来现，多丢你们一班的人。"

她重音强调"你们一班"四个字。

"你……"

范阳空张着嘴，被怼得毫无招架之力。

蒋寒衣没忍住，笑出了声。

晚自习结束，树人中学自行车棚内，范阳又和弋戈狭路相逢。这次他怎么也不听蒋寒衣的劝阻，誓要迎上去"一雪前耻"。

弋戈耳机里放着 Beyond 的《不再犹豫》，等着旁边的一个男生把车先挪走。两首歌切换的空当，她忽然听见一声口哨声。

一回头，看见蒋寒衣，还有那个满脸蹦油星子的范阳。

刚刚那声流氓口哨，想必就是范阳吹的。

范阳："巧了，一哥！"

蒋寒衣："骑车回家？"

两人异口同声。

弋戈一个也不想理，像没看到他们似的，撇开脑袋。

旁边那男生动作磨磨叽叽的，弋戈有些不耐烦，扫过去一眼，才发现对方有点眼熟。

定睛一看，不正是考场上擤鼻涕那位吗！

弋戈正想说什么，范阳忽然吊着嗓子上前打了声招呼——

"奇妹儿，是你啊！"

被叫到的男生猛地回头，隔着"啤酒瓶"底儿认了半天，才扶了扶眼镜，笑得有些局促："哦，好巧。"

"车怎么回事？坏了？"范阳上前扫了眼，发现是对方的车锁太旧了，生锈了不好打开，二话不说伸手帮忙。

他使蛮力一拧，车锁"咔嗒"一声开了。

"谢谢。"姚子奇轻声道谢。

范阳大剌剌地勾住他肩膀，胳膊被他嶙峋的骨头硌得生疼，夸张地"嘶"了声："奇妹儿，你可多吃点吧！这小身板，真的比林妹妹还林妹妹……"

姚子奇没接话，范阳又开始嘴上跑火车："你看，连个车锁都拧不开，挡了我们班大哥的去路！"

说着他往弋戈方向一指，却指了个空，再一看，弋戈不知什么时候直接把车扛了出来，已经潇洒地骑下了坡，只剩个背影了。

"骑得还挺快。"范阳咕哝了句。

姚子奇从范阳胳膊下钻出来，支吾地说："我……我先走了。"

说完，也一骨碌骑上车跑没影儿了。

一连勾搭两个人都没人理他，范阳有些挫败。

但他很快想到了另一件事，看着姚子奇瘦弱的背影嘟囔了句："他怎么还这么缩头缩脑的……你说，他舅还打他吗？"

蒋寒衣摇摇头："不知道，希望不会吧。"

范阳叹了声："我上次还碰见职高那群混混围着他。都是些厌包，净挑软柿子捏，吓两句就跑了！"

一想到那天姚子奇被堵在巷子里瑟瑟发抖的模样，范阳就有些于心不忍，后悔当时没把那几个混混的模样记住，不然还可以报警或私下找人教训一顿。

"……唉，你说奇妹儿怎么就那么衰呢，感觉全天下的破事都让他碰上了。"

蒋寒衣瞥他一眼："你少喊人家几句'奇妹'，他能好命点。"

范阳撇撇嘴："叫着好玩嘛，而且你看他那体格，一哥一个打他仨都没问题，不叫妹叫什么？"

蒋寒衣懒得理他，长腿一跨坐上自行车，乘着风冲下了坡。

巧的是，在校门口，两人又追上了弋戈。

下课时间校门口人流量大，弋戈两条腿支在地上，随着车流缓慢挪出。

"我去，她腿挺长啊！"范阳看了一眼，脑子里的实时弹幕又活跃起来了。

蒋寒衣一个没看住，范阳又挤上前去了。

"一哥！"范阳伸手拍了拍弋戈的肩，"你是不是住盛世华庭？寒衣也住那儿，他上次都看见你了！我们同路，一起走啊！"

弋戈二话不说，脚一蹬，眨眼便从人群缝隙里钻了出去。

她灵活得像一尾鱼，留下蒋寒衣和范阳在人群拥挤中目瞪口呆。

"说句话能要她命？"范阳愤愤道。

蒋寒衣："是你嘴太贱，和人家没关系。"

"放屁！"范阳拒不认罪。

从弋戈转来第一天起，范阳被蒋寒衣和夏梨教训了好几次，都说他不该这么拿弋戈的身材开玩笑。既然她不爱搭理他们，他就别自讨没趣了。

范阳却总是耐不住嘴上的寂寞，心里要抱怨怎么会有这么开不起玩笑的人。他从小是个爱说笑的人，嘴上没把门，但从小到大也没有谁真和他急过眼，反而还交到了不少朋友，因此，他常常为自己的风趣幽默扬扬得意。

而且他也没有恶意，想用不见外的方式拉近与转学生之间的距离，图个好玩罢了。

再说了，弋戈那身材只能算是壮实，个子太高，倒也说不上特别胖，班里又不是没有比她胖的。人家朱潇潇不也从来没发过脾气吗？

"就她开不得玩笑，喊！"范阳嘟囔了句。

"走了。"
蒋寒衣没听他的牢骚，长腿一蹬先骑远了。

第四章
扔铅球的女孩

熟悉学校环境之后,弋戈顺利地进入到习惯的生活模式。

上学,写作业,遛狗,陪陈春杏说会儿话,周末的时候抽一个上午去看望弋维金。

她不期待和同学成为朋友,因此始终独来独往,班上大半的人还认不全。除了夏梨和蒋寒衣,也没有人主动和她打招呼。

但她知道在范阳的大肆宣传下,她和朱潇潇已经成立了名为"王炸巨头"的班级组合:她俩一个壮,一个胖;一个软,一个硬;一个是棉花球,一个是钢球……在课间贡献了诸多的笑料。

范阳不太敢单独拿她开涮,所以每次都把她和朱潇潇放在一起说笑,其中的逻辑大概是——朱潇潇都不生气,你怎么好意思生气?

而弋戈只是诚实地履行着对蒋寒衣的承诺——"我不跟智障计较"。

弋维山和王鹤玲出差频繁,一出差便没了踪影,弋戈也不问他们什么时候回家。弋维山每天都会发短信来关心一下她在学校的情况,弋戈每次都回"还好,谢谢爸爸",连她自己都觉得没创意。

王鹤玲倒是给她打过一次电话,说的是校服的事情。王鹤玲看弋戈的校服不太合身，想要重新买，问弋戈的尺码。

弋戈说不用，马上就换季了，她会自己上报新的尺寸。

电话里一阵沉默，然后是果断的忙音。

转眼就到了月末。

树人每一年的运动会安排在国庆长假前，月考反而在长假之后，为了让同学们安享假期，非常人性化的方案。

一班没有体育委员，据说是因为分科后刘国庆只顾着确定班长学委和课代表，卫生委员文体委员之类的班干都空着，事情全都一股脑儿丢给夏梨。

范阳最爱凑这种热闹，一早主动揽了活，猴子似的在教室里蹿来蹿去问大家要报什么项目。

一班人少，女生尤其少。男子项目范阳还能半商量半胁迫地勉强把报名表填满，女子项目就不好办了。

求爷爷告奶奶绕了几圈，女生们要么以身体原因婉拒，要么象征性地报一些比较好浑水摸鱼的项目。短跑、跳高之类的勉强填了几个名字，1500米、铅球等项目还都空着大半。

范阳哭丧个脸对蒋寒衣道："要不咱俩男扮女装去吧。"

蒋寒衣早读时默写交白卷被语文老师抓了现行，这会儿正双管齐下抄着《逍遥游》，眼皮也懒得抬，言简意赅地吐了一个字："滚。"

"班长，咋办啊这……"范阳上午刚对刘国庆夸海口说保证完成任务，被现实毒打了只好又找回夏梨。

夏梨扭头看着范阳，无奈地叹了口气："我也不知道……要不你再问问？"

范阳绝望地指了全班一圈："你看看这一个个鹌鹑似的脑袋，再问八百遍都没用啊。"

巧的是，那根绝望的手指停在了弋戈身后。

弋戈坐在自己位置上，专注地写着物理试卷，从刘国庆宣布运动会的消息到范阳满教室拉人,她全程没有关心。

反正已经没希望了,范阳消停了半个月的贱脾气又冒头,拿着根笔贱兮兮往弋戈背上一戳:"哎,一哥,报个铅球不?"

他这一戳,弋戈手一滑,卷子上顿时出现长长一笔划痕。

弋戈没好气地回头,绞着眉:"你有病?"

范阳看惯了她这凶神恶煞的样子,毫无惧色,还十分善解人意地重复了一遍:"我说,你要不要报个铅球?您这个吨位不上个硬菜可惜啊!"

范阳一开口话就没边,夏梨和蒋寒衣忙给他使眼色。弋戈看在眼里,忽然觉得没劲。他们三个有的唱红脸有的唱白脸,好像她是个精神脆弱的定时炸弹,一点就着。

可明明挑起话题的是他们。

她收敛神色,平静道:"没兴趣。"然后转回身去。

弋戈没发飙,居然连个黑脸都没甩,范阳觉得新奇,更来劲了,往前一凑又说:"别呀,这运动会说到底是集体活动吧,一个两个都不报咱班还怎么参加?"

他音量不小,虽然是针对弋戈说的,其他人倒是都听到了,头埋得更低。

范阳见状,索性扯嗓子对全班喊:"都听见了别装傻啊!虽然是自愿报名,但这是集体活动!都想着去操场上吃吃零食聊聊天,不怕其他班的笑话?"

越说越戏瘾上身,他干脆把报名表一甩,叉腰道:"都这样的话,这活我也不干了!反正连名都报不齐,咱班退出算了!"

姿势到位,语气到位,范阳这一出演得还真挺像,陆续有几个同学心虚地回过头来观望。

夏梨会心一笑,偷偷给他比了个赞。

范阳得了鼓励,心里得意,倒没忘了正事,戏继续演着,仍旧摆副黑脸:"爱报不报,反正不是我一个人丢脸!"

终于,有个女生站起来,豪迈道:"报嘛报嘛!又没说不报!我报个立定跳远!"

这是抢着把轻松的项目挑了,范阳心知肚明,但也没说什么,点了个头在报名表上加上名字。

立定跳远总共三个名额,瞬间报满了,教室里又安静下来。其余项目还是空空如也。

范阳没想到自己这么足一出戏药效才这点,火气真的蹿上来,极不耐烦地"啧"了声:"搞什么,真跟我求着你们报一样!"

刚刚是演戏,这会儿是真有点不爽了,手里拿着笔往边上一摔。

好死不死,这杆笔撞在墙上,一个反弹,打在了弋戈的背上。

范阳对天发誓,这次他绝对不是故意的。

说来也奇怪,从方才被打断起,弋戈就一直不能再集中注意力,止不住地竖着耳朵听身后的动静,好奇一场运动会而已怎么值得这么一番折腾。

一支笔弹在背上倒没有多疼,弋戈盯着试卷上那笔划痕,鬼使神差地,回头问:"报名表呢?"

范阳提心吊胆,生怕前座这位大姐直接给他一拳。

蒋寒衣也紧张着,既怕弋戈真的被影响了心情,又怕弋戈发脾气跟范阳干一仗。

谁知,弋戈看起来无比平静,还问报名表在哪儿。

范阳反应不过来,蒋寒衣却鬼使神差地用两指摁着报名表,戳到她面前。

弋戈抬眼,说了句:"谢谢。"

蒋寒衣目不转睛地盯着她,仿佛她签的不是报名表,而是一张价值千万的支票。

弋戈快速地填完,把表推回去,平静地转回了自己的位置上。

范阳连忙抓过报名表看,发现弋戈报了两个项目,1500米长跑和铅球。

　　这两个每年都是无人问津的老大难项目，别说人少的一班了，就是人数占优势的普通班，也未必能报齐名。

　　"天啊！大哥你行啊！"范阳激动无比，爆出一声惊呼，十分没数地拍了一巴掌在弋戈肩上。

　　这架势，不知道的真以为弋戈是他拜把子兄弟。

　　蒋寒衣连忙赶在弋戈黑脸前把他的"狗爪子"拽了下来。

　　弋戈回头，满脸写着"你有病"。

　　范阳后知后觉地屄起来，心虚地嘻嘻笑："我就是没想到你能报这两个。哎，对了，能采访你一下不？为啥报铅球啊？"

　　十几岁的少年有些难以言说的"心机"，在运动会的项目选择上要弯弯绕绕地想许久。譬如篮球、短跑，这些是自带魅力加成的项目，男生投篮时动作定格耍耍帅，女生跑起来的时候马尾飘扬，围观同学里春心萌动一大片。

　　铅球却是一个处在鄙视链顶端的项目，被认定属于"头脑简单四肢发达"的大傻个，对女生来说尤其如是。铅球赛场上，大家好像也从来不关心成绩如何，倒像是个"身材博览会"，偷偷观察着每个班被推出来的那几个可怜的胖子。

　　范阳都做好准备放弃这个项目了，没想到弋戈主动报名。

　　弋戈上下扫了他两眼，面无表情道："不然呢？靠你肩膀边上这两根筷子去扔？那才真是丢人，不知道的以为到了菜市场要选白斩鸡。"

　　"扑哧！"她话音刚落，蒋寒衣便绷不住笑出声来。

　　范阳蒙了好几秒，才反应过来弋戈是在说他胳膊细得像筷子。他不服气，两边胳膊抬起来正要反驳，话还没说出口自行闭了嘴。

　　……确实像筷子。

　　身边的家伙还在笑，范阳一巴掌呼在蒋寒衣的后脑勺上："笑屁笑！你比老子好到哪里去？"

　　他一看才发现，蒋寒衣确实在笑，但人家不是对着他。

蒋寒衣笑得像朵见了太阳的向日葵,眼睛直勾勾盯着弋戈。

而一向对后桌深恶痛绝的弋戈,居然也这么久都没转回去。如果他没有看错的话,她是不是也有点勾着嘴角在冷笑的意思?

这两人,是在一起嘲笑他?

"大姐,这么好笑?"范阳新奇地勾着脖子问。

弋戈被这一问,迅速敛了表情,剜他一眼转回身去。

范阳觉得不对劲,问蒋寒衣:"你俩笑啥?"

蒋寒衣也早收敛了笑意,看着范阳一副傻样,故作不屑道:"笑你。"

"笑你大爷!"范阳迅速被转移了注意力,一巴掌拍了拍蒋寒衣的胳膊,还捏了两下,"你比我好多少?不一样是个白斩鸡!"

蒋寒衣不直接反驳,指了指报名表上自己的名字。

　　铅球 蒋寒衣
　　3000米 蒋寒衣
　　4×200米接力 蒋寒衣

蒋寒衣:"你行你上。"

范阳想到自己好不容易才凑齐的男子铅球名单,不得不把这口恶气咽下,灰溜溜地起身开启了新一波"求爷爷告奶奶"之路。

没了眼毒且嘴碎的同桌,蒋寒衣忍不住继续看着右前方的女生伏案的背影。

刚才她故意用打量的眼光看范阳,又不屑地嘲讽他在运动会上不顶用,正大光明地以其人之道还治其人之身。

说白了,范阳这嘴贱的屡屡拿人身材开涮,他自己那小身板又好到哪里去?不过因为是男生,从没有受过这世界刻薄的审视,无端生出自信而已。

蒋寒衣又想到弋戈刚刚的那个眼神,憎恶的、不屑的、报复的,仿佛燃着一小丛蓝色的焰火。

蒋寒衣从没见过女孩子的眼里袒露这样直白的对抗与厌恶。

这个眼神像被拍了照片一样定格在他的脑海里，久久挥之不去。

运动会的意义是什么？

刘国庆在班会上说起这个话题，从勇于拼搏再创佳绩讲到友谊第一比赛第二，口若悬河地上了二十多分钟的思想教育课。

但对于大部分学生来说，这些都是扯淡——运动会真正的价值在于那宝贵的三天假期。再加上树人每次的运动会都连着国庆长假，艺高人胆大的，直接"旷会"，凑齐十天，约等于半个寒假。

当然，对于尖子班学生来说，这些都是不存在的。

刘国庆一早就"暗示"大家，开幕式结束后，没有项目的，可以轮流回教室自习，留几个同学加油就可以。

但他这话从来都没人听。

一年就一次的机会，一班就算有想留下来自习的同学，也会被其他人的热情感染，选择下楼去放松放松。

"多学这两天就能考上清北咋的，谁留谁傻！"去年，范阳更是一句话把大家的后路都给封死了。

没有人敢用行动宣誓"我要考清北"。

但今年，不知前情的弋戈就做了这第一人——当然，就算知道了前情她也会这么干。

她报了两个项目，铅球和1500米长跑。铅球报名人数少，没有预赛，决赛在今天下午；1500米小组赛在明天上午，半决赛和决赛都在明天下午。

弋戈在方阵里凑人头，混完开幕式就溜回了教室。

夏梨是一班方阵的旗手，又兼任广播站的播音员，焦头烂额地忙活了两个多小时，才找到时间回班换衣服。

一路走上楼，每一层都空荡荡的，因此发现弋戈专注地坐在教室里刷题的时候，她差点被吓了一跳。

"你……你没下去啊。"夏梨出声道。

弋戈这才发觉教室里来了一个人，抬头见是夏梨，点了个头，简略道："嗯。"

说不清为什么，看着弋戈这副两耳不闻窗外事的专注模样，夏梨有些介怀。如果换作是别人，她也许会关切地问一句是不是身体不舒服才没下去，或者直接玩笑着说对方一点集体荣誉感都没有。但这个人是弋戈，她就不知道该怎么说了。

"……不下去看看？"夏梨走过去，从抽屉里拿出备用的衣服，语气轻松，状似随意地说。

"不了。"弋戈没抬头。

夏梨没话说了，但她胸口莫名地堵着一团气，怎么也下不去。

她想了想，又说："铅球是在下午吧？到时候我们去给你加油！可惜今天我要在广播站值班……我让范阳找几个人组织个啦啦队吧，咱们班还是第一次有人主动报这个项目呢。"

这话终于让弋戈有了点反应，她抬起头，有些茫然地看了夏梨一眼，好像在思考什么。

夏梨微笑着等待她的回答。

两秒后，弋戈说："跳高是不是也在下午？我早上看了眼赛程表，好像和铅球是同一个时间。"

范阳报了跳高项目。

夏梨一愣，笑道："啊，是吗，我没注意。"她有些尴尬地说，"那我帮你看看其他同学有没有时间吧。"

"不用那么麻烦。"弋戈下意识地回答。

但看到夏梨有些僵硬的表情，她不确定自己这样是否有些无礼，于是又加上一句："谢谢。"

夏梨摇摇头，笑道："应该的。"

弋戈又低头去写题了，夏梨还是没忍住往她书页左上角瞥了一眼。

是物理题，她没刷过的一本教辅，似乎也没有听老师提起过。

换好衣服再次下楼前，夏梨从抽屉里拿了本物理错题集带上。

运动会的广播站就安排在主席台边上,几个大音箱支着。没轮到自己播报的时候,夏梨就躲在音箱后面,翻开错题集看。

可她高估了运动会的环境。

广播声、欢呼声,还有人来人往的脚步声,她根本没办法集中注意力看完一道题。更要命的是,她才勉强读完一道题,已经有好几个人经过她身边,感叹道——

"班长你也太用功了吧,这就是学霸的境界吗!"

"给我们留条活路吧……"

"啧啧,班长你这看的不是书,是清北正向你挥动的双手!"

…………

"啪"的一声,夏梨把错题集合上了。

她开始后悔把错题集带下来的行为,既没有真的看进去,还起了反效果——如果要听这些夹杂着崇拜羡慕和酸气的感慨,她为什么不干脆坐回教室里去?

像弋戈那样。

夏梨心里忽然产生一种冲动,她很想叫几个同学回教室看看,让他们看看弋戈才是唯一一个运动会还在努力学习的人。

这样就能证明,她并没有多努力,弋戈那才叫真正的废寝忘食——所以才能拿第一名。

学生时代有个很奇怪的现象,似乎没有人愿意承认自己很努力。

被问到为什么英语考得好,没有人会回答"我背了很多单词",轻描淡写地来一句"语感"才是标准答案;说起晚上几点睡觉,大家纷纷表示"我回家就睡啦",没人会承认自己点灯熬油到凌晨;有人来问题目,学霸的表面任务是讲解,隐藏任务是表现出这题太简单了我都没印象。

那时候,"努力"是个笨重的龟壳,而人人都想证明自己是轻盈的飞鸟,不费力气就能冲上云霄。

直到又做了很多年学生之后,夏梨才明白,那时候他们所羞于承认的,才是真正宝贵的。

错题集像烫手的山芋一样被夏梨装进书包里，不让别人看到。

正默念下一篇广播稿，范阳搭着蒋寒衣的肩走过来，问："班长，铅球是下午几点？"

"两点半。"

范阳哀号一声："唉，真的撞了！"他很是失望的样子，"我还想去看看一哥的英姿呢！"

蒋寒衣说："没事，我替你去看。"

"你能看出个屁！"范阳不屑道，"只有我，才高八斗的我，才能用最精彩的解说词陪伴一哥的首秀！"

蒋寒衣："那我怕她的球会往你身上砸。"

"滚！"

…………

夏梨看着这俩发小斗嘴，罕见地没有笑，也什么都没说。

下午两点半，铅球比赛在小操场进行。

弋戈粗略看了眼，高二年级一共十二个班，只有十个女生报名参赛。而且和她想的一样，大部分是超重选手，还有两个满脸写着"我想弃赛"的小个子女生。

但和她预料的不同的是，铅球比赛并没有很多人围观。小操场边稀稀拉拉站了一圈人，表现得也没有其他项目的观众那么激动，都懒洋洋地塌腰站着，遛鸟大爷路过似的。

弋戈环视半圈，没有看见熟悉的人，心里刚松了口气，就看见朱潇潇在另外半圈，拿着瓶脉动朝她挥手。

其他人还在抽签，弋戈想了想，还是朝她走过去。

"给你喝，加油加油！"朱潇潇把脉动塞弋戈手上，看起来有些激动。

"谢谢。"弋戈接下。

"是我谢谢你哦。"朱潇潇笑着说了句。

"谢我什么？"

"要不是你主动报了名，今年肯定又是我……"朱潇潇有些不好意思地低下头，"我根本不会，去年就垫底了的。"

有一瞬间，弋戈在朱潇潇脸上看到了赧然。

这种神情她很熟悉。青春期里，每一个胖姑娘都体会过那种心情，明明很难过，甚至很羞愧，已经没办法笑出来，却还是要尽量露出轻松寻常的表情。

但在朱潇潇脸上看到这种表情，弋戈还是有些意外，看惯了她大剌剌地自嘲"喝水都胖"，还以为她豁达至极不会为此难过。

弋戈一时不知道该怎么接这话。

好在哨声响起，比赛即将开始，朱潇潇忙催她回去："加油加油！"她振奋而亲昵地拍了拍弋戈的肩。

弋戈笑了笑，摇了摇手上的脉动，小跑回场地。

女子铅球重 4kg，每个人有三次投掷机会，取最好成绩。

按抽签顺序，第一个投掷的是 C 班的一个女生。她梳着低马尾，从上场到拿到铅球的这短短半分钟里，她捋了三次头发，明显有些紧张。

弋戈只消看一眼她抓球的动作，就知道这是个被强推出来凑名额的倒霉蛋。

果然，她的成绩只有 4.1 米。

裁判问女生是否要再投一次，女生连忙摆手，如释重负地小跑出了场地，连比赛都不继续看了。

第二个女生，最好的成绩是 6.2 米。

第三个女生，4.6 米。

第四个女生，4.5 米。

第五个女生，7.8 米。

第六个女生，8.1 米。

第七个女生，6.6 米。

弋戈抽签在第八个，上场前，她把头发重新扎了一遍，还多绕了一圈，扎得更紧。

她回忆着前两天现查的资料，以及在家练握球时的经验，握球时手指分开，大拇指和小指支撑着球的两侧，空出手心不触球。两脚分开，左右分至比肩稍宽。

调整好重心后,她把球推至锁骨边,想象着小时候在桃舟玩扔石头的样子,蹬地、转髋、送肩,将铅球全力推了出去。

她还没看清球落在哪里,先听见人群一阵惊叹。

远方的裁判挥着小旗子报回来她的成绩,9.1米。

裁判桌上那个昏昏欲睡的体育老师也终于清醒了点,笑着看向弋戈问:"还扔吗?"

弋戈点点头。

第二次,弋戈调整了一下脚步,把两腿稍微再分大了一点,推球时,右肩也更用力地往前送。

这次成绩是9.5米。

朱潇潇在人群里下巴都快惊掉了。

"还扔吗?"裁判又问。

"是取最好成绩,不是最新成绩覆盖吧?"弋戈确认道。

裁判被她较真的表情逗乐了,说:"这不管取哪个成绩你金牌都没跑了啊!"

弋戈点点头说:"扔。"

第三次,弋戈没做动作上的调整,只是更专注地握着球,用尽全力推了出去。

可惜,成绩只有9.4米。

"9.5米!"裁判潇洒一钩,确定了她的最终成绩。

人群里传来一阵夸张的欢呼叫好声,弋戈望过去,朱潇潇一张脸红扑扑的,挥舞着手臂为她喝彩。

等等!

蒋寒衣什么时候来的?

弋戈看见蒋寒衣在人群中，随着大家一起鼓掌，表情却有些怔怔的。她见他像只呆鸟似的，奇怪地瞥了一眼，没多想，又收回眼神看最后两个选手比赛。

最后这两位倒不像是被推出来凑数的，她们的动作相对标准，也都投满了三次，最终成绩分别是8.7米和9.0米，分列亚季军。

拿到冠军，弋戈松了口气，心里也短暂地雀跃了几秒。做完登记后，她拎着脉动去找朱潇潇。

半路却被不知从哪儿冒出来的范阳截住，范阳兴奋得直接拍了下她的肩："牛啊一哥！你这快破树人纪录了吧！"

弋戈一口气咳出来，扭头一看，又是范阳和蒋寒衣。

弋戈瞥他一眼，说："没破纪录，但比你应该强点儿。"

范阳满不在乎地耸耸肩，一把接过蒋寒衣手里拿了很久的冰矿泉水，殷勤地递给弋戈："来来来，大哥喝水！"

弋戈："我有脉动。"

范阳笑笑："行，大哥就要喝高级的！"

弋戈懒得再和他废话，转身正要走，蒋寒衣忽然出声了："那个……"

弋戈疑惑地看着他。

蒋寒衣打了个磕巴，眼睛却一直盯着她，顿了顿才问："你……是不是桃舟人？"

弋戈一愣。

这是突然又想起来了？

他这记忆系统还真是够抽风的。

不过这事倒也没什么特别的，虽然她原本并没有和蒋寒衣"认亲"的打算，但也没必要不承认，只是个籍贯而已。

于是她爽快地点了个头："是。"

蒋寒征的眼睛明显瞪大了一瞬，但他一时没接话，表情还是怔怔的。

弋戈等了两秒，见他还是一副傻鸟样，也没再说什么，头也不回地

·081·

走了。

弋戈已经走远了,蒋寒衣还望着她的方向发怔。
"不是,这啥意思啊?"
"什么桃舟啊?"
"桃舟咋了?"
范阳看得云里雾里的,一连三问,着急想知道蒋寒衣到底是犯了什么魔怔。
蒋寒衣被晃了半天,终于说了句:"我好像,以前就认识她……"
"你俩还有一段'旧情'啊!"范阳惊呆了。
蒋寒衣没说话。

小狗。
樱花。
鹅卵石。
一些模糊的记忆闪回脑海,画面渐渐变得清晰。
原来是她……那么,那条大狗,不会就是当年他自己送出去的那只吧?也就是说……他被自己养过的狗吓了两次?
这经历略有些魔幻,蒋寒衣一时半会儿捋不过来。

他那时候太小,在桃舟待的时间又很短。原本是爷爷以替儿子儿媳照顾孙子的名义把他接过去的,结果没到两个月,蒋晴光和蒋志强火速离了婚,雷厉风行地又把他转回了江城。
再加上他被狗咬之后生了场大病,以及父母离异带来的的情绪影响,那段时间在蒋寒衣的记忆里一直是混乱而模糊的,就像磁带被卡住了一样,以至于他到现在才想起来。

"发什么呆啊?"范阳见他一副中了魔的样子,急了,"赶紧的,坦白从宽!你啥时候认识这么一尊大佛的?"
范阳、蒋寒衣和夏梨三人的母亲是好友,他们仨是从小一起长大的。他跟蒋寒衣更是,开裆裤都不知道一起穿过多少条了,十多年里他们俩形影不离,他怎么不知道蒋寒衣早就认识弋戈这号人物?

蒋寒衣回神,搪塞道:"没啥。"
"少放屁!"范阳再没那么好糊弄,"我那天就说你不对劲!"
蒋寒衣怔了几秒,没正面回答,反而问:"你刚看她扔铅球没?"
范阳:"废话,老子跳高呢上哪儿看去?"
蒋寒衣摸了摸鼻子,低头笑笑:"挺帅的。"
刚刚弋戈的动作,流畅、迅速,手臂上的肌肉线条清晰而优美,整个人的姿态挺拔舒展,像一棵坚韧的向上生长的树。和当年他骑在院墙上看到的那个扔鹅卵石的女孩一样。

范阳震惊地看着蒋寒衣嘴角诡异的笑容,疑心自己听错了:"你说啥玩意儿?"
蒋寒衣收敛了些,斜睨他说:"说不定你扔得真没她远。"
"啥?"
范阳彻底迷惑了。
然而蒋寒衣没再搭理他,只留下一个春风得意的"骚包"背影。

运动会第一天,高二(1)班进账两枚奖牌,一枚是弋戈拿下的铅球金牌,另一枚是范阳的跳高银牌。

这对一班来说已经是历史最好成绩了,毕竟去年他们比完整整三天也才拿了三块奖牌,荣膺全年级倒数第一,和成绩排名实现了完美的倒挂。

更何况,一班的优势项目都在第二天。蒋寒衣的3000米,学委高杨的200米,团体的4×200米接力,还有几个女生的1500米,都是有可能拿牌的项目。

1500米小组赛在早上十一点半,时间还早,弋戈仍然留在教室里自习。可不知怎的,她有些静不下心来,远不如昨天那么专注,只得挑了套不太用动脑子的完形填空,有一搭没一搭地勾画着。

大概是昨天拿了金牌,多少有些激动。她想。

二十道题还没写完一半,走廊里忽然传来重而快的脚步声,弋戈抬起头,还没看见人,先听见了粗重的喘气声。

是朱潇潇。

"你真的……在、在这儿啊!"朱潇潇扶着墙,弯腰大口喘着气说。

"怎么了?"弋戈问。

"接力啊!"朱潇潇急道,"马上就决赛!你不去看?"

弋戈有点疑惑,她的语气,好像接力非看不可似的。

朱潇潇咽了口口水,直起身,径直上前把她从座位上拉起来:"咱们班男子接力很强的,去年就是金牌!"

弋戈还没来得及说什么,就已经朱潇潇她拉下了楼。

今天是个绝佳的好天气,天朗气清,风和日丽。操场上,所有参赛选手错综站在自己的起跑点上。

弋戈眯眼看了看,一班在第四跑道。第一棒是学委高杨;第二棒是一个有些眼熟的男生,她不记得名字;第三棒范阳站在跑道上也一点不老实,左看右看的,还冲广播台上夏梨的方向抛了个贱兮兮的媚眼。

最热闹的是第四棒。

起跑线前,蒋寒衣微微弯着腰,两手撑在膝盖上,做着侧转热身。跑道外围了一大群女生,胆大的直接把手机拿出来拍照,没有手机的,手里也都拿着一两瓶饮料或矿泉水,时刻准备着。

弋戈疑有点疑惑,指着那边问:"啦啦队都站在第四棒吗?"

难道不应该站在起点或终点,或者全程跟着才更合理?

朱潇潇顺着她手指看过去,"扑哧"一声:"那可不是啦啦队。"

"那是什么?"

"你看不出来?"朱潇潇奇怪地看她一眼,"那都是其他班的女生,全是来看蒋寒衣的。唉,咱们班都见怪不怪了。"

"看他干什么?"

弋戈下意识地问,但话刚说出口她自己就明白了,对着朱潇潇看异生物似的眼神点了点头。

"好吧，我知道了。"

朱潇潇无言地给她比了个赞。

运动会嘛，最好看的男生当然最受欢迎。

但蒋寒衣有那么好看？弋戈拧起眉，又仔细地看了一眼。

全校统一的运动服穿在身高腿长的蒋寒衣身上，确实有些"卓尔不群"的味道。他还戴了条发带，被薄薄的刘海覆盖着，显得整个人帅气精神。

……好吧，确实挺帅的。

但帅顶什么用？

还不是尿。

弋戈轻笑一声，听见发令枪响，第一棒男生们像离弦的箭一样冲了出去。

第一棒竞争激烈，八个男生几乎并驾齐驱，咬得很死。看台上大家的加油声一浪高过一浪，弋戈也不由得被这氛围感染，紧攥拳头，心跳加速，默默喊了几句加油。

第一个弯道，高杨和第五道的三班男生一起杀出重围，和其他人拉开了一点距离。但他比第五道还是稍慢一些。

广播台上，夏梨和三班的班长紧张地解说着，你一言我一语，唇枪舌剑之间也有了些火药味。

两人几乎同时将接力棒递给各自队伍的第二棒选手，这时候，一班的优势显露出来。他们配合默契，接棒极快，比第五道先一步出发。

又过了一个弯道，一班已经确立了领先地位，但第五道男生仍然追得很紧。

弋戈在众人的加油声中想起了第二道男生的名字，徐嘉树，似乎是班上的化学课代表。

"树哥,稳住啊!"

"徐嘉树,加油!徐嘉树,加油!"

只有几个女生的啦啦队以整齐划一的节奏把其他人也带入,愣是喊出了一个方阵的效果。

"树哥,冲啊——"

第三棒交接的时候,徐嘉树已经将领先优势扩大到两个身位。

然而猴子似的范阳在这关键时刻并没有表现出猴子的轻盈灵敏,视觉上看他那两根筷子似的胳膊明明在飞快地抡动着,可大家还是眼睁睁地看着第五道男生在下一个弯道与他擦肩而过,完成了反超。

"为什么选他跑接力?"弋戈忍不住问。

朱潇潇看她一眼,笑了声:"咱班就三十个人,选出四个不错啦!他其实也不算慢,就是比其他人差点而已。"

弋戈勉强接受了这个解释,然后心如擂鼓地盯着第三棒与第四棒的交接时刻。

"放心,蒋寒衣两秒就能追回来。"朱潇潇把握十足地说。

"这么有信心?"

弋戈扭头刚问完,朱潇潇就激动地抓住她的胳膊,眼睛盯着操场:"看!反超了反超了!"

弋戈连忙看过去,只见蒋寒衣已经超过了第五道的男生,并且把差距越拉越大。风把他的刘海吹起,一下一下地跃动着,露出黑色的发带,以及发际边亮晶晶的汗水——很多年后弋戈都疑心这个画面是她的想象,不然她怎么连他额头上的汗珠都能看见?她视力还没好到那个地步。

"赢了!"

弋戈还没回过神来,看台上已经爆发出欢呼。

……还真是,说两秒就两秒啊。

朱潇潇轻轻撞了撞弋戈的肩:"听见没,我们赢了!"

弋戈也忍不住露出笑来，攥紧的拳头也松开了。

"加上你昨天那枚，咱们班金牌数已经超过去年了，可喜可贺！"朱潇潇说。

弋戈失笑，总共也就两枚，还真是够可喜可贺的。

蒋寒衣在终点线被几个大胆的女生围住，面前多了好几瓶水。

他没接，扭头找人。

范阳这孙子，说好了比完就来救他的，不知道又跑哪去了。

从初中开始，蒋寒衣就在运动会、篮球比赛等场合各种被女生争着送水，但他实在不太会处理类似的局面——照他的原则，吃人嘴软，喝了人家的水吧，得还。但他又怕这有来有回的给人家错误的暗示，所以还是不接为妙。

目光睃了两圈，忽然有人一把勾住蒋寒衣的脖子："牛哇，兄弟！"

蒋寒衣伸手："水？"

范阳递过来一瓶脉动："向大哥学习，给你升级了！"

蒋寒衣闻言，愣了一下，旋即恢复过来，默不作声地拧开那瓶脉动喝。

青柠味，酸酸甜甜的，很清新。

弋戈昨天喝的也是这个味道吗？

"哎，你看到没，一哥还来看比赛了呢！"范阳勒着他脖子说，"她昨天除了自己比赛，一整天都在楼上自习，啧啧，这要是让刘国庆知道了，还不得把她供起来树典型啊！"

"今天貌似是朱潇潇把她叫下来的，昨天夏梨也去了，没叫动。"范阳又啧啧说个不停，"唉，我就知道她只能和朱潇潇交朋友，古话说得好啊，物以类聚，人以群……"

他话还没说完，看见蒋寒衣愣头愣脑地朝看台上摆了摆手。

动作之机械，表情之呆板，比他老妈小卖店柜上的那个招财猫有过之而无不及。

范阳循着蒋寒衣的目光看过去，正好对上弋戈疑惑的眼神。

弋戈看见蒋寒衣冲她打招呼，也愣了一下。

她只是凑巧看了过去、目光就撞上了而已。一般来说，这种情况，不应该迅速撤开眼神当没看到吗？

蒋寒衣干吗还特地打个招呼？

旁边有几个同学投来好奇的目光。

半个多月以来，这位转学生除了月考成绩的存在感尤强，其余时间都高冷异常，没见她和几个人说过话；而蒋寒衣则是另一个极端，他从入学起就极受欢迎，和谁都聊得开，还能和男生们打球运动玩成一片。

这两人……怎么还打上招呼了？

尤其是，跑道上那么多加油的女生，看台上还有这么多相熟的同学，蒋寒衣为啥光冲她挥手？

众人还在疑惑，弋戈还在尴尬，这时，范阳叉着腰冲这边喊了一大嗓子——

"一哥，牛不牛？"

"可惜了，要是你能加入男队，咱班说不定就破纪录了！"

哦，原来是范阳又犯贱了。

大家不约而同地这样理解，然后收回了好奇的目光。

弋戈也顺势剜了范阳一眼，和朱潇潇说了声，扭头走了。

接力比赛结束半小时后就是女子1500米小组赛。弋戈没再上楼，去小卖部买了瓶水之后就提前等在了检录处。

"一哥，寒衣马上比铅球，我就不去看你跑步了！"跑道上，范阳朝她挥了挥胳膊。

弋戈淡定地拧开水瓶喝了口水，没搭理他。

范阳继续兴奋地挥胳膊，喊道："决赛我俩再去看你！"

弋戈还是没说话，他也不介意，贱兮兮地又喊了几句"一哥雄壮""一

.088.

哥威武"，勾着蒋寒衣的脖子走了。

弋戈看着范阳猴似的活泼背影，心里有一半觉得好笑，一半觉得不解——范阳这人，属实奇葩。说他好相处吧，弋戈有无数次想撕了他那张嘴；说他招人烦吧，他又永远都笑嘻嘻的，人缘似乎也真不错，这学校里的每一个人他似乎都能搭上话。

弋戈从小到大认识的人少，朋友更是寥寥无几，她没法定义这种性格，只好在心里潦草落下三个大字——神经病。

清完操场，做好登记后，弋戈走上跑道。
她抽到了第8跑道，起跑点最靠前。
将近正午，太阳已经高高悬在头顶，弋戈扭动脚腕做了会儿热身，还没开始跑，先热出一脑门的汗。
她又抻长了胳膊左右扭动做拉伸，一回头，余光瞥见第7跑道的女生是夏梨。
她记得夏梨没有报径赛项目。

"你怎么在这儿？"弋戈问。
夏梨被太阳晒得睁不开眼，伸出手掌挡在额前："——临时有事，只能我顶上了。"
弋戈想起来，和她一起报了女子1500米长跑的女生叫江——，外号"破折号"，是个瘦瘦的、说话温温柔柔的女生。上次夏梨数学考砸，她一直在旁边安慰。

夏梨吐吐舌头，自嘲道："我跑步超级慢，咱们班就靠你啦。"
弋戈笑了笑说："加油。"
但她其实有点担心，今天的太阳算得上毒辣，夏梨瘦得像豆芽菜似的，能跑完1500米吗？当班长也不容易，还真是一块砖，哪里需要哪里搬。

弋戈担心的事很快成了现实，甚至比她预想的还严重一些。

指令枪一响,弋戈敏捷地起跑。

1500米是长距离比赛,前程不能用尽全力,因此弋戈跑得还算轻松。但这么多年她的速度和耐力都已经被银河训练出来了,步伐轻盈,速度却不慢。再加上她本身就在最外圈,起跑点靠前,所以视觉上看,她已遥遥领先。

弋戈最先跑过弯道,余光里看见几个女生还在弯道以下,正好和她隔着椭圆形跑道中间那块绿茵地。

只分了这么两秒钟的神,第一跑道的女生就已经追上了。

弋戈正要加速,忽然听见看台上一阵哗然,扭头一看,绿茵地对面有个女生倒下了。

是夏梨。

她跑得最慢,还没进入弯道,倒在跑道上,胸口起伏,脸色苍白。隔着绿茵,弋戈和她直线距离最近,她没来得及多想,改变方向穿过绿茵地跑了过去。

夏梨嘴唇发白,额头上细细密密布满汗珠,黏着她的刘海。

裁判桌上的老师也反应过来,拦住了要往这边一拥而上的同学:"别挤,别围着!"

说完,他随手点了个两个同学,一男一女:"赶紧,男生背她去医务室,女生跟着照看一下!其他同学,快去通知你们班主任!"

两个同学刚应声,便看见弋戈已经背上夏梨,一刻也没耽误,飞快地往医务室跑去。

"哎,那个女生!"裁判老师感觉有什么东西从他身后蹿过去了,扭头一看,居然是个女生把伤员背走了。

再一看,那女生衣袖上还别着号码牌:"你比着赛呢跑什么跑!"

但弋戈速度飞快,一步两个台阶地跨上看台,就快见不到人影了。

"赶紧跟上啊!"裁判急着催道,刚刚被点到的两个学生才如梦方醒般追上去。

"一个女孩子，这么能跑……"裁判嘟囔着，还是有些不放心，坐回裁判桌上，对着名单看了眼晕倒的女生是哪个班的，然后给刘国庆打了个电话。

弋戈跑得很快，中途夏梨就被颠醒了。但她还是犯晕，也没什么力气说话，难受得直想吐。

弋戈跑进医务室，一阵冷气袭来，夏梨才觉得清醒了点。

医务室静悄悄的，只有一个年轻的女老师坐诊。

看见弋戈背着人来，她见怪不怪地示意弋戈把人放里间床上去："中暑了？"

弋戈喘着气，点点头："应该是。"

"运动会也该注意着点，这两天都几个了……"医生揣着大褂兜，俯身解开了夏梨运动衫领子下的两颗扣子，又取了好几个冰袋，分别放在她额头和四肢边。

见夏梨睁着迷糊的大眼睛，医生问："很难受？"

夏梨摇摇头，她已经清醒得差不多了，也知道是弋戈把自己背来的，她有些不好意思，小声说："好多了。"

"你们这些学生啊，心里都没点数。"医生又多拿了两个冰袋，咕哝着，"今天太阳这么大，就你这小身板，怎么想的，还参加比赛……"说着，她把冰袋往夏梨肚子和大腿上也放了两个。

"嘶！"夏梨有些难受地动了动。

医生看她一眼，敏锐道："来例假了？"

夏梨脸红，轻轻点了点头。

医生表情有些不悦了："就仗着年轻不把身体当回事儿吧，到老了有你们受的！尤其是女孩子，要晓得保养自己……"

弋戈在一旁也很惊讶，心说夏梨这班长当得未免也太鞠躬尽瘁死而后已，来例假还替人跑步。中暑这事儿可大可小，万一处理不及时或不妥当出了什么岔子呢？更何况，她就算没中暑没例假也不像能跑下来

.091.

1500米的……

弋戈心里有些庆幸,还好夏梨的情况不严重。

要是为了凑齐班上的名额自己出了事,多不值当。

"还有你!你们班没男生了?"医生教训完夏梨,又点了点弋戈,"我还头一次见女生背女生来的,你也是厉害,跑得还挺快!"

医生不得不微微仰头看着这个高大的女孩子,她背着人跑了这么长一段路,喘得厉害,但看起来面色红润精神十足,简直让人怀疑她再跑个1500米也没问题,还是能勇夺金牌的那种。

弋戈有些尴尬地笑了笑,指指夏梨说:"没事,她很轻。"

确实轻,和银河铆足了劲往前冲的力气比,夏梨可真是"轻如鸿毛"。她应该还不到八十斤吧?弋戈猜想着,而她小学毕业的时候就快一百斤了。

医生彻底无语了。

"自己去接杯水喝,别你也脱水了。"医生倒了杯热水,又兑了点凉的,扶着夏梨喝。

"好,谢谢老师。"弋戈应声,走到饮水机边接了满满一杯冷水。

她渴得厉害,咕嘟咕嘟灌下一杯后,又接了第二杯。

然而第二杯水刚喝了一口,她忽然觉得身下一小股热流涌出。

救命。

不会吧。

她的例假一向规律,算日期,明明还有好几天呢。难道是因为昨天喝的那瓶冰脉动?

她暗道倒霉,莫名有些心虚地问医生道:"老师,请问这里有卫生间吗?"

医生在给夏梨量体温,头也没回地指了个方向:"里面就是。"

弋戈点头道谢,快步走了进去。

从卫生间出来,弋戈已经感受到了"亲戚"的威力——她比较幸运,从不肚子痛;但每次例假前两天,腰都疼得像是有人抓着她的肩膀和脚踝想把她掰成两截。

医生坐在办公桌旁写病历，弋戈做好被骂的准备，扶着腰小声问了一句："老师……您有卫生巾吗？"

医生抬头，打眼一扫就知道是什么情况，有些生气地从抽屉里掏出一个黑色的塑料袋丢给她，又念道："你们这些小姑娘，一点都不知道轻重！"

弋戈想说这其实是个意外，但还是闭了嘴，乖乖听训后，又灰溜溜地走进了卫生间。

收拾干净之后，弋戈把黑色塑料袋铺平折好，整整齐齐地还给了医生。扭头见夏梨已经睡着，她打算回操场看看。

1500米预赛分了好几个小组，不知道裁判会不会同意她加到后面的小组继续比赛——弋戈在这方面有点强迫症，比赛都开始了她因意外中途退出，总觉得别扭。更何况，不出意外的话，她应该能拿到奖牌。

煮熟的鸭子飞了，这滋味对弋戈来说很不好受。

"干吗去？"医生叫住她。

"我……"弋戈知道当然不能照实说，但她缺少说谎的经验，没有现编的本事。

"把这杯热水喝了，进去休息会儿。"医生的语气不容商量。

"其实我没事……"弋戈试图挣扎。

"去！"医生把纸杯往她手里一塞。

这就是没有商量的余地了。

弋戈只好端着杯烫手的热水，略有不甘地走进房间。

夏梨躺在病床上，白皙的小脸终于恢复了些血色。她睡得很安静，呼吸均匀，长而翘的睫毛覆着眼睛。

睡美人似的。

弋戈出了一身汗，不想弄脏病床，也怕自己躺下就睡着了，错过小组赛的时间——她打算糊弄糊弄把水喝完就走，垂死挣扎一下，看看能不能赶上最后一个小组的比赛。

于是她选择在夏梨床边的椅子上坐着，水放在床头柜上，等凉了再喝。

可就这么坐着坐着，她还是睡着了。

先是迷迷瞪瞪地靠着椅子睡，然后腰疼得实在受不了，又不自觉地趴下了。

夏梨醒来的时候，看见的就是趴在她床边睡熟了的弋戈。

还有，站在床尾看着她们的蒋寒衣。

"你怎么……"她轻声开口，嗓子有点疼。

"嘘。"蒋寒衣却轻声但迅速地打断了她。他把食指放在嘴边，比了个安静的手势。

然后他才笑了笑，压低声音说："好好休息，多喝水。"

他又走了。

夏梨看着蒋寒衣的背影，他背上有一大片的汗渍，后脑勺的头发也湿漉漉的，整个人都好像在冒热气。她有些疑心这是梦，要么就是她发烧烧糊涂了，不然她怎么觉得她看不清蒋寒衣，一切都是模模糊糊的。

可她垂眼，看见了弋戈身上披着的那件校服。

同学们明里暗里都开玩笑说弋戈高大得不像个女孩子，范阳嘴贱起来还损她"套马的汉子你威武雄壮"，可现在她罩在男生宽大的校服下，安静睡着，看起来居然也是单薄纤细的。

那是蒋寒衣的校服，谁都认得。

蒋寒衣不喜欢别人用他的东西，所以每次新校服发下来他都会在袖口做个标记——他有轻微的洁癖。

可现在，他把自己的校服披在弋戈的身上。

弋戈没睡多久，趴着总是不舒服的。腰疼得厉害，她忍不住轻轻捶了两下，直起身，肩头的校服滑落。

她捡起来，拍了拍，问："这是谁的？"

夏梨原本望着窗外发呆，听见声音才回过头，静静地说："蒋寒

.094.

衣的。"

夏梨："对了，这是朱潇潇给你买的士力架。"她指了指床头柜，"她刚来过，没叫醒你。"

"哦，谢谢。"弋戈了然地点了个头，下意识地问了句，"蒋寒衣来看你了？"

她看起来一点不觉得奇怪，似乎也没有什么不自在。夏梨一时语塞，没有接话。

"你感觉怎么样？"弋戈以为夏梨是默认，又接着问。

"已经没事了。"夏梨摇摇头，笑了笑说，"谢谢你送我来啊，我还挺重的，你背了那么久……"

"你不重。"弋戈简单陈述了一个事实，然后起身，"能走吗？"

她看了眼窗外，天色渐暗，小组赛肯定早就比完了。

"嗯，走吧。"

夏梨掀开被子起身，弋戈上前想扶她一把。

夏梨失笑，摆手拒绝了："我真没事，就是中暑了。其实都不用那么麻烦来医务室的，到阴处待一会儿就好了，现在这样多耽误……"

话没说完，她主动住了嘴。因为她意识到这样说话有些无礼。

夏梨从小就被教得很好，知书达理、体贴周全，作为大学老师的父母以言传身教告诉她何为教养。她懂得如何让所有人都觉得舒服，从不说一句不合时宜的话。

即使像现在这样，一不小心嘴快了，她也能及时止住，然后聪明地圆回来，不让听者觉察异样。

可弋戈似乎不需要夏梨圆回来，她好像也并不觉得这话是一种冒犯，又或者有什么弦外之音。夏梨说不用帮忙，她就真的退后了两步，面无表情地等着。

夏梨笑了声，不知为什么，开口说的是："我也没那么虚弱……其实，我体能还可以的。"

弋戈点点头，对于她突兀的"体能自白"，没反驳，但也不像是赞同。

她拿着蒋寒衣的校服,出于礼貌,问了句:"就这样还给他可以吗,还是需要洗一下?刚刚掉地上了,不过也没沾灰。"

答案应该是不可以,因为蒋小少爷金贵得很。

但鬼使神差地,夏梨说:"可以的。"

弋戈心里松了口气——要是洗衣机里突然多出一件男生的校服,陈春杏能拉着她的手八卦兮兮地问一晚上。

运动会第二天赛程结束,一班收获了三枚奖牌:男子接力金牌、男子铅球金牌,还有一枚女子跳高的银牌。

回到教室,大家看起来都挺激动的,三金两银,这成绩至少不会再倒数了。

"一哥!牛啊!"范阳激动地咆哮,"早知道你就该多报几个项目!我早就说了吧,您这体格,不上硬菜可惜!"

弋戈腰疼得厉害,没力气翻他白眼,略过他把校服往蒋寒衣面前一递:"谢谢。"

蒋寒衣抬头看她,顿了一下才接,问:"你还好吗?"

弋戈有些奇怪地看他一眼:"我又没生病。"

夏梨慢一步走过来,范阳忙把保温杯拧开送到她面前:"给,班长!红糖水!"又压低声音凑近了问,"你是不是那个了?快多喝点。"

夏梨的脸"唰"地就红了。

弋戈把他压着嗓子说的话听得清清楚楚,心里没由来地觉得不痛快。

女生来例假,即使是在医务室,即使是女医生,也要把卫生巾用黑色塑料袋包得严严实实地递给她;男生对这件事有好奇,但这好奇里究竟是关切还是窥探她无从得知——只知道,他们神神秘秘地用"那个"来指代这件事;而夏梨的脸红,是因为感动而不好意思吗?还是因为某种莫名的羞耻呢?

但那个时候她自己都不知道自己心里的这点不痛快是因何而来,她只能把它归结于激素水平的不稳定——"女生嘛,每个月总有那么几天。"

那时候,她们都听过很多这种话。

前几桌的高杨耳朵尖，也听见范阳说的"红糖水"，立马捏着嗓子学小太监说话："哟，范阳，你挺懂啊，你就知道班长要喝红糖水？"

范阳熟练甩锅："寒衣说的！"他又笑嘻嘻地对夏梨补充了一句，"寒衣特地跟我说的，要泡红糖水给你喝。"

夏梨脸色绯红，含着笑意瞥了蒋寒衣一眼。

一件校服。

一杯红糖水。

她不可避免地做了比较，告诉自己当然是后者更有分量。

蒋寒衣面不改色，嗤笑了声："你的功劳，干吗白送给我？"

说着，他又对夏梨道："快喝吧，小卖部没红糖，这小子靠两根'筷子'翻墙出去也不容易。"

夏梨没让任何人看见自己嘴角凝滞了一瞬，笑着点点头："我肯定喝完，不会跟你俩客气的。"

范阳暴跳起来，勒着蒋寒衣的脖子骂道："去你大爷的，你才'筷子'！"

他又冲着前座的弋戈喊："喂，你看看一天天都传播了些啥玩意儿？"

弋戈没搭理范阳，范阳凑上前看了眼，发现她戴着耳机，压根听不见。

他悻悻坐回自己位置上，小声道："学习好就是拽咯……你说，老刘要是发现她带手机来教室，会罚她吗？"

不等蒋寒衣回答，他嗤声酸溜溜地说："肯定不会！她都成香饽饽了老刘肯定舍不得，唉，这世道。"

蒋寒衣明目张胆地把自己手机从裤兜里拿出来放桌上，笑得异常欠扁。

"我觉得，全班任何一个人被发现带手机都还有一线生机，除了你。"

"滚！"

虽然今天的比赛已经全部结束，但刘国庆下了命令，所有人都得自习到下午放学时间才能离开。

大家闹腾了一会儿,被夏梨提醒了一句后又安静下来,各自做各自的事情。

快下课时,刘国庆忽然出现在教室门口,把夏梨叫出去说了几句话。

夏梨回来,小声问范阳:"老刘跟你说了要把这次的金牌都收上来挂教室里吗?"

范阳一拍脑袋:"哦,对,说了说了!我差点忘了!"

夏梨嗔怪地白了他一眼:"还好他又提醒了我一遍。"

"哎,高兴忘了。"范阳笑道,"这不是咱们班今年成绩好嘛,老刘就说,想把金牌都收上来,一块儿挂教室里,也可以裱个框摆个造型啥的。到时候毕业或者换教室再还给大家,毕竟这也是集体荣誉,挺难得的。"

夏梨点点头:"那跟得了金牌的同学说一下就可以。"

这种时候范阳是最积极的,他行动力极强,刚说完便拍了下弋戈的肩:"哎,一哥,你昨天铅球的金牌呢?"

弋戈有点不耐烦地回头:"干吗?"

"此等宝物,须得上交!"范阳插科打诨,"交出来吧,过两天我们一起挂墙上去。"

弋戈怕自己没听明白,拧眉问:"为什么?"

"什么为什么,集体荣誉啊!"范阳笑道,"你们以前班上不贴奖状挂锦旗的啊?喏,你看那儿!"

他往前一指,一面小三角锦旗挂在黑板边上,上书四个光荣大字——"流动红旗"。

弋戈扭头看了眼,仍然不解:"但这是个人项目啊。"

范阳顿了下,他看出来了,这位大姐不太想交。但他又有点想不通,谁会抗拒这种事啊?

他试图和她解释:"但你也是我们班的一分子啊!"

弋戈:"奥运冠军拿了金牌也不用上交国家队。"

…………

他们的争执声音虽然小，但还是吸引了几个同学的注意。

夏梨见情况不对，连忙出来打圆场："范阳可能没讲清楚……其实就是咱们今年成绩太好了，这几枚金牌很宝贵，大家都挺开心的，与有荣焉嘛，老刘就说可以一起挂起来展示，也算是我们班的一个荣耀。"

"一定要交吗？"弋戈问。

夏梨被问住了，艰难地回答："……最好还是交一下。"

"现在？"

"应该不会吧……班长，至少让我们自己把金牌捂捂热再上交啊。"蒋寒衣抢在夏梨之前回答，笑得一脸阳光灿烂人畜无害。

"嗯，运动会结束之后吧，明天我们说不定还有金牌呢。"夏梨笑笑说。

"那到时候再说。"弋戈撂下话，又塞上了耳机。

范阳盯着弋戈的后脑勺，表情一言难尽。

"这大姐，脾气好了没两天，又开始犯病了。"他心里犯嘀咕。

交个金牌而已，至于这么抗拒吗？多光荣的事儿啊！再说了，又不是不还，老刘还能骗学生几块金牌不成？

怪胎！

"明天还有什么项目？"弋戈忽然又摘下耳机问。

夏梨摸不准她是什么意思，笑笑说："就剩一个了，男子3000米长跑，寒衣和高杨都参加，他俩都有希望拿牌的。"

被点到名的蒋寒衣看着弋戈，心里忽然升起一股莫名而汹涌的期待。

"就没别的了？"弋戈问。

"没有了。"

"闭幕式呢？"

夏梨翻了翻赛程："下午四点半。"

"还要走方阵吗？"

"不用，就是校领导致辞，然后选最佳运动员和最佳班集体之类的。"

弋戈若有所思地点点头："好，谢谢。"

范阳抓住机会，兴奋地说："哎，寒衣和高杨跑步都贼厉害，明天记得下去看！"

弋戈摇头："不去。"

"干吗不去？接力你不就看了。"

弋戈无语，心说她明明是被硬拉下去的——不知道为什么，她不太忍心拂朱潇潇的好意。

范阳却和弋戈想到一块儿去了，眼睛滴流一转，贱兮兮地笑道："哦，我请你你就不去，朱妹妹请你你就去啊？你怎么还搞体重歧视呢，怎么着，那我得多长五十斤肉才有资格和您做朋友呗？"

他煞有介事地说：

弋戈的脸瞬间就黑了，结了层冰似的冷冷剜他一眼，转回去了。

范阳被她那眼刀一划，莫名觉得后背发凉，悻悻地凑到蒋寒衣身边小声问："我又过了？"

蒋寒衣弄死他的心都有了，咬牙道："滚。"

第二天上午，男子3000米决赛，弋戈果然没有出现在看台。

事实上，她连学校都没去。

第五章
关于桃舟的一切

昨天刚下过雨，进村的路坑坑洼洼，小面包车颠簸地行驶着，弋戈和银河一起窝在后座，被颠得一摇一晃的。

她归心似箭地回桃舟过假期，还不知道自己在学校已经出了大名。

铅球得金牌的彪悍女子、一人顶两个男生把夏梨背去医务室的"壮汉"，再加上刚来就考了年级第一还把杨红霞怼得颜面尽失……弋戈在班里已经拥有了"个人专属单曲"，是范阳天天挂在嘴边的那首"套马的汉子你威武雄壮"。

手机开着免提，传来陈春杏喋喋不休的絮叨："你怎么一声不吭就跑回去了，你们学校不是还开着运动会吗？你一个人回去谁照顾你呀，你怎么吃饭？你爸妈万一回家发现你不在，他们多担心……"

她一句接着一句，根本不给弋戈回话的机会。

倒是银河，不知道是不是听烦了，还是对听筒加工过的声音不熟悉，警觉地冲着手机"汪汪"吼了两声，逗得弋戈直发笑。

"运动会没项目了，跟老师说一声就可以直接走。"虽然她只和刘国庆发了条短信，还没得到许可。

"我去小外公家蹭饭吃。"

"他们应该不会回来的。"回来了也没关系,打个电话说一声就好。弋戈一口气回答完,奖励式地揉了揉银河的大脑袋。

"那也不好又这么回去的呀……"陈春杏仍然咕哝着,语气里充满担忧,"你这才回家半个多月……你爸爸妈妈知道了,肯定不高兴的。"

"没什么好不高兴的。"弋戈干脆地说。

"你还小,不懂爸爸妈妈的辛苦。"陈春杏叹了声,似乎还想教育她两句,但还是止住了。

陈春杏心里很清楚,不说弋维山,至少王鹤玲肯定是会不高兴的。而她不高兴或许不会让弋戈看出来,但一定会让陈春杏知道。

王鹤玲是大家闺秀,不屑于使不入流的手段克扣陈春杏的生活,但只需一个充满告诫和不悦的眼神,就够让她难受的了——仰人鼻息过生活,最煎熬的从来都不是现实的难处,而是他人的脸色。

陈春杏放下电话。虽然她只会打电话发短信,但弋维山还是让秘书给她买了最新款的智能手机,说是转账更方便。来江城前,陈春杏刚学会用网络银行收款取钱。

她看着病床上一动不动的弋维金,眼睛发酸,抹了把头发,没掉眼泪。

挂了陈春杏的电话,手机上紧接着就来了一条短信:知道了!好好休息!

发件人刘国庆。

他发短信的语气也和平时说话一样,严肃简洁,热爱使用感叹号。弋戈半真半假地扯了个身体不舒服的谎,他也没多问,爽快地准了假。

面包车停在村小门口,弋戈付了钱,牵着银河下车。

她喊"小外公"的人其实是陈春杏的爸爸,是一瘦瘦高高的老头,须发尽白,小时候弋戈老觉得他像电视里的张三丰。他早年服过兵役,退役后又回乡当了老师,开了桃舟第一所小学,在村里算是有威望。

村小如今已经废弃不用了,但小外公还一直住在学校里,弋戈老远就看见他背着手等在大铁门前。

还没走近,院子里养的那只大鹅听见动静就大摇大摆地跑出来,"哒哒哒"拍着两只大掌横着走,挺着前胸伸长了脖子,老远就把银河吓得狗毛竖立。

可怜银河白长了九十多斤肉,从小到大,还是一看见这只鹅就吓得屁滚尿流。弋戈一个没牵住,它已经撒腿逃跑了。

反正是在村里,银河熟门熟路,弋戈就没再去管。

"小外公!"弋戈叫了声。

陈思友年轻的时候就是十里八乡有名的美男子,现在七十多了,也还是脊背挺拔、仙风道骨。

他笑眯眯地打量好久不见的外孙女,上下扫了几眼,拧眉道:"怎么瘦了?"

弋戈:"嗯?"

从小到大,她还真是少听这个"瘦"字。

结果回房里一称,69.2kg,还真瘦了。

弋戈心里越发感慨小外公百年之后说不定真能羽化登仙,少了区区两斤肉他都能肉眼看出来。

"怎么,你爸妈亏待你了?"陈思友坐在太师椅上,倒了一杯茶,冷哼一声说,"不是赚大钱了嘛,没给你喂鲍鱼鱼翅?"

弋维山和弋维金曾经都是陈思友的学生,可以说是陈思友看着长大的,可这么多年,陈思友对这两兄弟从来都没有好脸色。

当年弋维金不学无术,却很爱追各种时髦,把陈春杏迷得七荤八素,年纪轻轻就跟他上了床,气得陈思友差点要和陈春杏断绝父女关系。后来弋维金又醉酒跟人打架,把自己打进医院成了植物人。他无知无觉地躺了多少年,陈春杏就里里外外伺候了多少年。四十多的中年女人,看起来憔悴得像六十多的。陈思友每回看见,又是心疼又是心烦,后来索性不登门了,眼不见为净。

.103.

和弋维金比起来，弋维山曾经也算得上是陈思友的得意门生。那个年代名校毕业、入职国企，娶了城里书香门第的女儿，后来又下海经商，生意做得风生水起，整个桃舟不知道他的。可自从弋维山把弋戈放到桃舟抚养、连起名字的时候都没出现的时候，陈思友就对他也不大待见了。

弋维山给陈思友送烟送酒送营养品，他从来都没收过。这一大家子人，包括他自己的亲女儿，都得靠弋维山养活，他却不肯。老头子每个月领点退休工资和政府补贴，守着老学校和最后这点傲骨，过得也算自在。

弋戈看着老头阴阳怪气损人的模样，觉得好笑，故意说："外公，又被电视剧骗了吧？真正的有钱人才不天天吃鲍鱼鱼翅呢，那都是暴发户作风。"

陈思友常常想这荒唐的一家人，也就只有这个和他没半点血缘关系的小外孙女可爱些。小时候圆嘟嘟的像个球，现在长大长高了，机灵劲儿却只增不减，讨人喜欢。

他很给面子地笑了声，问："哦，那你爸妈给你吃什么？"

这弋戈怎么知道，王鹤玲统共也就给她做了一顿早餐。

但她不会把这事儿告诉陈思友，于是半真半假地说："就各种水果和坚果，看起来都挺贵的。"

陈思友哼了声："狗长犄角闹羊式！"

弋戈大笑起来。

中午，陈思友做了阳春面。这么多年，老头的"拿手菜"也就这么一道了。

弋戈原本是很有食欲的，呼呼吃了一大碗。

可再好的胃口也架不住陈思友没有尽头的"多吃点"再盛点"和"最后这点吃干净"。

碗里添了三回面之后，弋戈实在吃不下了，捂着肚子"缴械投降"。

"我真吃饱了外公！"弋戈哀号道。

陈思友还拿着那"最后一铲子"的面，看她这样，横眉立目地斥道：

"跟你爸妈过了半个月，胃都小了？"

弋戈无奈地笑："真不是……这都吃了几大碗了。"

"哼！你就不吃吧！"陈思友瞪她一眼，"晚上饿了别哭！"

"不会的，不会的。"弋戈笑嘻嘻地背起包，"那我就先回去啦，银河不知道又躲哪儿去了。"

"着什么急，先坐会儿。坐会儿就饿了，把这点面吃完。"陈思友说。

弋戈看了眼桌上的"这点面"，干笑一声，心有戚戚地道："这……我还要写作业呢外公！省城布置的作业好多！"

"写作业那么积极干什么，少写两个没事。"陈思友幽幽扫她一眼，忽然问，"你回家这么久……唢呐还记得怎么吹吗？"

弋戈顿了下，不知道他为什么忽然问这个。但她很自然地回答："记得啊，哪能忘得那么快！"

陈思友会吹唢呐，而她从小就对那声音大到霸道的乐器好奇，陈思友虽然不大乐意正儿八经地教她，但她这么多年跟在他身边，零零碎碎也学了不少。

"下午有空和外公一起练练。过两天……"陈思友挑面的手顿住，似乎在犹豫什么，顿了好几秒才沉叹一口气，认命似的道，"过两天，陪外公去送个人。"

弋戈愣住了。

陈思友提出的这个请求绝不寻常。从小，她对唢呐那么好奇，陈思友都不太乐意教她，他说吹唢呐是为了村里的白事，小孩子接触这些东西不太好。

当然，这只是陈思友说的理由。随着年龄增长，弋戈也慢慢咂摸出了另一层原因：那几年，省城里殷实家庭的女孩子都在学钢琴、古筝、小提琴这些提高气质的"高雅乐器"了，陈思友不敢越俎代庖，教别人家的姑娘学唢呐。更重要的是，他知道弋戈早晚有一天是要往大城市去的，万一姑娘长大了，觉得唢呐拿不出手了，怪他怎么办？

这么多年，弋戈虽然靠着死皮赖脸和耳濡目染，也学会了吹那么几首曲子，但陈思友从来不让她多练，也不让她去村上的吹手班，更不可能带她去葬礼上的。

弋戈忽然有些害怕:"……谁走了?"

陈思友听她话音发颤,抬头安抚地笑了笑,"你孙爷爷,记得吧?"

怎么可能不记得。

孙国富和陈思友一样,是村里吹手班上的,他们俩都吹唢呐,每回有白事,都是两个老人家一起上。

弋戈记得,她小时候总觉得孙爷爷是个什么都会的奇人,既会吹唢呐,又会做麦芽糖,还会给动物看病——银河有两回上吐下泻,都是他给看好的。

孙爷爷,就这样走了吗?那小外公……就只能一个人了。

猛然听见这个噩耗,弋戈一时没回过神来。

倒是陈思友笑得豁达,嘲了口面摇摇头,自言自语道:"七十八……不算高寿,但也可以喽。"

弋戈有点拿不定主意,问:"我去……人家家里人同意吗?"白事讲究多,唢呐要是吹得不好,走的人也不安心。

陈思友笑了:"哪能真让你挑大梁呢?班子里来了新人的。叫你去……就是陪陪外公,也送送你孙爷爷,你小时候他也教过你的。"

说完,他又顿了下,像在想事情,欲言又止地问:"小戈害怕不?害怕就不去了。"

弋戈猛地摇头:"不害怕的。"

长大后,她和孙国富见面次数不多,印象也渐渐变浅,算不上有多深的感情。但既然知道了,她愿意去送送老人家。

可惜,她的计划没有达成。

下午,祖孙俩在屋里练习合奏的时候,院子里忽然传来汽车鸣笛声。

弋戈拿着唢呐走出去一看,王鹤玲从熟悉的黑色轿车上走下来,脸色不太好看。

陈思友跟着出来,看见拎着各种营养品礼盒的弋维山,脸色登时就黑了，冷哼一声，拂袖而去。

弋戈下意识也想跟着他回屋的，一垂眼看见王鹤玲手腕上缠着圈纱布，不知怎的，就走不动道了，低头站在原地。

"你这孩子，怎么回老家也不跟爸爸说一声呢！"弋维山赔着笑目送陈思友进了屋，赶紧上前拽住弋戈手腕，压低声音急切道。

"……忘了。"弋戈没想到他们这么快就回家了，还来了桃舟。

"爸爸打电话你也不接！"

弋戈抬头，想起手机在书包里一直没拿出来，对上弋维山关切的眼神，心里莫名地有些歉疚，低声道："对不起，我没看到。"

弋维山剩下的话被她这一句"对不起"全堵了回去。

他直觉但清楚地意识到，弋戈的抱歉，是出于一个好孩子的礼貌，或者说得更直接一点，是教养和素质。

这教养不是他的功劳，素质却用在了他身上。

王鹤玲上前问："这是唢呐？"

弋戈点点头："我在跟小外公一起吹，所以没听见铃声。"

王鹤玲皱了皱眉。

弋维山察觉苗头不对，忙揽住母女两个的背说："来，小戈先带你妈妈回家去！我去看下老师，马上就来。"

弋戈扭头道："我还要跟小外公一起……"

弋维山仍旧推她："先不急，下次再说！"

弋戈坚持："我的书包还在里面。"

弋维山笑笑，语气暗暗加重："爸爸待会儿帮你拿过去！"

弋戈有些不乐意，顿住脚步看着弋维山。

弋维山叹了口气，笑说："先回家去，听话。我跟你妈妈还特意赶回家陪你过节的，结果回去家里人都没有，问了三嫂才晓得你回老家来了……"他说着指了指王鹤玲的手腕，"看看，你妈妈手都扭伤了……"

弋戈看着王鹤玲那一截细得好像一扭就断的腕子上一圈白色纱布，心中说不清是什么滋味，只好又说了句："对不起。"

弋维山摆手一笑："傻孩子，跟爸妈说什么对不起！快点，带你妈妈回家去，她到现在都不认得路呢。"

当然不认得。

十多年来，王鹤玲来桃舟的次数屈指可数。

弋戈点点头，看了王鹤玲一眼，轻声说："走吧。"

弋家老屋离村小不远，但村里小径纵横，七拐八拐的，外人来了很容易辨不清方向。

王鹤玲穿着高跟鞋走在坑坑洼洼的泥泞小路上，磕磕绊绊的，好几次差点摔跤。

在她第三次差点崴脚之后，弋戈终于顿住脚步，回头伸出手："我扶你吧。"

王鹤玲看了她一眼，表情有些不自在，但脸色终于微晴，轻轻地牵住她的手。

这是妈妈的手。

但和书里写得不一样，并不温暖，也不柔软，王鹤玲太瘦了，手指几乎像干枯的树枝，是冰凉的。

弋戈把手从王鹤玲的手掌里抽出来，上移，握住了她的胳膊肘。这样能扶得更稳。

母女两个搀扶着走了一段，王鹤玲忽然问："你想学乐器？"

"嗯？"弋戈不知道她为什么忽然问这个。

"想学什么？钢琴、古筝，这两年学大提琴的孩子也挺多的，你有没有兴趣？"王鹤玲继续问着。

弋戈明白过来她的用意，回答得很干脆："不感兴趣。"

"也好。可以多看看再决定。"王鹤玲同样干脆，没再说什么。

快到家的时候，弋戈想了想，还是开口道："唢呐是我小时候好奇偷学的，不是小外公主动要教我。"

这话说完，她明显感觉到王鹤玲身形一顿。

老屋的院门已经在眼前，弋戈心里叹息一声，松开了手。

她知道这话说了王鹤玲八成会生气，毕竟她话里的意思，谁听了都会觉得是王鹤玲小肚鸡肠要迁怒陈思友。

王鹤玲从生下来起就是个十指不沾阳春水的大小姐，小时候有父母宠着，结婚后丈夫弋维山更是对她百依百顺，王鹤玲的人生从来都既不缺钱也不缺爱。

而在弋戈尚不成熟的世界观里，这类人最介意的一般都是"面子"或者说"人格"之类比较高级的东西。

马斯洛需求理论不就是这么说的吗？人类最高层次的需求就是自我实现的需求。弋戈猜想，她这话说不定影响她亲妈自我实现了。

尽管如此，弋戈还是这样说了。一来，她怕王鹤玲真的会迁怒陈思友，哪怕这可能性很小；二来，她也并不期待和王鹤玲之间有什么温情的母女时刻，她不怕她生气。

有些事情是要尽量讲清楚的，至少为了日后翻旧账有个依据。

可令弋戈意外的是，王鹤玲并没有什么反应。

她垂下被松开的手臂，抬头冲前方努了努下巴："就是那个院子？"

"嗯，前几年刷过一次，你可能不认得。"弋戈说。

"走吧。"王鹤玲径直走在前面。

老屋共三层，顶层是阳台，不住人。总共四间卧室，最大的主卧本就是留给弋维山和王鹤玲的——奶奶去世时，这栋房子留给了弋维金。但这么多年，房子的修缮、维护、换家具，都是弋维山出的钱。

弋戈给王鹤玲指了下院子里的洗衣池，示意她可以去那里刷刷鞋子，就回自己房间了。

半个小时后,弋维山回来了。

他敲弋戈的房门给她送书包,看起来有点臊眉耷眼的,估计是在陈思友那里没吃到什么好果子。

弋戈接过书包,发现他没拿她那把旧唢呐。

她犹豫了一下,没有问。问了也没结果。她转而开口道:"你们要住在这里吗?"

弋维山搓了下手:"啊……对!我跟你妈妈想多陪陪你,也给自己放放假!"

弋戈在心里权衡要怎样说明这件事的不必要和不可行,但看着弋维山一分钟内两次搓手缓解尴尬的动作,她还是什么都没说,牵起嘴角笑了笑:"好。"

弋戈在书桌前坐了十分钟,盯着眼前的电路图,压根没心思动笔。

对于这屋子里忽然多出的亲爹亲妈,她有很多讶异、困惑、不理解,以及不满意——不是主观情感上的不满意,而是客观地认为,不管出于何种原因,弋维山和王鹤玲来到这里的决定非常不明智。

其他的不说,陈春杏不在,他们俩连吃饭都成问题。弋戈可以去陈思友家蹭饭,而就算弋维山和王鹤玲能忍受老头的白眼和蹩脚的厨艺,陈思友肯不肯让他们俩进门都还两说。

弋戈攥着笔思虑了半天,也没想到什么两全之法。

她有些烦闷地随意钩了个选项,强迫自己从眼前这道题开始认真写。

勉强写完一张物理试卷,弋戈听见敲门声,弋维山在门外小声地问:"小戈,还在写作业吗?"

弋戈起身开门。

"是这样,村里的书记请爸爸妈妈吃饭,你要不要一起?"弋维山笑吟吟地问,"在小荷酒家,那里东西挺好吃的,你应该会喜欢。"

她差点忘了这茬,以弋维山的身份地位,从领导到老同学,这村子里不知道多少人排队请他吃饭叙旧呢。

"小荷酒家"她知道,是镇上最好的一家酒店了,老字号。弋戈八岁的时候去过一次,那一年弋子辰得了全市儿童珠心算大赛的特等奖,回老家办宴席，顺便举办正式的祭祖仪式入族谱。

弋戈对这个亲弟弟的印象不深，却始终记得小荷酒家有道菜，叫"金银馒头"，要配炼乳吃。

她记得那时她很馋那个金色的馒头，因为没吃过，而且名字好听，她很好奇它为什么是金色的。可就在她左右观察了好久，确定没有人在转那个转盘的时候，一只肉嘟嘟的胳膊伸了出来。弋子辰被保姆抱在怀里，半个身子几乎扑在餐桌上，两手齐用，拿走了仅剩的两个金馒头。

大人们似乎都觉得弋子辰的动作可爱，纷纷露出慈爱的微笑，还有个叔叔竖起大拇指表扬他："好样的，男孩子就是要大口吃饭！"

盘子里还剩下好几个银馒头，白花花的。

弋戈愣了很久，最终还是伸手夹了一个，沾了一点炼乳吃。

她记得很清楚，那个银馒头太甜了，甜得她想吐。那一刻她忽然很想回家，陈春杏蒸的老面馒头比这个好吃多了。

"怎么样，和爸爸妈妈一起吧？"弋维山又问了一遍。

弋戈回过神来，摇摇头："我不想去。"

弋维山并不意外，他很流畅地露出一个宽容的微笑，似乎早有预料："好，没事，那你去陈爷爷家吃？"

"嗯。"

接下来的两天，弋戈和"回来陪她"的父母基本没打上照面。他们有很多盛情难却的饭局，弋维山每次都会问弋戈要不要一起去，得到否定的回答后，又笑着关切几句。

这套流程弋戈都快会背了，连他的措辞都能猜得一字不落。

令弋戈意外的是，王鹤玲并没有阻止她练习唢呐。但不知是不是因为有所顾虑，陈思友反倒不太想让她参与了，也念叨了几句"女孩子吹这个确实不好看"。

这话弋戈左耳朵进右耳朵出，只当没听到。

可她也不得不承认，自己这唢呐，吹得实在算不上好听，活像被菜市场里被掐着脖子待宰的鸡。

第三天早上,弋戈还是在天将将亮、万籁俱寂的时候醒来。

她习惯蹲在院子里洗漱,和银河一起,看着远处群山轮廓外透出的熹微晨光。银河是条很黏人的狗,即使自己还困得眼睛都睁不开,也总要陪她一起蹲着。

刷完牙"咕嘟嘟"吐了两口水,刚起身,银河又一个甩尾,转身冲着屋里吼。

弋戈隐约听见厨房里有声响,顿住脚步想了想,把银河拴在院子里,往屋里走去。

果然是王鹤玲。

她穿着睡衣,不太熟练地揭开土灶上的木锅盖,试图用竹刷洗锅。

弋戈怔了两秒,上前接过王鹤玲手里的竹刷。

王鹤玲似乎被她的突然出现吓了一跳,愣了两秒才问:"怎么起得这么早?"

"习惯。"准确来说,是环境使然。在所有人都早睡早起的环境里,睡懒觉也不是一件容易的事。

厨房里又恢复沉默,王鹤玲却没有走。弋戈忽然想起,她是不是应该说点什么?按照正常的交流礼仪,她现在是不是该反问一下"你为什么也起得这么早"?

有来有往,气氛才不至于太尴尬。

但她对于和人寒暄这件事实在生疏,尤其在这人虽然是她亲妈但她俩其实不熟的情况下。

她还没想好该怎么问,王鹤玲先开口了:"我来吧。你还在长身体,应该多睡会儿,以后别起这么早。"

说着,王鹤玲又要去拿那个竹刷。

弋戈看见王鹤玲手上的纱布,反手一闪:"不用。你不会。"

她麻利地涮好锅、加上两瓢清水准备煮面时,余光瞥见王鹤玲黯淡的表情,才意识到自己好像又说错话了。

不应该说"你不会",而是"你受伤了"或者"你手不方便"——她又后知后觉地开始斟酌用词。

弋戈的大脑又空白了一会儿,她在思考是否需要解释一下。
但王鹤玲没给她这个机会,只看了她一眼,默默走出了厨房。

三碗面条出锅,王鹤玲把弋维山叫起了床。
弋维山明显还是没睡醒的晕乎状态,却直觉地开始捧场,呵呵笑着说有老婆女儿一起给他做早饭也太幸福了。
他扯着笑在餐桌边坐下,还非常有表演意识地搓了搓筷子表达自己的兴奋与迫不及待。
弋戈见他这样,忽然觉得这是个错误的片场,他们三个都是蹩脚的演员。
又或者说,该和他们俩搭戏的不是她。

弋维山呼呼嘶着面,吃得满头大汗了,拿起手机说:"爸爸有个老同学请吃饭,就在他家里。小戈一起去吧?"
这次不是询问了,是带着不容拒绝意味的邀请。

是老同学和村领导的分量不同?还是家宴和小荷酒家的吸引力有差别?弋戈心猿意马地开始想。
她想不出来,然后回答:"我就不去了。"
弋维山的笑容凝滞了一瞬,咳了声道:"这个是爸爸高中最好的兄弟,你出生的时候,他还抱过你的。还有你小时候,爸爸和他一起骑摩托,带你去山上玩……"
不知道为什么,弋戈很抗拒他打回忆牌。
她的小时候,并没有这两号人。
因此她直接打断了弋维山的话,问:"你们什么时候回江城?"

弋维山的表情骤然僵住,王鹤玲也冷冷地看了弋戈一眼,无奈地低下头去。

弋维山放下筷子,尽量笑着问:"小戈……不希望爸爸妈妈在这里陪你吗?"

"不是。"弋戈说,"但你们就算在这里,我们也没多长时间在一起。你很忙,我也要去小外公家。"

"怎么会……爸爸妈妈在这里又没有事情,不忙。"弋维山干笑着说。

弋戈不想同他争论忙不忙的问题,好像她在祈求他们的陪伴一样。她淡淡地说:"但我很忙,我要去小外公那里练习。"

沉默不语的王鹤玲终于发话:"那个唢呐就不要练了,我昨天跟你外……陈爷爷说过了。"

"为什么?"虽然早有准备,但弋戈还是没控制好语气。

王鹤玲被她的厉色吓了一跳,但很快又恢复雍容的样子,淡淡地说:"不合适。"

"就是呀小戈,你这花季的年龄……哪有小姑娘去吹唢呐的,还是在葬礼上,看起来多不像话。"弋维山帮腔道。

弋戈一时失语,不是无言可辩,而是觉得根本没有辩的必要。

太荒唐了,她想。她自由自在地长到这么大,习惯了自己做决定,习惯了独自消化一切情绪,无论是快乐还是悲伤。现在忽然冒出两个人,以理所当然的态度对她的生活指手画脚。

凭什么?

"我没觉得不像话。"弋戈面无表情地说。

眼前三碗面还冒着诱人的热气,一张小小的方桌上,弋维山坐在上座,弋戈和王鹤玲相视而坐。

如果用相机把这一刻的画面记录下来,想必也是无比温馨吧。

可弋戈吃不下去了。

半个多月来她心里一直有两个小人在打架,一个叫软弱的温情,不断呼唤着她心里尘封多年的那点期待;另一个叫直觉的冷漠,训诫她认清现实放弃幻想,准备战斗。

这一次,后者终于飞踢一脚,把那点软弱的温情踩在脚底,还泄愤地跺了好几脚。

"我的事,你们管不着。"她把筷子一撂,起身走了。

国庆长假第三天,蒋寒衣在家里快躺发了霉。

放假第一天蒋胜男在机场接到一通电话,说好的新疆七日游眨眼就泡了汤。

在母上的威逼利诱下,蒋寒衣被迫"主动选择"了最新的游戏机,然后就被蒋胜男一招手喊了辆出租车扭送回家。

此刻,范阳正坐在他床尾的地板上,拿着他用血泪换来的任天堂3DS,聚精会神地盯着大屏电视打游戏,嘴里还兴奋地飙着各种带脏字的语气词。

蒋寒衣被他吵得脑仁疼,一脚踹在他的背上:"闭嘴!"

范阳浑然不觉,挪了下屁股继续打游戏。

蒋寒衣用被子把脑袋一蒙,烦闷地号了声。

"你又怎么了?"范阳打完一局游戏,恋恋不舍地放下手柄,"不想在家就跟兄弟出去啊,溜冰?打球?去网吧也成!"

外面人挤人,蒋寒衣一点兴趣也提不起来。

范阳抬脚踢了踢床上蛆蛹的人:"啧,这也不去那也不去,你是想写作业啊?哥们儿陪你……哦不,找班长陪你,好好学习天天向上。"

"滚!"

范阳哈哈大笑,抬头的时候看见他书桌上还放着三块金牌。

"你炫富呢。"范阳走过去把金牌掂在手里,"你咋没上交?夏梨不是说她假期想想怎样设计个造型一起挂吗。"

蒋寒衣头埋在枕头里:"弋戈不也没交。"

这话听在别人耳朵里平平无奇,可偏偏就正好接上了范阳诡异的脑电波。

他眼一眯,看向床上继续憋闷的寂寞少男。

不对劲。

一定有哪里不对劲。

以往蒋寒衣和他聊天，几乎从来都不主动提女生。

青春期男孩子对异性有很多好奇，也有不懂事的时候，凑在一块儿百无禁忌地评比班上谁胸大。这种事，蒋寒衣几乎不参与，顶多就是心不在焉地听一耳朵，配合着扯嘴笑一下。

范阳福至心灵，想到运动会那两天，蒋寒衣呆鸟似的问弋戈那个问题，还有弋戈手里的校服，以及3000米比赛蒋寒衣玩了命地跑、跑完了看向看台又一脸失落……

他好像发现了什么了不得的事情。

"人家一哥早就交了。"范阳幽幽地说了句。

"什么时候？"蒋寒衣猛地从床上弹起来。

"不知道啥时候。"范阳耸耸肩，"反正夏梨说她把金牌放桌上了。她最后一天不是没来嘛，耍大牌。"

"我怎么不知道？"蒋寒衣呆呆地问，又瞪他一眼，"你不做狗仔真是可惜了，别乱给人扣帽子。"

"谁让你不回教室，领完奖就走了。"范阳轻飘飘地说。

蒋寒衣坐在床上，似乎很疑惑弋戈怎么又那么爽快地把金牌交了。

范阳趁乱添了把火："这大哥就是个怪胎……那天凶巴巴说不交，自己又啥也不说把金牌留桌上，搞得夏梨犹豫了半天不敢拿。"

蒋寒衣把杯子一掀下了床："你少说点话吧。"

范阳跟着蒋寒衣到洗手间，不怀好意地问："3000米，跑得挺拼啊？我以为你最多就拿个牌呢。"

蒋寒衣满嘴泡沫，不无得意地哼了声。

"我就好奇，你咋就突然这么拼命了呢？是想给谁看呢？"范阳捏着嗓子道。

蒋寒衣动作一顿："滚。"

"你果然不对劲！"范阳一拍掌，下了定论。

蒋寒衣睨他一眼，不置可否。

"你口味挺重啊！"范阳不可置信道，"你真的看上那胖子了啊？"

蒋寒衣绞起眉毛，把剩下半杯水往他身上一泼："叫你少说话，狗嘴里吐不出象牙。"

"我去！"范阳躲闪不及，T恤湿了一大片，锲而不舍地问，"不是，你哪根筋搭错了啊？你是近视了啊还是直接瞎了啊，那个大姐？她又不漂亮，脾气还差得要死！"

范阳义愤填膺地道："夏梨哪儿不好啊，又漂亮又温柔，你个垃圾渣男！"

蒋寒衣换了件T恤，嗤笑一声说："夏梨是挺好的，怪不得你喜欢了这么多年。"

范阳脸色一变："乱讲！"

"滚。"

"不是，你真喜欢一哥啊？"范阳百思不得其解，"为啥啊？你发现了她啥不为人知的人格闪光点吗？"

蒋寒衣忍无可忍，终于勒着他脖子警告了一句："不关你的事，你敢乱说我削你！"说完，他单肩背上书包，"游戏机你还玩不玩？要玩带回家去。"

范阳蒙了："干吗，你要出门啊？不是叫我来一起吃饭的吗？"

"要出门，刚决定的。"

"老子坐了十几路车来的！"

"那就再做十几路车回去。"蒋寒衣轻轻一笑，从鞋柜上拿了两个钢镚丢给他，"爸爸给你报销。"

"我去你大爷的！"范阳骂骂咧咧地揣上游戏机走了。

左边一个抱着蛇皮袋的阿姨，右边一个横着扁担卖鸡蛋的老爷爷，蒋寒衣坐在车厢最后一排的中间位置，动也不敢动一下。

长途车挤满了人，开得又慢，蒋寒衣昏昏欲睡之前，回忆了一下爷爷家的位置。

去爷爷家的确是蒋寒衣十分钟前临时做的决定。

当年蒋连胜为了阻止蒋胜男和蒋志强离婚,不打招呼就把他接去桃舟,表面上说是替儿媳分担,其实是想拖延时间给蒋志强挽回的机会。自那以后,蒋胜男就不太愿意让他跟爷爷来往了。

"这家人,上不得台面的心眼太多。"她是这么说的。

反正蒋寒衣在家闲着没事,刚好蒋胜男不在,他就想去桃舟看看爷爷。

他发誓他没有想去桃舟找弋戈的意思——我根本不知道她也在桃舟呀。蒋寒衣在心里给自己台阶下。

但两个小时后,在桃舟村头看见开着大三轮的弋戈时,他还是产生了一种"有缘千里来相会"的奇妙心情。

这种诡异而激动的暗流把蒋寒衣的小心脏冲刷得"怦怦"乱跳,以至于他半分钟后才意识到弋戈现在的造型有多拉风。

弋戈骑了辆电动三轮车,最常见的宝蓝色、后头带个载货大框的那种。她大开两手握着车把,车后框里还坐着条威震四方的大狗,正尽职尽责地守护着一筐柚子。

刚开走的大巴车卷起一片灰尘,弋戈就在那飞扬的黄色尘土后静静看着他。

"好……好巧。"蒋寒衣被震撼得说话都打磕巴。

弋戈从喉咙里闷出个语气词,算是打了招呼。

见了鬼了,怎么什么人都往桃舟跑?她心里却在发牢骚。

某种意义上,桃舟是她的"蛋壳"——每个人都会有自己的蛋壳,就是那种回来就安心、谁也不能打搅的地方。可这几天,已经连着三个人闯进她的"蛋壳"里了。

弋戈的心情很糟。

弋戈打转车龙头掉头,正想拧把手,蒋寒衣长腿一迈,两步就拦住了。

"哎,等一下!"

"干吗?"弋戈扬了扬眉,语气也不太好。

"那个,我回来看我爷爷的,他住电厂那边,挺远的。"蒋寒衣委婉地说。

但弋戈听明白了——他想蹭车。

她也不多废话,径直找到了问题的最关键一处,抬抬下巴问:"你不怕狗了?"

银河坐在车后头,一颗大头靠在那满筐柚子上,半眯着眼,惬意地咧出半条舌头。它认得蒋寒衣,也就不再防备。

看起来,倒没那么吓人了。

自从知道银河就是他小时候送出去的那只狗崽子,蒋寒衣心情就十分复杂。一方面他觉得丢脸,"史诗"级别的丢脸,他估计他这辈子不会有比这更跌份的事情;另一方面他又有点震撼,小时候还没他手掌大的玩意儿,吃了什么长成了这么个庞然巨物?

当然,也还有一丁点——他发誓只是一丁点,发憷。毕竟银河的体型和相貌摆在那儿,他得花时间克服。

但为了蹭车,他决定当场就克服。

可还没等蒋寒衣开口,弋戈已经不太耐烦地说:"算了,你坐前面也行。上车。"

蒋寒衣愣住了。

虽然这三轮车的驾驶座设计成了一整排的样式,坐两个人绰绰有余,但他还是很震惊,震惊之余又有一些隐秘的雀跃——她居然愿意和我坐一起?

"快点。"弋戈不太耐烦地催了一句。

她忽然有点后悔自己的提议——这人看起来很麻烦,但电厂的确太远了,而且毕竟他借过衣服给自己,这人情得还。

蒋寒衣坐上车,略有些拘谨地把书包搁到自己的腿上。

"你……还会开这个车啊。"他笑着说,试图打开话题。

"没证。"弋戈一句话就把天聊死了。

.119.

蒋寒衣咧起嘴角："没事儿，我相信你……"

话还没说完，弋戈冷不丁扭动车把，蒋寒衣在惯性下一个后仰，车子已经飞速驶了出去。

蒋寒衣默默抱紧了自己的书包，回头看了眼，飞尘滚滚，银河的狗头背对着他，狗毛在风中飘舞。

……还挺拉风的。这飞扬的感觉。

他再转回头，弋戈已经稳住了车速，气定神闲的。她只穿了件短袖，握着车把的小臂上隐约显出流畅的线条。

蒋寒衣下意识地握紧拳，低头看自己的手臂。

嗯，我的也不赖。没输！

小三轮一路往西开，跋山过桥，蒋寒衣看见了熟悉的电厂大门，和远处群山之间的大风车。

但要命的是，他微弱的记忆里只有这个电厂，没有爷爷家的具体位置。

是往左还是往右来着？

他在弋戈等待的目光中尴尬地沉默了。

"你爷爷叫什么？"弋戈终于忍不住问。

"蒋连胜。"蒋寒衣说。

弋戈点点头，扭动车头往右边的小路上开。

"你认识我爷爷？"蒋寒衣有些惊喜地问。

"嗯，知道。"弋戈说，"他打牌老欠我外公钱。"

"呃……"

蒋连胜家离电厂果然很近，不出五分钟就到了。

蒋寒衣下车，还没道谢，弋戈已经在掉头了。

"哎，柚子掉了一个！"蒋寒衣弯腰捡起来，小心翼翼地绕过银河坐的那一边，把柚子放了回去。

弋戈忽然又想起那该死的"社交礼仪"——这时候，她是不是应该顺势送个柚子给他吃？好像村里来客人了大家都会这么做，"左手一只鸡右手一只鸭"地给人送。

虽然她眼下没有鸡也没有鸭，只有一筐卖不出去的柚子。

"给你一个吧。"她说。

蒋寒衣顿了两秒才反应过来，一对剑眉喜气地一扬："啊？柚子，给我？"

"嗯。"弋戈点点头，又补充，"这是我外公院子里结的，可能很酸，卖不出去。"

话刚说完，她又迟钝地反应过来——后半句不该说的。本来就是为了客套一下才送个柚子，怎么能说"卖不出去"这种大实话呢？这不就显得她是把没人要的东西给他了吗？

她心里有些懊恼地叹息一声。

社交这件事，给她带来太多挫败感了。

但蒋寒衣似乎不介意，他笑着抱走了刚才那只掉地上的柚子："没事儿，肯定是甜的！"

弋戈很敷衍地笑了笑。

蒋寒衣其实还有很多问题想问她，比如她会在桃舟待到几号，这几天在村里打算干什么，要不要一起玩，或者一起写作业也行。但没等他鼓足勇气问出口，弋戈又一扭车把，扬长而去了。

蒋寒衣站在原地看那一人一狗一车的背影，后知后觉地闻到怀里大柚子的清香。

这柚子很重，摸起来皮又硬又厚，嗯……看起来的确不太甜。

老房子看起来破败，蒋寒衣轻轻推开了门，果然没锁。映入眼帘的只有一对脱落了半截的对联、一个褪了色的"福"字，还有一张方桌并两张条凳。

偌大的厅堂里，除了这些，再没有其他的家具摆设，简直是"家徒四壁"。

家里似乎没人，蒋寒衣小心翼翼地在那看起来下一秒就要折了腿的条凳上坐下，艰难地用钥匙和手扒开了那只柚子，扒得手指月牙处生疼。好不容易掰下一瓣来尝，只一小块，酸得他眼泪都快出来了。

但他又不想浪费，舌头颤抖着把果肉吞下去，又掰了第二瓣。

没办法，一整天没吃饭，他饿得能吞下一头牛。

他等了三个多小时，直到快趴在桌上睡着，才听见门外蒋连胜哼着曲儿回来了。

蒋连胜看见许久不见的孙子，露出惊喜的表情："小兔崽子，你怎么来啦？"说着，短厚的手掌在他脑袋上薅了一把。

蒋连胜力气挺大，薅得蒋寒衣脑瓜子"嗡嗡"作响。同时，他还闻见了一股气味——熟悉的，混着汗味、霉味和狐臭味的味道。

蒋连胜肯定又好几天没洗澡。

"趁着放假，我来看看您。"蒋寒衣不动声色地把自己的脑袋从他胳肢窝下面解救出来，笑着说。

"哦，对！你们放假了！"蒋连胜从起着油腻子的不锈钢茶壶里倒了一杯水。

蒋寒衣分明看见那水面上还漂着一层说不清是油还是灰的东西，蒋连胜却眼睛也不眨地喝了个干净。

蒋连胜打了大半天的牌，边打边和人聊天争吵，嗓子冒烟，喝完水之后舒爽地叹了声，才坐下来问："大孙子，你爸有没有让你给爷爷带什么东西？"

蒋寒衣早有准备，从书包里拿出一盒补品、一只信封，说："我爸让我给您的。"

蒋连胜两眼放光，径直拆开信封点了点，表情说不上是满意还是不满意，只"啧啧"两声点头说："还行还行，你爸最近生意还好吧？"

"这个蜂蜜对身体也很好的，您记得每天泡一杯喝。"蒋寒衣没回答，扯开了话题。

他怎么会知道蒋志强生意怎么样？不过估计是不太好的。要不然，他也不至于每回来看爷爷都得自掏腰包买补品塞钱。

虽然蒋小少爷生活费不少,但蒋胜男也并不是给钱不眨眼的主。每次为了给爷爷包个厚点的红包,他都得节衣缩食好几天。

蒋连胜看了眼那盒营养品,似乎不太感兴趣,笑着说:"唉,我身体好得很,这些东西用不上!这一盒,不少钱吧?"

蒋寒衣故意说了个小数,怕蒋连胜转头就卖出去。

"您记得吃,身体好也得注意保养。"他说。

"好好好,晓得!"蒋连胜起身回屋。他有个饼干盒子,所有钱都放里头,再锁柜子里。老人家不相信银行,总觉得钱财都得握在自己手里才安全。

"你就和爷爷住哈!"蒋连胜从柜子里掏出条褥子,往床上一丢,冲房间外说。

蒋寒衣想到那些床单枕头不知在蒋连胜被窝里捂了多久没见过天日,忙说:"我打地铺就成!"

"天凉,打什么地铺!"

"没事,我睡觉不老实,怕吵着您!"

蒋连胜没意见了。

夜色渐晚,蒋寒衣终于把自己的地铺铺好了——先是晾在院子里通了两个小时的风,又拿刷子正反两面掸了三遍灰,地毯式检查确认没有虫眼后,他才敢安心躺下。

蒋连胜睡在床上,身上的气味更浓了。蒋寒衣崩溃地发现,他今天还是没洗澡。

"爷爷,明天你做饭吗?"根据经验,蒋连胜肯定是懒得开火的,他在想是不是要请爷爷去镇上饭馆吃。

"不做。"蒋连胜很理直气壮地回答,然后忽然"哎"了声,想起什么,从床上坐起来说,"哦对,明天得早点起!"

"怎么了?"

"有家人做白事,咱们早点去送送,顺便在那儿吃个早饭!"听起来,比起送走一个逝者,蒋连胜似乎更期待那顿免费的早饭。

蒋寒衣无语了几秒,"哦"了声:"那我定个闹钟,明早叫您。"他知道蒋连胜必然是起不来的。

"好!"

蒋连胜很快就睡过去了,哈欠打得震天响。

蒋寒衣在嗅觉和听觉的双重折磨中辗转反侧,天快亮了才勉强睡着。

桃舟的习俗,丧事都开始得很早。天还没亮,蒋寒衣就跟着蒋连胜到了孙家老宅。

灵柩停放在堂下,两个中年妇人一左一右地跪在棺边,哭号地唱着什么。棺下放着个火盆,来吊唁的客人都在那火盆前烧纸、鞠躬。

角落里,还放着两个火盆,几个小孩子围在那儿烧纸玩,时不时发出笑声,也没人管。大概是大人们故意安置他们在那儿玩的,免得吵闹到其他宾客。

蒋寒衣看了眼堂中黑白相片上的那个老人,全无印象。他在桃舟待的时间太短,几乎谁也不认识。

倒是蒋连胜,吊唁完之后,拉着他在好几圈人面前走了一遍,得意扬扬地介绍自己的孙子。

蒋寒衣觉得尴尬,但也不好拂老人的面子,只好配合他,表现得彬彬有礼地和一群陌生人打招呼。

炫耀完孙子,蒋连胜马不停蹄地奔向侧厅。那里摆着三张大圆桌,门外起了三口大锅,不断炒出新的菜肴给客人们端去。

豆腐炒粉丝、腌白萝卜、蒸扣肉,还有一道不知是用什么做的白色糕点。

蒋寒衣看着这一道又一道白色的菜肴发愣,一个没跟上,蒋连胜已经溜进厅里占了个位置,大快朵颐起来。

那一桌上的人似乎并不都互相认识,但很快就吃到一起去,推杯举盏,十分热闹。

虽然知道"红白喜事"是习俗，但蒋寒衣一时间还是不太能理解这么"喜庆"的葬礼。他也吃不下这桌"宴席"，于是默默从侧门走出去，自己找了个院墙下的安静角落待着。

就是在这时候，他看见了弋戈。

她就站在不远处池塘边的一棵古皂角树下，背对着他，面前还有一男一女两个中年人。

那对中年人穿着体面、仪态大方，一看就不是本村的人。

应该是她父母？

蒋寒衣猜想。

两个中年人一直在说些什么，男的脸色和缓，女的则冷着脸，看起来有些唬人。他们一唱一和地说了快十分钟，那个男人神情有些凝重地拍了拍弋戈的肩膀，牵着女人的手走了。

"太犟了……"

"你生的好女儿！"

他们从侧门进去，蒋寒衣听见他们一个叹息、一个埋怨。

他不了解发生了什么，但直觉这种气氛他还是不要出现比较好。可他还没来得及闪人，目光已经和弋戈对上了。

没办法，他只好挥了挥手："好巧啊。"

弋戈看起来似乎没什么情绪，甚至还主动走了过来。

"你也来送孙爷爷？"

"嗯。"蒋寒衣回答得有些心虚，毕竟他连"孙爷爷"全名叫什么都还不知道。

"拜过了吗？"弋戈又主动问。

"嗯，刚去了。"

"哦。"

对话中止，弋戈却没有离开的意思，这让蒋寒衣有些意外。

·125·

也让他有了"多管闲事"的勇气,他想了想,做出轻松的语气问:"刚刚那是你爸爸妈妈吗?"

"嗯。"

"你爸还挺帅的。"蒋寒衣笑了笑。

弋戈也牵起嘴角笑了声:"是吧,都这样说。"

两个人再次陷入沉默,弋戈却还是没有离开,她甚至看了看蒋寒衣。

蒋寒衣直觉地意识到,也许,她需要有个人来和她说说话,随便说什么都行,哪怕只是问一句有没有吃饭。

"你……吃早饭了吗?"蒋寒衣问。

"吃了。"弋戈说。

"在里面吃的?"

"不是,在家。"

"哦,我也觉得在这里吃怪怪的。"

蒋寒衣又成功逗笑她一次。

"你爸妈刚刚在说什么?"蒋寒衣终于问起正题,"气氛看起来不太好。"

问完,他有点紧张地看着她,不自觉地吞咽了一下。

尽管活到现在他一直对自己的情商非常自信,但面对弋戈,他总是有很多不确定。

还好,弋戈平静而坦白地回答她:"他们不让我吹唢呐。"

"就是待会儿下葬路上,我本来要和我外公一起吹的。"

蒋寒衣一时没反应过来——这答案也太不走寻常路了吧。

唢呐?

他对这个乐器存在着深刻的刻板印象——遥远的黄土高原、广袤的黄土地,以及穿羊皮坎肩的西北壮汉。

他没控制好语气,流露除了一点没见过世面的尴尬:"你还会吹唢呐啊!"

弋戈敏感地睨他一眼:"怎么?"

蒋寒衣忍不住笑，摸摸鼻子说："没什么，觉得你的特长都挺有意思的。"

弋戈哼了声："听起来不像好话。"

"没有啊！就是好话！"蒋寒衣语气认真起来，"你的特长都贼拉风你不觉得吗！"

"不觉得。"弋戈冷笑一声，才不相信他的话。

蒋寒衣有点无奈，没想好该怎么接话。

"你觉得，我女生能吹唢呐吗？"弋戈忽然又问。

"为什么不能？"蒋寒衣的语气理所当然，仿佛这个问题根本不值得提出。

弋戈笑了声，低头道："可我爸妈就觉得女生吹唢呐不像样，不像女的。"

"你爸妈……应该是觉得在葬礼上吹不太好吧，毕竟你还是小孩，也不是吹手班的。我听说，葬礼上的奏乐都挺有讲究的。"结合短短几句话内知道的信息，蒋寒衣选择了另一种理解。

弋戈淡淡地看他一眼，从鼻腔里闷出一声不屑的笑声，好像在说：你好天真。

蒋寒衣挠挠头，他忽然觉得自己的话确实有点想当然，有点"慷他人之慨"，尤其在他根本还不了解具体情况的时候。

他没想好该怎么弥补，院子里传来唢呐的乐声。

起灵了。

送葬的路上宾客大多都不用去了，基本只有亡者的亲属或好友。

送葬队伍从大门出去，拐弯后，蒋寒衣和弋戈从侧门能看见。

"这首叫《千张纸》。"弋戈忽然说。

蒋寒衣"嗯"了声，不知道该怎么接，总不能说"挺好听的"？这可是葬礼。

弋戈又沉默了会儿，直到送灵的队伍消失在视线内。她收回眼神，对蒋寒衣说了句"我走了",便大步流星地离开了。

弋戈轻车熟路地抄近路,翻过一个小斜坡,站在半山腰上看着送灵的队伍缓慢地前行。

陈思友年纪大了,体力明显不如以前,弋戈听得出来,这一首《千张纸》,主要是那个年轻的新人在扛着。

其实她也吹过《千张纸》的。
也是在葬礼上。

如果说过去十六年弋戈的人生都像一幅清淡自在的山水画,那两年前弋子辰的意外离世,就好像是画师忽然得了帕金森,手一抖在她的画布上泼了整瓶墨。

漆黑一片,一塌糊涂。

弋戈记得葬礼那几天,王鹤玲一直躺在床上——她亲眼看见了儿子的车祸现场,当场就吓晕了,后来也晕了好几次,根本就站不起来。

三妈嘱咐她去照顾妈妈,她有点害怕,但也还是照做了。前几次,她都是趁王鹤玲睡着的时候给王鹤玲擦擦额头的汗、倒杯热水放着。但最后一次,她擦着擦着,王鹤玲忽然醒了。

她被王鹤玲骤然睁开的漆黑眼睛吓了一跳,动作也滞住了。

"你怎么在这里?"王鹤玲的声音很轻,也很沙哑。

"三妈叫我来照顾你,"弋戈拿起床头柜上的茶杯,"你要喝水吗?"

"啪!"

茶杯被王鹤玲一挥手打翻,瓷片碎了一地。

"你弟弟都死了!你还不去看看他?"王鹤玲忽然从床上坐起来,好像拥有了无限的力气一样,眼睛瞪得仿佛要跳出眼眶,恶狠狠地对弋戈吼道。

她被王鹤玲突如其来的怒火一震,没说出话来。等她反应过来,她发现自己其实无话可说。

看看他?

怎么看？

弟弟在盒子里。

房间里的动静惊来了堂厅的大人，王鹤玲怒火中烧地喘了几口气，又晕了过去。

弋戈被手忙脚乱的陈春杏推开，隔着几个焦急的身影看到床上虚弱的她的妈妈。

然后她走出了房间。

弋子辰的照片挂在堂厅里，弋戈第一次这么细致地观察自己的弟弟。

他长得很像王鹤玲，细眉凤眼，男生女相。哦不，村里的老人说，这种叫"美人相"。反正是很好看的。

比她好看。

第二天一早起灵，弋维山和王鹤玲，还有其他亲戚都没有去，是请了专门做殡葬的人来，把弋子辰的骨灰下葬。这是桃舟的习俗，白发人不能送黑发人。原本葬礼都不必办的，是在弋维山的坚持下，这么多亲戚长辈才来送弋子辰最后一程。

弋戈穿着白麻的丧服，戴了个草编的白色帽子，站在堂厅角落里，没有人管她——弋家的宝贝儿子死了，一部分亲戚忙着安抚和陪伴弋维山，另一部分忙着帮陈春杏干活，连陈思友都面色凝重地陪弋维山坐着。他们家也没有别的小孩，只剩她一个，哪怕是偷偷溜出去了都没人知道。

然后她就偷偷溜出去了。

带着她的唢呐。

她熟悉这山上的每一条路，她站在另一边山腰上看着那些人把弋子辰的骨灰埋进一块"风水宝地"——那是找大师合了弋子辰的八字后专门算过的地点。

"前有照、后有靠"，弋戈对这六字口诀记得很清楚。

那些人离开后，弋戈又等了一会儿，确定没人在周边，她跑到弋子辰的墓前。

她想她应该听王鹤玲的话，来"看看他"，可她好像没有什么话想对弋子辰说。她只有一只唢呐，和并不怎么好的技术。

但陈思友说过，吹唢呐不是比谁声音大、排场大，是为了让亡者知道有人在思念他、保护他，这样他在路上才不会害怕。

于是弋戈拿起唢呐，摸了摸它的哨子，然后吹响了《千张纸》的旋律，这是她吹得最好的一支曲儿。

我不知道人死后会去哪里，小外公说人死了就是死了，什么都没有了，可三妈又说人死之后会投胎转世，还有下辈子。我不知道谁才是对的。

但如果有来生的话，希望你还是回来做爸爸妈妈的儿子。

他们很喜欢你，也很需要你。

弋戈在心里对弋子辰说。

那是这么多年，她第一次和弟弟说这么长的一段话。

回想起来，弋戈总觉得自己两年前的行为有些神经质，甚至是做作。大概是武侠剧看多了，她把自己也想象成茕茕孑立的大侠，亲友凋零，空有一身武功，却只能穿着破布衣裳，孤独地站在墓碑前吹一曲悲凉的箫。

但她其实不是大侠，吹的也不是箫。

最重要的是，那个死去的人和她并不熟，根本不需要她这样送别一场。

现在，弋戈又和当年一样，看着送灵的人把孙爷爷下葬。但老人的葬礼比孩子的隆重太多，有人围着坟包转圈，有人磕头，有人烧纸，仪式烦琐而漫长，好像没有尽头。

"你……你爬山真快！"

身后忽然有动静，弋戈警觉地回头一看。蒋寒衣手脚并用地爬过斜坡，抓着半截的树干跨了上来。

"你怎么在这儿？"

"我跟着你来的啊！"蒋寒衣说得理直气壮，还悠闲地用巴掌给自己扇风，"你也太厉害了，这么崎岖的路也能找到。"

"你跟着我干吗？"弋戈拧着眉问。

蒋寒衣笑了笑，早有准备似的，从口袋里掏出一个东西，大大方方地摊开手掌。

"给你这个！"

弋戈定睛一看，居然是一块金牌。

一瞬间，弋戈仿佛又回到了当年的院子里，有个二百五坐在她家院墙上说要送给她一条狗。

这个人的脑瓜子果然是十几年如一日地有问题。

弋戈没接，问："给我这个干吗？"

"金牌啊。我有三块，交两块就成，送一块给你！"蒋寒衣臭屁地说。

"……我也有。"弋戈表示自己并不是很稀罕金牌。

"你不是只有一块吗？"

你有三块就了不起？

弋戈不想再继续这诡异的攀比，说了句"我不要"，转身要走。

"别啊！就当我是谢谢你让我蹭车呗！"蒋寒衣一着急，拉住了弋戈。

等弋戈的眼刀飞过来，他才意识到自己牵着她的手腕——更准确地说，是手腕和手掌的中间地带。

所以也可以说，他牵了弋戈的手。

蒋寒衣对上弋戈的眼神，触电一般撒开手，支吾地扯开了话题："其实……我也觉得上交金牌这事儿不太合理，自愿交也就算了，哪有强制交的。"

弋戈没说话，倒想听听他怎么说。

"但老刘就喜欢搞这种集体荣誉感，没办法，他那年纪……有时代局限性。"蒋寒衣笑了笑，"不过夏梨还挺好说话的，我少交一块，关系不大！"

弋戈说："那你就自己留着，我不要。"

"我留着也没用啊！而且你昨天让我蹭了车，还给我指了路，礼尚往来，我送你这个！"蒋寒衣坚持地说，"你就挂狗脖子上都行，你看啊，别的狗都只有链子，它还有块金牌，多拉风！"

弋戈想说，她让他蹭车其实是还了那件校服的人情。如果他又要来还蹭车的人情，那岂不是套娃游戏，你还我我还你，永远也扯不清了。

但不知道为什么，她居然被"把金牌挂狗脖子上"这个诡异的点子吸引了。

然后，她鬼使神差地，收下了他那块金牌。

上面还写着——

树人中学第二十六届田径运动会 男子3000米长跑 金牌

蒋寒衣见弋戈收下金牌，眉眼扬起藏不住的笑意："走，我们现在回去给你家狗挂上！"

弋戈脚步迟疑："你也去？"

"我们""回去"，她的耳朵对这两个词天生敏感。

蒋寒衣眉毛不自觉地耷拉下来，不确定地问："我……能去吗？"

弋戈反问："你不怕狗？"

"不怕了！"蒋寒衣昂首挺胸，非常笃定，"我接生的狗，我怕啥？"

有生之年，弋戈第一次从一个一米八的男生嘴里听到"接生"两个字，印象深刻到恐怕下辈子也不会忘。

事实证明，蒋寒衣的确不怕狗了。

但他和那没出息的狗一样，怕鹅。

两人回到弋家老屋的时候，院子里正实时上演一场"鹅飞狗跳"——陈思友家那只嚣张的大鹅不知是不是吃饱了没事干，竟然直接上门挑衅，在银河的地盘，把银河追得上蹿下跳、屁滚尿流。

好在陈春杏不在，院子里没有她常晒的那些咸菜、肉干或者衣服，不然场面更加惨不忍睹。

蒋寒衣还没看够热闹，村霸大鹅看见了他这个眼生的人，伸着脖子改变了攻击目标。

然后，弋戈又开了一回眼界——蒋寒衣居然瞬间就和银河达成了高度默契，一个往上跳，一个往下钻，把自己挤到墙角，隔着一张旧桌子和横在桌子下的半块破木板和大白鹅对峙。

"它能飞。"弋戈好心提醒这两个傻子。

话音刚落，肥硕的大白鹅扇动翅膀，往上扑腾了几米——虽然动作十分笨重，但对吓唬那一对活宝来说，足够了。

"救命救命！它这么肥还会飞！"蒋寒衣惊叫出声，然后果断地用膝盖一挤，把队友银河往前一推，自己先溜了出来。

"汪汪！汪汪！"忽然被背叛，银河忍无可忍地"骂骂咧咧"起来。它一边叫唤，一边试图把自己肥硕的身体从蒋寒衣留下的那个狭窄缝隙中挤出去。

"哈哈哈哈哈哈哈……"

弋戈捂着肚子，笑弯了腰，怎么也停不下来。

"三傻大闹弋家院"的游戏最终在裁判弋戈的强制指挥下叫了暂停，因为弋维山和王鹤玲回来了。

他们又坐在那辆黑色轿车里。

"小戈，有个朋友临时有点事，爸爸妈妈去看看，今晚或明天回来。"弋维山坐在驾驶座，露出讨好的笑容。

但弋戈从那谨慎的笑容里感受到了他的如释重负——所以啊，何必要来呢。

她点点头："好。"

弋维山早就猜到她会是这个波澜不惊的反应，但心里还是生出一种混着失望和愧疚的复杂心情。他笑了笑又说："你自己在家注意安全，也可以带外公去镇上下下馆子,爸爸给报销!"

弋戈说:"好。"

弋维山再没什么可说的,又笑着点了点头,摇上了车窗。

院子里恢复了寂静,静得连刚刚那一通热闹都像没存在过一样。

蒋寒衣观察了一下形势,待弋戈颜色和缓了一些,才笑着问:"对了,你的狗叫什么名字?我到现在都不知道。"

弋戈看了他一眼,说:"银河。"

"银河?"蒋寒衣似乎有些惊喜,然后笑着对银河说,"你命挺好呀,还有个这么好听的名字!"

银河似乎听懂了他的话,乖乖地趴坐在地上,一咧嘴,露出"笑"来。它的眼睛亮晶晶的,里面像卧着一整条银河——这就是它名字的由来。

虽然它没有标致的鼻子、嘴巴,没有长出柔软温暖的黄色或白色的毛,也没有可爱的耳朵——银河是一条没有任何一处长相符合"标准"审美的狗狗,但弋戈还是觉得它应该有一个漂亮的名字。

"蒋寒衣。"弋戈忽然叫了他一声。

"啊?"蒋寒衣沉迷撸狗,回了一句。

"你什么时候回江城?"

蒋寒衣心里飞快地思考起来,她问他这个问题,是什么意思?难道要邀请他一起回去?

"啊……我,我啥时候都行啊!"蒋寒衣极力克制自己内心的激动。

"那你能捎我一起吗?"弋戈问,"就今天……或者明天。"

"嗯……啊?"蒋寒衣蒙了。

弋戈要带银河回去,坐长途汽车是不可行的,只能蹭村里人的面包车。但现在大家都知道弋维山回来了,她要是单独跟人说要搭车,肯定让别人觉得奇怪,说不定还会去找弋维山求证,那就太麻烦了。

但这原因不太好跟蒋寒衣直说,总不能让人家觉得她是在利用他吧。

弋戈想到蒋寒衣说的"礼尚往来",思考了一会儿交换条件,一本正经地说："我可以给你抄作业。"

蒋寒衣呆了两秒，哈哈大笑起来。

"哦，我知道了！"他用他聪明的脑袋瓜顺利地解出了前因后果，"你要带银河回去，没法坐长途车是吧？然后你爸刚又走了，你想问我是不是坐私家车回去，对不对？"

这逻辑，倒也没错。

弋戈抿着嘴，点了个头。

"好说好说！"蒋寒衣爽快摆手，"我让我舅来接我们就行了！今天下午是吧？"

说着他就拿出了手机。

弋戈看他热情的模样，有点愧疚，小声道："也不用那么着急，麻烦就算了。"

"这有什么麻烦的？"蒋寒衣反问一句，"我舅是无业游民，时间多得很。"

就这样，弋戈蹭着蒋舅舅的车回了江城。

可笑的是，原本她是为了躲开弋维山和王鹤玲才提前回家，可第二天她又收到弋维山的短信，说他们临时有事，得去出差，不回桃舟了，还叮嘱她在桃舟照顾好自己。

而此刻已经回到江城的弋戈看着趴在花园长木椅上飞速抄着自己作业的蒋寒衣，心里生出了一些些悔意。

这都什么事儿！

"我去，你写作业速度也太快了吧，这么多全写完了？"蒋寒衣奋笔疾书了一个多小时，实在是抄累了，停下笔来甩了甩手。

他怎么也没想到，堂堂六尺男儿，居然还要蹲着趴在小区长木椅上写作业——这明明是他小学时候才干的事儿。

他一屁股坐在椅子上，伸开憋屈的长腿，试探性地看了弋戈一眼，牢骚到了嘴边就转了个弯，变成不痛不痒的聊天："你放假也天天写作业啊。"

"没有啊。"弋戈心道这人怎么抄作业都这么慢，但还是如实回答，

·135·

"这几张试卷,也不用写很久。"

她在桃舟,大部分时间都在和银河瞎玩,的确没花多长时间在作业上。

蒋寒衣看着那几指厚的一沓试卷,简直怀疑人生:"这是'几张'试卷?"

弋戈奇怪地看他:"不然呢?"

蒋寒衣无话可说,冲她比了个大拇指:"您牛。"

第六章
和你站在一起

国庆假期后返校没多久,第二次月考如期而至。

弋戈坐进了第一考场,第一个座位,夏梨就坐在她的身后。

转身和夏梨打招呼的时候,弋戈看见隔壁列的一个座位上坐着个眼熟的人。

鼻涕男?

他怎么在这儿?

弋戈一时没控制住,露出了疑惑的表情。那个男生倒很和善,还朝她笑了笑,就是有些害羞,笑完就低下了头。

11号 高二(3)班 姚子奇

弋戈用视力5.0的眼睛看了看他桌上贴的考号条。

三班是除了一班之外最好的理科班,而11号说明上次月考他考了全年级第十一名。这么好的成绩,为什么上次他也在最后一考场?

弋戈纳闷,树人这些学生还真是奇奇怪怪。

第一场语文考试,监考老师恰好是刘国庆。

他看着这一考场三分之二都是自己班上的学生,颇感欣慰,站在讲台上拆密封袋愣是拆出了一种睥睨江山的感觉。

他"睥睨江山"的目光还特地在"首都重镇"夏梨以及"沿海新一线"弋戈身上停留了一会儿,似乎试图传递给她们俩一些鼓励的力量。

夏梨很乖巧地回以一个自信而沉稳的微笑,弋戈则面无表情地挪开了眼神。

考语文,弋戈从来都没什么感觉,死记硬背古诗词,随机抽取"乐景衬哀情""比喻贴切、形象生动""伏笔巧妙、加深悬念"等术语回答阅读题,机械地用司马迁当论据,分数半死不活,大概就是因为她考试时的状态也半死不活。

但她答题速度还是很快,又多出将近一个小时。

有了上次考试的前车之鉴,她把答题卡一对折,用笔袋压着,推到课桌前面,给自己留了一小块地方,撑着手肘面壁发呆。

没出半分钟,刘国庆就走下讲台敲了敲她的桌面。

"你就写完了?"他压低嗓音,但语气里仍有焦急和不满。

"嗯。"

"写完了检查呀!哪有写完就睡大觉的?"刘国庆急得又叩了两下她的桌面,把几个正答题的学生引得看过来。

弋戈没办法,只好又把卷子摊开,低头装作检查的样子,实则是由"面壁发呆"改为了"面卷发呆"。

夏梨犹豫地收回了打量的目光,对上刘国庆的眼神后,她浅浅一笑,低头继续认真构思自己的作文。

这次作文主题很玄,就两个字,"得失"。

夏梨写到了第三段论证,想了想,把提纲上伍子胥的论据删了,太普通。她不知从哪儿燃起了熊熊的胜负欲,踌躇满志地准备写一篇更出彩的文章。

弋戈糊弄着答完的语文试卷最终还是引起了刘国庆的高度关注，第二天下午考最后一门英语之前，刘国庆把她叫出了考场。

"你那语文怎么回事？"刘国庆压低声音问。

弋戈一听就知道估计是成绩出来了，伸头一刀缩头一刀，她索性直接问："及格了吗？"

刘国庆气不打一处来："你看看你写的那个作文！还不如我呢！"

您一个数学老师，和学生比作文，真有出息。弋戈糊弄着说："我不太会写议论文。"

事实是更加不会写记叙文。

"那你可以写记叙文呀！"刘国庆表现出很懂行的样子。

"得失"这么故弄玄虚的主题，写记叙文，是要她写拾金不昧吗？我在马路边捡到一分钱把它交到警察叔叔手里面？

弋戈不再说话了，一副虚心接受的样子。

她难得乖巧的表情忽然提醒了刘国庆，他后知后觉地想到考前找学生谈话可能会影响学生考下一场的状态，于是咳了一声，找补道："及格了……"

"哦……"

"数学考得也很不错。"

我谢谢您嘞。

"行了，回去吧。"找补完，刘国庆摆摆手，"考完自己找语文老师好好聊一下！"

"好，谢谢老师。"弋戈如蒙大赦，回到了座位。

考完试第二天，成绩和排名就全部出来了。

夏梨重回年级第一名，第二名是学委高杨，弋戈是年级第三——她的语文只有 91 分，比高杨少了十几分，比夏梨更是低了整整三十分，就算她理科全考满分也救不回来。

弋戈看一眼 PPT 上的排名表，再看一眼自己眼前的语文试卷，心里的无奈多过忧愁。

她深信不疑的一个道理是：世上不会有不努力就有结果的事，但一定有努力了仍然没有结果的事。

就像她半死不活的语文分数，就像她生下来就长了一副大骨架怎么也纤细不起来，就像银河再努力也不能立起另一只耳朵，就像蒋寒衣天生是个二百五……

咦？怎么会想到蒋寒衣？

她刚被自己的思绪惊了一下。

夏梨忽然推了推她的手臂，凑过来问："能给我看一下你的数学答题卡吗？"

弋戈愣了愣，从桌洞里抽出答题卡。

"谢谢！"夏梨高兴地接过去，扫了一眼，由衷地赞叹道，"哇，你这个卷面也太漂亮了吧！"

范阳闻声也凑上来看热闹，不看不知道，一看，弋戈的卷面简直像是印刷品，干净整洁，一个涂改都没有，连选择题的小方块都规整得好像复制粘贴上去的一样。

而且，她的字很好看，写数字和字母也开阔大气，铁画银钩，一个推导符号也能看出笔锋有力。

"可以啊一哥！你连写字都这么 man！"范阳叹了句。

"闭嘴！"夏梨嗔怪地拍了一下他的手背。

"我……我有不会的能问你吗？"夏梨有点小心地问，"我二面角总是算错，还有解析几何，我算得好慢，能跟你讨教一下吗？"

弋戈有些意外地看了夏梨一眼。一个多月来，她对自己同桌的印象停留在"周到而善良的完美班长"，从来都只有夏梨帮助别人的份。这种帮助不仅体现在学习和班级事务上，听说班长书包里甚至常备卫生巾和藿香正气水，前者是以备女生不时之需的，后者则是为在大夏天里打球的男生们准备的。

夏梨沉稳周到得不像十六岁，弋戈好像还没见过她向谁寻求帮助，除了蒋寒衣和范阳。

但夏梨的语气让人没法拒绝她温柔而谦和，不卑不亢，让人相信哪怕被拒绝了她也一定会报以包容的微笑表示理解——所以没人可以拒绝。

弋戈点点头："好，我尽量。"

"谢谢！"夏梨神色雀跃，又主动说，"你要是有想要借的资料或者试卷，也可以问我，我不在的话你直接在我桌上拿也可以。"

弋戈心下一动，忽然想是不是可以借夏梨的语文试卷来看看，观摩一下满分作文是怎么写的。但转念一想，观摩了大概也没什么用，于是她摇摇头："不用了，谢谢。"

夏梨的眸光暗了一下，弋戈没有看到。

"干吗不看啊！我们梨儿的作文每次都被老师表扬的好吗，不识货！"范阳忽然冲弋戈嚷了声，又笑嘻嘻地道，"她不看我看！"

范阳有时候会下意识地喊夏梨"梨儿"。这个昵称的由来是他们小时候喜欢一起看的一部情景喜剧，里面的主角是北城人，一口京腔。范阳看着看着就想学，第一个蹦出口的词就是夏梨的名字，加儿化音，学那北城小爷的模样，吊儿郎当地喊——"梨儿！"

不过夏梨不太喜欢，她总觉得范阳这样把她喊得不正经，就像……就像古装剧里的纨绔公子招呼青楼里那些姑娘。因此上初中后她就勒令他不准这样喊了，可范阳不太长记性，有时候一个不注意，"梨儿"两个字又从他的嘴里溜出来。

"你看八百遍也没用。"蒋寒衣忽然幽幽地损他一句。

夏梨"扑哧"就笑了，转身把自己的答题卡放到两人桌子中间，俏皮地道："你们俩还是都看看吧，半斤八两，谁也别损谁了。"

蒋寒衣厚颜无耻地摊开自己的试卷，"您觉得我这88分，是光靠看作文就能治好的病吗？这是绝症啊绝症！"他喟叹了一句，语气里却全无焦虑或羞耻，轻轻松松地拿自己开涮。

"哈哈哈哈哈哈哈，老子都考了89分！"范阳得意大笑，"你要加油啊，早日继承爸爸的衣钵！"

"滚蛋！"

夏梨被他俩逗得肚子疼，笑得肩膀耸动。

倒是蒋寒衣，敛下嘴角没怎么笑，眼神轻轻往侧前方瞥了眼。

弋戈正襟危坐，埋头苦读。

未免也太努力了……不是写作业速度快吗，一天天哪那么多题可刷？

他刚刚的话难道不好笑吗，怎么她还不笑？

真难哄。

蒋寒衣憋屈地腹诽了几句，把自己耻辱的88分试卷翻了个面，没心思献丑了。

中午，范阳勾着蒋寒衣的脖子催他一起去食堂吃饭。

蒋寒衣却看着前座的弋戈，她戴着耳机，左手一沓试卷右手一沓草稿纸，刷题刷得心无旁骛。

到底哪来那么多题可刷？

范阳勒了勒蒋寒衣的脖子，小声道："别看了，跟爸爸去吃饭！"

蒋寒衣瞪了他一眼。

"我说，你去了趟老家回来就不对劲。"范阳眯着眼，朝弋戈的背影努了努下巴，"怎么，再续前缘了？"

蒋寒衣："没前缘。"

"我就知道！"范阳嗤声，"你俩没可能。"

蒋寒衣下意识地想问为什么，还好在最后关头咬住了舌头，保住了男人的面子。他烦躁地"啧"了声："走吧，吃饭去。"

刚走出教室，迎面碰见从教师办公室出来的夏梨。

"哎，你们是不是要去吃饭？"夏梨笑着招手问。

范阳后一步走出来，正好就看见夏梨站在那一泼阳光里，笑容清澈可人。他坏心地撞了撞蒋寒衣的肩："擦亮眼睛，你可是受到女神青睐的人。"

蒋寒衣没好气："再瞎说我把你胳膊卸了。"

范阳满不在乎地耸耸肩，吹了声口哨招呼夏梨："走啊，一起！"

因为夏梨是女孩子,初中之后他们仨一起吃饭并不多,而且大多数时候都是范阳在扯东扯西,夏梨会很给面子地笑一笑,蒋寒衣则默默听,偶尔损他一两句。

坐下没多久,夏梨夹起碗里的芹菜,"你们谁吃芹菜?我还没动过的。"

夏梨从小就不吃芹菜,这他们俩都知道的。

范阳奇怪地问了句:"你不吃芹菜,干吗要点这个菜?"

夏梨有些不好意思地笑了:"看错了。"

范阳点点头,又煞有介事地端起自己的碗躲得老远,伸手戳了戳蒋寒衣的肩膀:"哎,你解决。"

蒋寒衣这才抬起头,不明所以地看着范阳。

他刚刚并没有听他们的对话。

夏梨腾地红了脸,小声嗔道:"你又乱说!"

蒋寒衣看见夏梨筷子上的芹菜,又看范阳笑得一脸贱兮兮,明白了大概。

他顿了下,说:"不喜欢吃就放一边吧。"

夏梨有些尴尬地愣了下。

蒋寒衣浑然不觉似的,又端起自己盘里的一个小碟,自然地问:"菜够吗?这个土豆牛肉,我还没动过。"

夏梨抿嘴一笑,摇摇头。

气氛骤然变得尴尬。

范阳干笑了两声正想着怎么岔开话题,迎面看见在找位置的弋戈,"哦"了声:"又是她。"

蒋寒衣和夏梨循着他的目光看过去,弋戈也正好与他们对上视线。

食堂正是人流量最大的时候,弋戈停了半秒,点了点头算是和他们打过招呼,端着餐盘转身走了。

"哎,她最近是不是脾气变好了点?"范阳若有所思,"不过还是神经,咱们四个好歹也是同一组的吧,食堂位置这么紧,她都不愿意跟我们坐一起。"

一班四人一个小组，按座位分。语文课上集体讨论、理化课做实验，都是以小组为单位。每学期期末，还要评选优秀小组。

夏梨笑笑，替弋戈解释："离得太远，走过来不方便吧，这么多人呢。"

蒋寒衣说："也可能是你成绩太拉胯，人家并不想和你同一组。"

范阳瞬间就被转移了注意力："你比我好到哪里去？"

蒋寒衣幽幽道："也就高个三十多分吧。"

"你要不要脸！"

....

吵吵闹闹地，饭吃到一半，范阳被一个突然冲出来的黑影抓住了胳膊，仅剩的一块排骨掉在了地上。

"老子的排骨！"

他哀号着看清了来人是徐嘉树："你干吗啊，一惊一乍的！"

徐嘉树跑得全身肥肉乱颤，喘了口气，咽了口口水，才道："出大事了！"

"有事起奏，无事退朝！"范阳不耐烦地说。

"我听说……我听说，学校要强拆'小黑屋'！"

"什么？"

话音一落，不光范阳惊得跳脚，连一贯沉稳的夏梨都吃了一惊。

这么多年，作为树人中学零食市场的"垄断者"，"小黑屋"在学生心中占据着不可取代的地位。除了那些物美价廉且食堂禁售的零食之外，"小黑屋"里那对年迈而慈祥的老夫妻在学校里做了十几年的生意，也和学生们建立了深厚的感情，每年都会有已经毕业的学生回来看他们。

爷爷奶奶为人厚道，即使自己的日子过得清贫，也从来不薅学生的羊毛。这么多年，"小黑屋"的零食涨价总是比外面慢很多。爷爷会进那种便宜但好写的笔芯，拆出来用皮筋绑成一捆一捆地卖给学生，只收进货价；奶奶烤的烤肠火候永远刚刚好，爆而不焦，碰到没零钱又找不开的学生，她也从来不记账，只说下次来记得补上就行。

爷爷奶奶还喂了一只流浪猫，橘白相间的花色，被喂得膀大腰圆油光水亮的，整天趾高气扬地在小黑屋附近走猫步。那猫长得漂亮，可惜脾气不太好，不许人摸。

　　十几岁的孩子，心里还揣着"扶弱济贫"的朴素理想，因此，即使小黑屋的环境不好，即使有些人没有那么多需求，大家也总是去买点什么，大课间时习惯性地往那边溜达，就是希望能让爷爷奶奶多挣点钱。
　　就连范阳这种一学期都用不掉几支笔芯的，也隔三岔五就去给爷爷"清摊"，买一大袋子笔芯回来，给每人发一捆。

　　徐嘉树的话一出，食堂里吃着饭的大家都停下筷子，往他这边看。
　　"真的假的啊？你听谁说的？"有人问。
　　"我……我爸跟我说。学校让所有老师轮流去给爷爷奶奶做工作，好像是想劝他们搬走。"徐嘉树的爸爸是常年带高三的化学老师。
　　"什么玩意儿？"范阳一听着急了，"人家住了几十年，说搬走就搬走？还让老师去劝？哪个出的主意？"
　　徐嘉树看他一眼，默默道："……校长。"
　　范阳嘈了一下："校长也不能搞强拆吧！还欺负老人家！"
　　蒋寒衣拽了拽他的胳膊："你先冷静点，还没确定的事儿。"
　　"对呀，徐嘉树，你确定你爸是这样说的吗？"夏梨问，"是真的不让爷爷奶奶开小卖部了吗？"
　　被这么一问，徐嘉树又犹豫了，吞吞吐吐地说："反正我爸就说下周就轮到他去和爷爷奶奶做工作。"
　　范阳白他一眼："你能不能说点有谱的！"
　　"不过，我好像也听说，学校要开超市，就在食堂里多开个摊位……"不知是谁又小声说了句。
　　"对啊，老刘不也说了好几次'小黑屋'是危房，卖的东西不卫生吗？"高杨说。
　　"他那就是不想让我们吃零食，巴不得所有人课间屁股都钉椅子上写作业。"蒋寒衣冷笑一声，说出了真相。

　　树人的校领导和老师对"小黑屋"的态度与学生们截然相反。
　　对校领导来说，"小黑屋"是个"历史遗留问题"，在综合楼那边唯一一间没拆的小平房里开个破破烂烂的小卖部,无论是从学校规划还是从校风校貌上来说,都很不合适;对老师们来说,"小黑屋"的问题虽然没那么严重,但也麻烦,哪个老师愿意看自己的学生一下课就去吃吃喝喝?用刘国庆的话来说,大家扎堆往那平房前一站,跟群街溜子一样,哪有学生的样子!

总之,大家心里都有数,学校估计早就想把"小黑屋"端了。

"不行!不能让他们拆!"范阳义愤填膺地拍桌子站起来,"什么年头了还搞强买强卖那一套啊,还欺负老人家!"

"我也是说!"徐嘉树附和地猛点头,"所以我一听我爸说这事就来告诉兄弟们了!要是他们把爷爷奶奶赶走,那跟外头那些地头蛇有什么区别?"

几年以前,树人附近还有那种街头混混,仗势欺人收保护费。虽然经过严打已销声匿迹,但树人的学生都有很深的印象,因为他们曾经上下学的路上见过无数次地头蛇驱赶小吃摊贩的情景。

他们大多没事找事,要么说碗里有脏东西,要么说老板以次充好,要不到赔偿就直接上手,强行没收摊贩的推车,连车上的钱、食材、锅具之类的也一概收走,什么也不留。更有甚者,会对摊贩动手,几乎所有人都见过那个又高又壮的卖烤鱿鱼的大叔每一次都被直接踹倒在地,蒋寒衣还见过卖油饼包烧卖的老奶奶穿着脏兮兮的围裙、驼着背追着地头蛇的车跑,想要拿回推车上的钱。

蒋寒衣记得很清楚,最严重的一次,他和范阳把那个老奶奶扶起来,裤兜掏了个精光也就凑出三百多块钱,只能手足无措地看着奶奶哭。

十几岁的少年能感受到的最无力的时刻莫过于此。穿着破旧围裙的老奶奶瘫坐在地上号啕大哭,攥着从围裙里掏出来的仅剩的几张毛票,好像没有尽头地那样哭,而他们什么都做不了。

那是蒋寒衣第一次,对这世上的"苦"有了具象的认知。

后来有很多次,只要碰到地头蛇找事,蒋寒衣和范阳就帮那奶奶逃跑。他们一个推着车猛撒丫子往前冲,另一个背着老奶奶跟在后头,跑得比运动会卖力一百倍,每次成功逃脱,都喘得像快要断气。

尽管如此,他们还是在某一个早晨发现老奶奶不来了。也许是身体出了状况没法再摆摊,也许是学校门口实在太惹眼,经不起再一次"倾家荡产"。具体缘由不得而知,只是他们再也没吃到过那一家酥脆油饼和软糯烧卖融为一体的美味。

范阳的情绪感染了很多人,原本只是小声发牢骚的同学们也渐渐大声附和起来,一时间食堂里沸沸扬扬,炸开了锅似的。

"老徐,你今天回去再问下你爸,看学校到底是什么意思。"蒋寒衣虽不像范阳那么咋呼,但其实心里也早就愤愤不平了。

"对,还是要先确认清楚。"夏梨温声附和道。

"他们要是真敢拆'小黑屋',老子就退学!"范阳一拍桌子,豪言道。

"冷静点,你退学威力不大。"蒋寒衣说。

"那不还有梨儿和一哥嘛!"范阳厚颜无耻地伸手一指,又回头去找弋戈,"一哥,到时候一定要加入……"

他回头一看,弋戈已经掀开塑料帘走出食堂了,留给他一个冷酷的背影。

"算了,她转来的,指望不上。"范阳嗤了声,语气里说不清是不满还是泄气。

转学一个多月,弋戈只去过"小黑屋"两次,除了两个老人家看着面善之外,并没有其他的感觉。她暂时无法理解这一食堂的人为什么会激动至狂热的地步——也没空去理解,刘国庆一早就叫她中午吃完饭去办公室。

午休时刻,教师办公室静悄悄的,刘国庆坐在最靠里的书桌前,"唰唰"写着教案。

一个多月来,弋戈已经大致了解了这位班主任的风格:他为人古板,行事风格也像个教头,但态度认真、专业能力极强,是真正想教出好学生的那类老师——尽管他对"好"的判断标准趋于单一,有唯分数论的嫌疑。

不过，相比于那种热衷于搞各种活动来"增进同学情谊、促进全面发展"的老师，弋戈反而更喜欢刘国庆简单粗暴的风格。

万万没想到，她下一秒就被打了脸。

刘国庆十分慈祥地让她坐下，嘘寒问暖地关心了一下考后状态后，提出了一个惊天地泣鬼神的主意："我和小杨老师商量了一下，我们觉得可以在班里办几期小型的沙龙，以小组为单位，每周每小组上台朗读一篇本组同学的作文，大家坐在一起欣赏欣赏、提提建议。"

"小杨老师"就是杨静，那位每次看到弋戈表情都十分受伤的年轻语文老师。

朗读、欣赏、建议。

这几个词凑一块，弋戈身上掉下来的鸡皮疙瘩都够炒一盘菜了。

她稳定了一下情绪，先是迂回地问："沙龙……听起来挺费时间的，杨老师要每周专门拨出一节课来吗？"

理科尖子班，语文课处于食物链底端，课本来就少，她猜测杨静舍不得花那么多课时在这个活动上。

哪知，刘国庆大手一挥，十分大气地表示："没关系，我可以把班会课让出来！实在有事的话，用我的数学课也没问题！"

弋戈，卒。

为了她半死不活的语文成绩，刘国庆还真是肯下本。弋戈心里，不耐烦、感恩以及愧疚，三种情绪轮着蹬鼻子上脸。

她僵硬地笑了笑，决定以退为进："其实，杨老师之前和我聊过，还给了拿了两本作文书，我最近在看，还挺有心得的……"

刘国庆闻言，眉毛喜庆地一扬："哦？是吗？那很好啊！"

"嗯，对……"弋戈硬着头皮继续扯淡，"而且我最近也有了一些灵感，打算自己多写几篇作文给杨老师看看有没有进步。"

"很好啊！杨老师肯定跟愿意帮你辅导！"刘国庆高兴得快跳起来了。

"嗯，谢谢老师。"弋戈斟词酌句，穷尽毕生的演技装出诚恳乖巧的样子，"我觉得这个沙龙活动也挺好的，但是不是过段时间再举行更合适？我……我现在作文写得不好，就不要浪费同学们的时间了。我想先单独找杨老师补课。"

刘国庆一听，立刻露出理解和怜惜的表情——啊，果然还是个小姑娘，脸皮薄。

但既然她都肯单独去找杨静补课，他也就能放心一大半了，之前他着急，完全是因为弋戈一副满不在乎的模样。

刘国庆爽快地松了口："好，没问题！老师相信你，只要多和小杨老师沟通，你肯定会有很大进步的！"

弋戈默默松了口气："好的，谢谢老师。那我可以走了吗？"

"当然当然！快回去吧，中午好好休息一下！"

弋戈恨不得以八条腿的速度溜出办公室，可刚起身，忽然想到刚刚食堂的盛景，好奇心以前所未有的姿态破土而出，她不自觉地顿住了脚步。

"怎么，还有事？"刘国庆主动问，笑得相当慈眉善目。

弋戈受到这笑容的鼓励，顿了下问："老师，我们学校的小卖部……是要拆了吗？"

刘国庆没想到她会关心这种问题，怔了一下，似乎在回忆，然后模棱两可地说："这是政教处那边负责的事情吧，我不太清楚，不过应该是要拆的，说了好几年了。"

弋戈默默地观察他的表情，试图判断他是在打马虎眼还是真的不清楚情况。

刘国庆没抬头，继续写着教案，边写边发牢骚："本来当年在学校里开这个店就很有争议，手续不清不楚，现在还成了钉子户……"

他适时地打住了话题，看了弋戈一眼，笑道："你怎么也这么八卦了？"

他心里，弋戈明明是浮躁、抱团、咋呼等一切不良因素的反义词，永远两耳不闻窗外事，一心只读圣贤书。

弋戈扯嘴角笑笑，摇了摇头，转身走出了办公室。

她仔细回想了下刘国庆的话，心里大概有了猜测，"小黑屋"，估计真的要被取缔了。

她对那个小破房子没有任何滤镜,说句公道话,她也觉得校园里光秃秃竖着一间破落平房奇丑无比。对房子里的老年人,她也没有多深的感情。

但不知怎的,一想到刚才食堂里大家义愤填膺的样子,还有范阳曾经塞给她用的两捆笔芯,以及某一次上学路上看见的蒋寒衣推着小推车狂奔的模样,她心里竟也有点愤愤不平起来。

学校取缔"小黑屋"的行动在十一月终于露出端倪。

就在大家都以为徐嘉树谎报军情、"小黑屋"安然无恙的时候,期中考试后的某一天,陆续裹上羽绒服的学生们早上来上学时发现,"小黑屋"没开门。

大家心中一边纳闷,一边安慰自己,可能是天气冷了,爷爷奶奶起床晚了。

只有范阳,整个早读都在焦躁地抖腿,屁股上长了针眼似的不停地变换坐姿,嘴里不断咕哝着什么,整个人就是只热锅上的蚂蚁。

他的动静有点大,夏梨往后看了好几眼,终于忍不住出声履行班长的职责:"范阳,你安静点。"

范阳尿急似的扭了扭,苦着脸道:"我担心啊,他们从来没关过门的!"

夏梨欲言又止,还是没忍心苛责。

范阳一只脚搁在桌子横杠上,继续抖。

弋戈就坐在他前面,冬天大家穿得厚,桌子之间的距离好像也缩短了似的,范阳抖脚的动作传递到她位置上,一阵一阵的。还有衣料摩擦的声音,窸窸窣窣。

弋戈不堪其扰,不悦地回头道:"别抖脚。"

范阳不耐烦地冲她翻了个白眼,把脚从横杠上放下来。

弋戈没说什么,转回去继续早读。

可半分钟后,后座那只脚又开始抖起来。虽然不在横杠上了,但弋戈还是能明显感觉到。

她忍无可忍，回头怒道："别抖脚！听不懂人话？"

范阳心情本就不好，被她连着甩了两回黑脸，也爆发了，骂道："你别没事找事？我在我自己位置上抖脚关你屁事！真拿自己当根葱啊？"

蒋寒衣抓住他胳膊，冷声警告："范阳。"

"你也有病？"范阳把胳膊一甩，怒气冲冲地道，"这是我惹的事吗？大家都在担心爷爷奶奶，就她一个人还有心思早读，是吧，年级第一？"

他阴阳怪气地往弋戈脸上砸了四个大字，又不屑地冷笑道："哦，差点忘了，您也就第一天来拿了个第一，还是我们梨儿让给你的，牛什么啊你牛？"

弋戈勾起唇角，冷笑一声："你隔着一百多个名次对年级前三了如指掌，还真是辛苦了。"

范阳脸色一变，当即就要掀桌子，被蒋寒衣有力地往下一拽，死死地扣住了："你别犯浑！"

范阳被摁在桌上："蒋寒衣你有种！"

夏梨被这场面吓坏了，急着分开两人："赶紧松开呀！"

"你冷静点！"蒋寒衣掐了范阳后脖子一把，松开了手。

范阳红着脖子直起身来，狠狠盯着蒋寒衣和弋戈，又拿手往弋戈脸上一指："死胖子，你以后最好别惹老子！"

弋戈木着脸，仿佛没看到他这个人似的。

范阳暴怒地踢翻了自己的凳子，从后门直接跑下了楼。

所有同学都停下早读往这边看，脸上既有兴奋的好奇感，又有担心事态严重的严峻。

弋戈甚至在几个男生脸上看到了不屑与不满，她几乎瞬间就理解了这种不满的缘由，就像范阳说的——大家都担心"小黑屋"，只有她一个人事不关己高高挂起。

她并不在乎，拿起课本继续背诵《春江花月夜》。

这两个月她已经充分感受到这个班级里强大的集体荣誉感，而她作为一个空降的转学生，性格并不友好，傲人的成绩只是免遭严重排挤的保护膜，并不能让她真正融入这个集体。

她也不想融入，没必要。

好不容易上完两节课，学生们终于等到一个大课间，一窝蜂地冲下楼往"小黑屋"跑。

弋戈不得不承认，她对于这件事有一份莫名其妙的好奇心，她费了好大力气，才克制住离开座位的冲动。

但她还是没克制得了瞥向窗外的眼神。

所有人都往外跑，朱潇潇动作最慢。她费劲地把胳膊向后伸，穿进羽绒服袖子里，又往兜里揣了个暖宝宝，才笨重地起身。

"朱潇潇！"忽然有人叫住她。

居然是蒋寒衣。他坐在最后一排，朱潇潇没看见，她还以为班上所有人都走了。

朱潇潇条件反射地红了脸，说不清是出于被帅哥叫住的害羞与期待，还是被看见穿衣服时的笨重模样的羞耻，便："怎……怎么了？"

"等等我们。"蒋寒衣一边笑着起身，一边状似随意地拍了拍弋戈的肩。

弋戈抬头，目光里满是疑惑。

朱潇潇见状，顺理成章地以为他们是早就说好要一起下楼，"啧"了声上前拉起弋戈的胳膊："哎哟，快点吧！你俩怎么比我还慢！"

弋戈还没反应过来，就已经被拉着走出了教室。

这个过程自然而流畅，好像本该如此。没有人挖苦她"学霸，你还关心这种事啊"，也没有人阴阳怪气地说"我们班去讨公道，你来干吗"。

只有一个男生轻松地笑着说："等等我们。"

"我们"。

弋戈被朱潇潇挽着手，不自觉地回头看了眼蒋寒衣。

蒋寒衣走在她们身后一步，插着裤兜，得意地扬了扬眉，笑得随和而神采飞扬，骨清神秀。

到"小黑屋"，他们被门口的景象吓了一跳。

爷爷奶奶搬着两张凳子，坐在门口，低眉敛目，紧抿嘴唇，一句话也不说。他们没开店里的灯，身后一片黑黢黢的，看着有点瘆人。

而站在他们面面前的，是几个男老师，其中就有一班的物理老师邹胜。他们全都拎着公文包、穿着条纹POLO衫、外罩羊绒背心、把衣摆塞进裤子里、皮带卡住圆鼓鼓的肚子。他们也一脸疲倦，也不说话，也那么静静地站着。

在这诡异的对峙圈外围，又挤了一群学生，大部分是一班的人，其他班的零星也来了几个。他们还不清楚目前的状况，不敢贸然在老师面前胡闹，只好杵在外围静观其变。

"哼，还真是来做'思想工作'的，脸都不要了。"蒋寒衣冷笑了声。

弋戈听见他这句嘲讽，没说话，心里却暗暗同意。

且不论"小黑屋"到底是不是违章建筑、该不该拆，就这一群老师和一对老人家"静坐对峙"的画面，实在称不上体面。

有个胖胖的老师似乎是不耐烦了，却也还是不对老人家说什么，转身皱着眉教训学生："凑什么热闹？快上课了，赶紧回教室。"

他不是一班的老师，一班学生也不怕，没一个动步子的。

那老师不满地"啧"了声，瞪了夏梨一眼——这群学生里，他唯一认识的就是一班的班长夏梨，因为她在各类艺术节、运动会、国旗下的讲话上亮相过很多次。

夏梨羞怯地低头，却也不动脚步。

弋戈心想，难道这群老师就打算这么一直耗着？这一批耗完了，换下一批继续来耗，耗到老头老太太做不了生意，总有一天要服软？

这方法，可真是既不高效又不体面。

学生们看了半天，也看出这些老师背后的意图来，渐渐有些躁动，看不下去了。

忽然，大家听见窸窣的声音，"小黑屋"的砖瓦屋顶上、层层藤蔓和枯叶之间，居然露出四只猫头来。

除了大家都认识的那只大胖橘,还有一只体型更大、通体灰黑的独眼猫,另外两只都是花色小猫。四只猫咪看起来都脏兮兮的,眼神警惕,似乎不太亲人。

……什么时候多了这么多只猫?是大胖橘和其他野猫生的?大伙都有点吃惊。

邹胜终于等不下去,看了眼房梁上脏兮兮的四只野猫,上前一步严肃道:"大爷大妈,咱们不能不讲理是不是?你们既拿不出当年的承包手续,现在店里的卫生情况又这么差,你看看,这么多野猫,万一抓伤了学生,或者有什么传染病怎么办?"

原本三缄其口的老太太一听这话眼睛就红了,梗着脖子道:"我们进的都是干净货!"

范阳扯着嗓子声援道:"就是!就是!我们都吃了这么久了,什么事都没有!"

那个胖老师回头瞪他一眼:"有你什么事!赶紧给我回教室去!"

说完,他又一抹脸笑着对爷爷道:"大爷,我们不是说您进的货有问题,但您自己看看,这房子的条件,还有这些猫,咱们可是重点学校,每年都有教育局的领导和兄弟学校的人来参观的。这房子杵在这儿,像话吗?"

"那就让爷爷奶奶进食堂啊!那么多摊位!"范阳又叫嚷道。

邹胜也被惹毛了,大声斥道:"你安静点!"

他深谙"擒贼先擒王"的道理,找这个班上最受欢迎的班长开刀,对夏梨道:"夏梨,你组织一下纪律!马上上课了,赶紧叫你们班的人回教室去!"

夏梨破天荒顶了一回嘴,但语气还是文文弱弱的:"老师……还有十分钟才上课。"

邹胜气不打一出来:"行,行!你们爱站就站!明天就是你们刘老师来,我看你们还敢不敢站!"

一阵交涉过后,爷爷奶奶抹了把泪,冲学生们摆摆手,驼着背转身进屋了。那几只猫也像通人性似的,一转身从屋顶上消失了。

木门不好关，卡了一下，爷爷从门里用力一拉，从将门关上。整个门框仿佛都抖了三抖，落下一块墙灰来。

邹胜盯着那块发霉的墙皮无奈地摇头，回头怒道："你们就闹吧，但你们今天的物理卷子别想少！"

大家少见地没唉声叹气，默默无语地看他一眼，转身走了。

回教室后就是数学课，毫不意外地，所有人都被刘国庆骂了个狗血淋头，首当其冲的就是范阳和夏梨。一个惹事，一个失职，各领三千字检讨。

范阳摇头晃脑，满不在乎，还小声对夏梨说了句："梨儿，别怕，我帮你写！"

他十分嚣张地嘟囔道："老子写别的不行，写检讨还怕你啊！"

弋戈看了眼夏梨，班长大人怕是从未受过如此大辱，低着头憋着嘴，眼泪都快掉下来了。

原以为这件事只能这样无疾而终，没想到，晚自习时弋戈忽然发现蒋寒衣和范阳不知又怎么和好了，连体婴似的凑一块不务正业。

她正在心里感叹男生真是善变，又听见后座两个人压低了声音却仍然惊天地泣鬼神的一句——

"罢课！砸食堂！"

还没从"砸食堂"的莽夫之言中回过神来，她忽然感觉肩膀被谁轻轻拍了一下。

她一回头，见只蒋寒衣笑得特别灿烂。

"喂，帮个忙呗？"

走廊上冬风"呼呼"地灌，弋戈把手揣进兜里，看着蒋寒衣装模作样拿出来"打掩护"的物理试卷，心中不觉好笑。

但她面上是不可能笑出来的，她冷着一张脸，不耐烦地问："什么事？"

蒋寒衣开门见山："你都听到了吧？"

弋戈莫名有点心虚，脸色不变地否认："听到什么。"

蒋寒衣胸有成竹地笑道:"你肯定听到了,别骗我了。你每次听我们讲话的时候,笔都不动!"

你还挺能眼观六路耳听八方。

"你好奇下次就一起聊呗。"蒋寒衣笑道,"你要是嫌范阳烦,我帮你把他嘴堵上!"

弋戈嘴唇翕动一下,还是没笑,正色问:"你到底找我干吗?"

蒋寒衣正经道:"明天下午最后一节数学课,上完你能不能帮着拖住老刘一下?不用太久,二十分钟就够,行不?"

弋戈皱眉,这是真要罢课砸食堂?可既然都要罢课了,为什么不干票大的直接罢了刘国庆的课?罢晚自习,听起来就很没有震慑力的样子。

虽然心里猜得八九不离十,弋戈还是装作不解和老不情愿的样子:"你们要干吗?我为什么要帮你们?"

蒋寒衣不回答第一个问题,微微踮起了脚,敛起下巴,这样他就可以做到"低头盯着弋戈"了,像大部分男生逗女孩子时那样。如果胆子够大的话,他还可以伸手揉一把弋戈的头发——徐嘉树就老这么"调戏"江一一。

但他还没那个胆子。他只敢故弄玄虚地笑一笑,把握十足地说:"这可是行侠仗义,你不帮?"

行个鬼的侠仗个鬼的义。

弋戈几乎可以预见蒋寒衣和范阳被刘国庆拎着耳朵教训、全班人受罚作业加倍的惨状。但说不清为什么,她没直接否认,而是说:"我建议你找夏梨。我不喜欢找老师问作业或者谈话,贸然去找刘国庆,很突兀。"

蒋寒衣看着弋戈,没说话,但眼睛里的笑容都快溢出来了。

弋戈忽然意识到她的解释约等于答应,不自然地别开脸:"听到没?"

蒋寒衣咳了声:"……夏梨不行的。"

"为什么?"

"她明年还要选市三好,要是被刘国庆发现和我们'狼狈为奸',

她就悬了。"蒋寒衣解释道,"而且,她胆子很小的,肯定不会撒谎。"

弋戈冷笑一声:"你就知道我未来不需要类似的荣誉?我就很擅长撒谎骗老师?"

"不是!"蒋寒衣意识到自己可能说错了话,忙解释道,"我就是觉得你肯定乐意帮这个忙,你肯定也不想看到爷爷奶奶被赶走……对、对吧?"

那又怎样。弋戈哼了声。

"唉,啧……其实,我就是觉得只有你能帮我们干这件事!"蒋寒衣有些懊丧地挠挠头。在弋戈面前,他好像永远无法用准确的语言表达自己的想法,说出来的话听起来怎么听都怪怪的。

"就是,只有你可以……我知道有人会怕处分,有人会觉得我们激进,但我觉得你不怕,我总觉得,你肯定愿意加入我们……"

弋戈看着他语无伦次的样子,心里说不清是什么滋味,好像有点得意,有点感动,又有点悲凉——凭什么我就不怕?

但她说出口的却是:"二十分钟?"

蒋寒衣一愣,旋即扬起笑来:"嗯,二十分钟就够了!"

弋戈点头,撂下句"知道了",转身走了。

第二天下午下课,弋戈拿着套金考卷把刘国庆堵在了教室门口,把他老人家吓得差点拿不住保温杯。

"老师,我有两道题不会,您能帮我看下吗?"弋戈非常诚恳地问。

刘国庆简直想放串鞭炮祝贺,连连点头:"好,去办公室!"

范阳远远地坐在教室最后,看得目瞪口呆,嘟囔道:"她居然真的肯帮我们……"

"是你有眼不识泰山!"蒋寒衣一巴掌呼在他后脑勺上,"赶紧的,叫人,搬东西,走!"

夏梨已经盯着试卷上的那条抛物线看了十多分钟,笔杆都快被她捏碎了,终于还是转身,忧心忡忡地说:"你们别太过了……要不还是先想想别的方法吧。"

蒋寒衣一笑:"没事儿,我俩皮糙肉厚,处罚跟吃饭似的,怕啥。"

范阳应声:"对,班长,你就在教室里好好待着,就当啥也不知道哈!"

夏梨绞着眉毛,心里有个问题呼之欲出——那弋戈呢,她也不怕吗?为什么你们就叫她一起了?

她没问出口,看着蒋寒衣他们一大帮人溜出了教室。

刘国庆给弋戈讲了三道题,忍不住搁下笔,狐疑地看着她:"弋戈,你是不是有什么话想跟老师说?"

弋戈心里一慌,摇头道:"没有。"

"这些题……你真不会?"尽管都是压轴大题,但对弋戈来说,实在不应该成为困扰。

刘国庆语重心长地劝说道:"没关系,有任何事情,哪怕是和学习无关的心事,也可以和老师说的。"

弋戈瞥了眼刘国庆桌上的闹钟,心说二十分钟怎么这么漫长,再不到时间她又得搬出语文作文来卖惨了。蒋寒衣真的很不了解她,撒谎和卖乖这两件事,全世界恐怕没人比她更不熟练——过去十六年里,她既没有撒谎的需求,也没有卖乖的对象。

刘国庆还一脸慈祥地等她诉说心事,弋戈在心里权衡要不要再牺牲一次自己的作文。

可还没等她开口,邹胜喘着气跑上楼,在办公室门口急道:"刘老师,你赶紧去看看!你们班学生把食堂给占了,说要罢课抗议呢!"

刘国庆一愣,然后迅速反应过来,震惊地看向弋戈。

弋戈抿着嘴,一言不发。

"你啊!"刘国庆怒不可遏,但现在没工夫教训她,起身跑下了楼。

弋戈跟在刘国庆后面,到食堂的时候,被眼前的景象震惊得半分钟没回过神。

这就是蒋寒衣说的"砸食堂"?

粗略一看,大约有四十个人参与了此次罢课,其中大部分是一班的学生,还有十来个其他班的同学,男生女生都有。而他们做的,就是两到三个为一组,挡住了每一个小档口;每个小档口前,有个人举个纸板,上面手写着一行口号，"拒绝强拆""小黑屋不能拆"之类的。

蒋寒衣和范阳两个人则堵在食堂上周才试运营的零食和文具窗口前，两人脑袋上各系一圈白布条，写着"抗议"；面前又竖着块用班牌改造而来的标语牌，上书——"尊老爱幼，拒绝强拆"，末尾三个大写加粗的感叹号。

不知道是哪个神剧里学来的抗议路子。

弋戈看着蒋寒衣一脸正气地举着那个"尊老爱幼"的牌子，想到中午听蒋寒衣说的，"小黑屋"当年是爷爷奶奶已故的儿子开的，经过校领导同意，各项手续流程走下来才得以开张。但这么多年过去了，爷爷奶奶们又没文化，不懂这些，当年的手续文件早就遗失，如今算是一笔烂账。

所以这次学校才这么"顺理成章"地要拆掉小黑屋。

少年人总是愤世嫉俗，眼睛里容不得沙子，这时候不出手，简直对不起他们脸上冒的青春痘。

可在家里的饭桌上，弋戈还听弋维山说过这故事的另一半。

树人1978年建校，"小黑屋"是1994年开起来的。据说当年学校食堂、小卖部，基本都由熟人承包。中间既有手续，也有人情，很难一笔说清。树人前两年因为"小黑屋"的存在错失过文明学校的奖章，从那时起就想着要拆"小黑屋"了，拖到现在，用弋维山的话来说，"已经算是仁义了"。

弋戈不知道这是不是完整的事实，也不知道如果是的话，蒋寒衣是不是就做错了？而她作为"帮凶"，是不是也错了？

她想不明白，也不知道这种事情该怎么想。

但她总是想起"小黑屋"里朱潇潇喜欢的那种"烤爆了的"的香肠，想起范阳丢到她桌上的一捆捆笔芯，想起蒋寒衣很认真地说："不能欺负爷爷奶奶，他们都是很好的人。"

"你们在干什么？"刘国庆气得脑袋冒烟，怒吼道。

其他人不说话，蒋寒衣定定地看着刘国庆，目无惧色地道："不能强拆'小黑屋'，不能让爷爷奶奶没地方去。"

一字一句，条理清晰，诉求明了。可谁都听得出来，那是少年人装出来的老成与镇定，仿佛只要语气够平静，他们就能和大人们坐在平等的谈判桌上。

"别胡闹了，这是你们学生该管的事情吗？"刘国庆叉着腰，根本懒得和这群愣头青讲道理，"赶紧把你们这些装神弄鬼的东西收了，吃饭！吃完饭回去上晚自习！"

"只要学校承诺不拆'小黑屋'，我们就回去。"蒋寒衣说，"否则，我们就一直不上课！"

"你们自己胡闹，不要耽误其他同学吃饭！"刘国庆指了指食堂中间看热闹的学生，"你们不求上进，其他人还要上课！蒋寒衣，自以为是的正义，会影响别人学习，明白吗？"

陆续还有学生走进食堂，看见这稀奇又热闹的一幕，都停住脚步不走。

蒋寒衣看了刘国庆一眼，默默地卸下背上的书包，从里头掏出一个一个的小面包来："同学们，我们在为'小黑屋'的爷爷奶奶争取权益！如果你们着急吃饭上课的话，这里有小面包，免费提供，每人一个！如果不着急的话，请加入我们！"

其他抗议的同学也跟着卸下书包——他们居然每一组人都带了满满一书包的小面包，看来是早有准备。

弋戈混在看热闹的人群里，有些吃惊地看了蒋寒衣一眼。他把书包背在身前，拿着小面包准备发放给每个同学，他看着刘国庆，目光里带着昂扬的得意和斗志，还有一丝丝难以抑制的挑衅。

这人，倒比她想的聪明一点，居然还想到了这一茬。

刘国庆脸上终于出现了愤怒之外的表情，是意外和慌张。

"蒋寒衣，你干什么？"

"我再说一遍，赶紧把你们这些家伙收了，回去上课！"

然而没有人听他的,在蒋寒衣、范阳,还有高杨、徐嘉树等人一遍又一遍的陈述中,食堂很快沸腾起来。

弋戈被挤到食堂门口,一抬头,看见了人群另一头的蒋寒衣。深秋的天,他穿单薄的校服T恤,额头上居然起了一层汗,亮晶晶的。

她忽然忘记了弋维山说的"世界上的事并不是非黑即白",忘记了所谓的全面理智客观。

心中的鼓点在告诉她,此刻,他们站在一起。

很快,更多的老师赶来。

政教处主任说:"同学们都冷静一下!

"不要喧哗!不要再走动!冷静下来!

"学校食堂和小卖部的承包项目,是走了正规流程、层层审批后盖章做出的决定!我们到时候会把结果公示出来,公示期间,有异议的同学,可以拨打举报电话!"

不知是不是"举报电话"这个词撬动了少年人心中稚嫩的权衡——在十六岁的认知里,"举报",是一件正式而有权威的事。

于是有的同学真的停了下来,看着主任。

食堂里的声势一瞬间小了许多。

刘国庆见状,夺过主任的大喇叭喊道:"听清楚了的同学,先回教室,耐心等待项目公示期!还有异议的同学,你们可以留下来!旷课、霸占食堂、扰乱学校秩序,老师会把你们的家长请来,我们坐下来一起聊一聊!"

一颗甜枣加一个巴掌,从古至今都是最有效的驯化方式,百试不爽。

一个学生默默走出食堂之后,立马就有学生跟上,他们很快就形成一股混乱而迅速的人流,弋戈站在门边,被推搡了好几次。

她缩着肩膀往后让,却看见一个瘦弱的男生被人群挤得一个趔趄,眼镜掉下来,就快被人群推倒。

她眼疾手快地伸手扶了一把,男生没摔下去,却仍旧借着她的力,

· 161 ·

眯着眼睛弯腰找眼镜。

可他那副可怜的眼镜,早就被踩了个稀巴烂,又被混乱的脚步带出了食堂,摔在台阶上,彻底散架了。

弋戈抓着男生的胳膊,把男生扶着站起来,才发现,这男生就是姚子奇——那个文文弱弱的"鼻涕男"。

虽然不太礼貌,但弋戈对他的印象始终只能停留在当初那团擦了鼻涕的纸上。

姚子奇眯着眼睛看了好久,才发现是她,猛地甩开了被搀着的手,唯唯诺诺地道:"谢……谢谢。"

"你的眼镜在那里,摔烂了。"弋戈指了指门外。

姚子奇又鞠了一躬说谢谢,也不找眼镜了,转身飞快地跑了。他根本就看不清路,差点一个趔趄自己也摔在台阶上。

弋戈没工夫关心他,回头看了眼。食堂档口前,原本表情坚毅的几个同学,或多或少出现了动摇。

弋戈并不意外,事实上,蒋寒衣他们能呼呼到这么多人坚持这十几分钟,这才让她意外。

这本来就是胳膊拧大腿的事情,在树人这样的重点学校,老师们治学生的法子太多了。家长、成绩、奖项、自主招生或者各类特长生推荐名额,每一样都可以成为某一类学生的命门。

不是每个人都像蒋寒衣那样,有优渥的家境、开明的母亲,和因此而拥有的不管不顾的勇气。

高杨看着脸色阴沉的刘国庆,重心在两条腿上不安地来回换了好多次,终于忍不住,求助似的看向了蒋寒衣。

但蒋寒衣倔强地与刘国庆对峙着,没有看到他发来的求助信号。

高杨的心沉了下去。

他当了一年多的学习委员,只要不出意外,明年高三,他就会被刘国庆推荐当选市优秀班干,然后获得高考加分。

他一瞬间从狂热的少年意气中清醒过来,他需要高考加分,需要顶尖大学的录取通知书,需要一个有盼头的未来,这些都比一对和他不沾亲不带故的老人家的去向重要——如果他背上处分的话,他开早点店的爸爸妈妈可能会连一间岌岌可危的"小黑屋"都没有。

在范阳的余光中,高杨放下了示威的纸牌,走出了食堂。
然后是李耀梁、江一一、田佳……
最后,一排档口前只剩他、蒋寒衣和徐嘉树。而在几个留在原地的声援者中,他看见了弋戈。

"徐嘉树!你也跟着犯浑!"徐嘉树的爸爸姗姗来迟,二话不说拧着徐嘉树的耳朵把他拎走了。
在徐嘉树的哀号声中,零星的几个声援者也默默溜出了食堂。
最后,就剩下弋戈、蒋寒衣和范阳。

"一哥,你是真汉子!"范阳当着刘国庆的面对弋戈喊道,还比了比大拇指。
弋戈面无表情地看着他。
这种时候了,这人还能这么二百五。

刘国庆一回头,才想起来还有这个"共犯",而且她居然还没有离开。他原本打算,要是她和其他人一样溜了,他可以睁一只眼闭一只眼——好学生总该享有一些特权。
可现在,他气得胡子都快飞起来了。
"你们三个,跟我去校长办公室!"

蒋寒衣、弋戈和范阳三人排排站在校长办公室的茶几前。
沙发上,刘国庆和杨红霞一言不发地喝着茶,而那位头发花白的老校长,因为急火攻心,十分钟前捂着胸口被家属接回家休息了。

走廊里传来"哒哒哒"的高跟鞋声。
蒋寒衣叹了口气:"一听就是我妈。"

范阳说:"你妈那么英明神武明断是非,说不定还要奖你一套新机。"

弋戈无语。

敲门声响起,门被推开,三人都自觉地低头做老实状。

哪知下一秒,却是范阳被揪住了耳朵。

"哎哎哎疼疼疼!"范阳惨叫起来。

"你本事了是不是?"一个身材矮壮语气粗犷的妇人拎着范阳的耳朵转了一圈,破口大骂。

弋戈略显惊恐地看着这位忽然出现的 superwoman,忽然觉得她有点眼熟——文东街上那家晨光文具店的老板?

在她身后,还站着另一位女士,中等身材,西服套装,蹬着黑色高跟皮鞋,拎着个一看就很贵的皮包,气质干练。

然后她听见蒋寒衣嘿嘿一笑,喊道:"……妈。"

那位女士也朝他拈起嘴角一笑:"儿子。"

刘国庆和杨红霞动作奇慢地拦下了范阳的母亲刘红丽女士,他们出声的时候,范阳的耳朵都快被拧成麻花了。

"别打孩子。"杨红霞虚虚一抬手。

"听见没,别打孩子!"范阳叫道,"妈妈妈,撒手撒手!再揪真掉了!"

刘红丽终于撒了手,然后一转脸冲刘国庆和杨红霞赔笑:"老师,孩子小,就是顽皮、不懂事,您多担待!"

杨红霞哼一声:"这可不是能担待的事儿!"

刘红丽一听觉得事儿大,立马慌了:"这……老师您……"

蒋胜男上前道:"杨校长,孩子们犯错,该怎么罚就怎么罚。但您既然把我们家长叫来了,也是希望家长参与的吧?是不是应该先告诉我们,他们到底犯了什么错?"

刘国庆看了眼面前干练的女人,想起来,去年的家长会她就缺席了,打三次电话有两次没空。看样子,又是个忙着赚钱不管小孩的主儿。

他沉着脸说:"蒋寒衣唆使同学们罢课,堵食堂搞抗议,一晚上,学校里被他搞得乌烟瘴气的!"

他故意用了"唆使""乌烟瘴气"等词来强调事态严重,想给家长一个下马威。谁知蒋女士若无其事地点了个头,一点没被吓到,微笑着问:"为什么抗议呢?"

刘国庆一时失语,心道这母子两个的"脑回路"还真是一脉相承的不正经。

倒是蒋寒衣一五一十地说:"学校要拆小黑屋,欺负老人家,我们不同意。"

刘国庆怒不可遏,用短粗的食指戳着茶几严厉道:"什么叫欺负老人家,你们听风就是雨?更何况,这是学校的规划,是你们学生该关心的事吗?"

蒋胜男听蒋寒衣提起过"小黑屋",一听就明白了事情大概,点头道:"老师说得对,小孩子听风就是雨,没有证据就拿'欺负老人'的屎盆子扣别人头上,该骂。"她说着看了蒋寒衣一眼。蒋寒衣立即低头,配合地摆出一副知错了的模样。

但她又笑着看向刘国庆,道:"但您这第二句,我恐怕不敢苟同。学生不能关心校园规划,这是什么道理?学校,不是孩子们的学校,难不成是校领导家后花园?"

弋戈不禁又掀起眼帘看了蒋胜男一眼。这位女士肩背挺拔、站姿优雅,一看就是成功的"独立女性",说话却直来直往,不太给人留面子,不像她认知中商人惯有的圆滑。

刘国庆被蒋胜男两句话堵得没面子,脸色不豫,喝了口茶没说话。

杨红霞更是上火,请家长是多光荣的事?都到校长办公室了,这位妈妈怎么还敢这么趾高气扬地跟老师说话?

她咳了声正要反击,忽然响起两声叩门声,然后不等他们回应,门便被推开了。

几个人回头一看,一个身材高大、西装革履的中年男人走进来,携着深秋的寒风,气质也冷峻,给人一种不怒自威的感觉。

弋戈瞥了眼,漠不关心地收回了眼神。

"弋总。"刘国庆终于从那沙发中站起来,走了两步上前主动握弋维山的手。

"刘老师,给你添麻烦了。"弋维山解开一颗西装扣子,坐在茶几侧边一人座的沙发椅上,指了指弋戈,无奈笑道,"我这个女儿啊,就是脾气倔,你多担待。"

范阳目瞪口呆地看着这景儿,和蒋寒衣交换了个八卦的眼神——这是弋戈她爸?排场也太大了吧!

蒋寒衣没搭理他,默默地看了眼弋戈。

她正低着头,看不清楚表情。

刘国庆摆摆手笑道:"没有!其实这事儿,跟弋戈没什么关系,主要是这两个男孩子撺掇的!"他恨铁不成钢地点了点蒋寒衣和范阳,"弋戈平时在班上很懂事的。"

杨红霞也接茬:"是的,她一个女孩子,能捣什么乱?就是这几个男孩子不安分,三天两头给我们惹事!"

弋维山笑了两声,点点头。

这场景,倒像是杨红霞和刘国庆向他汇报工作,就差他批个"已阅"再给他俩发点奖金了。

蒋寒衣清楚地听见他母亲鼻腔里不屑地"哼"出一声。

不大不小,刚好够整间办公室的人听到,并准确无误地传达出她的意思——嘲讽和不屑,以及,挑事儿。

弋维山掀起眼帘看了她一眼,笑道:"……这位是?"

蒋胜男自报家门:"主犯男孩子的妈。"

弋维山和蒋胜男,没一个是好惹的主儿。气氛正僵,刘国庆正要打圆场,弋戈却忽然开口了。

她淡淡地说:"我没被谁撺掇。我不喜欢学校强拆'小黑屋',看不惯一群读书人欺负老人家,所以自愿加入这次行动。我是故意去引开刘老师的,除了没写标语、没亲自去堵食堂窗口,其他的都参与了,一样不落。"

说完,她又看着刘国庆道:"您想怎么处分我?写检讨、记过,还是退学?"

刘国庆目瞪口呆,弋维山的脸也僵了。

"你一个小孩子,不要意气用事……"弋维山有些艰难地启齿。

他刚说两句,又被弋戈打断:"退学吧,行吗?强拆是造孽,帮我退学算积德,两相抵消,也免得您以后不敢走夜路。"

这话一出,众人都倒吸一口凉气。

杨红霞一脸见了鬼似的惊恐表情——这女孩子究竟是怎么养大的?什么话都敢乱说?

弋维山的脸色难看到了极点,但仍然没有发火。他咬着牙扯嘴角笑了笑,手撑着沙发把手站起来,扣上西装纽扣:"刘老师,给你添麻烦了,我先带孩子回去。"

刘国庆僵着脑袋点头:"哎,好。"

弋维山看着弋戈:"小戈,先跟爸爸回家。"

弋戈没看他,径直走出了办公室。

刘国庆和杨红霞似乎弋戈的"叛逆发言"吓得不轻,因此让蒋胜男几句话就掌握了主动权,最终蒋寒衣和范阳各领了一次不进档案的全校通报批评,加上五千字检讨,这事儿就这么被匆匆揭过了。

刘红丽婉拒蒋胜男的搭车邀请,黑着脸把范阳领走了。蒋寒衣坐在副驾驶上,等候他妈的发落。

"说说吧。"蒋胜男发话。

"您不都知道了嘛……"蒋寒衣小声道。

"我让说说你是怎么撺掇同学的,谁关心你搞什么抗议?"蒋胜男白他一眼,"你自己皮糙肉厚不怕罚,大不了转学,再大不了还可以出国,不就是仗着你妈我有点钱也不会为这事怪你,天塌不下来吗?

"但是你有没有想过,你撺掇其他同学跟你一起闹,万一你们刘老师真生气了要大动干戈,其他人扛不扛得住处分,人家有没有资本转学?"蒋胜男一巴掌呼在儿子的后脑勺上,"你还在这儿吊儿郎当的,我跟你说,今天你们刘老师是爱护学生留了情面的!不然,这事没办法这么容易过去。"

蒋寒衣觉得有点冤,他根本没想到受罚之后的事儿,更别提什么转学出国了。他分辩道:"我没撺掇……大家都是自愿的,也有人没来。"

"扯淡!"蒋胜男又呼他一巴掌,"你这都搞成行侠仗义了,再不自愿也得自愿,懂吗?不说别人,就说范阳,你想想,万一刚刚刘老师要给你们记过,档案里背一辈子,你刘阿姨怎么办?"

骇人的假设落到具体的人身上,蒋寒衣沉默了。他没再争辩,但仍然不服气地嘟囔:"可本来就是学校不讲理……"

蒋胜男叹了口气:"儿子,你有正义感、愿意为弱者出头,这是好事,所以妈不为这事怪你。但你总得慢慢明白,世界上的事没有非黑即白的,学校这次的决定,流程规规矩矩走下来,没人能说它错,明白吗?"

蒋寒衣没说话了,低着头,不知是在消化这并不新鲜的事实,还是在以沉默保留抗议。

蒋胜男忽然又问:"刚刚那女孩子,就是上回去你舅那买车那个?"

蒋寒衣回过神,是了,还有弋戈。她怎么那么"虎"呢,什么话都敢说。她看起来很不开心,是真的想转学了吗?

想到这儿,蒋寒衣脑袋更疼了。

"嗯。"

"个子真高,老娘这八厘米的高跟鞋跟没穿似的。"蒋胜男回想刚刚弋戈在办公室的模样,觉得有趣,"挺飒一小姑娘。"

蒋寒衣:"嗯。"

蒋胜男又想到弋维山那装模作样的派头,轻嗤一声:"歹竹出好笋。"

蒋胜男见自家儿子还是一副不甘心的表情,心里知道他肯定会"越挫越勇",指不定又作什么怪。但既然利害关系都跟他说清楚了,她也不想再啰唆,也并不担心蒋寒衣会做真正出格的事。

不过既然惹了事,惩罚总是要有的。

她拧钥匙发动汽车,然后对儿子说了句:"下车。"

蒋寒衣蒙了:"啊?"

蒋胜男没好气:"你老娘为了给你擦屁股,会都没开完就被叫来挨骂,你还好意思蹭车?自己回家!"

蒋寒衣确实不大好意思,于是乖乖下了车,独自骑上自行车回了家,冷冷的北风在脸上胡乱地拍。

回家的车里,弋维山和弋戈一路无话。

车子开进车库,弋戈解开安全带正要下车,又被弋维山叫住。

"小戈。"

弋戈顿了一下,又坐回去。

"爸爸……不怪你。"弋维山顿了顿,话说得似乎很艰难。

刚刚弋戈在办公室里说的话对他来说冲击太大,他原本当然是生气的,可那一瞬的怒火过后,又觉得无奈和悲凉。

他完全不了解自己的女儿。今天之前,他以为她完美地遗传了自己的聪明和冷静,在知道了"小黑屋"其实并不光彩的来历之后绝不会正义感泛滥多管闲事。接到电话走进办公室之前,他猜测弋戈只是叛逆——这很正常,她从转学来到江城起就叛逆,主要还是因为这么多年他们父女之间太生疏,问题不大。可在弋戈说出那"大逆不道"的话之后,他忽然意识到,弋戈并不叛逆。

她没兴趣对他叛逆,也并不想博得他的关注、愧疚和补偿。她只是单纯地不喜欢他们这对亲生父母。她想回桃舟。

他有些紧张地看着表情平静的弋戈,说:"爸爸就是希望你明白……以后你进入社会自己也会知道,很多事都是这样的,没有绝对的错与对。你长大了,有正义感是好事,但人要有城府……有城府,才能成大事……"

他说着说着停下来,不确定对一个十六岁的孩子讲"城府"是不是为时过早。

但他丝毫不怀疑自己所言的正确性,这十多年的商海沉浮,他对自己的处世之道无比自信——不然,他怎么能有今天的地位?

可弋戈只是问:"说完了?"

弋维山错愕地怔了一下,然后满眼心痛地拧眉看着她。

"谢谢你不怪我。"弋戈冷笑一声,转身走了。

走出车库,弋戈看见王鹤玲站在家门口,穿着一条围裙。她猛地想起来,弋维山怎么会一叫就到?他们不是一向很忙吗?

她的脚步忽然就顿住了,看着单薄得像一张纸似的王鹤玲,说不出话来,也走不开。

"妈……"她叫了声。

"进来吃饭。"王鹤玲头也不回了进了家门。

弋维山在后面,轻轻搭了下弋戈的肩,又很快放下,局促地笑道:"先吃饭,你妈妈亲自下厨的。"

王鹤玲的厨艺不太好,一桌菜卖相却极佳,有清蒸基围虾、煎大马哈鱼、凉拌秋葵和一道黄豆猪蹄汤,但味道却很寡淡。

弋戈味同嚼蜡般吃着一根秋葵,她讨厌所有带黏液的菜,那种口感就像在吃鼻涕——但在没有开背的虾、带腥味的奇怪的鱼和硬得硌牙的黄豆之间,她只能选择这个。

王鹤玲看了她好几眼,问:"发新校服了?"

弋戈回神,"嗯"了声。现在身上穿的冬季校服是她自己报的尺码,很合身,在室内穿刚好,出门的话就在外面再套一件羽绒服。

"哪个码子?"王鹤玲问。

弋戈看了她一眼,说:"L。"

王鹤玲点点头:"多吃菜。"

"嗯。"

一家三口沉默地吃完饭,弋戈趁弋维山在厨房洗碗、王鹤玲进屋休息的空当,悄悄开门把银河带了进来,又迅速溜上三楼。她刚刚在玄关处看到了陈春杏的鞋,这说明陈春杏是在家的。

暖黄色的灯光下,陈春杏一脸担忧地看着她。

"我们今晚跟你睡好不好?"弋戈牵着银河,一人一狗咧嘴笑着。

.170.

陈春杏无奈地叹了口气，问："饿不饿？"

"好饿！"弋戈点头如捣蒜，"想吃清汤面！"

陈春杏房间里自带卫生间，还有个小电锅，可以简单煮点东西。有时候她从医院回来晚了，为了不惊动王鹤玲，都是自己在房间里做饭。

挖一小块猪油，加几粒盐和生抽调味，淋上香油，加入滚热的面汤，最后盛面，再煎两个荷包蛋盖上，一碗简单但喷香扑鼻的清汤面就做好了。

"没葱花了，不好看。"陈春杏说。

弋戈浅浅一笑："好吃就行！"

她把面上还没沾到汤的荷包蛋蛋黄抠出来，丢给银河，然后挑了一筷子面，呼呼吃起来。

"丫头，你学校里……是不是出什么事了？"陈春杏终于忍不住问。

"没什么，就是学校要拆小卖部，我们都不大乐意。"弋戈囫囵说道。

陈春杏不太相信："就这点小事？那你爸爸怎么那么着急，一接到电话就去学校了，他难得早回家。"

语气中，似乎还有点可惜弋戈没有抓紧这难得的机会和亲爹亲妈联络感情。

弋戈挑面的动作顿了一下，淡淡地道："我怎么知道，他生意那么大，说不定也有我们学校的承包项目呢。"

这话听起来倒挺可信，陈春杏被唬住了，点了点头，又道："那你今晚跑我这儿来睡？你爸妈好不容易都在家！"

弋戈嘴里塞得鼓囊囊的，难得耍一次赖："就想睡这儿呗，好久没跟你睡了。"

夜里熄了灯，弋戈和陈春杏窝在小床上，伴着地上银河的轻轻鼾声入睡。

小小的空间里，满是熟悉的味道。陈春杏衣服上的肥皂味，她一直用同一个牌子的肥皂洗衣服，这么多年，她身上的那股清香对弋戈来说就像安神香一样；银河身上的"狗味儿"，并不难闻，带着一种毛茸茸的暖意在她鼻尖萦绕；还有清汤面的余香、刚晒过的被子上阳光的味道……

一切都是熟悉的、令她安心的味道。比王鹤玲身上的香水味、弋维山身上的烟酒味好闻太多。

"三伯情况怎么样?"弋戈忽然问。

陈春杏嗓音带着睡意,黏糊糊的:"就那样呗,看不出好坏,就那么躺着。"

"肯定会好的,我们都到这里来了。"

弋戈声音也渐渐变沉,她忍不住翻了个身,把脑袋贴在陈春杏的胳膊上。陈春杏腋下的后胳膊上有一块松松软软的肉,那是她小时候有一回生病时发现的。她把自己的脑袋贴在那块软软的肉上,舒服得好像枕在云朵里。

陈春杏好像快睡着了,含糊着说:"希望是吧,你爸爸花了那么多钱。"

弋戈静了一会儿,又问:"三妈,如果三伯不用治病,你想回桃舟吗?"

陈春杏迷迷糊糊中好像摇了摇头:"不吧。"

这回答让弋戈很意外,她忽地睁大了眼睛,疑心自己没听清,问:"什么?为什么不?"

陈春杏睡沉了,没有听见她的话。陈春杏弯起胳膊,把被子往上提了点儿,翻了个身。

弋戈贴不着陈春杏的胳膊了,睁着眼睛兀自发了会儿呆,眼泪从干涩的眼尾流下来,经过太阳穴渗进她的头皮里,一片冰凉。

第二天早上弋戈起晚了,来不及吃早饭,也来不及去看弋维山和王鹤玲有没有发现她昨晚把银河带进了家门,背上书包就跑出了门。

经过中心花园时,却看见蒋寒衣坐在长椅上,身前停着辆自行车。

"你在这儿干吗?"

"你起晚了?"

两人异口同声。

蒋寒衣愣了一下，说："我在等你。"

还没等弋戈露出见了鬼的表情，他飞快地解释道："你昨晚不是坐你爸车回来的吗，我猜你自行车还留在学校，就来接你一下。"

但这解释对弋戈来说不够有说服力——就算她没自行车，他为什么要来接她？吃饱了没事干？

秉持着多一事不如少一事的原则，她说不用，然后转身就要走。

"哎哎哎，你这来不及的，要迟到了！"蒋寒衣迅速把车一横拦住她，想了想说，"你是为了帮我们才被请家长的嘛，算是被我连累了。我来接你，就当还你人情！"

又是"还"，怎么还真没完没了了。

但现在去等公交车，恐怕真的来不及。弋戈拧着眉纠结了一下，还是打算给他预报风险："你带不动我。"

蒋寒衣没想到她犹豫半天，黑着张脸最后居然是这个拒绝理由，不由得失笑："弋戈同学，你不要太高估自己好不好？"

坐在蒋寒衣的后座上挨过第二个红绿灯，弋戈已经悔得肠子都青了。

就这位这个速度，不知道的以为他是在逛景区，谁能看出来他们俩是濒临迟到的高中生？

弋戈忍无可忍，拍了拍身前宽阔的肩膀："喂。"

"嗯？"蒋寒衣笑得春风荡漾，还有空回头笑着看她一眼。

从这角度看，弋戈怀疑他面部神经有问题。

"你带不动就直说，这还没我跑得快。"弋戈说。

蒋寒衣二话不说，在求生欲和男人尊严的双重鞭策下，加快了蹬圈频率，速度一下就上去了。

弋戈看着身前人好像也没多吃力的样子，心道奇怪，能骑快干吗不快点？厌学厌到了巴不得迟到的地步？

"那个、其实……"弋戈刚感受到一点风，蒋寒衣的速度又慢下去，还吞吞吐吐起来，"其实我是想问……你、你是真的要回桃舟吗？"

弋戈彻底无语了："你觉得可能吗？"

放别人身上当然是不可能的，哪有人转学两个月又转回去的？但这人是弋戈，蒋寒衣就没那么有把握了。万一呢？

他诚实地说："……我老觉得你啥都干得出来。"

弋戈听着这绝不是好话，翻了个白眼说："不转学。骑快点。"

蒋寒衣像头骡子，被鞭策一句，就蹬快一点儿，但刚蹬快一点儿，又慢下去，好像小脑有问题似的，跟她说话和努力骑车不能同时进行。

"所以你不想回桃舟？"他又问了。

弋戈快急疯了，但又摸出了规律，不回答完他的问题他恐怕就没法好好蹬自行车。

要说不想回？怎么可能，但她昨天晚上确实是在气头上故意说的那话。而且，她固然想回桃舟，但好像也没有两个月前那么想了。她自己也说不清为什么，大概是习惯了吧，她一向适应能力强。

这问题不太好回答，弋戈囫囵说了个"嗯"。

蒋寒衣的语气更雀跃了："我就知道！江城很好玩的。哎，你吃过油饼包烧卖没？江夏那边有一家特别……"

"吃过。闭嘴！"弋戈忍无可忍地凶了一句，"五分钟到不了学校我把你车轱辘卸了！"

蒋寒衣确实闭嘴了，笑声却没闭上。他极其傻帽地大笑了两声，然后直接站起来，迎着风，把车子骑得飞快。

他的后衣摆被风吹得鼓起来，贴在弋戈脸上。

被他衣角的拉链打到，弋戈先是有一瞬间的恼火，但闻到他衣服上气息的那一刻，却忽然地、莫名地红了脸。

清新的肥皂味，但和陈春杏身上的又有不同，好像更清冽和简单一点。弋戈说不上来这是种什么感觉，但那个味道就像冬天下过新雪的早晨的空气，猝不及防地溜进你的鼻间，清冽的，却毫无侵略性，带着雪后万物宁静的气息，让人清醒而沉静。

可惜，这种心旷神怡的好状态只持续了不到十分钟，两人刚进教室坐下，范阳就勾着蒋寒衣的背对他表达了"慰问"："辛苦了兄弟！好久没看到你要站起来蹬车轮了！"

接着，他又对弋戈道："哎一哥，中午请我们吃饭啊，寒衣今天至少得吃两盘糖醋排骨才能回血！"

还没等蒋寒衣拧住他胳膊，他又把手里拎着的大塑料袋"咚"地往弋戈桌上一放，大手一挥，豪气道："这些，给你的！"

弋戈看着那一大袋子的奥利奥、好丽友、可比克和可乐雪碧，一时摸不着头脑："给我干吗？"

还能干吗？赔罪呗。

范阳这人虽然浑，但自认除了嘴巴没边，还算像个人样儿。那天他在气头上，口不择言骂弋戈"死胖子"，这疙瘩一直在他心里呢。

但他不好意思直说，挠了挠后脖子说："给你就给你呗，废那么多话。你肯定就爱这些东西吧？"

弋戈看他这忸怩的样子，大约猜到了来由，笑了笑，把袋子往蒋寒衣那儿一推："帮我分了。"

"没问题！"

"哎，中午请我们吃饭啊，别忘了。"范阳贱兮兮地叩了叩弋戈的桌面，还真把这当回事了。

弋戈轻笑一声问："请他可以，为什么要请你？"

对于他的各种嘴贱，弋戈一向爱答不理，今天忽然一反常态地接了话。

范阳被她问蒙了，愣了愣就没心没肺地笑起来："我们一伙儿的啊！是兄弟，就一起请了！"

"不是兄弟。"弋戈微笑着说，"我怕被拉低智商。"

范阳，卒。

蒋寒衣哈哈大笑，亮着眼睛问弋戈："喂，你真请我吃饭啊？我要吃麻辣烫！"

弋戈无言，到底是她不懂"玩笑"还是蒋寒衣不懂？

好吧，大概率是她不懂。

于是她对着蒋寒衣期待的眼神，认真地想了想弥补之策，然后从口袋里掏出一张二十块纸币，非常真诚地问："直接给你钱行吗？"

这回轮到范阳爆笑了。

"笑屁笑!"蒋寒衣踹了一脚范阳的凳子,有点委屈地看了弋戈一眼,又坐下小声道,"'小黑屋'咋办?能不能想点正事!"

范阳一听脸就耷拉下来。昨天晚上一回家他妈就施展出修炼了十多年的卖惨大法:一言不发、唉声叹气。

刘红丽一直是这么教育范阳的,他一惹祸,她也不多打不多骂,象征性地动两下手之后,就开始哀叹自己命苦,丈夫外出打工、儿子又不争气。她深谙此道,能把一口气叹出五六种各不相同但都凄惨婉转的调。

范阳受了一晚上精神折磨,恨不得干脆挨一顿毒打。这会儿虽然也担心小黑屋,但已经没有昨天抗议的那股蛮劲儿了,他有些谨慎地说:"要不,我们给爷爷奶奶搞个募捐?咱班这么多人,也能筹不少钱吧。"

蒋寒衣皱了皱眉,没说话。

范阳又伸手戳了下弋戈,问:"哎,一哥,你觉得怎么样?"

虽然她其实忍不住在偷听,但被这么自然地纳入讨论范围,她还是有些错愕。

好像一起被罚过一次,范阳就自动认为他们仨是一伙的了?弋戈轻松地解开了范阳的脑回路,但对此并不敢苟同。

于是她也没对范阳的提议表态。

夏梨在一旁,同样竖着耳朵听。

她如坐针毡,惴惴不安地和弋戈想着一样的问题——他们三个,为什么变成一伙的了?

明明前天范阳还和弋戈剑拔弩张。

明明昨天弋戈还是那副谁都看不上的样子。

她不可抑制地生出悔意,要是昨天她也去抗议就好了。其实就算被刘国庆记过、就算没有市三好的荣誉也没关系的,以她的正常水平,不出意外裸考也能上燕大清大。而且,明明她也很担心"小黑屋"的,比弋戈更还要担心。

弋戈才转来多久,她怎么会真的明白"小黑屋"对他们的重要性呢?

夏梨忍不住转过身,想插入他们的话题。

可刚扭头,早读铃声打响,语文课代表还没走上讲台,刘国庆就先进来了。

"开个紧急班会。"刘国庆脸色不豫,一摆手把语文课代表赶下去了,"蒋寒衣、范阳、弋戈,你们三个给我站起来听!"

全班人昏昏欲睡的精神紧急集合,不安地盯着刘国庆,又往后看一看即将被打的三只"出头鸟"——等等,为什么还有弋戈?她怎么会和蒋寒衣跟范阳混在一起?她不是眼睛长头顶上一向不闻窗外事吗?

大家后知后觉地开始纳闷。

"别看了!看看你们自己!"刘国庆用力拍了下桌子,"你们没参与吗?以为老师都没长眼睛是不是?"

众人顿时鹌鹑似的缩起脑袋。

"老师都看得清清楚楚!不说,是因为你们都十六七岁了,都快成年了,心里应该有数!读了这么多年书,什么该做、什么不该做,还要老师一条一条地教吗?"刘国庆厉色训了几句,又叹道,"年轻人,血气方刚、打抱不平,这些老师都理解,但不能黑白不分、用暴力解决问题!那是读书人的作风吗?

"既然你们都关心,那我就正式宣布一下。小卖部会在这周内关停,学校食堂新开的超市窗口,也会在这周内正式运营。学校会尽力保障同学们的健康和权益,以后大家课间想吃点小零食、喝点饮料,可以去食堂直接刷学生卡!"

原本安静的教室里一阵躁动,大家还是忍不住小声议论起来。

"强拆就不是暴力了嘛。"

"还不是要给食堂赚钱。"

"凭什么不让我们去'小黑屋'买……"

…………

"安静!不要窃窃私语传播那些不实信息!"刘国庆又用力拍了拍桌子,"小卖部的裁撤、拆除,是和老板协商过、得到了同意且支付过补偿款的结果!"

牢骚声小了很多,但仍有人不太相信。

蒋寒衣此时却表现得平静很多,因为他记着蒋女士的话——"不能揶掇别人"。不管他心里怎么想,现在要是表现出来了,就是在煽动情绪。

范阳也勾着脑袋,咕哝了几句谁也听不清的话,看起来倒老实。

刘国庆扫了他们这边一眼,还算满意,又严厉地说道:"组织昨天罢课的同学,我已经单独给过处罚,希望大家引以为戒!有任何事情,都可以和老师沟通,不要采取偏激的方式,扰乱校园秩序!再有下次,直接记大过!"

牢骚声彻底消失了。

大课间,蒋寒衣和范阳溜下楼想帮爷爷奶奶清一波最后的库存,却没想到,刘国庆说的"一周内"实在是太保守了——现在他们面前的,就已经是砖瓦倒了一半、围起了建筑挡板的施工现场了。

蒋寒衣看着"面目全非"的"小黑屋",怔了会儿,忽然听见"嘤嘤"的声音。循着声音看过去,角落处的挡板下,居然蜷缩着一只瘦弱的小花猫。

似乎是爷爷奶奶和老师们静坐对峙那天,屋顶上四只中的一只。

小花猫整个身体蜷缩成一个圈,瑟缩地窝在角落,大大的眼睛时不时偷瞄蒋寒衣一眼。仔细看才发现,它有一只眼睛看起来很混浊,眼角有个伤口在流血。

看着小猫的可怜模样,蒋寒衣心里堵了半天的那团气终于憋不住了,飞起一脚踢了块碎石,把那挡板上砸出道凹痕,爆粗骂了一声。

范阳反而平静一些,委屈巴巴地嘟囔着:"爷爷奶奶去哪儿了?老刘说学校给了补偿款,是不是真的啊?给了多少啊?这小猫仔怎么没带走,另外那三只呢?"

他一气冒出一连串问题,问得蒋寒衣更心烦了。

"蒋寒衣!又是你!"挡板里走出个戴安全帽的老师,居然是邹胜。

他怒不可遏地指着蒋寒衣,一副要跟蒋寒衣算总账的样子。

"老师对不起!我们不是故意的!"夏梨不知道是什么时候跟来的,拽了下蒋寒衣的手腕,急匆匆地向邹胜鞠躬道歉。

"快上课了,回教室吧。"她拽着蒋寒衣的手腕,敦促道。

蒋寒衣心里憋着火,要不是被拦了这么一下,真不知道会做出什么事情。他狠狠地迎着邹胜的怒视,走上前小心翼翼地把那只小猫抱进怀里。猫咪实在是太小了,又小又软,蒋寒衣还怕它身上有别的伤,几乎不敢抱。

战战兢兢地将猫儿轻轻握在手掌里、抱稳了,他没跟着夏梨回教室,而是径直往操场的方向走去。

"你干吗!三四节连堂,都是老刘的课!"范阳一看就知道他什么打算——操场那边有圈围栏,可以翻出去。

蒋寒衣头也不回。

范阳急得跺脚,但也只能跟着,回头对夏梨道:"梨儿,你替我俩诌个理由,就说我们请假!"

夏梨忙拉住他:"你们俩一起缺课,什么理由老刘都不信的!"

范阳脚步一顿,一叹气:"这孙子!算了,我回去吧,也好糊弄老刘。"

2011年初冬,一场短暂但轰动、足以写进树人中学野史的闹剧以一个非常憋屈的姿势画下了句点。

闹剧的导火索,那对开小卖部的老人家已不知去向,据某些同学的家长说,他们在师大附小门口摆摊卖烤红薯和烧饼。

"主犯"由于戴罪翘课、罪加一等,处罚从通报批评升级为留校察看;"从犯"之一写了篇妙语连珠的检讨,在全校例会上笑趴了一操场的人;而"从犯"之二,则是这三人里最传奇的一位——在后来代代流传的贴吧校园故事里,她因为稳坐年级第一的逆天成绩而免受任何惩罚。

当然,事实并没有这么玄乎。

事实是,弋戈这会儿并没有稳坐年级第一,而且她虽然没有受到任何明面上的惩罚,却得到了刘国庆的"加倍关怀"。

刘国庆原本是非常欣赏弋戈沉稳冷静的个性的,他一向喜欢这种不咋呼、只读书的学生。可那天弋戈在办公室出言不逊把他吓得不轻,后来他单独和弋维山沟通过、知道了弋戈的成长经历。所以现在他觉得弋戈的"沉稳冷静"是种病,认为她的心理状况十分不健康,生怕她搞出社会新闻——天才少女离家出走,叛逆退学甚至命陨名校之类的,报纸上再登个"应试教育下枯萎的花朵们"之类的标题,刘国庆想想就要疯。

因此,一个多月来,他一边像观察心电图似的观察弋戈每一次小考大考的成绩波动情况,一边每天都要在上课前讲一个笑话或者一则名人励志故事,一股盗版文学的味儿。

弋戈还得每天都假装听得认真且深受洗礼,不然,下课她就得被叫进办公室单独聆听爱的教育。

临近期末,弋戈被刘国庆盯得更紧,晚自习最后一节课被叫进办公室又做了一通思想工作,晚了十几分钟回家。

中心花园里,蒋寒衣拿着逗猫棒坐在长椅上,逗猫棒的另一头,活跃着一大一小两个对比鲜明的身影——银河和星星。

没错,那只小花猫叫星星。

蒋寒衣翘课救猫的那天中午,弋戈被一个"江湖救急"的电话叫出了学校。还没来得及问蒋寒衣为什么知道她的号码,先跟着他手忙脚乱地在熟悉的宠物店给猫咪办了卡、建了档。

小猫的身体实在太弱,而且还瞎了一只眼睛,诊疗费、药费、住院费,还有猫粮、零食牛奶、玩具,七七八八加起来委实是一笔巨款,两人站一块儿把兜掏了个精光,才勉强付清了第一期费用。

有了经济上的瓜葛,弋戈就这样稀里糊涂地成了蒋寒衣的猫的"另一半主人"。

当时她隔着玻璃看那小花狸可怜巴巴的模样,叹了口气说:"给它起个名字?"

她建议蒋寒衣起个土点的名字，狗蛋儿、铁柱之类的，毕竟贱名好养活。谁知蒋寒衣一扬手，脱口而出："星星！"

"猩猩？"弋戈惊呆了，倒也不至于土到这个程度？

"对啊，狗不是叫银河吗？猫就叫星星吧！"蒋寒衣笑着说。

"哦。"原来是这个星星，弋戈松了口气。

哎，等等……为什么狗叫银河，它就得叫星星？

一周后，星星出了院。不知是不是名字带来了缘分，它和银河一见如故。一猫一狗神奇地结下了跨越种族的友情，每天都得在一块玩会儿。

因此，蒋寒衣和弋戈不得不每天晚上抽出二十分钟，让"牛郎织女"在中心花园相会。

就像现在这样。

蒋寒衣似乎很热衷于这项活动，弋戈却有点发愁。第一，这有点费时间；第二，她真的怕这二位玩着玩着，一个没注意，银河就一巴掌把星星拍死了。

六斤和九十斤，这个体型差真不是开玩笑的。

第二个问题她暂时没法解决，只能先解决第一个，尽量利用时间。于是她一坐下，就和前几天一样，拿出张英语试卷写了起来。

"喏，给你！"题目还没看完，眼前忽然出现一只巨大的烤红薯。

弋戈不客气地接过来，还没剥开，忽然想到什么，眼睛一亮，带着不确定的惊喜，问道："这是……"

蒋寒衣勾唇一笑，两手扣在脑后很得意地道："对，就是爷爷奶奶家的。"

"他们不是在师大附小吗，那么远？"弋戈惊奇地问。

"我前几天才发现我妈每天下班都要路过师大附小，我打算以后每周都让她光顾几次。"蒋寒衣说，"这次买了十几个，花了小爷一大笔零花钱呢！"

虽然浪费可耻、冲动消费不可取，但弋戈还是真诚地给蒋寒衣比了个大拇指，然后堂堂地道："那再多给我两个，明天我给银河加餐。"

"……行。"蒋寒衣笑了，"我早准备好了。"

·181·

蒋寒衣："哦，对了，刚刚去你家找银河，你三妈让我告诉你今天她要去医院陪床，家里没人。"

弋戈笔尖顿了一下："哦。"她把红薯塞包里说明天当早餐吃，然后就低头认真地写着卷子，看起来不怎么愿意浪费时间和他闲聊。蒋寒衣叹了口气，学霸眼里只有卷子，没有他。

谁知，两分钟后，弋戈忽然停下笔，把卷子塞回书包里，问："你喜不喜欢吃肯德基？"

蒋寒衣愣了："啊？"

"我现在要去吃肯德基，你要不要一起？"弋戈耐着性子说。

谢天谢地，她的基础社交技能终于有了那么一丢丢的进步。比如，在身边还有个人的时候，不要径直离开单独去吃饭，先问问对方要不要一起。

蒋寒衣继续怔了两秒，然后十分灿烂地笑起来："走啊！"

两人把银河和星星锁在院子里，直奔小区外。侧门边就有一家肯德基，明亮的白色灯光，和旁边灰黄昏暗的早点店形成鲜明对比。

晚上店里零星坐着几个人，一推门，炸鸡的香气扑鼻，墙壁、地板和桌椅红白黄的明亮色块像跳跃的音符，在弋戈原本疲惫的神经上疯狂蹦迪。

从很小的时候开始，肯德基就是弋戈最喜欢的地方之一。那时候陈春杏每个月会带她去市区一次，买新衣服、让她在新华书店看书买书，或者看电影。陈春杏很舍得给她花这些钱，每次都是满载而归。

而弋戈最期待的部分，是去吃肯德基。陈春杏总是说肯德基是垃圾食品，想带她吃点别的大餐，但她都不要，就爱吃肯德基。

两只香辣鸡翅、一个汉堡、一杯冰可乐，再来两只蛋挞和一杯土豆泥，弋戈吃得津津有味，陈春杏在一旁笑得无奈。

她喜欢肯德基。喜欢明亮的灯、墙壁上的红砖、满室都是炸鸡的香味；更喜欢一个人也能点餐吃饭的感觉，想吃什么就点什么，不用担心点太多吃不完,或者点太少不能把想吃的都吃了,又或者一个人坐着吃饭很奇怪之类的问题。

在肯德基里,所有人都开心自在,都是爹疼妈爱的快乐小孩。

弋戈照例点了一对香辣鸡翅和一个深海鳕鱼堡——嫩牛五方卖完了,可惜。还有两个蛋挞。应该再配一杯冰可乐的,可她今天来例假,只好换成热牛奶。

蒋寒衣排在她后面,等她点完,看也没看,对服务员说:"跟她一样!"

弋戈诧异地看了他一眼,只犹豫了一秒,就忍不住出声道:"你不看看菜单吗?"

"啊?哦,算了。"蒋寒衣挠挠头,"我不太吃肯德基,也不知道哪个好吃,就跟着你点呗!"

弋戈:"为什么?"

"啊?"蒋寒衣蒙了好几秒,才反应过来她应该是在问他为什么不常吃肯德基。

蒋寒衣看了眼弋戈,发现她的眼神非常较真,是从未有过的较真——哪怕在讲解数学题的时候,弋戈的眼睛都没这么有神过。

蒋寒衣忽然觉得自己可能冒犯肯德基……哦不,冒犯弋戈了。

"咳,我就是觉得肯德基没啥好玩的……那个儿童乐园太幼稚了,滑滑梯什么的,都是给小孩子玩的。"蒋寒衣谨慎地解释道,"我更喜欢必胜客,可以堆沙拉塔!"

她倒没想到是这个理由。

弋戈想了想,指着菜单开始给蒋寒衣推荐:"你可以点墨西哥鸡肉卷——你能不能吃辣?能就可以。小食里上校鸡块也很好吃的,会送给你甜辣酱,还有蛋挞,你问一下还有没有黄桃挞。圣代,我觉得巧克力的更好吃……"

弋戈非常认真地结合自己十余年的经验给蒋寒衣推荐菜品,没注意到他憋笑快憋出内伤了。

"饮料推荐九珍果汁,加冰块,很好喝的。"弋戈完整地结束了自己的菜品推荐。

蒋寒衣点点头，二话不说把她提到的所有东西都点了一遍。

弋戈的心情又舒畅了一点。

啊，肯德基真是让人快乐。

"弋戈。"蒋寒衣忍着笑叫她。

"嗯？"弋戈满足地端走自己的餐盘，无暇看他。

蒋寒衣跟在她后面说："我觉得你可以去给肯德基当代言人。"

弋戈脚步顿了下，一扬下巴，少见的神采飞扬："确实！"

蒋寒衣终于笑出声来。

弋戈并没有客气，蒋寒衣的餐还没出，她也不等，先坐在靠窗的座位上吃起来。蒋寒衣看着她顺序严谨地先吃烤翅再喝一口牛奶再啃一口汉堡，忍不住扬起嘴角。

可爱。

没有人比她更可爱了。

十六岁是个美好而尴尬的年纪，在"中二"力量的支配下，每个人都会做出一些多年后的自己不仅不理解，还非常希望能彻底删除的蠢事。

而对蒋寒衣及他那一小波狐朋狗友来说，这许多蠢事中非常微不足道的一件，就是有那么一小段时光，他们争相拒绝承认自己爱吃肯德基，或麦当劳，或必胜客，一切"小学生才喜欢的东西"。

谁要是爱吃肯德基，那就等于承认自己"幼稚""没品位"和"没长大"——对十六岁的"中二"少年来说，"没长大"是最高级别的羞辱。因此，虽然蒋寒衣刚刚说自己爱吃必胜客，但事实上他也有很久没敢踏进那个"幼儿园风格"的店门了。

但弋戈对于他们这些矫情鬼避之不及的东西似乎从来都不在意。她不在意别人阴阳怪气地说她"太努力了吧给我们一条活路"，永远都在众人的目光下埋头苦读，就像她今天大大方方地、从言到行地表达对肯德基的喜爱。

蒋寒衣忽然觉得弋戈才是真的酷,他们装模作样左遮右挡的那些,简直太弱智了。

他看着弋戈认真进食的侧影发呆,直到服务员把装着满满食物的餐盘推出来。

刚炸出来的上校鸡块上那层金黄色的酥皮似乎还在动,香气就在蒋寒衣鼻子下面飘,勾得他食指大动。

唉,真香。

他简直有病,喜欢肯德基有什么说不得的?蒋寒衣深吸了一口气,深刻反省了一下自己,端着餐盘往座位上走去。

期末考试的前一天晚上,夏梨发现自己来例假了。然后,她像之前每一次一样,疼得在床上打滚,身体蜷缩成虾米,手摁着肚子,也没有减轻分毫。

和以前不一样的是,这次她哭了。

泪雨滂沱,哭湿了枕头,却不敢发出声音,怕惊动爸爸妈妈。

夏梨一边哭,一边觉得自己可笑。因为她自己都无法理解,这场眼泪的原因,居然是她晚自习管纪律时查获的一袋肯德基炸鸡翅。

刘国庆严禁食物进教室,尤其是炸鸡这种香气浓郁的食物,以免影响大家学习。

在蒋寒衣桌洞里发现那袋炸鸡的时候,夏梨先是诧异了两秒,因为蒋寒衣从来不是贪嘴的人。然后她像往常一样睁一只眼闭一只眼,嗔怒着提醒他赶紧出去吃完,又把袋子塞回了他抽屉里。

夏梨对每个人都周全而友好,张弛有度地做着能让老师和同学都满意的班长。唯独面对蒋寒衣和范阳,她有发脾气的时候,也有这样徇私的时候,不礼貌、不正确、不完美。

夏梨享受那些短暂而隐秘的、在他们俩面前不完美的时刻。

可下一秒,弋戈回到教室。她看见蒋寒衣献宝似的把鸡翅拿出来,递给了弋戈。

而弌戈居然也二话不说接受了，没有说"不用"，甚至没有说"谢谢"，点了个头就接过鸡翅走到走廊上去吃了。

她当然不会知道这袋鸡翅是前一天晚上蒋寒衣大快朵颐以至于把弌戈的那份也吃没了，才特地买来还给弌戈的。她只看到蒋寒衣笑得像中了彩票，而他这样笑的原因，居然只是弌戈吃了对鸡翅。

夏梨在心里对自己承认两件事。

蒋寒衣喜欢弌戈。

她不喜欢弌戈。

不是讨厌，只是不喜欢。从弌戈转学来的第一天起，她就不喜欢这个女孩。起初是因为弌戈高傲和冷漠的态度，后来是因为对方横空出世的竞争姿态，而现在，是因为对方身上的那股"劲儿"。

那股，对她所在乎的一切都不在乎的劲儿。

可她没法讨厌弌戈，因为没有理由。

她凭什么讨厌弌戈呢？弌戈没有伤害过她，对方只是不爱说话，对谁都一样；弌戈还救过她，在运动会上，先是主动报名缓解了她作为班长的尴尬，又在长跑赛场上把她背去了医务室；甚至，弌戈连尖子生常见的遮遮掩掩的小心机都没有，只要她问，弌戈就会把自己所有的解题方法、练习册和辅导书都告诉她，毫无保留。

所以夏梨没法讨厌弌戈。

可越是这样，她就越难过。

夏梨，为什么你连讨厌都不会？

夏梨，为什么你这么没用？

夏梨蜷在床上，渐渐哭得累了。她的眼皮打架，腹部的疼痛好像也在减轻，她想睡了。

模糊的视线里最后出现的是她书桌上摊开的数学错题集。

错题还没看完，解析几何她还是算得很慢，真要命。完全睡沉之前，夏梨酸着鼻子想。

·186·

今年过年早，因此期末考试比往年提前了很多。距离上一次月考结束，也才过去了不到三周。

弋戈这次坐在2号考位上。

考试开始前，她桌上摊着一本《高考满分记叙文》，强迫自己紧急记几个排比句，用在开头或结尾抒抒情。

这两个月杨静对她围追堵截，分析了她十几篇作文后，年轻的女老师终于崩溃了，揪着自己的头发绝望地说："答应我，咱下次换个论据，行不？"

弋戈有点心疼杨静看起来并不浓密的头发，于是乖乖点了点头。

但杨静接着又是一句："别用司马迁！钱学森、武则天、比尔·盖茨、海伦凯勒都别再用了！"

好家伙，把她作文里轮着上场的兵全数了一遍。从初中到高中，弋戈还真没用过除这五位之外的其他人物素材。

"其实我觉得你的问题不在能力，在于态度。"杨静严肃起来，"你自己看看你这十几篇，有什么区别？三段论、一句论点加一段素材、连最后结尾的话都大差不差，打混了你自己分得清哪篇是哪篇吗？"

弋戈无话可说，她确实分不清。

"这样，你写记叙文！"杨静大手一挥，下了命令。

弋戈对杨静的主意感到十分惊愕，就算是死马当活马医，也不至于这么大刀阔斧吧？步子迈这么大也不怕扯着裆？

但杨静没给她推托的机会，从抽屉里找了本《高考满分记叙文》丢给她，勒令她下次考试只准写记叙文，就算不会写，挤牙膏也得给她挤出800字来。

于是现在弋戈就在"挤牙膏"。

这次的作文题目是幅寓言漫画：一只小兔子正在拔萝卜，前两个萝卜都是正常大小，轻而易举地就拔出来了，第三个萝卜却巨大无比，小兔子拔了半天，满脑门冒汗。它看不见地下的萝卜到底有多大，于是坐在地上，快要放弃。

破题很简单，"坚持就是胜利""永不言弃"，或者是"抓住机遇"之类。

啊，司马迁。

弋戈的脑子又不受控制地想起司马迁了。司马迁多好用啊，在牢狱里写《史记》，这还不够坚持？还有钱学森，一穷二白的时候造原子弹，谁也不知道能不能成功，但他还是坚持了那么多年，最后拔出了一根举世无双的"萝卜"，这还不够感人？

她为什么只背这几个素材？还不是因为他们足够万能，什么主题都能切上。

但她不好意思再连累杨静了。

每回她语文考砸，刘国庆都要找杨静"兴师问罪"，理由很简单——这么聪明的孩子，其他门门都拔尖，怎么就是语文学不好？你作为老师，也要找找自己的原因！

杨静在尖子班的一众资深师资里只能算个愣头青，所以刘国庆训她也不怎么留情面，像训学生似的。

弋戈觉得自己对不起杨静的头发，于是啃着笔头，满脑子搜刮关于坚持的故事。

破天荒头一遭，弋戈在语文考试上用足了两个半小时。考场上大部分人都搁笔了，她还在奋笔疾书。

她最终写了小时候带着银河一起去爬山的故事——虽然爬山很累，虽然在半山腰我就想放弃，但我还是坚持到了山顶，看到了最美的日出，那就是我拔出来的"大萝卜"。啊，坚持就是胜利。

她憋足800字，不忍直视，觉得自己写的全是废话。谁要看你怎么爬山？谁想知道山上有啥树树上有啥花日出长啥样？

她仿佛已经看到了又一篇不及格作文在向她挥手。

哪知，两天后成绩公布，她居然见了鬼地拿了110分。作文部分，她得了45分，虽然不高，因为她的立意其实有些偏，但已经算是像样了。

答题卡发回来后，杨静还专门给她加了一句评语——"语言朴实、情感真挚，好！"

弋戈盯着那个大大的"好"字发蒙，这是她第一次得到三位数的语文成绩。

好？

这就……好？

一样的800字废话，从议论文改成记叙文，就好了？

她觉得自己更不懂这门玄学了。

"一哥你牛大发了啊！"高杨冲进教室，一嗓子打破了弋戈怀疑人生的沉思。

弋戈茫然地抬起头。

"咋了咋了！我大哥又咋了！"范阳倒比她还激动些，凑上去自成氛围组。

自从上次食堂抗议之后，他对弋戈的称呼就从"一哥"变成了"我大哥"，反正就是不好好叫她名字、就是不把她当女的，连带着整个班的男生都阴阳怪气地喊她"弋大壮""一哥"和"大哥"，私下里有更难听的也说不定。

"你们猜一哥这次总分多少？"高杨瞪大眼睛卖关子。

"多少？快说！"

"697分！"高杨表情夸张地报出数字。

"多少？"

"697分？是人吗？"

范阳一回头，刚好看见弋戈的语文分数，更惊讶了："不是，你语文就扣掉了40分，总分才扣53？"

弋戈还不知道理综和英语的分数，但想了想，倒也合理。数学、物理都满分的话，生物化学扣两三分，英语再扣个五六分，差不多就是这个数。

"你是人吗？"范阳哀号着扑到弋戈桌上，"快给我吸吸仙气！"

高杨闻声也跟着扑上来——虽然他和弋戈并不熟，但膜拜大佬这种事嘛，也不需要太熟，更何况已经有范阳在前头打样了。

"我也要汲取一下大佬的精华！"

弋戈有点嫌恶地站起身想远离这两个二百五，却发现夏梨一直趴在桌上，周围人这么咋呼，她也没反应。

弋戈见夏梨手贴着肚子，忽然想到上次运动会，她们俩的例假好像是挨着的——是来例假了不舒服？

她有点犹豫要不要开口关心一下。

一个学期下来，她和这些同学熟悉了些，也在慢慢学习如何做一个"正常友好"的人。但夏梨只是趴着，万一是在睡觉呢？她把人家叫醒，岂不是很尴尬？

弋戈还在犹豫，身后忽然被谁轻轻戳了一下。

她一回头，只见蒋寒衣笑嘻嘻地朝她伸手："作文开窍了？给我观摩一下？"

弋戈白他一眼："不给。"

蒋寒衣也不失落，笑着叹道："唉，小杨的头发终于有救喽。"

弋戈一听，忍不住也抿嘴笑了一下。

不知什么时候开始，她和蒋寒衣好像拥有了一些共同秘密，又或者其实也算不上秘密，但只有他们俩明白是什么。

比如，银河和星星。

比如，"小杨的头发"。

班上闹嚷了好一阵，刘国庆走进教室公布期末成绩排名和放假时间安排。

夏梨也终于直起身，弋戈用余光瞥了她一眼——还好还好，脸色不差。看来不是肚子疼，是单纯地在睡觉。弋戈有点庆幸自己没有多管闲事，不然可真是尴尬。

夏梨先对上刘国庆严肃的目光，心里一紧，又感觉到同桌的目光，紧绷的心就像被无缝丢进冰水里，疼得直哆嗦。

你在看什么？有什么好看的？

夏梨用手臂遮着自己的数学试卷，抿着嘴，垂下了眼帘。

全年级前十的排名被公布在屏幕上。

·190·

年级第一，弋戈，697分。和她预料的一样，数学、物理都是满分。

精彩的是年级第二，姚子奇，678分。这似乎是史上第一次，次优班的同学抢了尖子班前五的位置。

也就是说，如果弋戈这次语文没有破天荒地拿个三位数，那么年级第一很有可能就会被次优班的同学拿走——对于尖子班来说，可谓奇耻大辱。

怪不得刘国庆一进门脸黑得像张飞。

年级第三是高杨，接下来才是夏梨。这一次她每一门都发挥平平，数学则有些失误，只考了124分，这在年级前五里是很没有竞争力的。

年级前十里，次优班的同学占去了四个位置，这成绩，尖子班没人能开心得起来。大家都鹌鹑似的低着头，气氛一时变得沉重。

刘国庆开了足足两节课的班会，愣是一口水没喝，反复叮嘱大家寒假期间不可松懈，一定要痛定思痛，加倍努力。

他训完，又简单说了一下放假安排和开学时间，非常敷衍地祝大家新年快乐之后，终于喊了下课。

教室里响起凳子腿拖在地上的声音，此起彼伏，凄惨哀怨，恰如大家的心声。

蒋寒衣收拾好书包，盯着弋戈离开教室的背影，在心中默默数秒。这是他们俩的约定，或者说，是弋戈单方面订的规矩——虽然他们俩要一起回家，但弋戈不想让人看见他们每天一起离开教室，也不想和蒋寒衣范阳一起骑车，所以要求蒋寒衣在她出门五分钟后再走。

数到第二分钟，夏梨忽然回头问："晚上要不要一起吃火锅去？我姑父新开的店。"

"走啊！"范阳忙应道。

"哦，我就不去了，家里还有猫呢。"蒋寒衣婉拒。

夏梨的眼神黯了一下，然后笑笑："好。"

范阳白他一眼，十分狗腿地接过夏梨的包背在自己身上："走走走，梨儿，我们去！他最近撸猫丧志，别管他！"

.191.

蒋寒衣笑得非常满足，跟满月酒上喜得麟儿的老父亲似的。
　　夏梨跟着笑了声，转身走出了教室。

　　从学校到火锅店一路上，无论范阳怎么插科打诨逗趣卖乖，夏梨一直闷着头不说话。
　　直到在火锅店看见爸爸妈妈、姑姑姑父还有表姐吴桐都在，她才舒展眉眼，露出熟练的、乖巧的笑容。
　　范阳从穿开裆裤起就去她家蹭饭，像夏家父母的干儿子似的，根本不需要人介绍或陪同，坐上桌边吃边耍嘴皮，把几个大人逗得前仰后合。
　　表姐吴桐把夏梨拉到一边，眨眨眼睛小声问："怎么只有小跟班来了？小郎君呢？"
　　"小跟班"是范阳，"小郎君"是蒋寒衣，这是女孩子才懂的暧昧秘密。表姐小时候在她家第一次见到他们俩的时候就迅速分出了区别——小孩子看脸是很准的。
　　"你别乱说！"夏梨却头一次很正经地拒绝这个称呼，"他家里有事。"
　　"干吗？小郎君惹你生气了？"吴桐笑着问。
　　"没有。"夏梨说着推开表姐的手，回到位置上坐好。
　　"喊，肯定是吵架了，还不承认。"吴桐撇嘴笑了夏梨一句，也跟着坐到她旁边。

　　火锅吃到一半，大人们终于发现今天夏梨似乎兴致不高。虽然她一直很文静，可文静和郁郁寡欢还是有区别的。
　　"小梨怎么了，看着有心事呢？"夏姑姑问。
　　夏梨笑了笑，摇摇头。
　　"是不是期末考试不理想？"夏妈妈一下就发现了问题所在，一点也不介意的样子，以一种嗔怪的语气笑着说，"考试前一天身体不舒服，肚子疼得在床上打滚呢。"
　　"啊，不要紧吧？哎哟，肚子疼不该来吃火锅的呀！"夏姑姑首先关切的是夏梨的身体，而不是期末考试成绩。
　　夏梨很感激，于是笑着说："早就不疼了，谢谢姑姑。"

"你还会考差？"吴桐却不可置信地挑眉，将话题又撤回去，"你考多少名啊？"

夏梨有些无奈地看了她一眼，小声说："第四名。"

"第四名还叫差？夏小梨，你是不是欠揍！"吴桐说着伸手要掐她的脸。

夏姑姑一筷子打掉吴桐的手："你还好意思说，还不跟妹妹学习！"

吴桐满不在乎地说："我都大学了，还学什么学。"

夏姑姑笑得很无奈。

夏爸爸见夏梨仍锁着眉，给她夹了一筷子肥牛，笑着叹道："我们家这个哎，就是太钻牛角尖。你说说，我跟她妈妈从来没要求她一定要考第一名，非得自己跟自己较劲，唉。"

夏妈妈应声："就是，成绩哪有那么重要，过得去就行了。人品和性格才是最重要的。"

夏姑父酸溜溜地啐他们："小梨人品和性格还不好？你俩什么都占全了，别身在福中不知福了，说出来讨人嫌！"

夏姑姑："就是，故意的吧你们！"

夏家爸爸妈妈笑得特别开怀，夏爸爸还朝夏梨做了个鬼脸，用口型说："快吃，别瞎想。"

夏梨低着头，小口小口地咬一片土豆。

爸爸妈妈一直是这样的，对她的成绩并不苛责。虽然她从小到大大部分考试都拿第一名，但偶尔有考砸的时候，他们也从来不责骂一句，反而表现得比她拿了第一名更开心，教育她"分数不重要，学到了知识就好"，还有"放平心态、快乐学习"。

比起成绩，他们更注重夏梨的待人处世、脾气秉性。爸爸妈妈做了几十年学问，对她唯一的要求就是做一个知书达礼、温和恬静的女孩子。当然，夏梨做到了，还做得很好。

可好像正因如此，夏梨始终没有机会问爸爸妈妈："为什么分数不重要呢？为什么拿不拿第一名不要紧呢？如果真的不重要，为什么大家只'膜拜'第一名而不是第二名呢？"

如果我就是觉得分数很重要，如果我就是想要第一名，该怎么办？这是错的吗？我应该改正吗？

她不敢追问，因为问了，就显得她太咄咄逼人、不依不饶了。这不是一个有教养的女孩子该有的样子。

这么多年爸爸妈妈一直在强调"分数不重要""第一名不重要"，可她大部分时间都在拿第一名。始终没有一个人告诉她，如果没得第一名，该怎么办。说一句"不重要"就行了吗？那我为什么会这么难过呢？

一顿火锅吃得热闹极了，因为有范阳在的地方从来都不会冷场。更何况今天还加上了一个吴桐，两人你一言我一语说相声似的，连邻座的客人都快被逗笑了。

吃完火锅，夏家爸爸妈妈站在店门口和姑姑姑父告别，吴桐趁机把夏梨拉到一边，拿出手机，偷偷给她看她男朋友的照片。

"我们打算明年毕业就结婚。"吴桐说。

"明年？"夏梨怔了。她总以为表姐还和自己一样是孩子，怎么突然就要结婚了？那听起来是很遥远的事情。

"对啊，我们都见过父母了！"吴桐得意扬扬地说，"到时候啊，他去上班，我就在家做饭，给他送便当去吃！"

原来都见过父母了。夏梨点点头，弯起眼睛笑说："恭喜你哦。"

吴桐笑着划拉照片，温柔的眼神里全是对家庭生活的憧憬和实现梦想后的愉悦。

吴桐从小到大的梦想都是做个家庭主妇，夏梨记得很清楚，因为她曾经也怀有同样的梦想。

她记得小时候，她和表姐两个人特别喜欢逛超市，而且一定要避开大人单独去逛——那时候她家附近就有一个沃尔玛，她和表姐常常手拉着手，把自己当作大人一样地走进去选购生活用品。

她们点评每一个昂贵的儿童马桶，畅想着以后有了自己的宝宝就给他买；她们也喜欢挑选锅碗瓢盆，不懂装懂地说哪个用来洗菜、哪个可以装鱼，而小孩子的碗要用塑料的，不容易摔碎；她们当然也忍不住去零食区，可要假装告诉自己，这个月只能买一百块钱的零食，俨然是一对持家有道的小小主妇。

她们其实没有钱，什么都买不了，但这样到超市逛一圈后就无比满足，又手拉着手走回家，在路上继续畅想。她和表姐约定过很多次，以后结婚了一定要住在对门，这样，丈夫们上班的时候，她们可以一起做饭和照顾小孩。

表姐就要梦想成真了，夏梨却在不知不觉中把这个童话小梦忘在了角落。

她还做着这样的梦吗？好像也还有一点。英俊而爱她的丈夫、可爱乖巧的娃娃、温暖明亮的家，像童话一样，王子和公主幸福地生活在了一起。也挺美好的。

可她在听到表姐说自己要结婚了的那一瞬间，却有一种心惊肉跳的感觉。她发现自己同时开始排斥那个梦想——为什么要当主妇？怎么会有女孩子的梦想是当主妇？

弋戈就肯定不会想当主妇……

夏梨发现自己又在想弋戈了，慌乱地晃了晃脑袋，想把这个人从自己脑海里甩出去。为什么要想弋戈会怎么样？弋戈难道是天才和圣人吗？

夏梨在心里默默警告自己，并决定整个寒假都不再出去玩，一分钟也不能浪费，必须全部用来学习。

第七章
冬泳

今年的寒假尤其短，满打满算不到三周。按弋戈原本的打算，如果三妈回桃舟的话，她也跟着回去；不回的话，就在家写写作业、陪陪银河。

哪知刚待了两天，还在纳闷正逢年关弋维山和王鹤玲怎么这么有闲天天待在家里，就被告知，他们打算带她一起去琼岛三亚过年。

弋维山笑容可掬地问她"怎么想"，弋戈看着那三张头等舱机票和陈春杏殷切劝告的眼神，心说你还打算让我怎么想，我能不去吗？

于是她点点头，说："谢谢爸。"

弋维山笑得更欢："好，咱们一家三口，这还是第一次出去玩！爸爸肯定把行程安排得好好的，让你玩得开心！"

弋戈笑笑，一时不知他这句话里，到底是"一家三口"的说法更心酸，还是"第一次出去玩"的事实更荒唐。

但事实就是，她原本打算遛狗逗猫顺便好好学习的宝贵寒假就这样没了，她不仅要和亲爹亲妈单独在不熟悉的地方待两周，还不得不把银河托付给蒋寒衣。

唉，蒋寒衣。想到这个，弋戈就更头疼了。

平心而论，蒋寒衣算是她在树人最好的朋友之一，地位和朱潇潇持平。哦不，应该比朱潇潇还高一点，毕竟她和朱潇潇只是时不时一起吃饭、能开几句玩笑的关系，和蒋寒衣却已经共享秘密了。

弋戈不擅长和人相处，和他在一块的时候难得有几分轻松。而且在同龄人尤其是范阳这种傻瓜的衬托下，蒋寒衣不仅长得赏心悦目，还十分正常、清爽、稳重，以及尊重人。

至少，蒋寒衣不会凑在那男生堆里一边说着"朱潇潇课间又吃了两根肠"一边发出刺耳的怪笑，也不会像范阳咋咋呼呼地喊她"一哥"要跟她拜把子。

但其实弋戈觉得蒋寒衣也不太正常，主要表现在，他一天天太乐呵了，像没长脑子似的那种乐呵。

他好像认识这所学校的每一种人。光这一个学期，弋戈已经见过他和楼下的体特生打篮球、和十二班吊车尾的几个"扛把子"一起站校门口喝汽水、和被部分男生讥笑为"娘娘腔"的姚子奇一起自习，他甚至还和来学校实习的师范生打过一场精彩绝伦的乒乓球赛，那时他和人家认识还不超过五分钟。重点是，好像每一拨人都挺喜欢他，都能和他玩得很好。

他放在学习上的精力并不多，但成绩一直出于中游，偶尔还能往上蹿一下。

按理说，这种学生在每个班都应该是最透明的，但他偏偏不是。老师们从不忽略他，理综的课上，他时不时能积极回应一下老师的刁钻提问；就算是语文英语课老师也喜欢点他起来，因为无论是正经答题还是抛砖引玉，他都能跟老师你来我往地说笑几句，顺便把课堂气氛盘活。

哪怕是被刘国庆记大过、还丢了数学课代表的职位，也没见他有多难过。唯一看他心情不好，就是抗议失败"小黑屋"被拆，只剩一只独眼小猫的那天。但很快他自个儿从阴郁的情绪中走出来了，现在还整天拿"独眼星星身残志坚"的话激励他的宝贝猫女儿，一点心理阴影都没有的样子。

说实话，弋戈是羡慕蒋寒衣的。

他好像永远都游刃有余——这种游刃有余和你会解多少道题、能拿第几名没有关系,这是一种总能让自己开心起来的天赋,是面对生活永远有底气的充实。是其他人怎么也学不来的。

    但羡慕归羡慕,真正落到实事上,弋戈又总觉得蒋寒衣不太靠谱。比如让他独自照顾银河两周,她就无论如何难以放心。

    弋戈意识到自己有一个根深蒂固的偏见——太快乐的人,做事都是不太靠谱的。

    但不管怎么不放心,弋戈也没有别的人可以托付了。最近弋维金病情反复,陈春杏几乎住在医院,根本没时间看顾家里。

    于是弋戈牵着银河,银河叼着自己的干粮和饭盆,一人一狗出了门。

    门一打开,蒋寒衣笑得一脸灿烂,他那刁蛮的猫女儿坐在鞋柜上警惕地看着来人,发现是熟人之后,又骄纵地从鞋柜跳到他肩上,借了个力,最终落在银河的背上。

    弋戈之前发短信问过他意见,因此现在蒋寒衣十分笃定地表示:"交给我,你放心!"

    弋戈艰难地笑了一下,心里暗示自己放心:放心银河皮糙肉厚咋都能活。然后她对蒋寒衣说:"谢谢了,你有什么想要的礼物吗?我从琼岛三亚给你带。"

    礼尚往来,似乎从蒋寒衣蹬她的三轮车开始,他们俩之间就在不断地互相还人情。弋戈默认,请他帮忙,是需要回报等额的礼物的。

    蒋寒衣笑了:"我没啥想要的,你自己在琼岛三亚吃好玩好就行!哦对了,一定要多吃文昌鸡,特别香!"

    他越乐呵,弋戈越觉得不靠谱。

    她定定神,又说:"那……我还是给你抄作业?我开学前三天回来,会把作业全都写好的。"

    蒋寒衣愣了两秒,旋即哈哈大笑起来。他笑得太夸张,弯腰捂着肚子,把银河和星星吓得奓毛。

    弋戈快黑脸了。

    "行,好!"蒋寒衣终于正经闭嘴,忍着笑,"那我等着你的作业!"

    弋戈面无表情地点了个头,转身要走。

蒋寒衣看着她冷淡的表情，不知道为什么，心里有点燥，还没冷静下来，手已经伸出去了。

他干了件想了很久但没敢干的事——揉弋戈的脑袋。

他"爪子"胡乱胡噜两下，然后趁弋戈还没反应过来，迅速收了回去，笑得像朵花儿似的说了句"一定要玩得开心哦"，"啪"地关了门。

弋戈石化了足足半分钟才渐渐回过神来。见鬼的是，她第一时间居然没想起来生气，而是在想——蒋寒衣是不是长高了？他怎么比她高这么多了，居然微微抬手就能揉到她的脑袋？

等她再次反应过来自己的思绪有多跑题的时候，手机里多了条短信，是一串数字。

蒋寒衣：这是我的QQ号，你加一下，我给你发银河的照片！

等弋戈加上他的QQ号，和他互发了两个无聊的表情之后，她才终于想起来，她应该生气的——蒋寒衣这厮，居然敢胡噜她脑袋！

到琼岛三亚第二天，弋戈就明白了她之前纳闷的那个问题——正逢年关，弋维山和王鹤玲两个生意人怎么会有时间带她去旅游？

答案就是：王鹤玲名下的旅行社打算开一条高端线，琼岛四日精品度假游。

所以，虽然他们在江城时看起来很闲，但一落地琼岛，弋维山就不见踪影了。

弋戈坐在总统套房的豪华卧室里，眼前是正面落地窗，窗外就是沙滩和大海。左手边是一张物理试卷，右手边是服务员刚刚送上楼的水果拼盘，夸张地放在一个小推车上，旁边配了大小各异三把水果叉，还闪着金光。

在这种环境下写作业有点别扭，弋戈总觉得自己手上这支一块五的中性笔不配，应该换支中世纪欧洲贵族用的羽毛笔。

可她现在除了写作业，也没别的事儿可干了。

连着刷完了三张物理试卷，弋戈听见客厅里的门开了。

王鹤玲拎着两个纸袋走进房间，看着她，神情不太自然地笑了一下，问："要不要跟妈妈下去游泳？"

弋戈愣了一下，她从王鹤玲拧着纸袋绳子的手部动作看出王鹤玲很紧张。主动发出邀请，对王鹤玲来说应该也不容易吧。

于是她点头笑着说："好。"

王鹤玲递给她纸袋："我挑了两件泳衣，你看看喜欢哪件，换上。"

拆开纸袋、看到泳衣的那一刻，弋戈就后悔了。

王鹤玲买的两件泳衣，一件是粉白色的两件套，上衣是露脐短T恤的样式，下衣是带内裤的、刚刚能遮到屁股的短裙；另一件是黄白波点的连体裙，肩部是吊带的款式，需要穿上后自己在肩上把两根细细的白色带子打个结才行。

弋戈看着这两件泳衣沉默了很久。她没找到吊牌，但在这酒店里买的东西，想必是不会便宜的。

最终，她选择了穿上那条连体裙。

弋戈走到卫生间照镜子。

弋戈的头发乌黑浓密，但是发质很硬，两天不洗的话，披散下来就会像狮子一样往外炸着；她皮肤很白，脸型是标准的鹅蛋脸，大气、流畅，小时候三妈说这种脸蛋长大了是最好看的；她的眉骨高，鼻子很挺，鼻头小巧而圆润，算是五官中最好看的部位；可惜眼睛并不大，也不深邃，而且眼距长、睫毛短，这和她的眉毛鼻子并不相衬；嘴唇中规中矩，但是是微微偏厚的那一种，唇色总是苍白，哪怕她并不虚弱，也不缺水。

而三妈说的那种长大后会好看的鹅蛋脸，现在也并没有显露任何出众之处。不知是因为她脸上肉肉的掩盖了骨相的优势，还是鼻子上的黑头和颧骨上的雀斑破坏了本该有的美感，又或者，陈春杏根本就是在哄她。

弋戈看着镜子里的自己，披散着长发，脸色苍白、眼睛无神，就像是战败后万念俱灰的女版金毛狮王——或者发了疯的李莫愁吧，毕竟她的头发不是金色的。

而被长发半遮半掩的，是她宽平的肩膀，连锁骨都好像比同龄女生要粗一些；还有与纤细毫无关系的手臂，她只要用力握紧拳头，就能看见自己手臂上的肌肉线条，从胳膊内侧蔓延到肘心。

嫩黄色的吊带连体裙，原本该是青春可爱、活力满满的，穿在她身上，却不伦不类、死气沉沉。说不上哪里难看，但不伦不类是比难看还严重的事情。

弋戈和镜子里的自己互相嘲讽又互相安慰，经过一番无声的激烈斗争后，又两败俱伤、一片沉默。

她从行李箱里翻出一件宽袖的黑色T恤，兜头套上，走出了卧室。

王鹤玲看见她的打扮，愣了一下，问："……怎么了？衣服不合身？"
弋戈摇头，随便找了个借口："我背上有块胎记。"
王鹤玲一怔，沉默地点头。

她记忆里没有这回事，却没有底气反驳——自己女儿身上有没有胎记，她并不清楚。

酒店内就有一大片海滩，零星有几个大人带着小孩玩水，估计都是来过年的。一月份的琼岛温度也不高，大中午的也才二十摄氏度出头。弋戈有点庆幸，还好罩了件T恤。

弋戈抬头看了眼走在前面的王鹤玲，她披了一件薄薄的开衫。

开衫是半透明的，弋戈隐约能看见她美丽瘦削的蝴蝶骨，和细得似乎盈盈一握的腰肢。长长开衫的下摆，是脆弱得仿佛轻轻一扭便要折断的脚踝。

血缘关系无法隔断，基因的力量如此强大，却把她和王鹤玲母女两个分成截然不同的类型。

弋戈心底生出微小而明确的欣羡，以及遗憾——如果她遗传到了王鹤玲的纤瘦和美丽，她的人生是不是会更容易一点？

至少，她就不会因为身材的问题和那么多人闹过不愉快了。

弋戈不怕和谁闹不愉快，但总是百毒不侵、总是刚强有力而不容侵犯，到底是一件很累的事情。

随行的管家推来一只巨大的天鹅泳圈，笑容可掬地说："这只泳圈承重三四人的，弋太太放心。"

王鹤玲回头问弋戈："要玩这个吗？"

弋戈："可以。"

穿着泳裤、满身肌肉的救生员把王鹤玲扶着坐上泳圈，又要来扶弋戈。

弋戈习惯性地摆手拒绝，表示自己可以，一抬腿，跨到天鹅脖子的另一边，借好力，正要坐上去，脚一滑，没把握好平衡，重重地摔进水里。

"扑通"一声，水花四溅。

王鹤玲坐在泳圈上，差点整个人被掀翻下去，还好救生员眼疾手快地箍住了她。

弋戈从水里爬起来，全身湿透。看了眼王鹤玲，她开衫的下摆湿了，似乎有些惊魂未定，抚着胸口。

"你没事吧？"弋戈有些歉疚。同时心情遭透了，她不敢看管家和救生员的表情，也不敢看周围有没有别的人注意这里——看啊，这个胖子，胖得连游泳圈都掀翻了。

弋戈已经很久很久没有如此直接地面对自己身材带来的窘境了。那种熟悉的感觉瞬间爬满她的身体，此刻她就像熟食店里的烤鸭，被拔了毛、扒了皮，被放在360°的灯光下炙烤，直到全身再没有一处皮肤属于自己。

"没事。"王鹤玲摇摇头，目光里有些说不上来的情绪，是无奈吗？还是无语呢？

王鹤玲指了指，对管家说："给她拿件浴袍来裹着吧，别着凉。"

管家忙不迭应声，然后不出半分钟，不知道从哪儿变出来两件浴袍。真是神通广大。

"还玩这个吗？"王鹤玲问。

弋戈摇头。

"那去躺椅上坐一会儿吧。"王鹤玲把开衫脱下来,也套上新的浴袍。

弋戈一言不发地跟着王鹤玲,躺在躺椅上,闭上眼睛。她想就这样睡一觉,闭着眼,什么也不听、什么也不看,睡一觉,就都忘记了。

再醒来,她还是可以用自己的铁面、优秀的成绩,必要的时候甚至是刻薄的语言、刚硬的拳头,去保护自己不受任何一次窘迫、一声嘲笑、一个眼神的伤害。

可王鹤玲就是不如她的愿。

她半躺着,语气说不上是懒散还是冷漠地问:"听你爸爸说,你这次期末考试考得很好?"

弋戈"嗯"了声:"还行。"

"不错。"这大概是在表扬?

"我们家里人读书都很厉害的,我跟你爸爸都是名牌大学毕业的,你外公更优秀,他是东城大学56级的本科生。"

弋戈附和:"真厉害。"

她在脑海中搜寻这位外公的信息,搜了半天才想起来,她压根没见过外公。或者是见过了她不知道?毕竟那时候她还是个襁褓里的娃娃。

话题结束,弋戈以为自己终于可以睡了。可几秒后,王鹤玲又说:"小戈,你应该稍微减一点肥。"

弋戈原本渐渐松散的神经紧急集合,每一个细胞都严阵以待,她的脑袋像是瞬间被箍上紧箍咒,如临大敌,连声音都变得冷淡决绝:"为什么?"

王鹤玲被她冷硬的声音吓了一跳,斟酌了一下才说:"瘦一点更健康,而且女孩子瘦了才好看。放心,我们家里没有肥胖的基因,你稍微减一减,很快就苗条了。"

弋戈无言很久,淡淡地问:"你知道BMI指数吗?"

"什么?"

"BMI指数,指身体质量指数,是用体重公斤数除以身高米数平方算出来的数字,国际通用衡量人体胖瘦程度以及健康与否的标准。"弋戈的声音平板无波,像在念课文,"我身高一米七八,体重七十公斤,

BMI 指数 22。这个数值，在 18.5～23.9 的标准范围内。"

王鹤玲错愕地看了她一眼，不知是惊讶于她较真地列举数据的行为，还是不敢相信她居然觉得自己不胖。

"另外，我每年的体测都是满分，体检一切正常，运动会上只要参加的项目一定会拿奖牌。"弋戈却好像受了刺激似的，不停地列举着，"我不认为我有任何健康问题。恰恰相反，统计表明 BMI 指数在 20～22 的人死亡率最低。"

说完这一长串，她并没有获得任何快感，但莫名地有了一种"愈挫愈勇"的奋斗欲，她坐起来对王鹤玲说："对了，希望你以后不要多此一举替我安排早餐，无论是在家还是在这里。吐司、鸡蛋，我吃不饱，我需要碳水，米面包子那种，三妈会给我准备，就不劳你费心了。

"还有那件泳衣，能退的话就退了吧。我讨厌粉色的东西，也讨厌短裙和露脐装——别误会，和身材无关，单纯讨厌而已。"

说完，她露出一个微笑，在王鹤玲惊愕而愤怒的眼神中扬长而去。

她在沙滩上留下一个个完整而踏实的脚印，心里却想，这是不是也跟体重有关？王鹤玲那么轻，是不是就留不下这样的脚印？

她想不出答案，不自觉地裹紧了浴袍。琼岛的冬天，原来也并没有多么温暖啊。

弋戈回到房间，脱掉那件湿哒哒的、黏在身上的泳衣，像褪去了一层皮肤。她冲了个澡，然后湿着头发坐回书桌前，开始写数学作业。

她喜欢数学，因为数学要求人专一。哪怕有一点分心和不专注，演算结果就会给你惩罚。而只要你足够专心，数学也会回馈你。

例如现在，直到夜幕降临，弋戈都再也没有想起刚刚那些糟糕的事情，她的脑海被圆锥曲线占满。

十点，她把带来的所有数学试卷都写完了，正打算继续写习题册，忽然听见"咔嗒"一声，弋维山出现在她卧室门口，表情很复杂，说不清是愧疚、愤怒，又或者有那么一些难为情。

但有一点确凿无疑——疲倦。

他看起来很累，连脚步声都那么沉重。

"小戈，和妈妈吵架了？"弋维山试探着问。

弋戈看着他脸上艰难的笑容，心里忽然觉得不忿，他为什么永远都在当和事佬？他有什么资格当和事佬？而且，他难道不会生气吗？不可能，能把生意做那么大的人，怎么可能不会生气。那他会生谁的气？她，王鹤玲，还是他自己？

弋戈忽然生出恶趣味，故意说："没有吵架，是她单方面侮辱我。"

弋维山笑得很勉强："傻孩子，说什么侮辱，那是你妈妈。"

"她生了我，跟她现在侮辱我，矛盾吗？"

"你妈妈就是那个脾气……她其实也是为你好的。当然，爸爸不是说她说得对，但你也要理解，妈妈怎么会害你呢……"

弋戈看得出弋维山措辞的艰难。或许，他已经累得根本就没有脑细胞来处理老婆孩子这点破事了，所以他说的话每一句都像是八点档肥皂剧里的台词拼贴。

弋戈打断了他："我不需要。"

弋维山嚓声，疲倦而无奈地看着她，嘴唇动了好几次，最终把手搭在弋戈肩膀上，才说："就当帮爸爸一个忙，去给妈妈道歉，好不好？"

弋戈瞪大了眼睛，简直怀疑自己听错了。

她看着弋维山，她无法理解他怎么好意思提出这样的请求。因为太爱王鹤玲吗？还是因为怕麻烦所以找软柿子捏？

"我知道，这件事是妈妈的错。"弋维山拍了拍一下她的肩膀，像是某种安抚，他拖了把椅子坐下，"但爸爸希望你能体谅妈妈，妈妈是很想对你好的，她只是心里有委屈。"

"委屈什么呢？"弋戈较真地追问。她都没喊委屈呢。

她在弋维山眼里看到一闪而过的痛苦，然后看见他低下头，沉沉地说："都怪爸爸。"

这是弋戈第一次知道自己出生后被送回桃舟的原因。不对，其实原因一直没变，就是她所猜想的那样，为了生个儿子。但中间的一些曲折变故，她却是第一次知道。

王鹤玲和弋维山是大学同学，学校里出了名的神仙眷侣，毕业证和结婚证两手拿。王鹤玲原本想多享受几年的二人世界，因此弋戈的到来是一个意外，又或者"惊喜"——用弋维山此地无银的话来说。

"其实你刚出生的时候，你妈妈是特别高兴的。她每天晚上都睡不了觉，因为隔四个小时就要喂你喝奶，爸爸经常半夜醒来，看见她抱着你、轻轻地给你唱歌……"弋维山笑着说，试图用一种缓慢的语速把弋戈带入一段温馨的回忆里去。

弋戈看着他，礼貌性地回笑，忽然问："我当时的名字是什么？"

"啊？"

弋戈露出天真的微笑："她那么喜欢我，没有想好给我起的名字吗？"我本来应该叫什么？如果不是弋戈的话。

三妈和小外公在派出所里焦急地等待失约的弋维山时，我的户口上，本该落下的是什么名字？

"那时候，还没想好的。我们都是叫你小名……"弋维山措手不及，给出很蹩脚的解释。

"哦，你继续说吧。"弋戈轻声说。

弋维山的语气弱下来，他仓促而慌乱地讲完了一个狗血的家庭故事。

或者根本称不上是故事，更像是纠纷。

大意就是，王鹤玲虽然喜欢女儿，但弋家老太太对此不太满意，并在王鹤玲月子期间对她不断施压极尽白眼、嘲讽甚至辱骂。出月子后，王鹤玲落了一身病不说，人也变得暴躁易怒、神神道道，因此又背上"矫情"的罪名。

这场激烈而深刻的婆媳矛盾最后的结果就是王鹤玲在巨大的情绪压力下主动把烫手的山芋丢回了桃舟，女儿送回了桃舟，户口上在弋维金的名下。而她和弋维山在两年后迎来了第二个孩子。因为只有这样，彼时还在国企上班的弋维山才能再生一个儿子。

儿子是个小福星，他出生后没多久，弋维山辞职下海，挣到第一桶金，然后便是风生水起、平步青云。这时候的弋老太太一抹脸，又变成了慈眉善目、安享晚年的婆婆，王鹤玲也终于过回众星捧月的好日子。

皆大欢喜，完美结局，谁都不愿意想起远在桃舟的大女儿——趋利避害，这是人的天性。谁愿意想起一个曾经把家里弄得鸡犬不宁、婆媳不睦的小麻烦呢？在母慈妻美儿子又可爱的温馨环境里，弋维山唯一表达挂念的方式，就是给陈春杏多打钱。

"是爸爸的错……爸爸当年做得不好。"弋维山把头埋在臂弯里，声音沉痛，"可是爸爸也没有办法，那个年代，也没有别的办法，毕竟是你奶奶……"

他的表情、声音都很疲惫，也很痛苦，好像生活的压力和家庭的不和谐压得喘不过气，使他无助得想要自残。

弋戈看着他焦头烂额的样子，忽然觉得这个场景过于可笑——她在听她亲爹讲他们当年为什么不要她，亲爹说是因为她亲妈和亲奶奶不对付。现在，亲爹让她去给亲妈道歉，因为不是亲妈的错，亲妈也是受害者。

那么是谁的错呢？亲奶奶吗？

哦对，当然是亲奶奶了，毕竟她都入土了。把错都推到死人身上，让活着的人毫无负担地生活，这是性价比最高的选择。

更何况，弋家老太太大概的确不是什么善茬。弋戈想起小时候不知怎么得知的家族往事：为什么弋维金排行老三，弋维山排行第五，却没有老大老二和老四。因为老大先天不足夭折了，老二一生下来就被弋老太太丢了，而老四，似乎是在弋维山出生后就被送走了。

她们都是女孩。

可弋戈却对这些传言和描述里的弋老太太恨不起来，也许是因为她对弋老太太根本没有印象，面目模糊，也就无从可恨。

她看着面前颓丧而痛苦的中年男人，反而觉得他更加面目可憎。

"的确是你的错。"弋戈冷笑一声，眼睛里射出极冷的一道寒光，照着弋维山错愕的表情。

"我是你的女儿，妈妈是你的妻子，奶奶是你的妈妈。我和妈妈的矛盾，妈妈和奶奶的矛盾，说到底都是你惹出来的问题。明明是男人在作祟，却总要让女人针锋相对、互相折磨。以前是妈妈和奶奶，现在是妈妈和我，而你永远都是那个谁都不得罪的和事佬，我要是再蠢一点，还会和你变得亲近，满足你给人当爹的虚荣心，对吗？"

弋戈庆幸自己的语速跟上了思路，这些话一口气说出来才尤为有力。她心里忽然觉得无比畅快，是从未有过的那种畅快，类似于写作文再也不用挤牙膏，一气呵成。

她发现自己找到了这么多年情绪的终点，那些委屈、埋怨甚至是恨，都不该冲着冷淡高傲的王鹤玲，而应涌向面前这个看起来慈爱温柔而包容的父亲。

"你怎么好意思呢？怎么有脸让我去跟妈妈道歉呢？"弋戈几乎是在乘胜追击，带着讥讽的微笑看着弋维山。

她看见弋维山脸上的表情变幻，从错愕到慌张，最后恼羞成怒，一瞬间乌云密布的那种愤怒。

很好，他终于生气了，终于不装了。弋戈居然感到得意。

然而，暴雨没来得及落下，电话铃声打破了弋戈精心构造出的挑衅氛围。

她看见弋维山的表情一瞬间就柔和下去了，温柔地安抚了对面几句，然后放下手机，冷着脸对弋戈说"妈妈在楼下喝醉了，我去接"，就快速离开了房间。

十多分钟后，走廊里传来王鹤玲撒酒疯的声音。

"弋维山，你生的好女儿！"

"都怪你！老子给你生儿子生女儿，以前被你妈欺负，现在……现在你女儿也指着老子鼻子骂！"

"弋维山你王八蛋！"

弋维山声音低而柔和，王鹤玲骂一句，他就应一句，直到声音渐渐变小。

弋戈终究没忍住，推开房门。

她有些惊讶地看见弋维山打横抱着王鹤玲，步履缓慢但稳健而王鹤玲窝在他宽厚的怀里，显得更加纤细娇小。王鹤玲一只胳膊还不安分地挥着，嘴里小声发着牢骚。

·208·

尽管弋维山高大挺拔，尽管王鹤玲很瘦，但看到这画面，弋戈还是像没见过世面似的怔住了——在她的认知里，这种亲昵是独属于二十几岁小年轻的，就像那些偶像剧一样。

但现在，她的爸爸抱着妈妈，画面也没有丝毫不妥，同样甜蜜和浪漫。

弋维山看见弋戈杵在门口，轻声说了句："没事了，早点睡。"
然后他略过她，抱着王鹤玲，走回了主卧。

弋戈躺在床上，睁眼望着天花板上华丽的灯罩，窗外的海浪拍打着她的耳朵。
她睡不着，脑海里全是刚刚王鹤玲窝在弋维山怀里撒泼的画面。
那一瞬间，她好像忽然就想开了。

弋戈恍然明白过来，王鹤玲其实一直是个二十二岁的小姑娘。她被外公呵护、被弋维山宠爱，这些爱让她永远停留在青春年岁，永远天真、娇蛮、等着别人去爱去哄。这对她来说是一种幸运，但对弋戈来说不是。

弋戈的出生让王鹤玲承受前所未有的压力、受到从未有过的排挤和欺辱，哪怕是天生的母性也无法让她对弋戈产生不顾一切的爱与包容。更何况，那时候弋戈还未满月，她来不及和这团只会哭闹的"肉"产生感情，就在弋家老太太的倒逼下直觉地把弋戈丢回桃舟。

现在弋戈回到她身边，即使王鹤玲有心弥补对女儿的亏欠，可她过了一辈子被人捧在手心里的日子，除了弋家老太太，没人对她说过一句重话，到四十岁了弋维山还能抱着她哄一路，她怎么可能在一个冷淡、倔强的青春期女孩面前一次又一次地放低姿态求和呢？

她们俩之间，与其说是在共同努力修复和弥补母女感情，不如说是在试探和角力。弋戈昂着头颅守护着十余年来她自己划出的孤独王国，王鹤玲也咬着牙维护自己大小姐的尊严。但这样的试探是不会有尽头和结果的。

唯一的解决方法是，王鹤玲从未成为母亲，或弋戈从未存在过。

但这两者都不可能了。

弋戈有些心酸地认清了事实,反而很快就轻松下来。她本来就不再需要一个妈妈了,现在发现王鹤玲也不过是个较劲的小姑娘,她反而有一种"巧了,省得麻烦"的松快感。

至少,她就可以单方面结束这场角力了。她在心里划出一道楚河汉界,举起白旗告诉王鹤玲:我不要求你弥补什么,也不侵犯你的幸福生活。我们可以井水不犯河水。

就让她的妈妈永远做那个幸运的人吧。弋戈在泪眼蒙眬中想。

虽然这份幸运没法传递给她,但有一个人是幸运的,就已经很好了。

弋戈第二天早上起来,手机里多了好几条QQ信息,全都来自蒋寒衣。

蒋寒衣:你没事儿吧?

蒋寒衣:哭了?

蒋寒衣:出什么事了?

蒋寒衣:还好吗,我手机一直开着,有事直接给我打电话。

她看得一头雾水,退出QQ,才发现自己昨晚打了一通长达162分钟的电话,接听人蒋寒衣。而她对此毫无印象,大概是误触,最坏的可能是,她心力交瘁、神志不清了。

弋戈有些不安地把电话回拨过去,那边立马就接通了,传来男生的喘气声。

"醒了?"

弋戈听这声音,问:"你在遛狗?"

"对啊,您家狗的身体可真硬朗啊,八岁了还这么能跑!"蒋寒衣声音含着笑意。

弋戈忍不住弯了嘴角,又问:"昨天晚上我给你打电话了?"

"对啊,一句话也不说。"

弋戈松了口气,看来是误触,不是她要发泄感情胡言乱语。她有些愧疚地说:"抱歉,应该是我不小心按到了,耽误你那么久……你其实可以挂掉的。"

她嘴上这么说,心里却忍不住嘀咕:谁接到一通没声音的电话会干等两个多小时啊?蒋寒衣的脑子到底是怎么长的。

电话那头却传来爽朗的笑声:"没事,你没哭就行。"

弋戈有些不自在地抿了抿嘴，明明没人能看见她的表情。

她说："没哭。"

"真没事？"蒋寒衣追问。

"没事。"

"那你吃文昌鸡了没？"蒋寒衣忽然话锋一转。

弋戈愣了一秒："还没，今天就去吃。"

"那就行，一定要多吃点，味道绝了我跟你说！"蒋寒衣激动道。

"好。"弋戈笑了。

"那我继续遛狗啦？"蒋寒衣笑嘻嘻地问，不知怎么，弋戈居然从他的语气里听到了一点"请示"的意味。

她觉得奇怪，但又没法说出来，于是"嗯"了声，挂断电话。

不知是不是昨晚弋维山跟王鹤玲说了什么，弋戈走出卧室看见他们俩已经坐在餐桌上，一派和谐地吃早餐，仿佛什么也没发生过。

桌上有面包牛奶、豆浆油条，还有米线和拌面，甚至有两碟小炒菜和一个水果拼盘，可谓中西合璧、丰富异常。

弋维山大概真的是被昨晚她的话气到了，所以只是淡淡地看了她一眼，没说话。

反而是王鹤玲轻声说："早餐，想吃什么自己拿。"

弋戈"嗯"了声，在她身边坐好，拿起一碗米线。

接下来的几天，弋维山仍忙着谈生意，王鹤玲每天都有自己的行程，瑜伽、SPA、美容、滑板冲浪和潜水……她送给弋戈一台单反，让弋戈自己随便玩随便拍。因此弋戈除了面朝大海写作业，每天傍晚也会出去溜达溜达，骑着小电驴，吃了蒋寒衣强烈推荐的文昌鸡和各种奇奇怪怪的水果。

除夕夜，他们一家人过得也不算尴尬。因为弋维山不知从哪儿找来过年也不放假的摄影师，就在酒店里给他们拍了一套全家福。

有站在屏风前中式古朴的、有穿着西装和小洋装坐在沙发上的，也有海边的外景，拍了一整天。摄影师就住在他们隔壁房间，伴着春晚的背景音修了一晚上图，大年初一一早，他们又开始选照片。

弋维山问老婆和女儿的意见，王鹤玲喜欢那套穿旗袍的中式风，弋戈则中意海边的外景照。

弋戈看了眼中式照片里穿民国校服的自己，虽然和电视里纤细温婉的民国少女相去甚远，但也不算难看，反而意外地有股坚毅的英气。

于是她主动说："那就中式这套吧，我也觉得挺好看的。"

弋维山愣了一下，点点头，难得对她露出一个笑容："好，那爸爸回去让人订相框，就放客厅里。"

弋戈也笑："好。"

大年初四，离开学还有四天，弋戈终于回到江城。

"对比出真知"果然是亘古不变的真理，她之前有多嫌弃江城，在琼岛待了半个月之后，现在居然对这座城市产生了"归心似箭"的心理。

机场外等着两辆车，一辆接弋维山和王鹤玲去工厂，另一辆送弋戈回家。

弋维山终于不再堆着为难的笑容向她解释爸爸妈妈为什么又要去出差，只是交代了句，就和王鹤玲一起坐上了车。

弋戈对此万分感激。

她心情轻快地坐在车上，头一次认真欣赏江城市区的景色。车子过江的时候，她忽然起兴，给蒋寒衣发了条短信：我想银河和星星了。

不出半分钟，信息回过来：几点到？

弋戈心里怦然炸开了一朵小小的烟花，她回复：还有二十分钟。

蒋寒衣一骨碌从沙发上蹿起来，一手搂住星星，一手拿下挂在墙上的牵引绳，再把书包往背上一搭："走，接人去！"

蒋胜男躺在沙发上敷面膜，听这动静，懒洋洋地睁开眼："干吗去？"

"我带狗去遛遛！"蒋寒衣说着，又兀自傻笑了一声，又说，"哦，可能还要去吃肯德基。"

肯德基出了个新春超值缤纷桶，这几天蒋寒衣来来回回把店门口那个广告牌看了好几遍，就等着弋戈回来一起去吃呢。

蒋胜男看着自家儿子这副春风荡漾的模样，笑了声，想到除夕那天晚上她风尘仆仆到家，被个庞然巨物吓了一跳，惊恐地问蒋寒衣领回来个什么玩意儿。蒋寒衣笑得一脸骚包，说这是他干儿子。

她想起那天见到的女孩，神秘一笑，给儿子比了个赞。

"儿子，你很不错。"她喟叹着夸赞道。

蒋寒衣不自在地别开眼睛："什么……什么不错。"

"审美不错。"

脸皮厚比城墙的蒋寒衣破天荒地害羞起来，咕哝了句"不晓得你在说什么"，牵着狗抱着猫飞快地溜出了门。

车子停在弋家院门口，弋戈刚一下车，毛茸茸的大家伙扑上来，一个劲儿地蹭着她的腿，尾巴摇得像个螺旋桨。

弋戈笑着，艰难地挪动脚步，关了门。

蒋寒衣就站在车尾，不知什么时候已经把她的行李箱拿下来了。星星坐在她的箱子顶部，高贵冷艳，用仅剩的那只独眼"睥睨众生"。

弋戈走上前想摸摸猫头，却被它高贵的眼神喝退。她撇撇嘴对蒋寒衣说："你女儿好像不太亲人。"

快两个月了，弋戈都没摸到它几回。

蒋寒衣耸耸肩："没办法，它连我都不亲。"

星星大小姐每天在家的日常就是坐在鞋柜上、电视柜上、衣柜上、猫爬架上，总之就是一切高地，然后一脸不高兴地俯瞰这家里愚蠢的人类。

它唯一亲和的时刻，就是和银河在一起的时候，挠头、打滚、舔毛毛，撒娇撒得判若两猫。

两人还是到中心花园坐下，看着银河躺平在地上任星星"蹂躏"，好脾气到连牙都不冲它龇一下。

"银河真的脾气太好了，长得这么大块头，平时连叫都不叫一下。"蒋寒衣说，"我喂它吃饼干，它都小口小口的，怕咬到我的手。"

弋戈笑说："那是因为它跟你熟。其实它性格不好的。"

"啊？那真看不出来！"蒋寒衣讶异道。

弋戈说:"它小时候被我们村里的人吐过口水、扔过石头,因为长得吓人。有一次我一个同学,拿老鼠药放在包子里给它吃,还好被我发现了。所以它现在对陌生人很警惕的,也不吃别人给的东西。"

"哪里吓人了?我们银河这骨量、这气势,比那些登陆冠军也不差的好吗!"蒋寒衣愤愤道,"下回我去桃舟,你跟我说是哪个孙子想给它下药,我揍他!"

弋戈笑一声:"还用得着你?我早自己动手了,揍得他妈都没敢认。"

蒋寒衣抱拳:"英雄,干得漂亮!"

弋戈笑得灿烂极了,也学他一抱拳:"谬赞谬赞!"

话音刚落,她肚子忽然响起"咕咕"两声。

临近中午,她确实饿了。

"蒋寒衣,你饿不饿?"

"吃肯德基?"

两人四目相对,异口同声。

愣了两秒,蒋寒衣大手一挥:"走,向着新春缤纷桶出发!"

新年假期人多,点菜后弋戈和蒋寒衣在座位上等着出餐。

弋戈见蒋寒衣背了书包,问:"你带作业了吗?现在就抄吧。"说着,她把自己的试卷也拿出来,全部码在桌上。

蒋寒衣好笑道:"你是我见过第一个这么主动给人抄作业的好学生。"

"礼尚往来。"弋戈说。

蒋寒衣叹了口气,掏出语文试卷,笑说:"不过我也没那么不学无术,理科作业我还是会写的。就这语文,我实在是一看就想吐,写不下去。"说着,他伸手去翻弋戈的语文试卷。

弋戈警惕地按住,确认地问:"你确定要抄我的语文作业?"

蒋寒衣漫不经心地说:"怎么也比我的好,我连古诗词默写都背不下来。"

"行……"弋戈松手,然后眼神无意地一瞥,果然看见蒋寒衣试卷上空空如也,连古诗词默写那题,都只写了一行。

哎,等等!

那行字,怎么看着像英文?

弋戈把他的试卷挪过来摆正了一看，好家伙，"巴山楚水凄凉地"，蒋寒衣是这么接的——

resiponsibility。

还拼错了，多加了个"i"。

弋戈不自觉地就跟着念出来，然后就被点了笑穴，哈哈大笑起来。

她笑得旁若无人，怎么也停不下来。

蒋寒衣纳闷了："有这么好笑？你没听过？"

"没有。"弋戈捧着肚子摇头。

"商女不知亡国恨，隔江犹唱双截棍；沉舟侧畔千帆过，孔雀开屏花样多；垂死梦中惊坐起，笑问客从何处来……这些都没听过？"蒋寒衣"出口成章"，把弋戈逗得前仰后合。

他来劲了，得意道："还有好多呢，你咋这么没童年。什么老夫聊发少年狂，小轩窗，正梳妆；后宫佳丽三千人……"

他一下咬住舌头，不说了。

"后宫佳丽三千人，后面是什么？"弋戈觉得不过瘾，追问道。

"没、没什么，我忘了。"蒋寒衣局促地说，在心里骂了范阳一句孙子，天天给他传播乱七八糟的思想，害得他差点玩脱了。

"忘了？"弋戈拧眉，表示不太相信。

"嗯嗯，不太记得。"蒋寒衣目光躲闪，"餐好了，我去取餐！"

好在弋戈并不是追根究底的人，她的注意力很快被丰盛的缤纷桶吸引，吮指原味鸡、深海鳕鱼条、黄金海皇星、鸡米花、蛋挞、粟米棒，还有整整四杯可乐。

"这么多？不一定能吃完吧。"弋戈有点心疼即将被浪费的粮食。

"没事，你尽量吃，吃不完的我收拾。"蒋寒衣说。

弋戈露出笑来，丢了个鸡米花在嘴里嚼，津津有味地看着蒋寒衣擦掉那行"resiponsibility"然后一通乱抄。

鸡米花的香味在嘴里展开，咀嚼的声音穿过骨骼传到她自己耳朵里，令人无比愉悦。

弋戈忽然觉得江城的确是个好地方。有离家很近的肯德基，有能让银河安心玩耍的中心花园，还有这么一个有趣的人。

就在这里待两年吧，在树人读完高中也挺好的。她想。

第八章
十六岁的玫瑰

开学前,弋戈去医院看望弋维金。

说实话,她和弋维金之间并没有太深的感情。从她记事起,三伯就已经躺在床上手不能动口不能言了。比起弋维金所受的病痛,她更能直观感受到的是陈春杏的辛苦,陈春杏需要一个人做完所有家务,包括换灯泡和修房顶,这在邻居家都是男人干的活。她想帮忙,但大部分时间陈春杏都会严词拒绝,陈春杏不让她做任何家务,甚至连绞一下毛巾,陈春杏都要说好几遍"不用不用,三妈来"。

仁和医院名声在外,床位也是一床难求。听说弋维山为了给弋维金安排一间长期的VIP病房,前前后后打点了一个多月。

VIP楼层需要刷卡进入,弋戈站在住院部楼下等陈春杏。

十多分钟后,陈春杏却是从外面赶回来的。

弋戈有些意外:"我还以为你在楼上。"

陈春杏微微喘气:"没呢,我下来买点东西。"她手里抓着个红色的塑料袋,"给你三伯买条新毛巾。"

"哦,看来这VIP病房也不咋样嘛,连毛巾也不给准备。"弋戈玩笑道。

"别瞎说!上楼吧。"陈春杏捋了捋耳边掉落的一绺头发,上前一步进电梯刷卡。

弋戈看着陈春杏的背影，忽然发现陈春杏今天有些不同了。以前为了方便干活，她一直是盘头发的，今天却半披下来，一半头发扎马尾，还别了一个珍珠发卡；穿着倒一如往常，紧紧裹着那件穿了好几年的黑色长棉袄；脚上那双鞋却又有些不同，黑色牛皮短靴、带了一点跟，弋戈没见陈春杏穿过。

"新买的鞋？"弋戈问。

陈春杏有些慌乱地退了一小步，顺着弋戈的目光低头看了眼自己的鞋，才笑说："嗐，什么买的。这是你妈送的，她说逛街看到了，觉得挺合适。"

这下轮到弋戈意外了，王鹤玲居然这么贴心？就算是要送礼物，她的做派也应该是财大气粗地吩咐秘书送一堆有的没的保养品护肤品或者金饰银饰才对，居然会亲自逛街挑双小皮鞋？

但她没继续往这方面想，笑着说："是吗，还挺好看的。"

"那可不，你妈妈挑的东西肯定不差的。"陈春杏的语气里充满艳羡和崇拜。

"嗯。"弋戈无所谓地应声。

弋戈在整洁宽敞的病房里看见了弋维金，他好像一直都一个样，叫人看不出来他的病到底是好转了还是又恶化了。

"对了，你上次说三伯情况不太好，现在好转了吧？"弋戈问。陈春杏就是因为这个才没和她一起去琼岛的。

一旁的护士长接话："这两个月已经好多了，我们主任都说真的有醒过来的希望。要是真醒了，那可真是奇迹啊！"

"是吗？"弋戈有些惊喜地应了句，一抬眼看见陈春杏苦笑着。

她的表情很微妙，似乎是一种苦尽甘来、终于看到了希望的心酸和喜悦，又好像……并不只有这些。

弋戈看见她苍老的眼眶红着，眼皮上深深刻着的皱纹，不禁拧了拧眉。

"看望植物人"完全是个伪命题，弋戈干巴巴地在弋维金床边坐了半个小时,主要还是陪陈春杏聊天,弋维金仍旧一动不动地躺着。

天色渐暗,陈春杏催弋戈早点回家,又唠叨着叫她多陪陪爸妈、不要只顾着学习。弋戈"嗯嗯啊啊"应着,没放在心上。

电梯的数字缓慢跳动,弋戈盯着电梯门里映出自己呆滞的脸庞。她总觉得有什么地方不对劲,可又说不上来。

"叮"的一声门开了,她把羽绒服拉链拉好,决定不再想这些事情。走到医院大厅,却在等待挂号的椅子上看见了一个熟悉的身影。

姚子奇?

弋戈和他完全不熟,因此能注意到他并不是偶然。

事实是,以他现在的情况,想不被注意到实在太难了。

姚子奇驼着背坐在椅子上,他身边围了好几个大人,有男有女,高矮胖瘦,共同点是他们都指手画脚地对着姚子奇各说各话,语气和表情都不太好,仿佛在菜市场抢猪肉。

他们每个人都同时说话,个个嗓门都大,说着"还钱""他还不了就你还""不要装死"之类的话,语带恐吓,闹得旁人纷纷看过来。

弋戈看见姚子奇的背越勾越低,直到他抬起手臂捂住耳朵,脑袋深深埋进自己的臂弯。他很瘦,即使穿着毛衣,还是能清晰地看见后背那根蜷缩的脊柱。

看起来不是小事,弋戈犹豫地停住了脚步。她并不是爱管闲事的人,更何况她和姚子奇除了一张鼻涕纸别无交集。可现在的状况看起来似乎很严重,他一个学生,怎么会在医院被这么多人追债?看起来还都不是什么善茬。

她还在犹豫着,忽然,一直沉默着的姚子奇暴跳起来,狠狠推了一把那个戴着大金链、正用手拍着他脑袋的矮胖男人。

"我没有钱!不关我的事!"他几乎是在嘶吼,可天生偏细的音色让这种歇斯底里的吼叫都毫无威力,"是他欠你们钱,凭什么要我还?"

金链男暴跳如雷,狠狠扇了他一巴掌,脸上的横肉震颤着:"你舅舅欠的钱,不是你还谁还!"

弋戈被这暴力的一巴掌吓了一跳，怔在原地。旁边的路人也看不下去了，出来讲公道："你干什么，怎么打学生？"

哪知那金链男是个蛮横到底的，一横肘挡开了那路人，对方差点摔倒。他狠狠地把手掌搭在姚子奇的肩上，然后像捏鸡崽儿似的用力，姚子奇不禁发出痛苦的呻吟。

金链男咬着牙："两万，算上利息两万八，给你一个礼拜，要是敢不还，老子废了你！"

姚子奇痛苦地争辩道："我是学生……我没钱，不是我欠的钱……"

金链男不屑地笑了一声："学生？学也是你这种小贱种配上的？我不管你，一周后你舅舅要是还有命，我找他；要是他没救回来，老子把你也打进手术室里去！"

"我没欠你钱！"姚子奇不知哪儿生出的力气，居然又硬生生把那墙一样的男人推远了，红着眼睛吼道。

金链男彻底被激怒，爆了句极脏的粗口，冲着姚子奇扬起拳头。

弋戈没法再旁观下去，握紧手机，冲过去喊道："住手！我报警了！"

金链男一愣，看着这个忽然冒出来的小姑娘，骂道："有多远滚多远，不要管闲事！"

弋戈紧紧握着自己的手机，举到他面前："我已经报警了！"

金链男不耐烦地把手一挥："滚！"

弋戈的诺基亚"啪"地撞到空椅子上，发出一声沉响，又摔到地上。

"你干什么！还欺负小姑娘！"旁边更多的路人看不下去，群情激愤起来。

金链男被这声势唬得向后退了一步，皱着眉吼道"欠债还钱，天经地义"，然而他打眼一扫弋戈，发现她脚上穿着一双阿迪达斯的白球鞋，整齐干净的白色羽绒服看起来也是名牌货。他心里盘算，这也许不是他惹得起的人。

他狠狠地咒骂几句，瞪了姚子奇一眼，甩着膀子走了。

剩下那几个催债的人见状，一边低声咒骂着，一边走远了。其中一个瘦长条的男人捏着姚子奇的脖子耳语了几句，才扬长而去。

弋戈僵在原地，足足过了十几秒，才渐渐松开紧握的拳头。刚刚那金链男的拳头要是真砸上来了，她也就不用离开这家医院了。

好心人把她的手机捡起来还给她，笑着安慰道："没事没事，没摔坏。"

弋戈勉强笑了句道谢，接过手机，一回头，姚子奇虚脱似的往后一倒，瘫在了长椅上。

"你……没事吧？"弋戈一开口，便觉得自己说了句废话。劝慰之言从来都这么空乏无力。

姚子奇抬起脸，挤出一个苍白虚弱的微笑，摇了摇头："没事，谢谢你。"

弋戈这才发现他右边眼镜框上缠了一圈白色胶带。是食堂抗议那次，他的眼镜被踩坏了。这么久了，他都没有去换？

她反应过来背后的原因，心中再次涌起一股无力的同情。

她在"帮助同学"和"不要多管闲事"之间反复犹豫，不知此刻姚子奇需要的，究竟是一份温暖的安慰或有力的帮助，还是善解人意的远离？她没办法判断，又不由得想到蒋寒衣，如果他在，应该能妥帖地处理好这种事吧？

"你怎么在医院？"却是姚子奇主动开了口。

"我来看亲戚。"

"哦。"姚子奇点点头，目光空洞。

弋戈又犹豫了，现在应该说什么？应该趁势也问他一句为什么在医院吗？姚子奇希望别人知道他的事吗？

"我能……跟你一起走吗？"两人沉默了许久，姚子奇忽然问。

厚厚镜片下他的眼神脆弱极了，像《动物世界》里即将被捕猎的麋鹿一样充满茫然的恐惧。

弋戈没办法拒绝，但她想到刚在那些人说的"舅舅"，还是问了句："你……没有家人在这里吗？不需要等他？"

姚子奇的目光瞬间冷下去，他低头道："没有，和我没关系。"

弋戈心存疑虑，但还是点头，甚至试图笑得灿烂："好，那就一起走吧。"

"好，谢谢。"姚子奇垂着头，手掌撑在膝盖上，有点吃力地想要再次站起来。

弋戈见状，伸手拉了他一把。

街道上还挂着过年时的各种装饰，红灯笼、红色广告牌、小灯串，一派喜庆。弋戈和姚子奇一前一后走着，气氛有些尴尬。

弋戈走在姚子奇身后小半步的距离，能清晰地看见他的身体在单薄的黑色毛衣下微微发颤。他个子不算高，比弋戈还矮一小截，脖子却很长，后颈上有一块突出的骨头，看起来像长了一个小小的角。

弋戈的手揣在羽绒服口袋里，暖得手心出汗。她盯着姚子奇电线杆儿一样的身体，终于出声道："姚子奇。"

姚子奇闻言回头，他的目光没有了在医院时那样惊恐慌乱，露出熟悉的温吞和胆怯。

弋戈看着他的眼神，心里那股无用的怜悯又作祟起来。她莫名地又往他跟前挪了一小步，然后把自己脖子上的围巾摘下来，递给他："你戴上吧。"

姚子奇低头，那是条灰白方格围巾，很宽很长，材质看起来柔软舒适——肉眼可见的不便宜。

他摇摇头："不用了，我不冷。"

没有比这更明显的口是心非了。弋戈的目光在他通红的手指上停顿了一会儿，其中含义很明显。

然后她说："没关系，这个颜色男生也可以戴的。"说完，她直接上前，把围巾展开，搭在了他脖子上。

在寒冷中待得久了，人是很难拒绝从天而降的一片温暖的。

脖子上传来的暖意让姚子奇再也没办法说"我不冷"，他甚至不由自主地把围巾又缠紧了两圈，然后露出笑来："谢谢……很暖和。"

弋戈开心了，笑道："你戴比我戴好看。"她的语气并不雀跃，也说不上强烈，只是平平淡淡的陈述，却能让人感受到真挚。

姚子奇笑起来，眼睛眯成一道弯月，睫毛长得像一扇羽窗。

两人走到公交站，弋戈才知道原来姚子奇就住在文东街，和她离得很近。

新年里公交车上很空，司机师傅车开得更加肆无忌惮。这一学期以来弋戈已经领教过江城公交车"腾云驾雾"的本事，于是牢牢地抓着前面的座位，严阵以待，生怕再次被甩出去。

身边的姚子奇忽然轻轻笑了一声。

"笑什么？"弋戈问。

"没什么。"姚子奇忙摇头，恢复了温吞的神情。

弋戈并不追问。

又过了几分钟，姚子奇忽然说："你下次坐最后一排靠窗那个位置，就不会被甩出去了。"

弋戈愣了一会儿才反应过来，点点头道："好，谢谢。"

到站后，两人异口同声地问对方："需要我送你到家吗？"

弋戈一愣，忙摇头说："不用，我过马路就到了。"

姚子奇更是羞愧得恨不得当场消失，他一直被那些男生叫作"奇妹儿"，甚至被骂"娘娘腔"，如果还要一个女生送他回家，那真是脸都不要了。

他拒绝得更激烈："不用，我没事的。"

弋戈点点头，不再坚持。她说了句再见，转身走了。

刚走出去两步，她又顿住，犹豫了两秒，又走回去对姚子奇道："你是未成年人，没有还债义务的。如果，我只是说如果，有大人欠了钱，你应该让那些人去找和他有关系的成年人。"

姚子奇抿了抿嘴，点点头："我知道，谢谢。"

"一定有大人能解决的。"弋戈又说，"本来就是他们成年人的事。"

姚子奇忽然又轻轻笑了声："嗯，我明白。"然后他把围巾摘下来，"还好没忘，这个还你。"

弋戈摇摇头："送你了。"

姚子奇看着弋戈穿过马路，走进对面那个装修华丽的高档小区。直到高高的白色身影完全消失在视线中，他才把围巾又戴上，绕了几圈。

围巾上没什么味道,既没有那种廉价的工业味,也没有冬天人身上捂出来的那股味儿,只有一股极淡极淡的香味,轻轻的,像一双温暖的小手捧住了他冰凉的脸颊。

姚子奇把围巾紧了紧,系了个结,转身拐进文东街狭长昏暗的小巷。

开学没到两周就是第一次月考,弋戈在考场里再次见到了姚子奇,他就坐在她身后。

他的左臂上戴了一块黑色袖章,用白线绣着一个"孝"字。可与那阴沉的黑色孝章形成鲜明对比的,是他的精神状态。

和医院那天截然不同,今天的姚子奇穿着干净的黑色羽绒服,戴着弋戈的那条围巾。他看起来精神头很好,眼神虽然仍温吞,却不再充满胆怯。

走进第一考场、坐在第二个位置上的时候,姚子奇不可避免地接受了考场内一班学生投来的注目礼,可他却没有像之前那样躲闪,而是大大方方地坐下,甚至还和弋戈打了声招呼。

弋戈心里觉得奇怪,回头轻声问他:"你没事吧?"她指了指他手臂上的黑布。

"没事,习俗而已。"姚子奇笑得非常平和。

弋戈心中疑惑,可她没有追问的习惯,点点头转回去了。

"谢谢你,围巾很暖和。"姚子奇又说。

弋戈心里莫名"咯噔"一下,她不理解他为什么要反复道谢,都已经隔了这么多天了。因此她也没再转回去和他说什么,只是轻轻点了个头。

分数是个很奇怪的东西,名次好像会认主。得了一次第一名之后,第一名似乎就会一直跟着你。

弋戈看着自己的语文答题卡和成绩条,陷入了对玄学的深深思索。

712分,这是她第一次上700分,也是她的语文第一次拿到128的高分——作文居然上了50分。

看来阅读是有用的,弋戈在心里默默为自己曾经看不上某某杂志的行为道歉。

这边她还愣着,一个没看住,桌上的成绩条就被蒋寒衣抽走了。

语文 128 分,数学 150 分,英语 147 分,物理 100 分,化学 93 分,生物 94 分。这样的分数,即使在高手如林的尖子班,也是很值得尖叫的。

比如现在的范阳——

"大哥这是要上天啊!"

"我去,这也太牛了,你知道第二名多少分吗?"徐嘉树搭腔道。

弋戈没回答,她和蒋寒衣交换了个眼神,并在这短短半秒的眼神中充分表达了自己对他的控诉——你干吗拿我成绩条?

蒋寒衣十分嚣张地挑了挑眉——想看看,不行?

弋戈翻了个白眼,懒得和他计较。

"第二名谁啊?"

"好像又是三班的那个姚子奇……不过他也才 678 分,比一哥少了 34 分!"

"这还是人吗?"

"我第一次见 712 这种分数,牛大发了。"

"语文一次进步十几分,太强了吧,按这个规律递增,下次不得 140?"

"有你这么算的吗?还递增,再增下去不要突破天际?"

…………

一群人围着弋戈的桌子叽叽喳喳个不停,奇怪的是,弋戈丝毫没有觉得不自在。也许因为大家虽然在谈论她的成绩,但焦点却没有完全放在她身上,没有人追着她问"你太强了怎么做到的",也没有人阴阳怪气地说"给我等凡人留条活路吧"。她只是贡献了个话题,大家就这么聊聊天而已。

成绩条辗转一圈,到了朱潇潇手上,她有些羡慕地从左到右看了一遍,又把成绩条还给弋戈,叹了口气说:"你这英语成绩分我一点就好了。"

弋戈笑道:"你英语已经很高了啊。"朱潇潇的强项就是英语,这次拿了 139 分。

"再多 3 分我总分就上 600 分了啊。"

"比起英语从139分提高到142分,在理综上多拿3分不是更容易?"弋戈不解,她知道朱潇潇的物理是弱项。

朱潇潇白眼一翻:"你别何不食肉糜了!"

弋戈识趣地闭嘴。

"奇妹儿!"范阳忽然冲教室前门喊了声,激动地蹿起来跑过去勾住姚子奇的肩膀,"你咋来了?找我的?"

"不是……"

"哎,你最近是不是胖了点儿,肩膀不硌人了。"自从去年在小巷子里救了姚子奇一回,范阳就有点要"罩着他"的意思了,对他相当关照。

可惜姚子奇并不搭理范阳,他的目光一直锁定在教室后方:"我找弋戈。"

"谁?我大哥?"范阳一时没反应过来,弋戈在其他班居然还有朋友?不可思议。

"嗯,弋戈。"姚子奇又认真而标准地重复了一遍弋戈的名字。

"大哥,找你的!"范阳冲教室后面一招手。

弋戈抬头一看,姚子奇刚好站在门框内那一片阳光里,身形颀长,围着灰白格的围巾,手里拿着两本书。他似乎还换了一副新眼镜,无边框的,看起来斯文又温和。

她心里又响起疑惑,姚子奇现在的状态,和仅仅三周之前医院里被追债的模样简直判若两人。可医院里那些人看起来一点不好惹,他家的事情解决得这么顺利吗?

朱潇潇眼睛滴溜溜一转,轻轻拿肩膀撞了撞弋戈,和她咬耳朵:"哎,这条围巾……"

"别瞎猜。"

弋戈放下成绩单走过去,全然没有注意身后的那位数次投来的好奇目光。

"你找我?"弋戈开门见山地问,"有什么事吗?"

姚子奇笑得很和煦，拿出书里夹着的试卷："就是月考数学最后那道导数题，我少算了一个解，一直没看出来是到底哪一步错了……能请教你一下吗？"

原来是来问题的。

莫名地，弋戈松了一口气。她点点头："可以。"

她接过姚子奇的答题卡，仔细地看了一遍他的解题步骤，其间还分了下神，暗自感叹姚子奇这笔字写得真不错，比蒋寒衣那鬼画符的东西好看多了。

"这里，分类讨论，你是不是漏了'a=0'的情况？"她很快找出问题，指给姚子奇看。

姚子奇凑近了点，鼻息几乎就喷在弋戈的脸颊上，但他很快又离开了，弋戈甚至还来不及感到不自在。

"哦，对。唉，我这错误犯得也太弱智了。"姚子奇自嘲地笑了声。

弋戈没接茬。

"对了，这个给你。"姚子奇又拿出刚刚被试卷挡住的第二本书，"这本作文集我看完了，挺好的，说不定对你有用。"

红皮书，封面上赫然八个大字——"金榜题名 满分作文"。

弋戈被那夸张的红皮和烫金封面一晃，眼皮跳了一下。

"谢谢，不过我们老师已经给我塞了够多作文书了……"弋戈委婉地拒绝——谢天谢地，她居然都学会委婉了。

"没关系，没事的时候随手翻两页，记几个素材也行。"姚子奇把书塞到她手里，"这本书的素材都挺新颖的，而且比较小众，我觉得都挺好用的。"

"新颖""小众"，这两个词正中作文苦手弋戈的命门。她有些心动，犹豫了两秒之后还是接下了："那我把钱给你吧，当我买的。"

"不用，我也不差这点钱吧？"姚子奇轻松地和她开起了玩笑，"而且，你这围巾可比一本书珍贵多了。"

"那好吧。"弋戈抿抿嘴角。

"那我就回班啦。"姚子奇笑着和她摆了摆手。

"嗯。"

弋戈扭头正要回教室，又被办公室里忽然探出个脑袋的刘国庆叫住："弋戈！来一下！"

蒋寒衣本来眼巴巴地等人回来，变成了眼巴巴地看着人走进了办公室，他"啧"了声，实在忍不住了，起身走到朱潇潇的座位上，小声问："哎，你刚刚和弋戈说什么？"

朱潇潇被吓了一跳，扭头见是他，更无措了。她在班上人缘一向不算很好，没有真正的闺蜜，男生们也只是爱拿她的身材开玩笑。除了弋戈，她还没法在谁面前自然地谈笑。更何况面前的人是蒋寒衣，是个货真价实的大帅哥。

近距离看，蒋寒衣这张脸真是英俊，叫人心跳加速。

"什……什么？"朱潇潇一紧张，就忘了刚听到的话。

"我问，你刚刚和弋戈说了什么？就姚子奇来的时候。"

"没、没什么，随便开了句玩笑。"朱潇潇低头应付道。

"真的？"蒋寒衣不信。

"就是女生之间的玩笑……你打听这个干什么？"蒋寒衣在班上男生里算是脾气好的，朱潇潇壮着胆子反问回去。

"没什么。算了。"蒋寒有些挫败，但他也不想一直八卦人家女孩子的悄悄话，于是摆摆手，又回去了。

办公室里静悄悄的，夏梨趴在角落的一张空桌子上，轻轻地啜泣着。

弋戈一进来看见这场面，不知所措地顿住了脚步，直觉地想逃离这个尴尬现场——一个学生正在和老师发泄情绪，刘国庆却把另一个学生喊进来？这到底是哪个星球的脑回路？

要是谁在她哭的时候把同学叫来围观，她肯定会扒了好事者的皮。

"老师，有什么事吗？"弋戈问。

几乎就是在她发出声音的同一时刻，趴在桌上的女孩强行停止了哭泣，迅速直起身来，眼眶还红得吓人，表情却瞬间就恢复正常，一派端庄。

"坐吧，和你们俩聊聊。"刘国庆给弋戈搬了把椅子，就放在夏梨旁边。他自己则坐在中间，三人形成个小三角。

这是要长篇大论的节奏，弋戈心里无奈地叹了口气。

"别这么紧张,把你们俩叫来,是因为你们是班上最优秀的两个孩子,是老师的左膀右臂,而且你们俩还是同桌。"刘国庆又露出他那瘆人的慈祥微笑,"现在咱们所有科目的新内容都差不多要收尾了,马上就会提前进入一轮复习。这个阶段很关键,所以老师想先跟你们俩聊聊。"

"明白,谢谢老师。"夏梨乖巧地点了点头。

她这么一出声,弋戈才反应过来,原来老师长篇大论的时候,她是需要跟着节奏给个回应的——之前她都是像木头一样等刘国庆全程 solo 完才干巴巴地"嗯"一句。

"好的。"她忙跟着应声。

"嗯,其实你们俩也不用紧张,我们所有老师,包括学校的领导,对你们两个都是充分信任的。"刘国庆笑得越来越慈祥,也越来越瘆人,"实力方面你们俩是最强的,这没什么好说,主要是心态。到了高三复习阶段,比的就是心态,尤其是你们这样拔尖的学生。"

夏梨一脸认真地点了点头。

弋戈又鹦鹉学舌,跟着点了个头。

"不过老师也理解,你们是女孩子嘛,情感细腻,一些小心思小情绪也比男生多,这都很正常。你们也不用着急,只要做好自己该做的事情就没有问题,不要想东想西。"

"我们明白。"夏梨说。

这回弋戈却没跟着她应声,而是在想——女生小心思比男生多?她怎么觉得天下没谁比范阳那个二百五坏心眼更多呢?还有姚子奇,他明明也一肚子心事的样子。

刘国庆说话果然一如既往的扯淡。

"这方面呢,夏梨要向弋戈学习。"

弋戈正在心里吐槽呢,猛不丁被点了名,连忙正襟危坐一脸认真地看着刘国庆。

"你要学习她,心思单纯,不过分在意别人说了什么做了什么,做好自己就可以了。你这次考试失误,其实也是心态的原因,对不对?"

刘国庆的脸色有点严肃了。

夏梨嗫嚅着说了一声："知道了，我会吸取教训的。"

"你们两个是同桌，刚好优势学科又互补。你语文成绩稳定，弋戈是数理化优秀，你们应该多多交流、互相学习，对班上其他同学也能起到带头作用嘛！"刘国庆又说，"还有弋戈，专注是好事，但也不能完全不和同学交流，切磋才有进步！"

夏梨的声音细若蚊蚋，头也渐渐低下去。弋戈压根没认真听刘国庆说什么，只知道他刚刚夸自己心态好、专注，现在又说不能太专注，简直是辩证法十级学者，掌握了"有道理的废话"该门课程的精髓。

"行了，就是叮嘱几句，你们也别给自己太大压力，回去吧！"刘国庆演讲结束，大手一挥，又赶人了。

弋戈飞快地逃离了尴尬现场，夏梨动作则略慢一步。

她手里攥着自己的成绩条——年级第十二名。这是夏梨从小学起，在所有考试里第一次跌出年级前十。

她甚至找不出原因，只能在刘国庆面前故作羞愧地表示自己寒假贪玩，每天学习的时间减半了——尽管她其实连除夕夜都在刷题。

刘国庆的手又放在她肩上，拍了拍，带着鼓励的意味。

"没事，下次加油！"刘国庆叹了声。

太沉重了。

无论是她肩上这只手，还是他那殷切的语气，对夏梨来说都太沉重了。

可她还是乖巧地抿唇一笑，说了句谢谢老师，僵直脊背走出了办公室。

天气渐渐变暖，大家在一声长过一声的哈欠中结束了高三全部新课程的学习，一头扎进了一轮复习的书海中。

而蒋寒衣不走寻常路，在大家都忙着制定复习计划、购买新套卷时，他关心的问题只有一个——姚子奇那天到底找你干吗？

弋戈实在无法理解，都快过去一个月了，这问题到底有什么值得刨根究底的？更何况，她都说了姚子奇是来问题目的，为什么蒋寒衣斩钉截铁地表示"不可能"？这有什么不可能的？

蒋寒衣的脑回路，果然不是她这种正常人能理解的。

弋戈在书店里一本一本翻着没见过的各种试卷和习题，懒得搭理身旁的蒋寒衣。

"你不是说我给银河买箱罐头就告诉我的吗？哎，那罐头可都快吃完了啊，你怎么说话不算话呢？"蒋寒衣的语气又焦急又委屈，如果弋戈这时回头看他一眼的话，就会发现他现在的表情和银河讨饼干吃时一模一样。

可惜弋戈沉迷挑书，没空看他。

"我告诉你了，你不信。"弋戈选定一套试卷，拨冗说了句。

"你那解释，谁能信？"蒋寒衣简直觉得自己的智商受到了侮辱，"哦，他打扮得人模狗样跟只花孔雀似的，特地爬层楼上来找你，就为了问道题？大姐，他也是考了年级第二的人，他是没脑子还是没朋友还是没老师啊，跋山涉水来问你题？"

蒋寒衣这么一说，弋戈忽然也觉得奇怪——分类讨论漏情况这种错误，以年级第二的水平，会检查不出来？

但她向来不愿意在这种弯弯绕绕的事情上浪费脑细胞，于是把看中的六套卷子一收，一句话又把天聊死了："你不信我也没办法。"

"这套题不错，你要不要？"弋戈把书架最上面那本《题型全归纳》抽下来。

"要要要！您都说好我敢不要嘛。"蒋寒衣没好气地接过，又把她怀里抱的一整摞书全部揽到自己手里，"挑完了？就这些？"

弋戈乐得轻松："嗯。"

正要结账，两人一转身，碰见范阳和夏梨。范阳抱着一摞书，夏梨手里则拿着三本杂志。

"嘿，巧了！"范阳一咧嘴，笑道。

他又看见蒋寒衣怀里一大摞教辅和试卷，知道这全是弋戈的，叹道："唉，你们学霸未免也太刻苦了。喏，我这儿这么多，也全是梨儿买的！

我看着都头疼，真不知道你们咋能写得下去。"

蒋寒衣忽然乐呵呵地傻笑了一声——他喜欢范阳话里的自动分组：他和弋戈，夏梨和范阳——完美。

"你们挑完没？我一起结账。"蒋寒衣说。

"挑完了挑完了，赶紧的吧我在书店待久了就缺氧！"范阳把书往收银台上一撂。

"我的自己来。"弋戈见蒋寒衣要掏钱包，忙上前阻止。

"算了，下次星星洗澡你付钱不就得了。"蒋寒衣抬手一挡，抽出了两张红钞，对老板说，"这些，一起。"

"就是，我们仨从来都是他付钱！"范阳搭腔，话音刚落，忽然觉得哪里不对劲，"等等，星星洗澡……啥意思？你家猫洗澡跟一哥有啥关系？还下次？"

他一双眼在蒋寒衣和弋戈之间转了一圈，笑容渐渐变得暧昧。

下一秒，弋戈淡淡地戳破了他脑海里的粉色泡泡："我养了狗，在一家宠物店而已。"

范阳被她冷淡的眼神吓退，讪讪道："哦。"

一直沉默的夏梨忽然出声问："晚上有事吗，要不一起吃个饭？姑姑一直叫你去火锅店吃饭，弋戈要不也一起？你应该挺喜欢吃火锅的吧。"

"对哦，寒衣你还没去过！味道真的不错！"范阳接腔。

弋戈摇摇头，把书拎回自己手里："我就不去了，家里还有点事。"

家里的确有事，陈春杏最近似乎很忙，几乎是住在医院了，几天都不回家。她再不回去，银河要饿得拆家了。

"那我也……"

"你也什么你也！"蒋寒衣话还没说完就被范阳勒住了脖子，凑到耳边小声道，"能不能不这么重色轻友？你多久没去看姑姑姑父了？"

蒋寒衣有些理亏，但还是"嘁"了声，揶揄道："姑姑姑父，你叫得还挺亲，这么想做上门女婿？"

"滚!"

蒋寒衣看着弋戈骑上自行车,矫健的身影飞快地消失在灯火星点的夜幕中,一回头,又发现夏梨看着自己,目光怔怔的,有些奇怪。

"怎么傻愣着?走呗!"他笑得爽朗。

"走走走!"范阳一手拎着夏梨买的书,一手勾住蒋寒衣的肩。他们俩走在夏梨身后,像小时候一样。

倒春寒余威犹在,夜里风凉,弋戈没戴手套,十根手指冻得僵硬,只能疯狂蹬车轮好快点到家。

文东街一到晚上就热闹异常,各种卖炸串的卖鸡蛋汉堡的卖章鱼小丸子的,大大小小的摊子乌泱泱从街头开到街尾,从人行道开到马路,几乎占掉了小半边车道。

骑到这里,弋戈不得不下来推着车走。

街边鸡蛋汉堡的香气勾得她肚子里直泛酸水,弋戈在心里做了长达半分钟的心理斗争,最终停住了脚步。

虽然现在是夜里十点,虽然她已经吃了晚饭,但是——天可怜见,陈春杏忙得不着家,她已经快两个礼拜没吃过像样的食物了!

陈春杏手艺太好,这么多年弋戈的口味被养得很刁,食堂和学校外面摆摊那些,在她看来不过是堪堪果腹罢了。难得碰到一家这么香的鸡蛋汉堡,也是缘分嘛。

做了如上心理建设后,弋戈成功忽略了深夜进食可能会导致的胀气和失眠,掏出钱包对老板娘说:"来两个鸡蛋汉堡。"

是的,两个。

吃都吃了,不如吃个过瘾。

她带着无比愉悦的心情看着圆乎乎的小汉堡在烤盘上翻了个面儿,出现诱人的金黄色泽,又过了十几秒,老板娘熟练地用小铲子把它整个儿挑起来,轻巧地兜进小小的纸袋里。

她刚接过,迫不及待地咬了一口,还没尝见味儿,肩上忽然被人拍了一下。

"好巧啊。"姚子奇笑得有些腼腆，声音也是轻轻柔柔的。

弋戈一个没注意，嘴里那块面饼整个咽了下去，噎嗓子不说，还把她的喉咙烫得火燎了似的疼。

她硬生生扛下来，僵硬地说："哦，你也来买吃的？"

"不是，我回家。"姚子奇笑着说。

"我也回家。"弋戈点点头。

她正要付钱，姚子奇却像准备好了似的递过去一张五元的纸钞："我来吧。"

"不用不用，我自己付钱就可以。"弋戈连忙拒绝，可忙于生意的老板娘已经麻利地找回来一块硬币。

弋戈心里有些不痛快了，这个姚子奇做事怎么那么奇怪？为什么要帮她付钱？

"你把硬币给我，我给你五块钱。"她正经地说。

"真的不用了，"姚子奇轻声说，"你送我的围巾太贵重了，鸡蛋汉堡这种，就让我来付吧。"

弋戈无语凝噎，怎么又是围巾。每次碰上他都能绕到围巾上去，这难道是什么表达感激的特殊方式？

弋戈叹了口气，正色道："姚子奇，围巾就是个取暖工具而已，我那天看你穿得太少了就送给你了，你真的不用放在心上。如果你实在觉得过意不去的话，就还给我好了，没关系的。"

她面无表情地一口气说完，心里苦笑，这样说话，是不是又让人下不来台了？哪有送出去的东西又要回来的道理？唉，社交技能好不容易进阶了一点，瞬间打回原形。

姚子奇愣了半天，眼里闪过羞愧和慌张，低头嗫嚅道："不是，我就是很感谢你，我没别的意思。"

"我知道。"弋戈叹息，"但你真不用想着礼尚往来，总要还给我点什么。"

"好，我知道了……"姚子奇的声音渐弱，本来就细的嗓音显得更柔美了。

弋戈现在可以理解为什么那群男生爱叫他"奇妹儿"了。

真是我见犹怜。

"那你把这五块钱收了。"弋戈索性直接把纸币塞进他手里,接着把鸡蛋汉堡放进篮子里,两手握住车把,"我先走了。"

"要不我帮你吧。"姚子奇说完便主动抓住她的车把,"我帮你推车,你先吃。这个冷了就不好吃了。"

"不用……"

"没事,反正都是同路,多过个马路而已。"姚子奇坚持,他鼓起勇气重新摆出笑脸,"这种小忙,总不算是礼尚往来了吧?"

弋戈无奈,只好点点头:"那谢谢了。"

为了减少姚子奇的麻烦,弋戈一边飞快地咀嚼,一边直直地走,没过马路,省得姚子奇待会儿又得穿过马路折回来。

她现在有点后悔买两个鸡蛋汉堡了,真是耽误事儿。

两人走到街尾一个黑黢黢的巷口,闹嚷的集市、嘈杂的叫卖声渐渐被甩在身后。

姚子奇停住脚步,问:"过马路吧?你不是要回家?"

"你家在这里?"弋戈往巷口一指。

姚子奇的表情忽然滞了一瞬,然后局促地笑了一声:"嗯,在里面。"

"那我先送你回家好了,待会儿我再出来。"

"你等等……"

弋戈说着径直走进了巷子里,把姚子奇犹豫的声音甩在身后。说不清为什么,她不太想被姚子奇送回家。

谁知,刚走进去两步,却看见几步远那昏暗的"盲人按摩"灯箱下闪出一个黑影,站在那儿一动不动。

弋戈被吓了一跳,条件反射地后退了一步。

姚子奇快步走上前扶了她一把,声音轻而急促:"你快回家!"

弋戈扭头一看,自己的车被撂在地上,而姚子奇的表情也远不如他的声音那样镇定和自然。甚至,他抵在她背上的那只手,居然在微微发颤。

弋戈不明所以,忽然听见对面那个黑影发出尖细的一声笑:"小妹,放学啦。"

那声音恶心透顶,弋戈一听便起了一身的鸡皮疙瘩。

她很快发现,那声"小妹"喊的大概不是她,而是姚子奇。因为在那黑影发出声音的一瞬间,姚子奇的身体就不可控制地抖了一下,弋戈清晰地听见他因恐惧而发出的吞咽声,和犹豫之后壮着胆开口吼了一声:"你……你快滚!"

"姚子奇。"弋戈直觉事情并不简单,难道又是那群追债的人?她有些慌,但还是故作镇定地喊了姚子奇一声。

"姚子奇,我们跑!"

她拉住姚子奇的胳膊,正要往巷口跑,不远处那个半坏不坏的灯箱忽然"刺啦"一声,亮了一瞬的强光,又迅速熄灭。

可就在那一瞬间,弋戈看清了那个黑影的动作。

那是个长发络腮胡的男人,他的手放在裤兜里,鼓鼓囊囊的地方上下动作着。

"小妹,怎么还带了同学?真不听话,叔叔只等你一个人的。"

他阴柔而沙哑的声音混着粗重的呼吸声,弋戈明显感觉到姚子奇腿一软,跌在了地上。

一瞬间,以前看过的那些新闻、纪录片、悬疑小说全涌进脑子里,弋戈忍着恶心和恐惧,故作镇定地想把姚子奇扶起来,可他像完全脱力了似的瘫坐在地上,手哆嗦着,脸别到一边,不再看她。

她想起以前在哪儿看过的说法,露阴癖的快感建立在受害者的恐惧之上,受害者越恐惧,他们就越放肆,而摆脱的办法是表现出无畏甚至不屑的态度。

"滚!"她用了全部力气吼出来。

"就你那样,还敢出来丢人现眼!"她又喊了一句。

那男人的笑声忽然就被卡住了似的,抖落出两个尾音,身影滞了一瞬,发出分不清是呜咽或是哂笑的诡异身影,倏地转身又消失了。

弋戈始终没有看清他究竟是从哪里蹿出来,又跑到了哪里去。

那个灯箱再次"刺啦"一声亮起强光,刚刚那男人站立的地方一片惨白。

巷子里静悄悄的,好像什么都没有发生过。

弋戈松了一口气,肩膀垂落下来。

在黑黢黢的巷子里呆愣了好一会儿,直到楼上不知谁家收衣服,"嘭"的一声开窗又合上,弋戈才如梦方醒地低头,姚子奇还坐在地上。

"你没事吧?"她伸手去扶他。

"没事,没事。"姚子奇背对着她,手撑在地上,艰难地爬起来。他面对弋戈,眼神却无法聚焦一般空洞,一个劲儿地道歉,"对不起对不起,是不是吓到你了?你快回家吧,出了巷子就没事了。"

弋戈拧起眉:"你还要进去?"

姚子奇愣了一下,轻声道:"没事。他是个疯子,精神不正常的,经常在这附近。吓他一句,他就不敢再出来了。"

弋戈质疑地眯起眼睛,听姚子奇的意思,他似乎是认识那个男人。难道是街坊都认识的疯子?可他刚刚为什么会被吓成那样?

"真的?安全吗?"她不放心地问。

"没事的,他被人骂了,肯定不敢再出来。"姚子奇笑了笑,"我家就在前面,我先走了!"

他摆摆手,头也不回地跑了。

弋戈下意识地往前追了一步,又很快止住,看着他脚步飞快地消失在小巷深处,所过之处一片平静。

她安慰自己,露阴癖被羞辱之后,应该就不会再出现了,然后同样飞快地转身走出小巷,扶起自行车回家。

到家已经快十一点,弋维山和王鹤玲都睡下了。弋戈在院子里陪银河玩了会儿,回到房间写作业。

可刚算了半道题,刚刚那个男人又跳出来,弋戈被恶心得几乎拿不住笔,胳膊上的鸡皮疙瘩一片跟着一片地起。她疯狂地晃脑袋,希望把那个令人反胃的画面从记忆里删除,可越是这样,那个画面就越频繁地在脑海里闪现。

终于,她干呕一声,冲进卫生间把晚饭吃的东西吐了个干干净净。

她吐得脑袋都充血,晕乎乎的,脑海里空空如也,倒是短暂地安宁了会儿。

那些试卷是怎么也写不下去了,弋戈抓起钥匙,走到院子里把银河叫醒,静悄悄地溜出了门。

她现在急需吹吹冷风清醒一下。

在小区里绕了两圈,银河似乎又被遛精神了,不知是力气没处使还是今晚没见到星星心里不满,突然仰天号了两嗓子。

弋戈被吓一跳,抬头看了两眼,没几盏灯亮着。她怕银河再吵到其他住户,连忙拉紧绳子,牵着它走出了小区。

深夜,街上车不多。银河在人行道边的草坪上闻闻嗅嗅,弋戈则放空地吹着冷风。

最好把那恶心画面从她记忆里全吹走了才好。

一辆汽车疾驰而过,弋戈的目光无意识地跟着它看向了马路。

然后,她就看见姚子奇独自坐在对面的路缘石上,仍旧背着书包,整个人缩成一团,脑袋小鸡啄米似的一下一下点着,像是睡着了。

她没有犹豫,径直牵着银河穿过马路。

"醒醒。"弋戈轻轻推了推姚子奇的肩。

姚子奇迅速醒过来,可眼睛还没完全挣开,他把书包抱在胸前,保持防御的姿态。等看清了对面的人是谁,他的表情僵了一瞬,似乎他自己也拿不准这个时候该怎么面对弋戈,意外?难堪?还是再次假装无事发生?

"你不能睡在这儿。"弋戈说。

"没、没事。那个,我家里停电了,正在修,我就先出来等会儿。"姚子奇最终还是选择了粉饰太平,可惜随口诌的理由太站不住脚。

大晚上的,谁家停电了就不睡觉?

弋戈没有戳穿他,径直问:"需要帮忙吗?我们学校应该有挺多男生住这附近的,我可以帮你联系看看。"

说是"挺多男生",她心里想到的也只有蒋寒衣了。

没关系,反正蒋寒衣肯定能联系到"挺多男生"。

姚子奇的眼眶一瞬间就红了,他抱紧书包,半边脸埋在宽大的围巾下面,几不可察地摇了摇头。

中心花园里二十四小时亮灯,弋戈从家里热了杯牛奶带出来,递给姚子奇。

银河好像也感知到了气氛的不同,乖乖地趴在弋戈脚边睡觉,不再闹腾。

"那个男的是谁?和上次医院那些人有关吗?"她开门见山地问。都这个时候了,再前瞻后顾的也没有意义了。

姚子奇摇了摇头。

"那……医院的事解决了?"

"嗯,我舅死了,我报了警,然后把我舅妈的电话和地址给了那些人。"姚子奇握着牛奶杯,没喝。

"舅妈?"弋戈不明白。如果还有个舅妈的话,上次在医院,那群人为什么揪着他这个学生不放?

"我舅的前妻,本来跑了。"姚子奇说完,又忽然抬头急切地看了她一眼,紧张地补充道,"但她有钱!比我有钱,她肯定能还!"

弋戈愣了一下。

他在解释什么?怕她恶意地揣测吗?怕她觉得他自私,把事情推给另一个无辜的女人?

可明明是她自己也说,成年人的事情,应该让成年人去解决。

弋戈没有说什么,继续问:"那个男的呢?"

姚子奇忽然又低头,他的手指紧紧扣着杯子,直到指尖泛白。

弋戈仍然把握不好这场聊天的尺度,她该问到哪里?该刨根究底吗?如果知道了所有事情,她又能帮上什么忙呢?可她无论如何没法看着姚子奇在大马路上坐一整晚,总该要说些什么才对。

"是我叔叔……"姚子奇嗫嚅道。

"叔叔？"弋戈惊讶极了，"亲叔叔？"

"不是，是……我妈以前的男朋友。"

弋戈有些明白了，之前在医院碰到姚子奇被追债后，她旁敲侧击地问过范阳，知道姚子奇的妈妈早已过世，他一直由舅舅抚养长大。而他舅舅是个吃喝嫖赌样样占全了的混子，除了抢他的低保、助学金奖学金和打工挣来的零花钱之外，还经常打他。

第一次月考时她会在最后一考场碰到他，就是因为他被他舅舅打进了医院，没能参加前一学期的期末考试。

弋戈忽然不知道该怎么问了。

他妈妈的男朋友，现在却对他……弋戈没有天真到不知道这背后可能发生了什么，可她那些"见识"也仅仅来源于那些杂七杂八的书籍电影，又或是社会新闻。她该怎么问呢？

问那个男人为什么要那样做吗？未免太站着说话不腰疼。

问那个男人现在是不是就在你家？还是问他有没有真的对你做过什么？这些，弋戈知道不是自己该问的。

这一晚上的遭遇对她来说都这么恐怖的了，她无法想象，姚子奇是否经历过很多这样的，甚至更糟糕的夜晚。

更何况，这大概是他第一次被人撞破这样的难堪。在姚子奇看来，她才是这些事里最痛苦的一部分也说不定。将心比心，弋戈不知道如果有人撞见自己这样痛苦落魄的时刻，她会是什么反应。

她抿着唇，打定主意不再多话。哪怕就在这陪他坐一整晚她也认了。至少，这里比马路边上暖和。

"你别担心，他没有对我怎么样。"姚子奇却忽然很坦白，"他就是有点变态，喜欢、喜欢那样，以前就那样……就是想给人看，不会再做什么。

"其实他平时人挺好的，只有喝了酒会那样。他很有钱……"说到这儿，他忽然抬头看了弋戈一眼，想到她住在这么高档的一个小区，又补充一句，"挺、挺有钱的，小时候经常给我钱买冰棒吃，小布丁什么的。

"我好久没见过他了,所以今天有点意外。他现在在我家,我、我不想跟他睡一个房间才出来的。"

"他……他应该不会一直在这里的,过两天就会走。以前他在福建那边做生意,经常要去外地。现在应该也是。"

说出这番话对他来说大概很艰难,弋戈看见他低着头,被刘海覆上大半边的脸上,嘴唇正止不住地颤抖。

弋戈点了点头,徒劳地说:"嗯,没事的,你别害怕。"

她看见姚子奇仍死死地抓着那个杯子,又说:"快点喝吧,趁热。或者你想喝点别的什么吗?我家还有豆浆和果汁,还……还有酒。"

说到后面,她又有些犹豫了。人家流落在外,她还在细数自己家有多少种喝的?她知道自己说话向来缺少分寸,尽管心里没有炫耀的意思,却害怕姚子奇会多想。

但她也看不出来姚子奇到底有没有多想。他把温热的牛奶一饮而尽,眼眶红红的,冲她笑了一下,轻声说:"谢谢,很好喝。"

这几天和姚子奇接触得多,弋戈不得不承认,他的确是一个很漂亮的男孩子。

和蒋寒衣的好看不一样,姚子奇生得眉清目秀,一双大眼睛又圆又亮,雾蒙蒙的。即使在这样狼狈的时刻,他也很漂亮,有种脆弱易折的美感。

"我能在这里待一晚上吗?"姚子奇目光闪烁地问,"就这里,我、我不进去你家,就这里就可以。"

弋戈忙回答:"当然。当然可以。但是……"

但是在这花园里凑活一夜肯定也不舒服,现在天这么冷。弋戈心里想着能不能把蒋寒衣叫出来想想办法,但这事显然不好让第三个人知道,纠结万分。

还没纠结出个结果,她心里想的那个人就出现了。

"弋戈。"

蒋寒衣远远地站在中心花园外的路灯下,身旁还牵着星星。星星背上穿着不知谁人手笔裁出来的花布条牵引绳,前后腿交错地站着,姿态相当高贵。

银河一看见星星,立马睡意全消,一激灵弹起来冲了过去。

弋戈简直如见神明,正要走过去,忽然被姚子奇牵住了手。

他惊慌地一下子抓住她,以至于把她的手全攥进了自己的手掌里,牢牢地不放。

弋戈不明所以地看他一眼,姚子奇几乎是在哀求:"别告诉别人……求你。"

弋戈冲他笑了笑,安抚道:"不会的。"

"大晚上的,你们在这儿干吗?"蒋寒衣等不及,顶着一张臭脸走进花园,皱着眉问,目光死死地盯在姚子奇和弋戈紧握的手上。

"你家方便吗?姚子奇家漏水了,晚上来不及修,现在没地方去了。"弋戈不回答他的问题,编了个理由径直问。

漏水和停电这种借口虽然系出同宗,但大晚上的天花板漏水确实没法睡觉、也没人给修,弋戈自觉这个理由还是比较可信的。

"漏水?"蒋寒衣敏锐地质疑了一声。

姚子奇讷讷地点了个头,然后眼神虚弱地往下一瞥,盯着地面。

蒋寒衣肚子里还有一堆问题,但看姚子奇现在的状态,还有弋戈递过来的眼神,他也没有当场就问,而是拍了拍姚子奇的肩,爽朗地笑道:"那走呗,上我家去!刚好我妈不在。"

姚子奇默了一阵。

他一直有些怕尖子班的这些男生,因为他"娘炮"和"奇妹儿"的外号,就是同时从一班和吊车尾的十二班传出来的,也是这两个班叫得最响。蒋寒衣虽然没有当面嘲笑过他,但他对五楼这几个得天独厚的小少爷向来是心有戚戚、敬而远之。

"哎,别不好意思了,不白让你住!作业借我抄抄!"蒋寒衣直接把他的书包拎起来,笑得没皮没脸的。

姚子奇终于被说动,非常认真地看着蒋寒衣道:"那好吧,麻烦你了。"

蒋寒衣吊儿郎当地笑一声："麻烦什么,年级第二的作业,我又不亏。"

姚子奇把玻璃杯还给弋戈："谢谢你。"
弋戈说："小事。"
她看了眼蒋寒衣,心里松了一大口气,处理这类事情,他显然比自己靠谱得多。
"那我先回家了。"她疲惫地冲蒋寒衣摆了摆手。

"赶紧睡吧啊,大晚上的一个人少出来晃荡。"
"嗯,晚安,谢谢你。"
蒋寒衣和姚子奇异口同声,两人对视一眼,气氛尴尬。可惜弋戈都没听清,她已经飞快地拽着恋恋不舍的银河走出了中心花园。
这一晚上身心俱疲,她只想回家睡个好觉。

"走吧,我家在那边。"蒋寒衣咳了声说。
"好,谢谢,麻烦了。"姚子奇态度谦卑,且努力地想套套近乎,表现出亲近。
他指了指蒋寒衣身边的小猫,笑着问："这是你养的猫?看起来和弋戈的狗很亲近。"
蒋寒衣心不在焉地"嗯"了一声："它俩忘年交。"
姚子奇看出蒋寒衣此刻似乎没有心情和他多说话,于是也只附和地笑了声,悻悻闭嘴了。
现在是他寄人篱下,还是顺着主人比较好。

蒋寒衣看起来心情不太好,没有心思照顾姚子奇,但真正到了家,还是周到地拿出了整套新的洗漱用品,还借给他一套睡衣,虽然是穿过的,但洗得很干净。
"我这儿没新的了,凑合一下吧。"蒋寒衣说。
"已经很好了,谢谢。"说实话,姚子奇反而感激蒋寒衣这种心不在焉,这样他就不用高度警惕,不用随时思考着该怎样编谎话。蒋寒衣不关心,他便轻松了一大截,只需要安静地在人家家里借住一晚,把自

.243.

己当个透明人就好了。

"客房就在隔壁,浴室在那儿,你先去洗吧。"蒋寒衣给姚子奇指了下位置,然后一屁股坐到自己电脑前,一手拿着手机上下划拉,头也没抬,另一只手烦躁地揪着自己的头发。

姚子奇抱着睡衣杵在门口,欲言又止。

"那个……作业就在我的书包里,你可以随便拿。"他推了推镜框,慢吞吞地说,"就是语文,你可能要稍微换一下表达之类的。"

蒋寒衣无语地冷笑,这人跟弋戈还挺像,真当他不学无术到那个地步了?虽然他确实空着半篇语文阅读懒得写,但现在,他哪有抄作业的心思?

不过这话他没说出来。

蒋寒衣和姚子奇说不上熟,但他是个跟谁都能聊一嘴的主儿,学校里各类人他都认识几个,因此姚子奇家的事,他也知道得八九不离十。姚子奇心思敏感,蒋寒衣虽然心里烦,但也没缺德到故意给人添堵的地步。

于是他笑了下说:"放心吧,我抄作业特别有经验,不会被发现的。"

姚子奇这才松了口气似的,抿嘴笑了笑,走进浴室、锁上门。

洗完澡出来,姚子奇看见蒋寒衣仍然保持着那个姿势:靠在椅子上,跷着二郎腿,手肘撑在椅子扶手上,手机举得老高。

他目不转睛地盯着手机屏幕,手指反复熄屏、解锁,又熄屏、又解锁,嘴里还念念有词的。

姚子奇看见自己的书包仍然放在桌上,保持原样,显然没人动过;而蒋寒衣手里的那部黑色手机,是最近很火的 iPhone 4。

一部就要五千多。

价格是姚子奇对这台高档智能手机的唯一认知,就像刚刚在浴室,他对那个研究了半天才放出水的花洒的唯一认知也是价格,一看就很贵。

"我洗好了……"姚子奇站在浴室门口,踩在垫子上的脚暗暗用力,想蹭干拖鞋上的水,这样才不会在地板上留下水渍。

他远远地站在那里和蒋寒衣讲话,不敢再走近一步,走进这个比他家都还要大的卧室。

"哦。"蒋寒衣才回过神来,"那你先睡吧。客房里东西都有。你要多一个枕头吗?"他说着起身,把自己床头的枕头拿出一个来。

"不用!不用不用。"姚子奇忙摆手,又指着自己的书包说,"那个……你抄完了吗?我、我还有半张卷子没写完。"

蒋寒衣愣了两秒,笑道:"哦,我刚刚想起来我作业压根没带来。唉,算了,你写吧,我明天去学校抢救一下。"

姚子奇接过蒋寒衣递来的书包,拘谨地微笑:"那好。"

蒋寒衣这一晚上都被他这么笑得瘆得慌,咳了声委婉道:"你也早点休息吧,这都很晚了。"

姚子奇点点头,扶了下眼镜。

"你家,要是有什么需要帮忙的,尽管说……如果你愿意的话。"蒋寒衣终于还是说了这么句不痛不痒的废话。

他最不屑这种没有任何实质作用的废话,可这种不尴不尬的情况,也就只有不痛不痒的废话能稍稍填补人心之间巨大的空隙。

"谢谢。"姚子奇继续笑,笑得谦卑而温和,笑得毫无灵魂。

蒋寒衣无奈地假笑回去,薅了把头发,抓上浴巾就进浴室了。

回到家的弋戈沾枕就睡,第二天早上醒来,才看到手机里塞满了短信。

大部分都来自蒋寒衣,问她昨晚究竟发生了什么、姚子奇家到底出了什么事,以及她和姚子奇为什么在一块儿。

弋戈被这些信息轰炸得一个头两个大,一条也不想回。

事实上,她也没法回,她答应了姚子奇要保守秘密。

最新一条短信却是一个陌生号码。

陌生号码:*我回家看过,他已经走了,应该不会再来了。你不用担心,谢谢你这几天的帮助,还有围巾,谢谢——姚子奇。*

弋戈看了眼发件时间,半个小时前,五点五十四分。

姚子奇起得也太早了,而且他怎么知道自己的号码,难道是蒋寒衣说的?

弋戈脑子里一团糨糊,昨晚的经历太魔幻,以至于她现在都还有些迷迷糊糊的。

但无论如何,那个变态已经走了。弋戈打算给街道居委会和派出所写封举报信,让他们留心一下、加强警戒,至于更多的……她恐怕做不了,而且姚子奇看起来并不欢迎她的参与。

谁知刚到教室,就被蒋寒衣揪了出去。

弋戈发现这家伙最近有点胆大妄为,居然敢这么拽着她了。她没好气地甩开胳膊问:"你干吗?"

"还我干吗?我还没问你呢!"蒋寒衣吹胡子瞪眼的,和被抢了骨头的银河一个样。

"别无效沟通了,有事说事。"弋戈白了他一眼。

"你那朋友,怎么回事啊?一大早上人就没了,还留五十块钱给我,我家招待所呢?我是他点的钟啊?"

蒋寒衣从兜里掏出一张纸币和一个字条,字条上写着"今欠蒋寒衣150元,必尽快归还",落款姚子奇,还非常严谨地留了个日期。

弋戈看得一愣一愣的,她其实能理解姚子奇这个脑回路,换作是她,她大概也不好意思白住别人家。可就是这个处理方式,确实透着那么一丝丝诡异……

如果真的觉得感激或亏欠主人家,是不会一声不吭地自定金额还撂张纸条分期付款的。姚子奇这样做,看起来更是为了维护脆弱的自尊,且单方面要求蒋寒衣全盘接受、无条件配合。

这个世界上居然有比她还不会做人的人。

"他应该就是不好意思吧,毕竟在你家住了一晚上。"秉持着多一事不如少一事的原则,弋戈努力地把姚子奇的行为合理化,"换作是我,我可能也会这样。"

"哪样？自说自话欠两百先还五十，还是大早上的鬼一样溜出去啊？"蒋寒衣的声音忽然就提高了十个分贝，似乎火气更大了，"你要替他说话，也用不着把自己说得这么不体面吧！"

弋戈有点摸不着头脑了，他这火气是怎么回事？就算她是睁着眼说瞎话，那也不过是想安抚他而已，他有什么必要像吃了枪子儿似的？就算姚子奇的行为不太尊重人，但他也不是斤斤计较的主儿啊？

弋戈没耐心了，叹了声盖棺定论："反正你也不缺这钱，用不着为这事生气吧，都过去了。"

"什么就过去了？"哪知蒋寒衣眼一瞪，脸彻底黑了，"他到底怎么回事，弋戈我跟你说你别拿漏水那种瞎话骗我，真当我傻吗？还有他就算有事为什么会去找你，我都不知道，你什么时候人缘变得这么好了？你俩大晚上的怎么会在花园里坐着，你还给他倒牛奶喝，这些，你都还没说呢！"

弋戈被他这一连串的"枪子儿"打蒙了，怔了两秒，听力系统十分小心眼地过滤掉其他话，只留下一句"你什么时候人缘变得这么好了"，在她脑海里循环播放。

是啊，她怎么可能人缘好呢？怎么会有人找她帮忙呢？只有蒋寒衣这位包容友爱的小太阳才会大发慈悲勉强接受她这个怪胎做朋友，对吧？

她定定地看着他，冷笑一声问："我为什么要告诉你？

"这是隐私，隐私你不懂吗？我为什么要把别人的隐私告诉你？"

她清楚地看见原本横眉立目的蒋寒衣瞬间就熄火了，眉毛耷拉下去，眼睛却仍死死地盯着她。

良久，蒋寒衣压着怒意吐出一口浊气："行，你行！"一甩手怒气冲冲地走了。

白昼一天比一天更长，弋戈煎熬地挨着这个柳絮飘进鼻子里、传染病复苏蔓延、走在路上毛毛虫和鸟屎随时可能掉在头顶的春天。

她感到煎熬不止是因为天气，还有两个更重要的原因。

其一是，蒋寒衣似乎在生她的气。

至于蒋寒衣为什么要生气、蒋寒衣生气了她为什么会这么难受，这些问题她都没工夫想。她只知道,这段时间她心里异常烦躁,连着拿了三次年级第一也无法抵消的那种烦躁。

比刚转学来时还烦躁。

她有些悲哀地意识到,好不容易在这所学校积攒起来的那么点归属感,好像就要消失了。

第二个原因是,她最近频繁地遇见姚子奇。

前几天她回家的时候看到文东街街道上出了公告,说抓住了个变态,请大家注意安全,若有异常及时举报。她猜想大概是那个男人被拘了,彻底放了心,觉得和姚子奇这一茬"瘆人"的缘分也终于可以尘埃落定。

在人际关系方面,弋戈向来是个鸵鸟性格,原则只有一个:多一事不如少一事,多一人不如少一人。因此虽然碰巧撞见了姚子奇最难堪的秘密,她也并不打算让这个秘密把他们俩变成朋友。恰恰相反,换位思考后她觉得她的知情只会让双方尴尬。现在事情既然解决了,她认为最好的结果就是他们俩继续装不熟。哦不对,也不用装,确实不熟。

可姚子奇似乎不是这么想的。

无论是在食堂、阅览室、操场,甚至是在年级组长也就是刘国庆先生组织的那个年级尖子生交流小组上,他都极其热衷于和弋戈打招呼、讨论问题,甚至同桌吃饭。

前两者弋戈尚可接受,但同桌吃饭对她来说却是件不太容易的事。

弋戈一向认为自己最大的优点是:"吃饭认真"。从小到大,她都保持着良好的进食习惯。小孩子都喜欢边看电视边吃饭,或者要大人追着喂饭的时候,她每次都端端正正地坐在餐桌前,认真地扶着她的小碗,一口一口地把饭菜全吃干净。

这个习惯一直保持到了现在,现在弋戈吃饭也是安静而专注的,不看电视、不玩手机,也不太喜欢和人说话。

和陈春杏偶尔说话是个例外——毕竟三妈和别人不一样。

在肯德基总爱和蒋寒衣说话也是个例外——毕竟……呃,毕竟那是肯德基。

这也是她能和朱潇潇成为朋友的原因,在这方面朱潇潇简直是她的知音,她们俩一致认为吃饭时不专注是对食物的最大不尊重。但朱潇潇比她更夸张一些,她有时候过于"专注",甚至会发出一些陶醉的咀嚼声。

因此，现在面对端着餐盘笑盈盈地问着"这里有人吗"的姚子奇，弋戈的面部肌肉不受控制地抽搐了两下。

"没人……"她挤出个微笑来。

姚子奇二话不说就坐下了。

朱潇潇啃完一根排骨，抬起头来看见面前忽然多了个男的，呆愣了两秒，心里拼命回忆着刚刚自己的吃相是否过于狰狞——她这一看见男生就紧张的毛病大概是好不了了。明明和姚子奇完全不熟，也明明对他没意思，但看见他，她就是紧张，真要命。

看着姚子奇餐盘里的一小块米饭、一道清炒油麦菜和一小碟糖醋肉，朱潇潇恨不能让自己盘里那堆骨头当场消失。她懊恼地埋头扒了一口青菜，以此减轻那股莫名的羞耻感。

"这个糖醋肉还挺好吃的，你要尝一下吗？"

弋戈埋头当鹌鹑，眼前却忽然出现一块色泽诱人、裹满酱汁的肉。

可现在这诱人的色泽对她毫无吸引力，她看着姚子奇腼腆而又温和的人畜无害的笑容，忍着牢骚不发作，只扯扯嘴角说："不用了，我自己有。"

姚子奇也没觉得尴尬，笑了笑点点头。

"奇妹儿！"安静没两分钟，桌边忽然出现几个身影。一抬头，范阳、蒋寒衣、高杨，三人各端着一个满满的餐盘。

"你咋跟我们一哥一起吃饭！"范阳刚想挨着姚子奇身边坐下，被蒋寒衣拎着后领揪回来，"坐不下。"

"怎么……"范阳刚开口，想到这几天蒋大少爷心情欠佳，忙噤了声。

"哟，奇妹儿，你这是给自己找了两个护法啊哈哈哈哈哈哈哈！奔波儿灞，灞波尔奔！"高杨的眼睛在三人之间来回转悠，忽地嘴一咧，爆笑出声。

范阳一愣，回头也看一眼："我去，还真是！哈哈哈，奇妹儿你眼光挺好啊，有我们班两个重量级嘉宾护法，你这饭吃得可太放心了！"

·249·

"哎哟不行,笑死我了,喷,咋就没手机呢,我可得给你们仨拍下来!"高杨笑得停不下来,"这画面,太精彩了。"

高杨:"哎,寒衣,你手机在兜里没?"他手肘撞了撞一旁一言不发的蒋寒衣。

还没听见回答,弋戈"啪"地放下了筷子,嘴里的菜还没嚼完,腾地起身要走。

"这就吃饱了吗……"姚子奇急急地跟着站起来,关切道。

"饱——"

弋戈的话堵在嗓子眼,喉咙处传来强烈的窒息感,她喘不过气,脸涨得通红,一手撑在桌上,另一只手使劲捶着胸口。

"你怎么了?"朱潇潇最先发现异常,侧头问。

"弋戈,弋戈?"姚子奇着急地抓住她的手腕,却只看见她连眼眶都涨得血红。

"这是咋了?!"范阳惊呼一声。

"卡住了?快,快拍她的背!"高杨慌张地指挥。

弋戈的喉咙里发出一种断断续续的奇怪声音,脸色越来越难看,所有人都六神无主,你一言我一语的。

这时,蒋寒衣拨开人群,站在她身后,迅速地用脚别开了她的两条腿,然后弓起前腿,让她坐在自己的腿上。他伸出双臂抱住她,左手握拳,用虎口贴准她肚脐上方两指处;右手从前方握住左手手腕,两手环抱她,用力收紧双臂,持续冲击着她的腹部。

几秒后,弋戈把卡在喉咙里的黄瓜丁吐了出来,一下一下地抚着胸口,缓解异物带来的痛感,连眼尾都变红了。

围观的同学松了口气之后,眼神渐渐变得有些暧昧……

十六七岁,正是理论知识疯狂生长然而毫无现实经验的时候。男生女生们看电视剧电影小说里的暧昧场面已经可以脸不红心不跳了,但搁现实生活中,哪怕只是为了救人而抱了一下,也足够旁观者浮想联翩了。

"寒衣,牛!"高杨是少数几个缺乏"浮想联翩"这根筋的人,他只激动得想鼓掌。

范阳则更知内情一点,贱兮兮地斜瞟了蒋寒衣一眼,捏着嗓子道:"哟,挺会啊你?"

蒋寒衣脸色铁青,目光仍牢牢盯着弋戈,确定她喘过气来了,又迅速别开。

"没事吧?"姚子奇这时又上前扶住弋戈的胳膊,然后回头对蒋寒衣说了句,"谢谢,你太厉害了。"

蒋寒衣冷笑一声:"海姆立克急救法,常识。"

姚子奇顿时噤声,低眉敛目不再说话。

"这话说的,那我们都不知道,都缺乏常识?"范阳见气氛不对,出来打了个圆场。

"不然呢?"蒋寒衣却不就着他给的台阶下,口气嚣张地撂了句得罪所有人的话,饭也没吃,转身就走。

"这这这……这怎么做了好事还生气了呢?"高杨望着蒋寒衣远去的背影,丈二的和尚摸不着头脑,忽然一拍脑袋,"那个!一哥,是不是你……你太重了啊?"

围观的几个同学"扑哧"笑出声来。

范阳头一次成了劝别人少说话的那个人:"闭嘴吧你!"

"不是……那寒衣生什么气?"高杨一脸无辜。

"吃饭,吃饭!"范阳拉他坐下,又把围观人群散开,"散了吧散了吧,没事了!"

弋戈的脸红得像猴屁股似的——但没有人知道她的脸红究竟是因为刚刚那块黄瓜丁,还是因为别的什么。

她自己都不知道。

她挣开姚子奇的手,弯腰用纸巾把自己吐的黄瓜丁捡起来,端着餐盘走了。

下午最后一节是体育课,在班委的集体争取下,刘国庆允许他们在正式进入高三之前享有完整的体育课。

一班的男生个个都是多动症重度患者,下课铃一打就一窝蜂冲出去了，有的抱着篮球，有的拿乒乓球拍，忙着抢占综合楼楼下仅有的两个乒乓球桌。

女生则都懒得动。每次上体育课，几乎所有女生都会留在教室自习，或是去操场上散散步、看小说、坐着聊聊天。反正体育老师向来不管这个尖子班，只要刘国庆没意见就行。

以前弋戈是雷打不动的自习选手，但今天她什么题都看不下去，如坐针毡十几分钟后，她扭头看了眼身后空空如也的座位，终于起身跑下了楼。

她从篮球场找到乒乓球桌，哪儿都没看见蒋寒衣的身影。

弋戈有些郁闷地愣在原地。去哪儿了呢？他不是每次体育课都被打篮球的和打乒乓球的两拨人抢着要的吗？

"哟，大哥！"范阳远远地看见弋戈，忙跑过来主动搭茬，眼一眯笑得贱兮兮，"找寒衣啊？"

弋戈没说话。

"在食堂，郁闷着呢。"范阳主动说。

"食堂？"弋戈终于有反应了，"体育课去食堂干什么？"

"谁知道呢，故地重游，回味无穷啊！"范阳怪声怪气地说。

弋戈小声撂下句谢谢，转身跑了。

她一口气跑到食堂门口，来不及喘匀，掀开帘子一看，那坐在位置上猛灌可乐的黑脸男子，可不就是蒋大少爷嘛。

弋戈看着这画面，原本焦躁郁闷的心情一瞬间就松快下来了，"借可乐浇愁"——这行为配上蒋大少爷此刻寂寥的背影，怎么看怎么好笑。

虽然她仍然搞不清楚他莫名其妙的"愁"到底从何而来，但她决定先退一步，让让他。

"这个给你。"弋戈走过去，拿手里的信封戳了戳蒋寒衣的背。

蒋寒衣一回头，见是她，脸色在惊喜和不悦之间反复横跳，最终还是勉强摆出了个比哭还难看的黑脸。

"什么东西？"蒋大少爷很高冷。

"姚子奇还你的，一百五十块钱。他说你好像不太喜欢他，所以托我转交。"弋戈故意说得轻描淡写。

蒋寒衣气得差点把易拉罐捏瘪了，本想保持高冷，可还是忍不住，阴阳怪气地嗤笑一声后骂道："哼，我不太喜欢他？真有意思，我是男的，我干吗要喜欢他！"

弋戈忍着笑："哦，所以你不要？"

"我缺这两百块钱？"

"就知道你不会要。"弋戈在他对面坐下，笑道，"所以我是来问你，不要白不要，不如给我？"

蒋寒衣瞪圆了眼："弋戈，你是不是缺心眼？"

"你都不要，总不能浪费吧，肥水不流外人田……呃，我是说，不流外班田。"弋戈卡了一下，尴尬地找补道，"我拿这笔钱，请你吃饭！怎么样？"

蒋寒衣身形一滞，然后把手从易拉罐上挪下来，缓缓后撤、双手交叠于胸前，在"高兴"和"不要高兴得太早"的纠结心情中，以一种怀疑的目光看着弋戈。

这个弋戈……怎么看怎么不像原版的。

弋戈才不会这么温柔地来哄他呢，还主动请他吃饭？那是在外星球才会发生的事。

"咳……你这是在跟我赔罪还是道谢啊？"蒋寒衣确认地问了一下。

弋戈心里翻了个白眼，心说我又没错给你赔哪门子的罪，面上却讨好地笑着："都有，都有都有！"

蒋寒衣一看就知道她在敷衍，可原本皱皱巴巴的一颗心还是相当不争气地舒展开了。

他做了几秒的挣扎，决定放过自己——毕竟再这么生闷气下去，哪怕他把自己憋死了，弋戈也不会知道他到底在气什么。

"那什么……我那天话说快了，没那意思。"他别开目光，吞吞吐吐地说。

"什么？"

"说你人缘不好！我没那意思！"蒋寒衣快速吐出一句。

"哦。"弋戈这才想起来,旋即笑得灿烂,"那个呀,我早忘了!放心吧,我心眼比你大多了,不会生气的。"

"哟。"蒋寒衣好笑地看了她一眼,"心眼大?"

弋戈非常骄傲地昂起下巴:"对啊!"

"你是压根就没长心。"蒋寒衣垂下眼,略显落寞地说。

第九章
项脊轩志

五月,江城正式入夏。空气里小龙虾香气浓郁,一到傍晚,江边的少年在夕阳下跳水,一个个灵活精壮得像鱼似的。

周五午休的时候,弋戈按时给杨静交上一篇作文——这是杨静额外给她布置的作业,每周练习一篇记叙文。杨静说她的记叙文虽然不算特别好,但贵在真挚,得分上会比写议论文占优势。这几次的考试成绩也的确说明,比起议论文,弋戈更擅长记叙文。现在她的语文分数已经可以稳定在 100 分到 110 分之间了。

不过弋戈始终没明白,那一篇篇 800 字的流水账究竟有什么"真挚"可言,照她看,还不如拿司马迁说事儿呢。

"你这个立意还是有点偏。"杨静改完作文,把弋戈叫进办公室单独讲解,"这几次都是这个问题,立意如果拿不到一类的话,整体分数就很难再上去。"

弋戈点点头,心说语文毕竟是玄学,哪能那么快就让她抓住所有的诀窍。现在这样中不溜秋的,她都觉得是走了狗屎运了。

"不过结构和文笔上已经非常好了,这篇,可以打 50 分左右!"杨静笑着写下个"49",然后把作文纸递还给她。

"谢谢老师。"

"以后就不用交作文给我啦,下周,你们就有新的语文老师了。"杨静笑着看向弋戈,沉默了几秒,忽然说。

弋戈惊讶极了,杨静要走?怎么一点风声也没有?而且这马上就高三了,还要换老师吗?

再看杨静这个表情,怎么也不像是心甘情愿——难道是刘国庆嫌弃她资历太轻,终于忍不了了?他对杨静的态度一向不好。

"为什么?"

杨静低头,那笑容里既像是幸福,又似有遗憾。她沉吟了几秒,轻轻叹道:"没办法,要生宝宝了嘛。"

"哦,那恭喜老师!"弋戈心里默默向刘国庆道了个歉,然后机械地送上了祝福。

"还没动静呢,恭喜早了!"杨静自嘲地摆了摆手,又从抽屉里掏出一沓作文书,"这些书都留给你。我走了,你的作文可不能掉下来啊!新老师很厉害的,你只能做得更好!"

弋戈有些疑惑,既然还没有宝宝,为什么急着卸任?对杨静这样的年轻老师来说,带一届高三尖子班的经历应该也是很难得的机会吧?

但她没有问,对于他人的事她一向缺乏好奇心。她只是虔诚地接过书、抱在怀里,由衷地说了句谢谢。

杨静为了她的作文挨了刘国庆多少骂、掉了多少头发,弋戈都记在心里、铭感不忘。这么多老师中,她最亲近的也是杨静。现在忽然得知杨静要走,她心里多少有些惘然。

"替我保密哦,同学们应该还都不知道。下周班会课才会说。"杨静俏皮地眨了眨眼。

"知道了。"弋戈冲她笑了笑。

一沓作文书的分量不轻,弋戈走出办公室后差点拿不稳,于是把它们放在走廊阳台上摞了摞齐。

楼下花坛边走过一个男生,抱着快高过头顶的试卷,短短几十米路,他走得艰难极了，看得人心里着急。

是姚子奇，他的胳膊细得像麻秆似的，再好认不过。

"哟，奇妹儿，又搬试卷啊？"姚子奇身后忽然跟出来几个男生，看他们塌腰抖脚打响指的动作就知道，这是十二班有名的那几个混混——树人校风严厉，小流氓们没有机会染黄毛打耳钉，因此只能通过这种"桀骜不驯"的气质来彰显自己的身份。

姚子奇的脚步顿时僵住。

"啧，'邹扒皮'又让你搬全年级的卷子？"为首的那个瘦高个站出来，故意将手压在那沓试卷上，"他可真不懂得'怜香惜玉'。"

话音刚落，他"呸"的一声，把嘴里嚼的口香糖吐在了试卷上。

"啊，不好意思不好意思！"瘦高个夸张地弯腰道歉，却把头往那沓卷子上一撞，姚子奇站不住往后摔了一屁股墩，白花花的试卷顿时散落一片。

弋戈在楼上看着，不禁皱起了眉。

姚子奇是三班的物理课代表，三班和一班的物理老师都是邹胜。邹胜兼任物理备课组组长，负责全年级周练的统卷和印制。邹胜是个不太体贴的老师，每次都让姚子奇一个人去拿全年级的试卷，还要他挨个交到各班物理老师的手上。

弋戈早听说，每周姚子奇搬运物理试卷都是校园一景，偶尔还会引来混混们的围观。那群混混最爱欺负姚子奇，时不时就要捉弄他一下。他们的捉弄也不会太出格，就是踩脚、泼水、把卷子推倒之类的恶作剧，老师也不怎么管。

但听说和亲眼见到终究是不一样的，弋戈心里愤愤，既然看见了，她没法坐视不管，攥紧拳头就要往楼下冲。

下一秒听见熟悉的声音——"志哥！"

是蒋寒衣和范阳，那声招呼是范阳打的，听起来亲切。但看起来，蒋寒衣和范阳的表情都不太好。

"这么闲，中午有空去飞鱼打两把啊？"范阳笑说。飞鱼是学校小门边的网吧,校领导的重点排查对象,只有进VIP包厢才不会被查。

"哟,蒋大少爷。"瘦高个阴阳怪气地叫了声,"又来多管闲事啊?"

蒋寒衣皮笑肉不笑:"这还在学校里呢,给个面子。"

瘦高个叹了声:"唉,飞鱼好是好,就是要躲秃头他们,包厢贵啊。蒋寒衣,你请客?"

蒋寒衣下巴一抬,笑道:"小事儿。"

瘦高个明白这意思,敛了笑,嫌恶地冲姚子奇点了个头。

姚子奇迅速地爬起来,囫囵捡起大部分试卷,唯唯诺诺地冲那瘦高个鞠了好几个躬,转身飞快地跑进了教学楼。

那几个混混望着他落荒而逃的背影哈哈大笑,瘦高个冷笑着骂了声:"你看他那个样子!"

"哟哟哟,跑起来还扭呢!"

"垃圾!"

"他还是男的吗?"

…………

蒋寒衣和范阳没听心情听他们骂人,早转身走了。

各种不堪入耳的讥讽、辱骂穿越四层楼高的距离传进弋戈耳朵里,她也说不清自己是什么心情。

似乎除了愤愤不平,她心里还隐隐泛起一种庆幸——她知道,某种程度上,她和姚子奇是一样的。他们骂姚子奇是"娘炮""娘娘腔",也骂她是"男人婆""壮汉",可她比姚子奇幸运,没有人当面欺辱过她,这个学期以来,甚至连范阳那些贱兮兮的玩笑话都变少了。

她不知道这种"幸运"是为什么,是因为她成绩好被老师看重,还是她看起来凶巴巴的不太好惹?又或者,这也是一种"性别优势"?

可无论是哪个原因,她都一面享受这种幸运,一面为这幸运不齿。

混混们嬉笑着走远了,一阵风起,那张沾着口香糖的试卷被吹出了垃圾桶,飘啊飘,卡在了广玉兰树的枝干上。广玉兰未开,一个个小花苞紧紧闭着,像小小的白色灯笼。

周一晚自习的班会课上，刘国庆领着新的语文老师来做了个介绍。

原本大家还对杨静的离任议论纷纷、抱怨颇多，新老师一走上讲台，教室里忽然就安静下来。

这位老师，很超乎他们的期待。

少年人总是这样，既天真又现实，既多情又健忘。比如之前怎么歇斯底里地拒绝关停"小黑屋"，现在就怎么开开心心地逛食堂小卖部；比如现在，新老师不俗的气质，足以让大家短暂地忘掉杨静突然离任的事实。

年轻的男人站在刘国庆身边，即使遮住脸，两人之间的对比也惨烈得像整容广告。

比如，刘国庆地中海，脑袋秃得锃亮；而新老师理着清爽的短发，刘海不长，略有一点，整齐而自然。

又比如，刘国庆身上是所有中年男老师统一批发来似的条纹polo衬衫，扎进黑色西裤里，皮带正中间一块比他头顶还亮的方扣，提得老高掐在隆起的啤酒肚上；而新老师穿着干净妥帖的白衬衫，领下解开一颗扣子，袖子挽起至小臂，灰色休闲西裤穿至中腰，没系皮带，一派清爽。

最惨的是，即使刘国庆的皮带都快提到胳肢窝了，他们俩的裤腰还是差了十多厘米，仿佛隔着迢迢银河。

身材修长、面容俊美的男人站在讲台上，他戴一副金边眼镜，眼含温和的笑意，从左到右，缓缓打量着这一班已经对他流露出好感的学生们。

"大家好，我叫叶怀棠，游目骋怀的怀、甘棠遗爱的棠。今后担任大家的语文老师，希望能和各位共同进步。"他掰了根粉笔在黑板上写下自己名字，"咚咚"几声，笔底春风，横姿飘逸。

没见过世面的小孩们更愣了。

新老师从长相到身材，从名字到书法，都超凡脱俗。尤其在刘国庆的衬托下，叶怀棠简直像是神仙下凡。

江一一坐在第二排，近水楼台地欣赏着新老师的美貌，她不停地掀起眼帘就往讲台上瞥，又回头冲后排的夏梨眨了眨眼，做口型道："老师好帅！"

夏梨默契地接过江一一的眼神，笑着点了点头表示赞同，余光却瞥见同桌的弋戈又在埋头刷题——她还是这么没礼貌，班会课从来都不认真听。

夏梨收敛笑意，她翻开桌上的《中国古代诗歌散文欣赏》，在扉页写下了新老师的名字。

叶怀棠。

怀念的怀、海棠的棠。的确是个很好听的名字。

夏梨放下笔，抬起头的时候，正好撞上叶怀棠环视全班的目光。

老师的目光停留了一瞬，然后微微扩大了笑容的弧度，冲她略略点一点头。

夏梨微笑回应，大方得体。像她从来都熟悉和擅长的那样。

叶怀棠来树人不到一周，已经俘获了几乎所有学生的心。都说尖子班生态复杂、学生难搞，现在看来倒像反话。这群聪明而敏感，且或多或少恃才傲物的优等生有时候头脑简单得过分——老师长得好看就行。

不过，除了长得好看之外，叶怀棠的专业水平也是毋庸置疑的。

他和杨静的风格同中有异，相同点在于他们都亲和，不像刘国庆，喜欢耳提面命、动不动就数学课变班会课。叶怀棠上第一节课时笑得春风和煦，随意一指点了班长做课代表，理由是他还不认识其他同学，并且保证他的课代表没有额外的工作量，就是发发卷子而已。看起来非常好说话的样子。

不同点则是，他比杨静游刃有余得多。这一点，鬼精灵的学生们从教案上也能窥得一二。当了这么多年学生，他们也总结出规律：越是资历浅、业务生疏的老师，教案写得越是一丝不苟，一行一列条分缕析的；

而厉害的老师都游刃有余，教案大多随意，比如刘国庆，他的教案简直比医生写的病历还难懂。

叶怀棠也是这样。据范阳课间偷看的结果来报，叶怀棠的教案虽然一笔行书飘逸俊秀，但内容寥寥，也就几行字，提了提重点而已。

"我还看见右下角里有几行小字，"范阳神秘兮兮地说，"你们说，他备课的时候不会也开小差抄歌词吧？"

夏梨笑骂："别乱说！"

总之，叶怀棠作为老师，可谓是金玉其外、金玉其中，成了全班同学的偶像。还不到一周，明面上已经有女生给他泡茶、男生请他打乒乓球了，而私底下，闲不下来的少年们对他的家庭生活也充满了好奇。

可就算是范阳八卦得像内务府的小太监，也没挖出叶老师的底细来。

大家现在只知道，叶老师年过四十——完全看不出来。外地人。和妻子是青梅竹马、感情甚笃——这一点，还是叶老师上课时自己爆出来的。

当时课上正讲到《项脊轩志》，"庭有枇杷树，吾妻死之年所手植也，今已亭亭如盖矣。"平平淡淡的一句话，道尽无限哀思。大家被叶怀棠清朗的嗓音带进氛围里，甚至有女生红了眼眶。

文章念完了，教室里还是一片沉默。叶怀棠忽地轻轻笑了声说："小小年纪，怎么都这么多愁善感？"

江一一声音魆魆地说："老师，这篇文章写得太好了。"

叶怀棠饶有兴致地问："好在哪儿？"

江一一："作者对妻子的爱，太感人了……"

"我倒认为，这篇文章最好之处在于，哀而不伤。"叶怀棠笑道，"你们呐，还不知情为何物呢。"

教室里没人搭话了，叶怀棠忽然又发出一声喟叹，似是无奈："好吧，调节一下你们的情绪，少年人也不好这么沉闷。我和师母的故事，有没有兴趣听？"

大伙来了劲儿，一个个亮着眼睛等着听八卦。

叶怀棠擅长讲故事，即使是个平淡的爱情故事，他也讲得十分动人，青梅竹马，佳偶天成，良缘喜结，相伴一生。

·261·

"要不是老校长请我,我才懒得来江城呢。"叶怀棠这时又露出一些才子傲气来,微扬下巴,"所以呀,你们可得好好学习,不然可怜了你们师母在家连灯泡都不会换。"

青春懵懂的高中生们听得如痴如醉,满眼都写着憧憬——比起出色的教学成绩、超然的专业地位、丰富的经验,一副好皮囊和一个浪漫的爱情故事当然更容易赢得十六七岁的崇拜。

范阳一个劲儿地感叹"叶老师真男人",夏梨也心生向往,不住地想象师母该是什么样子。

蒋寒衣听完,却忽然伸长胳膊戳了戳弋戈的背,问:"咋样?"

弋戈扭头,一脸莫名:"什么咋样?"

"叶老师的故事啊!青梅竹马,多感人啊。"蒋寒衣压低了声音,却掩不住笑意。

弋戈更莫名地上下扫了他一眼,感人就感人呗,值得他特地来强调一句?她回身翻了翻课本,轻叹了口气。

文章写得真好,可惜……

可惜,归有光两年后就娶了第二任妻子王氏。后来他又写过纪念王氏的《世美堂后记》,一样这么感人。

叶怀棠接班后的第一场大考就碰上高二年级的期末考试,也是全市的八校联考,重要性不言而喻。用刘国庆的话说:"八校联考,就是你们高考的风向标!"

可比起刘国庆的紧张和重视,和学生们同样接受检验的叶怀棠对这场考试似乎并不太在意。考前最后一节课上完,他照例拿出口袋里的手帕擦了擦手,慢条斯理的。据眼尖的女生观察,他那方灰色方格的帕子上绣了朵花,一看就是师母的手笔。

为此,小女生们又默默激动了好几天。

"行了,下课吧,回家好好睡一觉,别太紧张。"叶怀棠轻轻笑着说。

范阳好事,加上叶怀棠又是个牵动全班女生吸引力的主儿,他最喜欢和这种焦点人物开玩笑,于是忙举手说:"老师!你不紧张吗?我们都紧张死了！"

　　弋戈和蒋寒衣心里同时笑一声，见鬼了，范阳难得为考试紧张一次。

　　叶怀棠反问："紧张什么？"

　　"这可是八校联考啊！"

　　"什么考试都只是考试而已。"叶怀棠表情平静、声音含笑地说了句特别唬人的话，"犯不着紧张。"

　　"老师，你对我们这么有信心啊？"范阳笑嘻嘻又问，摆明了讨赏。

　　"应该说……我是对我自己比较有信心？"叶怀棠眼神一展，忽又狡黠地自夸道。

　　班里一阵哄笑。

　　"好吧，对你们也很有信心。"叶怀棠停顿了两秒，又笑着鼓励道。

　　他的目光在教室里扫一圈，又在倒数第二排那个笑容乖巧、表情认真的女孩子身上短暂地停顿。

　　夏梨会心地回以一个懂事的微笑，叶怀棠感到欣慰，微微敛眉，放大了嘴角的微笑。

　　只有半秒，但足以让她看到。

　　夏梨会心地回以一个懂事的微笑，叶怀棠不禁觉得赏心悦目，微微敛眉，放大了嘴角的笑容。

　　相比之下，她的那位同桌就不那么让人愉快了。叶怀棠正式接班前就听过弋戈的名字，从校长到刘国庆，每个领导都告诉他要重点关注弋戈，把她放在第一位。

　　可两个礼拜下来，除了高分，弋戈没给叶怀棠留下任何好印象——更何况，她在语文方面，连高分都谈不上。

　　长相寡淡，身材高大，像一块硬邦邦的铁板，和她的作文一样，干瘪僵硬，毫无少女灵气。

　　叶怀棠对这个女孩子全无欣赏，却又不得不对她上心——毕竟刘国庆私底下连"只要语文稳得住她就是明年省状元"这种话都放出来了。然而每次课堂上想和她互动交换眼神，都只得到冷漠呆滞的一瞥，堵得他胸口一团浊气。

叶怀棠的目光停在夏梨身上便不再移动,他不太想看到弋戈冷漠的眼神,或是埋头刷数学题、压根不搭理他那些风趣玩笑的呆板模样。

"老师!那你给我们押押题呗!"范阳闲不下来,又问。

"你们啊,怎么尽想着走捷径?"话是教训,叶怀棠语气里却全无教训的意思,反而一派随和地看着他。

"哎呀,就押押呗,万一呢!"范阳来劲了,"就说作文,叶老师,您觉得作文会考什么?"

叶怀棠笑得无奈极了,摇摇头说:"谁知道,我猜……是时事新闻?中国式过马路之类的?"

却有学生认真了,忙问:"那该怎么写?时事新闻好像考得很少哎老师……"

叶怀棠轻轻地卷起书在那提问的女孩头上敲了一下:"这丫头!尽想着要答案!"

第二天考试后,叶怀棠在全班人心中的地位又上升了一个台阶。

这次的作文题目,居然真的就是中国式过马路。

走廊上沸沸扬扬的,其他人都在抱怨题目刁钻的时候,一班的学生脸上神情各异——有的人惊讶,简直怀疑叶怀棠是神仙;有的人狂喜,因为他们昨晚临时抱佛脚查了这类作文该怎么写;而更多的人相视一眼,露出神秘而得意的微笑。

拜托,那可是叶老师。

但在这全班欢喜的氛围里,有一个人例外——弋戈。

天地良心,她是真的不知道"中国式过马路"该怎么写成记叙文。总不能编一出由中国式过马路引发的惨剧,最后来一段痛定思痛的旁观点评吧?

弋戈挠了半天脑袋,最后还是走上了老路,写了篇议论文。唯一的进步大概是,她这次没用司马迁。

三天后成绩公布,弋戈走了狗屎运,语文仍旧拿到104分,总分

684。虽然有两所学校的成绩还没出来,但据小道消息,不出意外,她就是八校第一名。

但这第一名很是凶险,只比第二名高两分。而且第二名不再是姚子奇,也不是其他学校的人,而是已经低迷了很久的夏梨。她的语文考了138分,作文则是这次联考中唯一的一个满分。

据说她的试卷已经印给另外七所学校,一一传阅。

弋戈盯着自己成绩条里那个鹤立鸡群的"104",心中有些郁闷——以往她不会为语文成绩伤心,现在却不得不承认自己心里不太痛快。人就是这样,只要到过顶峰,就很难接受跌入谷底了。

她直觉地想去找老师聊聊问题所在,之前几次考完试她都会去找杨静的。可现在老师换成了叶怀棠,她又很犹豫。

说不清为什么,她觉得自己和这位收获了全班爱戴的新老师不太合拍。也许是因为他的风格太煽情了吧,上课动不动就讲自己的家庭故事,一口一个"你们师母""我夫人",弋戈每每听都起鸡皮疙瘩,极其不适应。

这时,刘国庆忽然走进教室,大着嗓子通知道:"注意一下哈!数学最后一道选择题有点问题,C和D都是正确答案,误判的同学找课代表改一下分报给我!"

弋戈掏出数学卷子,在草稿纸上又算了一遍。果然,第12题有两个解,C和D都是对的。而她考试时为了提高效率,选择题习惯算到正确答案就停笔,所以根本没往下看。

她补充了一个答案,余光瞥见夏梨拿着卷子起了身。

弋戈几乎是立刻就意识到这意味着什么——得,坐了一学期年级第一的位置,还是得还给人家了。

她有些挫败,烦躁地把笔一丢,语文试卷塞回桌洞,眼不见为净。

办公室里,刘国庆一个劲地摇头批判着试卷的错漏:"一中的老师怎么回事,八校联考的卷子都能出这种错误,五分,差着多少事呢!"

叶怀棠一向不愿对分数斤斤计较,不过面上倒笑得春风和煦,称赞道:"是啊,这现在重新排名,浪费多少时间。"

"学生是认认真真考的，老师都不认真出卷认真批改，那还像话吗！"刘国庆火气极大。

"咚咚咚！"
女生拿着答题卡敲了敲办公室的门。
叶怀棠掀起眼帘，看见夏梨白净小脸上的温婉笑容。即使穿着那身质量差劲、设计糟糕的校服，她也像一朵清丽的花，绽放在大多数同龄人都还冒傻气的青春年代。

"老师，数学最后一个选择题我选了D。"夏梨走到刘国庆桌前，声音平静。
可叶怀棠听得出来，她正在努力地克制内心的激动。她的声音柔和得像春风，但他知道，她不过是春风下的一束小花，被吹得颤抖。

刘国庆接过夏梨的答题卡一看，果然是，于是在登分表上给她的数学分数加了五分，变成137分。
他改完才发现，这样一来，夏梨的总分就超过弋戈了。
刘国庆惊喜地扬了扬眉："不错！不容易啊，你这个状态终于回来了，不过呢，我还是要提醒你，抓紧数学，你看你这次拉分主要靠的是语文吧，但哪有人语文次次考138分的呢？其他科目，尤其是数学，你还是要加把劲。"
叶怀棠耐心听完，心里默默"嗤"了一声，这人真是不解风情。人家小姑娘摆明了是来讨表扬的，他说的都是些什么鬼话？
再一看夏梨，她的表情仍然平和，乖巧地微笑着说："嗯，我明白，谢谢老师。"
叶怀棠笑着插话道："夏梨，这次作文写得非常不错。说实话，我甚至有些意外，你的作文超过了我对一个高中学生的期待。"
刘国庆笑着接过话头："怎么样叶老师？我说了吧，我们夏梨的作文，每次都名列前茅！"
叶怀棠心中笑刘国庆实在不解风情有些不耐地讥笑一声，怎么能用"名列前茅"？夏梨想听的，怎么会是"名列前茅"？

没有人比他更懂这类矜傲的天之娇女心里在想什么,她们生来就在前茅之列,所以她们要的是一骑绝尘,是独一无二,是和所有人都不一样。

他无奈地摇摇头:"刘老师,这我可就不敢苟同了。"

"嗯?"

"别的科目我没有发言权,至少在语文方面,夏梨是我从教二十年来所知道的最出色的学生。"

叶怀棠擅长语言的游戏,他知道对于夏梨来说,真正悦耳的夸奖必然不是直接和夸张的。内容要结实,比如,"我二十多年来",用岁月累积起的扎实,听起来真诚。语气却要尽量轻描淡写,显得淡泊,但又得带上一点儿傲气——一点就够了,有教养的女孩不会冒犯他人。

于是,他又补充道:"大概,也会是我全部教学生涯中最出色的学生。"

刘国庆愣了一下,旋即笑起来,对夏梨道:"看到没?叶老师对你评价这么高!以后可要加倍努力啊!"

夏梨展颜,点了点头。

叶怀棠看着夏梨的小脸上出现甜美如花蕊的梨涡的笑容,心里不禁得意——看,这才是她真正的笑容。

叶怀棠看着夏梨脸上真诚的笑容,心中既宽慰又得意。

领完成绩单后,准高三的学生们开始放暑假——只有五天半的暑假。

"暑假比国庆都短,天理何在啊!"范阳趴在那一沓新卷子上哀号。

可惜没人搭理他。

夏梨从办公室回来后没到两分钟又被叶怀棠叫走,现在正如痴如醉地和他探讨文学;弋戈从早上起就不太高兴,碰上成绩的事,范阳也不敢贸然去打扰。

而蒋寒衣……

从弋戈不高兴开始,蒋寒衣的眼睛就长在她身上了。

范阳恨铁不成钢地摇头叹气,这些为俗事所累的人啊!只有他,心怀大义,独自为广大高中生的假期时长和身心健康担忧着。

· 267 ·

这时他看见夏梨从办公室里走出来，笑意在脸上漾开。他正想问她要不要一起回家，却见夏梨兴冲冲地跑过来说："要不要一起吃饭？"

"啊？"她的笑容过于明媚灿烂，这很少见，以至于范阳晃了晃神。

"一起吃饭啊，去火锅店。"夏梨被他的呆样逗笑，又一瞥，见蒋寒衣看着弋戈，笑意敛去，又道，"一起吧，弋戈也来——"

她伸手想拍拍弋戈的胳膊，还没碰到，弋戈拿起手机腾地站起来，心事重重地走了，好像看不见他们三个似的。

"这大哥又犯什么病了……"范阳嘀咕了句，"算了，她不去我们去！寒衣，走啊！"

"等会儿再说。"蒋寒衣眉头紧锁，心不在焉地回了句，目光仍紧跟着弋戈。一节课前还好好的，这是怎么了？难道就因为成绩的事？可弋戈不是会计较这些的人啊。

走廊上，弋戈拨通三妈的电话。

这几个月陈春杏忙得脚不沾地，几乎住在了医院，弋戈在家里就没见过她几面。上周两人说好，弋戈期末考试后请她出去吃大餐，可一个小时前，陈春杏发来短信说医院走不开，不能带她去吃饭了。

分数的事郁闷一会儿也就算了，可对于陈春杏突然的失约，弋戈有些接受不了。她隐约感觉到有什么地方不对劲，不然弋维金病情稳定，有什么值得陈春杏忙活的？但连一向喜怒形于色的王鹤玲都表现如常，这说明问题不出在她亲爹亲妈身上，除此之外，她不知道还有什么其他的事情能影响陈春杏的生活。

电话响了很久才被接起，陈春杏压着声音："小戈，怎么了？"

本来是有些脾气想发的，可听她微弱的声音，所有的牢骚又都偃旗息鼓了——三妈在医院，每天守着个口不能言手不能动的植物人，没有人听她讲话，她却连打电话都要小心翼翼压着声音。

"没什么，就是想问问三伯的情况。"弋戈的牢骚到了嘴边又掉了个头。

"还不是老样子。"陈春杏提起弋维金的病，永远都只有这一句话，连语气都不会变的。

弋戈了然地点点头，又说："有护工在，你也别太辛苦了。"

话说到这里就停了，想问的"你什么时候有空"或"什么时候回家"，弋戈绝不会问出口。

"三妈心里有数的。"陈春杏在电话那头笑，"你考完试了吧？是不是要放暑假啦？在家里休息几天，多陪陪你爸爸妈妈。"

"嗯。"

弋戈简短地答应了一声，然后挂断电话。

一转身，碰见叶怀棠从办公室里走出来。也许是因为今天没课，他不像往常一身衬衫西裤，而是穿了件白色印花的T恤、搭配卡其色休闲裤。

很年轻的打扮，几乎像个大学生——光看脸，没人会相信叶怀棠已经超过四十岁。

叶怀棠看起来心情很好，舒展的表情却在看见弋戈的时候不自觉地僵了一下。

当然，弋戈也僵回去了——她和这位儒雅帅气的老师之间永远有一种尴尬的磁场，谁也不想搭理谁、却又不得不互相糊弄的那种尴尬。

"老师好。"弋戈率先出声。

"嗯。"叶怀棠干笑了声，"你那个作文我看过了，其实写得还可以，但在论述力度上还有些问题……什么时候找个空，我和你仔细分析一下。"

"好，谢谢老师。"弋戈像个机器人，标准而尴尬地吐出一句又一句问候语。

好在夏梨走出了教室，拯救了备受折磨的叶怀棠。

叶怀棠的笑容立刻又舒展开，他把手负在身后，微微弯腰，看着夏梨问道："怎么样，叫了几个帮手来宰我的钱包？"

弋戈看着这个画面，叶怀棠简直像个帅气的学长，赏心悦目之余忽然觉得又有哪里不对劲——是了，如果把叶怀棠换成刘国庆，这绝对是限制级惊悚影片。但现在这个人是叶怀棠，所以画面看起来还挺和谐的。

……这个看脸的世界。

夏梨有些不好意思，埋怨地说："老师，是你自己说要请我们吃饭的！"

叶怀棠耸耸肩，低声笑道："好吧，凭君差遣。"

"叶老师！原来是您要请我们吃饭啊！"范阳兴冲冲地跟在后面，激动极了。

"是啊，感谢你上课那么配合我，总是给我当捧哏。"

"好说好说，都是小事！"范阳厚脸皮地揽下了所有夸奖。

"怎么样，想好去哪儿吃了吗？"叶怀棠一摊手，问。

"火锅店！"夏梨说，"我姑姑家开的，味道很不错。"

"哦？所以是有家属折扣？"叶怀棠问。

"当然！"夏梨笑起来，露出甜美的梨涡。

"那走吧？"

"弋戈。"

叶怀棠话音刚落，就看见蒋寒衣走向弋戈："你要不要跟我们一起？"

弋戈看了看蒋寒衣，又看了看另一边的三人。她很纠结。

说实话她现在不太想回家，她想出去大吃一顿，可和老师一起吃饭……好像就不太自在了。

可叶怀棠……叶怀棠会不会在饭桌上也高谈阔论顺便把他和师母的故事又讲一遍？那可真是太倒胃口。

蒋寒衣见她犹豫，忽然狡猾地笑了，然后凑近她耳边小声道："你是不是还想吃肯德基？我可以陪你去。"

太近了。

她全身上下像过电一般抖了一下，然后耳朵像烧起来了似的发烫。

"啧啧，老师还在呢，说什么悄悄话！"范阳不满地叫出声。

弋戈被他这揶揄的一句惊醒，忙退后一步："去就去！"

她瞪了蒋寒衣一眼，快步走到夏梨身边。

"去呗。"蒋寒衣咧嘴一笑。

五人坐进一间小隔间里，方形长桌，每侧两把椅子。叶怀棠和夏梨坐一侧，蒋寒衣和弋戈坐另一侧。

范阳搬了个椅子回来，看见大家自动分组，愣了一下，对叶怀棠道："老师，您上座吧！"

夏梨一听这话，暗道自己疏漏，忙站起身给叶怀棠让位置："对，叶老师，您坐主座。"

叶怀棠却不动，懒散地抱着臂嗤道："你们啊，真不懂尊老爱幼，我这么一把年纪了，让我坐过道？"

范阳一愣："也对哦……"

"赶紧坐好，废话那么多！"

叶怀棠吹胡子瞪眼的时候也不凶，反而一副精明顽劣的模样，像金庸小说里的老顽童。

夏梨想到这儿，低头抿嘴笑了笑。她和叶老师聊过好几次金庸，她说最喜欢白马啸西风的李文秀，叶老师不说他喜欢谁，只说最不喜周伯通，无担当无大义，非君子也。

蒋寒衣也笑了声，不过他的主要注意力还是在弋戈身上——弋大小姐已经盯着一张菜单认真研究了三分钟了。

看看人家这态度，对菜单和试卷一视同仁、一丝不苟，多值得学习。

"实在取舍不了，就都点吧。"蒋寒衣一侧身，笑着说。

弋戈瞪了他一眼，把菜单放下。她就是个来蹭吃的，还是老老实实的，有啥吃啥吧。

小年轻的动作逃不过叶怀棠的眼睛，他向来自诩开明，不像刘国庆似的对少年人春心萌动如临大敌，可这时却略有遗憾地看了蒋寒衣一眼——好好的男孩子，眼光有什么毛病？

但他还是笑着把菜单还给了弋戈："来吧，女孩子点菜。别替我省钱哦。"他一招手，让服务员多拿了一张菜单递给夏梨，"一人一张。"

弋戈正在思考是否要客气地推辞，蒋寒衣毫不见外地接过他手里的笔，"唰唰唰"地钩了一长列肥牛、肥羊、毛肚、午餐肉。

他钩得还挺准，全是她爱吃的，因此弋戈忍住没骂人。

她抬眼看向夏梨，心里松了一口气——还好还好，夏梨这么有礼貌的人都没推辞，说明这时确实不需要推辞。

夏梨在认真地挑选适合烫火锅的蔬菜。蒋寒衣和范阳两个吃什么都能活，弋戈……弋戈看起来也不挑嘴，但叶老师就不好说了，她拿不准他爱吃写什么。

正在红薯片和土豆片之间纠结时，叶怀棠忽然凑过来，轻轻说："点你自己喜欢的。"

他的声音不像同龄男人那样低沉，反而有一种清澈的明朗，但又和蒋寒衣这种少年人的清亮不同，似乎更有磁性一些。

如果要夏梨选择一个词来形容的话，她会用"疏朗"。

风神疏朗、树影疏朗、月光疏朗。疏朗可以形容样貌、性格、气质，就是不能形容声音。但没关系，夏梨仍旧为她的用词而得意——这是奇妙的通感，反正叶老师肯定懂的。

夏梨轻轻抿嘴"嗯"了一声，小手握紧铅笔，耳朵却漫出血色。

叶怀棠笑了笑，将目光挪开，拨冗应付另外三个小孩。一个无趣，一个傻气，另一个倒是赏心悦目，可惜跟他不太合拍。

餐桌上，范阳笑着恭维叶怀棠摘掉眼睛之后更帅了，蒋寒衣涮了满满一漏勺的牛肉，全部舀进弋戈的碗里，而弋戈……她好像只看得见眼前的牛肉似的，吃得安静而专注。难得的是，她吃相并不难看，可还是俗。

一顿饭吃得非常愉快，叶怀棠大概是唯一一个愿意忍受范阳满嘴跑火车的老师，大部分时间都是他们俩在聊，蒋寒衣偶尔插几句。弋戈除了让蒋寒衣别给她夹菜之外就不怎么说话，因为忙着吃；夏梨也一直很安静，因为教养。

看，这就是区别。

叶怀棠又给夏梨夹了两片肥牛，轻轻说："多吃肉，小姑娘这么瘦。"

他主观上并没有影射谁的意思，可如果弋戈能听出弦外之音的话，也算一件好事。十六七岁的姑娘，也该注意注意自己的形象。可如果弋戈会为此反省的话他觉得也算一件功德——她的确应该有些自知之明。可惜弋戈没有，她在认真地剥一只基围虾。

孺子不可教也。

吃得差不多，叶怀棠起身去结账。

饭桌上骤然只剩下最熟悉的同龄人，夏梨却反而变得不自在起来。

她隔着火锅的热气看对面的弋戈，弋戈还是那副样子，不论是听课、写作业还是吃饭，什么都事不关己的样子，即使这一次弋戈没有考到年级第一。蒋寒衣殷勤地替弋戈烫着各种食物，也用眼神替其挡住范阳的揶揄。

没有人打算问问她的期末成绩，没有人羡慕她如此被叶老师欣赏，连范阳都只顾着笑弋戈"一哥肚里能撑船呀"，夏梨忽然觉得无趣。

叶老师什么时候回来。

叶老师怎么还不回来？

叶怀棠在柜台和夏梨的姑姑姑父寒暄了很久，主要是在争执这顿饭到底要不要付钱。最终叶怀棠坚持留了五张百元纸币在柜台上，笑道："既然您不收，我就厚脸皮把零头给抹了。"

夏姑姑大惊失色："哪里要这么多！总共也才三百多！"

叶怀棠点点头，抽回一张纸币："那正好。"

夏姑姑这才反应过来自己被晃了一枪，无奈地叹道："您是老师，怎么好让您花钱！我们家夏梨还要麻烦老师多关照！"

当然，他会认真关照。

叶怀棠笑得谦逊："当然，夏梨是很好的孩子。"

两个男孩子风卷残云地打扫完剩下的边角料，打算分别送两个女孩回家。

走到门口，叶怀棠却忽然问："你们俩住在哪儿？我送你们回去。"

蒋寒衣笑道："不用了老师，我和弋戈住一起，范阳和夏梨也住一块儿，我们自己回去就行，放心吧！"

叶怀棠听到前半句还暗自窃喜，可后半句就不那么令人愉悦了。不过他面不改色地点点头，微笑道："那先一起走吧，顺段路。"

"好啊，叶老师你住教室宿舍吧？"范阳接茬。

"嗯，走吧。"叶怀棠绅士地做了个"请"的动作。

江城的夜极热闹，沿着街道一路走下去，烧烤店、龙虾店、大排档，都还灯火通明，光着膀子的啤酒肚男人们坐在露天方桌边谈天侃地。

范阳吃"嗨"了，没大没小地勾着叶怀棠的肩膀，又开始叽里咕噜地跑火车，从自己悲催的语文成绩说到"老叶你为啥这么帅我老了也想这么帅要不以后我就叫你叶帅吧"，简直是喝了假酒的程度。

夏梨走在叶怀棠另一边，清楚地听见叶怀棠在应付他的间隙不住叹气，忍不住弯起了嘴角。

与前面三人的热闹不同，蒋寒衣和弋戈并排走在后面，很安静。主要是弋戈很安静——她有点发饭晕。

或者不是饭晕，只是她最近有点小小的惆怅。她想三妈了。

她不是那种能在长辈怀里撒娇的孩子，心里这点黏黏糊糊的依赖也绝不会向外表露丝毫，可想念越是憋在心里，就越是令人惆怅。

晚风轻轻吹拂，弋戈闻着街边各种大排档的浓郁香气，眼皮昏昏沉沉的，直想睡觉。

"喂，你看着点路！"蒋寒衣眼见她迷迷糊糊地就往树上撞，忙一伸手拽住她把人拉回来。

他用力过猛，弋戈背对他直直地撞进他怀里。

"怦！怦！怦！"

茫然中弋戈听见这样的声音。

她反应了好久才想起来那应该是心跳，可蒋寒衣已经慌张地退开了一步——他怕再不退弋戈的拳头就要挥上来了。

可弋戈没挥拳头。

蒋寒衣咽了下口水："你、你走路看着点！"

弋戈回头，看见蒋寒衣的脸上异常的红，不过她现在不太能分辨这到底是脸红还是背后店铺的霓虹灯映在他脸上造成的。

她的注意力诡异地产生了偏移——她发现蒋寒衣突然比她高了好多。以前只是那么一两厘米的差距，现在她都要微微抬头看他了。

"蒋寒衣。"弋戈迷迷糊糊地嘟囔。

"嗯？"弋戈的声音软软糯糯，是蒋寒衣从没听过的，听得他心都快从嗓子眼跳出来了。

"你什么时候长高了？"

蒋寒衣一口气提了好几秒，才破功笑出来，笑着嘟囔道："以前听我爷爷说'醉饭'，还真有人这样啊。"

"你！是不是穿增高垫了！"下一秒，弋戈的声音又洪亮起来，指着蒋寒衣控诉道。

众所周知，摧毁一个男生最快的方式就是说他垫增高垫。

蒋寒衣差点当场脱鞋自证清白，可仅有的理智提醒他这是在大街上，以及前面三个人已经把他们俩甩下很远了。

他憋屈又无奈地摇头笑了两声，拉着弋戈往前走："反正比你高！"

"我还能长！"弋戈不服气。

"哦，我也能。"

蒋寒衣拉着弋戈走得慢吞吞，走过繁华的夜市，快到教师宿舍的时候才追上了前面三人，他恋恋不舍地松开弋戈，却忽然听见一声怪响，好像有个黑影从他身侧的树丛边蹿出来，条件反射下他伸出胳膊把弋戈直接揽进了怀里。

"叶怀棠！你还我女儿！还我女儿！"

"叶怀棠，你这个杀千刀的！"

"你不得好死，不得好死——"

尖锐凄厉的女声划破寂静的夜，夏梨还没反应过来就被范阳护在身后，看见一个披散长发的女人挥着刀直冲叶怀棠而去。

"叶老师！"她惊叫出声。

范阳捂住了夏梨的眼睛，双手却也吓得颤抖。

"快回家去！"再睁开眼睛的时候，夏梨看见叶怀棠的手臂上有一道长长的血口子，眼镜也掉了。他反剪那女人的双手，把她摁在地上，回头命令道。

"叶老师……"夏梨下意识地想上前帮忙。

"快点回家！注意安全！"叶怀棠的表情忽然变得凶狠，"你们两个男生，带女孩子回家！"

弋戈被这一出惊醒，率先反应过来，说：“要不要报警？”
"对，报警！"蒋寒衣仍紧紧地揽着她，分出一只手来拿电话，"叶老师，我们帮你报警！"
"不用报警！"路灯下叶怀棠的脸半明半暗，他用命令的口吻说，"保安马上就会来，你们赶紧回家，注意自己的安全！"
话音刚落，两个保安手持警棍急匆匆地跑来，一个摁住那女人，一个把叶怀棠扶起来。

"叶老师，去医院……"夏梨被吓坏了，声音很小。
叶怀棠单膝跪在地上，脊背弯下去，捡起眼镜戴上。
"放心，老师没事。"他起身捂着手臂上的伤口，那暗红色的血就沿着他的手臂淋在地上，一滴一滴，夏梨看得清清楚楚。
"到家了给我发个短信。"
叶怀棠冲她微笑，依旧温润如玉。

短暂暑假的第三天，刘国庆就在班级群里通知大家可以回校自习，他会全程坐在办公室陪伴。
弋戈在家里待着没劲，虽然琼岛之行后弋维山和王鹤玲就对她采取了彻底放养的策略，可这几天他们俩都很闲，她不得不面对王鹤玲诸多的"创意"料理和弋维山张口就来的"总裁办独家人生心得"。
于是她果断地选择了收拾书包回学校。

弋戈原本以为没有多少人会提前回校的，毕竟，暑假只剩两天了；毕竟，办公室里就坐着刘国庆。
可到教室一看，除了零星几个空位，全班几乎无人缺席。
弋戈十分意外，正纳闷，就被朱潇潇八卦兮兮地拉出了教室。

朱潇潇拉着弋戈风风火火地下楼，一路走到操场也不见停。
"你怎么了？"弋戈停下脚步，纳闷地拽住她。
朱潇潇四下看了圈，确认没人，才拉着弋戈在看台上坐下，还把手里卷着的《当代歌坛》展开，封面上的明星留着遮眼睛的长发，戴标志性的黑框眼镜，很是忧郁的模样。

弋戈："你看杂志也要挑个风水宝地？"

朱潇潇剜她一眼："这叫打掩护！就算有人来也只会以为我们在聊八卦。"

弋戈好笑地说："所以出了什么大事需要你这么费心地打掩护？"

朱潇潇看她一眼，凑近了点，神秘兮兮地问："你知道叶老师前天晚上被袭击了吗？"

弋戈一愣。她当然知道，她就是目击者。可是朱潇潇怎么会知道？

"你怎么知道？"她反问。

"大家都知道！不然你以为大家为什么这么自觉回来自习，还不是为了得到一手消息。"朱潇潇嫌弃弋戈"不懂行情"。

弋戈的确不太懂这类行情，为了聊八卦不辞辛苦跑来学校自习？她这个目击者都没有这份求知欲。

一来，叶怀棠是个成年人，有能力处理好自己的事情，轮不到学生来操心；二来，那个女人虽然叫的是叶怀棠的名字，可她状若癫狂，被摁在地上的时候连自己的口水都兜不住，应该是有精神疾病的人。弋戈倾向于认为这是一场意外，疯子伤人的事情她在桃舟的时候见过好几例。

"我跟你说……"朱潇潇忽然压低了声音，抓着弋戈的胳膊把她拉近了点，"那个女的，是叶老师的老婆！"

"什么？"弋戈怀疑自己听错了。那个疯女人，是叶怀棠的妻子？就是他在课上屡屡提起的那位"师母"？

"你不敢相信吧？我们也没人敢信！"朱潇潇对她的反应很满意，煞有介事地道，"但徐嘉树他爸不是老师嘛，他说的。那个人就是叶老师的老婆，现在就住在教师宿舍呢。"

"可我那天看到那个女的明明……"

"疯了，是吧？"朱潇潇抢答，两手一拍，"我跟你说，你肯定不敢相信……叶老师太惨了……"

"说重点！"弋戈急了。

朱潇潇"啧"了声："就是，叶老师和师母有个女儿的，你知道吗？"

弋戈急得咬牙："我怎么会知道。说重点！"

"唉，他们的女儿两年前跳楼自杀了，在他们老家，然后师母的精神状态就变得不太好，有点……有点不正常。叶老师在家里陪了师母一年多，最近她情况变好了，他才到江城来工作的。"讲到这里，朱潇潇的表情很惆怅，"据说他们的女儿是因为感情问题得了抑郁症，叶老师在她的 QQ 里发现了聊天记录。"

弋戈眉毛绞成了麻花，越听越惊悚，怎么都觉得不对劲。家里发生过这么悲惨的事情，叶怀棠居然还能在课堂上和他们谈笑风生？这也太不合理了。

她直觉地怀疑这是经传播后畸变的版本，于是问："你怎么知道？"

朱潇潇无奈地看她一眼："都是真的！"

"你听谁说的？"弋戈不信，"连人家 QQ 里有聊天记录都知道？"

"你看这个！"朱潇潇气不过，拿出夹在杂志里的一张纸。

那是被打印下来的网页报道，A4 纸还很新，折了两道。

《随城晚报》，2010 年 3 月 24 日。随城是省内的一座山城，离江城有些距离，发展不佳，近年来人口流失很严重。

花季少女坠亡，警方已排除他杀可能。

报道占去半面篇幅，文中人名都用姓氏或者化名代称。可那张只有侧面的照片却很清楚，是叶怀棠搂着一个头发散乱、崩溃痛哭的女人。

照片上，叶怀棠和现在很不一样，头发颓败地耷拉在额头上，眼镜也下滑到鼻梁中部，面颊凹陷，双眼无神。

弋戈拧着眉快速看完了整篇报道，除了确定少女为自杀身亡、语焉不详地猜测原因是感情问题和呼吁一两句"关爱青少年心理健康，预防抑郁症"之外，全文没有任何有用的信息。

"你现在信了吧？"朱潇潇语气似乎有些不满，咕哝道，"你怎么这样，我们大家都在担心叶老师呢，你还怀疑我骗人……"

弋戈有些抱歉："对不起。"

"算了，我又没怪你。"朱潇潇说，"我就是觉得叶老师挺可怜的，那么好的一个人，失去了女儿，现在老婆还这样。"

弋戈心里乱糟糟的，不知道该说些什么，那天夜晚那疯癫女人凄厉的叫声却反复在耳边回荡。

"叶老师真的太惨了……听徐嘉树说，叶老师这两年还一直在帮助其他有心理问题的孩子。"朱潇潇语气里充满了遗憾和崇拜，"老天就是这么不公平，好人总是没好报。"

下意识地，弋戈还是想问"徐嘉树怎么知道"，但她忍住了，转而附和地问："怎么帮助？捐钱吗？"

"当然不是！"话不投机了太多句，朱潇潇嫌弃的眼神里明晃晃写着不满，义正词严地说，"叶老师在网上陪他们聊天、亲自去开导他们、陪伴他们，做了很多！听说，随城一中好多学生，那种不听话在社会上混日子的，还有那种割过腕的，都是被他劝回去好好读书的。"

"哦……"弋戈悻悻地点了点头。她知道这个反应大概会让朱潇潇很失望，朱潇潇这么大动干戈地把她拉下来坐着，肯定是想和她好好聊一聊的，可她从来都不是很擅长这个。

报纸上叶怀棠颓败的侧影被风吹动，黑体小标题写着的"预防抑郁症"也上下飘动着，全篇报道的最后一句话是"家长、学校和社会应该共同努力，加强青少年心理健康教育，提高青少年心理承受能力"。

这是弋戈第一次在生活中听说谁得了"抑郁症"，在那之前她知道的唯一的抑郁症病人还是张国荣。

"潇潇，抑郁症是病吗？"弋戈问。

"应该是吧，是心理疾病的一种。"朱潇潇模棱两可地说，"我之前听我爸说他有个同事的儿子也得了这个病，和其他病一样的，要看医生，要吃药。"

"哦，所以这也是真正的病。"需要寻求专业帮助和治疗的疾病。

"当然是真正的病！"朱潇潇愤愤道，"要不然叶老师的女儿怎么会——"她骤然住了嘴，没有把那个"死"字说出来。

"嗯。"弋戈讷讷地点头。

朱潇潇很不满地看了弋戈好几眼，见弋戈没有要说什么的意思，叹了口气把报纸抽走，夹回杂志里。

"你好冷血。"她冷冷地控诉。

她很不高兴，教室里大家都在偷偷讨论这件事，可没人和她讨论。她像个乞讨的人一样在这个圈子里偷听两句在那个圈子里搭讪一会儿才得到这么多消息，堆着笑忍受很多句"猪妹"和"胖姐"，无非是希望弋戈来了之后能直接知道所有信息，然后她们俩可以一起聊天，一起感叹人生无常，一起崇拜近在咫尺的英雄，像真正的闺蜜那样。可弋戈看起来根本不关心。

弋戈无从辩驳，只好又说一句抱歉。

朱潇潇气鼓鼓地把杂志卷成筒往口袋里一揣，可口袋太小了，不仅没放下杂志，连其他东西也被带出来，七零八落掉了一地。

钥匙扣、零钱包、芝麻小饼干、可伶可俐的吸油纸……

弋戈蹲下身帮她捡，却看见还有一个半透明的泡泡纸包装袋里装着一瓶小小的粉色药水。

是炉甘石洗剂。起疹子或者有其他轻微皮肤病的话，校医务室都会给开这个。

"你哪里不舒服吗？"弋戈把东西还给她，关心道。

"没有。"朱潇潇没好气地说。她把东西全揣回兜里，转身头也不回地走了。

弋戈能感觉到班里的气氛不同寻常。一整天的自习，总有人不安地挪动凳子发出"吱吱"的声响，也有人隔十几分钟就忍不住向办公室望去，窃窃私语。

夏梨和范阳都没有来。蒋寒衣是到了下午最后一节课才来的，单肩背着包，拎着杯柠檬茶碰了碰她的肩。

"给你。"他冲她笑了笑，然后往位置上一坐，伸长了胳膊趴在桌子上睡觉。

柠檬茶已经插好了吸管，弋戈喝了一口，混沌了一天的脑袋终于清醒了点。她低头见蒋寒衣懒洋洋趴在桌上，不可置信地问："你就是来睡觉的？"

"我来接你的。"蒋寒衣声音闷闷的。

"接我干吗？"

蒋寒衣疲惫地抬起头，笑着问："你不害怕？"

"害怕什么？"说完，她就反应过来。蒋寒衣大概是怕她那天目睹持刀女人袭击叶怀棠后产生心理阴影。

蒋寒衣笑得很无奈，摇摇头："行吧，那就当我害怕。好好学习，晚上一起回家。"

晚上在中心花园，弋戈才知道夏梨那天受了惊吓，晚上回去就发高烧了，一直到今天还没缓过来。

"所以你觉得我也会害怕？"弋戈问。

"万一嘛。"蒋寒衣说，"就算你不害怕，万一又碰到个拿刀的疯子呢，这次要是运气不好，人家冲你来怎么办。"

这话又让弋戈想起，那天晚上那个女人是叫着叶怀棠的名字、直冲着他去的。虽然除了名字，她没有听清女人喊了些什么，但那凄厉的声音却反复在弋戈脑海回响。

弋戈想，如果真的要说害怕的话，比起那把刀，她大概更害怕那样的声音吧。

"蒋寒衣，你了解抑郁症吗？"弋戈看着银河和星星乐此不疲地就着一个长绳毛球玩拔河游戏，忽然没头没脑地问。

蒋寒衣看了看她，忽然轻笑一声，然后沉默了好久，在做什么重大决定似的。

最后，他看着她问："我告诉你一个秘密，好不好？"

弋戈迟疑地点点头。

理智告诉她知晓别人的秘密并不是什么好事，可这个人是蒋寒衣，好像又没什么不可以了。

蒋寒衣说："我妈得过轻微的抑郁症。"

弋戈瞪大了眼睛。

"别担心，她是那几年压力太大了，得过轻度的。后来看了半年医生，又好了。"蒋寒衣说得云淡风轻，甚至还开起玩笑，"多亏了小爷我，人见人爱花见花开，疗愈效果比海豚还好，那医生都夸我妈恢复神速。"

弋戈也露出笑来，问："那你是不是也算半个抑郁症医生了？"

"那倒不至于。"蒋寒衣笑着摆摆手，很正经地说，"抑郁症是一种疾病，和白血病心脏病是一样的。术业有专攻，得病了就要去看专业的医生。你看谁因为家里人得过心脏病就变成专业医生了？"

弋戈愣住了。

蒋寒衣还在笑嘻嘻地和她打趣："不过嘛，你也可以认为我就是这么的天赋异禀，我没意见！"他吹了通牛皮才发现弋戈的表情很僵，不安地问："怎么了？"

——"你看谁因为家里人得过心脏病就变成专业医生了？"

是了，问题就在这里。

没有人会因为亲人得过心脏病就变成专业的外科医生，那叶老师怎么会因为女儿得过抑郁症就拥有了疗愈抑郁症患者的本事呢？如果朱潇潇说的是真的，叶怀棠是怎么做到的？如果叶怀棠没有劝回过那些学生，他为什么要扯这种谎？当然，最好一切都是假的，全是朱潇潇道听途说来的谣言……

蒋寒衣的声音将弋戈从沉思中扯回来，弋戈才想起来他大概还什么都不知道，于是把朱潇潇说的那些又讲了一遍。

"我听说了。"蒋寒衣点了点头，沉吟道，"应该不是谣言吧，我妈认识电视台的人，他们那边已经在策划给叶老师做个专访了。"

"专访？"弋戈又跟不上节奏了。

"嗯，据说叶老师是真的救过一个自杀的女生。"蒋寒衣说。女儿死后，叶老师一直积极地从事青少年心理健康教育工作，并且一年前实打实地救回来一个已经站在教学楼天台上的女孩。

"而且八校联考我们班不是考得特别好嘛，尤其是语文，平均分都122了，学校刚好借这个机会做宣传。"

弋戈沉吟，难道是自己杞人忧天了？

"我知道你在想什么。"蒋寒衣从兜里掏了块饼干抛给银河，"但我觉得，叶老师肯定学过专业知识才能去开导别人的，他不是师范学校毕业的嘛，师范都得学心理学。"

弋戈迟疑地点了点头。

"喂,我说,你不会是因为自己语文没考好就迁怒叶老师吧?"正经没两分钟,蒋寒衣又贱兮兮地凑过来讨打。
"滚!"

第十章
世界上独一无二的雨

全班人蔫不拉几地自习了两天之后，高三在一场暴雨中正式拉开了序幕。

夏天的雨酣畅、痛快，一连下好几天，从噼里啪啦到淅淅沥沥，仿佛没有尽头，像在预示一个多事之秋。

第一件事是叶怀棠请了一周的假。大家崇拜的挂念的叶老师需要回老家一趟，把妻子送回疗养院。据说老校长亲自登门劝了他三次，才打消他辞职的念头，他还托刘国庆当堂念出给同学们的短信，表示他非常舍不得这帮孩子。

第二件事不算大，不过班上也有很多同学关心——夏梨的病一直没好，缺席了几天。刘国庆每天上课前都要唠叨几句，让大家注意身体，高三了，身体就是革命的本钱。

第三件事发生在周五，广播站的通报伴着大雨在每个班级里响起："高三（12）班李志远、彭博、方晓军三名同学，于上学期期末考试期间在校外斗殴，致多人伤残。为严肃校纪，依照《树人中学学生纪律处分条例》，经校政教处会议审议，决定给予李志远、彭博、方晓军开除学籍处分。"

班上人愣了一会儿，很快又埋头干各自的事情。高三的忙碌让他们无暇他顾。

弋戈忽然转头问蒋寒衣："这是你那几个朋友吗？"印象中蒋寒衣和传说中的"扛把子"玩得也很好。

蒋寒衣一脸惊恐，忙撇清干系："我没这种朋友！"

弋戈疑惑："你不是和那几个'扛把子'很铁吗？"

"扛把子又不是小流氓！我那几个兄弟除了成绩不好之外，挺正经的。"蒋寒衣义正词严地为自己的社交圈辩护。

弋戈被他的煞有介事逗笑，耸耸肩："好吧。"

高三的生活枯燥，学生就像反刍动物，把学过的东西吐出来反复嚼了一遍又一遍。夏梨回到学校的时候，正好看见范阳被刘国庆拎出来单独教训——"别人都不睡，就你金贵？"

范阳苦着脸："倒也不是金贵，就是比较爱睡觉……"

刘国庆被他气得眼珠子都快瞪出来了，甚至没看见从身后一闪而过的夏梨。

从教室门口走到座位，夏梨花了足足五分钟，因为不断有人关心她的病。她笑着回答只是感冒，已经好了。

回到座位，弋戈抬起头冲她笑了笑，问："好多了吗？"

夏梨点点头，心说她现在都学会关心人了，真难得啊。

夏梨从书包里拿出一个米黄色的纸袋，里面装着她洗干净的白色外套，散发着淡淡的薰衣草香。她在家养病的时候，蒋寒衣和范阳去看望，还"偷渡"了两包辣条给她吃。那会儿她脑袋晕乎乎的，和他们说了几句又迷迷糊糊睡着了，醒来才发现自己趴在床边，身上披了件白色的棒球外套。

她认得，那是蒋寒衣的衣服。她一向觉得蒋寒衣品味好，他穿的衣服都好看。

"洗干净了。谢谢。"夏梨把纸袋递给蒋寒衣。

蒋寒衣却低着头，兴奋地说了句"我做出来了"，然后头还没来得及抬,激动地伸手扒拉弋戈的后背。

弋戈忍无可忍:"不准扒拉我!"天知道蒋寒衣这毛病是哪儿学来的,简直和银河一个样。刚刚她不过就是随口说了句"这题你肯定做不出来",他怎么这么较真?

"看,我做出来了!"蒋寒衣得意扬扬地把草稿纸往她眼前甩,一张单薄的纸,愣是被他"哗啦啦"地甩出了百元大钞的效果。

蒋寒衣这会儿才发现夏梨站在眼前。

"咦,你回来了?"他扬扬眉,"怎么样,病好没?"

"好了。"夏梨笑笑,把纸袋递给他,"这个还你。"

"这什么?"蒋寒衣狐疑地接过,翻了翻。

"外套,谢了……"

她话没说完,蒋寒衣把袋子往范阳桌上一放:"哦,这不是我的,范阳的!"

夏梨霎时愣住,忽然觉得脑袋里天旋地转,嘴唇有千斤重似的,艰难地启齿:"不是你的?这不是你那件衣服?"

蒋寒衣笑道:"你忘啦?我跟他一起买的啊,我俩一人一件!而且我那天穿的也不是这件啊。"

他飞快地解释了句,又凑脑袋到弋戈肩后,复读机似的问:"怎么样?怎么样?对了没?对了没?是不是做出来了?是不是比你的方法还简单?"

弋戈极不情愿地承认:"算是。"又纳闷道,"你这个脑子,为什么偏偏数学还行?"

"我小学学奥数的好吗,人称鸡兔同笼小天才!虽然后来伤仲永了……"蒋寒衣摸摸鼻子,猛然发觉被内涵,炸毛道,"我脑子怎么了?你怎么还搞人身攻击呢!"

弋戈笑得肩膀颤抖。

"别赖账!愿赌服输,晚上陪我吃饭!"

"我跟你赌什么了?为什么要我陪你吃饭?"弋戈满脸写着不乐意。

蒋寒衣却光明正大地强买强卖,理由十分充分:"看你吃饭比较有食欲。"

米黄色的纸袋上贴着个可爱的米菲贴纸，蒋寒衣没有看见。夏梨闻着那股好闻的薰衣草香，忽然想吐。

她想，她的感冒并没有好。

可能永远也不会好。

下午第二节是被刘国庆霸占的体育课，可大家等了好几分钟，也没见老师来。办公室也没人在，夏梨给刘国庆打了个电话，才知道他临时被叫去开会。

"有其他老师在吗，有的话请他们上课，没有就上自习！"刘国庆在电话里也不放过他们。

夏梨扫了眼空空如也的办公室，乖巧地说："好的。"

五分钟后，全班男生在夏梨的默许下勾肩搭背地跑出了教室。

"班长，你病了之后更漂亮了！"

"滚，有你这么说话的吗！"范阳一脚踹在那人屁股上。

"走走走，打球去！"

"这不下着雨嘛。"

"这点小雨你怕啥，还是不是男人？"

…………

教室里空了大半，女生们全部留在教室自习。

弋戈看了眼前面几排的朱潇潇，犹豫半天，从桌洞里摸出最新一期的言情杂志，是她今天中午特地去书店买的。

自从上次不欢而散，朱潇潇就再也不主动找她玩了。虽然她们俩还算不上是特别亲密的朋友，因为她们不像夏梨和江――一样，永远挽着手一起上厕所、一起吃饭。可忽然就这样不说话了，弋戈心里也不是滋味。

她很难解释自己最初为什么会和朱潇潇成为朋友，在她认为自己永远不会有朋友的那个时候。但有一点很确定――现在，她不想失去朱潇潇。

她小声对夏梨说了句"麻烦让一下"，深呼吸两次，才做好准备，往朱潇潇的方向走去。

"潇潇，一起下去走走吗？"她用卷成筒的杂志轻轻碰了碰朱潇潇的背，在朱潇潇回头之后，用尽毕生的表情管理能力露出一个尽量亲昵、可爱的笑容。

可从朱潇潇的反应来看，她笑得挺吓人的。

朱潇潇的表情不太好，嘴唇失色，也不笑，冷冷地看她一眼说："下雨了。"

弋戈一颗心坠下去半边，深吸了一口气仍然笑着说："现在好像没下，去综合楼那边也行？"

综合楼的一楼是开放的活动空间，第一次还是朱潇潇带她去的，用新买的iPod Touch请她听Big Bang的新歌。弋戈不缺买iPod Touch的钱，可那是她第一次听说Big Bang，第一次分清班里女生津津乐道的那些韩流明星都是谁。

朱潇潇没说话，看了弋戈一眼，冷漠地扭回了头。

弋戈站在原地，杂志封面尴尬地黏在她手里。

她知道有很多人在看她，唯一庆幸的是那些嘴贱的男生不在，她几乎能想象到他们会说什么——"巨头肉搏""火星撞地球""靠吨位取胜的时候到了"。

几秒后，她紧紧捏着那卷杂志头也不回地走出了教室。

去你的！

老子不伺候了！

弋戈脑子里绷着一根弦，怒冲冲地直走到一楼才发现自己到了哪儿。

她左右看了两眼，又怒冲冲地往卫生间一拐，拧开水龙头直往脸上扑凉水。

正是上课时间，周围没什么人。弋戈站在水池最外边的位置，试图把脑袋侧着伸进那个设计得过于狭长的水槽里，以便更痛快地冲一把。

"会着凉的。"余光中忽然出现一双洗得发黄但十分干净的白色帆布鞋，然后是男生轻柔的声音。

弋戈眯着眼抬起头，看见姚子奇站在水池外，递给她一张纸巾，轻声笑道："快擦擦吧，会着凉的。"

不知为什么，他这个过分温柔的语气让弋戈回不过神来。她愣愣地一抬胳膊肘，粗糙地抹了把脸，忘记了接他递来的纸巾。

"你怎么在这儿，没课吗？"她问。

"物理课，邹老师被叫去开会了，让我去打印室拿卷子。"姚子奇把纸揣回兜里，弋戈看见原本还干净平整的纸巾在进入他口袋之前又变成了一坨，就像第一次见面他从兜里掏出来的鼻涕纸一样。

"哦……"弋戈忽然想到那天看到他搬卷子被欺负，又问，"你一个人搬得动吗？需不需要帮忙？"

姚子奇摇摇头，看着她忽然笑了下，说："我……我马上就要去参加奥赛了。"

他这话来得突兀，弋戈愣了会儿才想起来，快八月了，这一届的奥赛也要正式开始了。树人虽是老牌名校，但并不强于竞赛，每年参与的人少，关心的人更加不多。她客套地说："加油，你肯定没问题的。"

姚子奇点点头，罕见地并不谦虚："嗯……我应该没什么问题。"

弋戈笑了笑，没再多说什么，点点头就要走了。

姚子奇却又叫住她："弋戈！"

弋戈狐疑地回过头。

姚子奇拘谨地朝她迈了半步，低头推了推眼镜，展颜笑道："我有话跟你说。"

人际关系方面，弋戈的直觉一向弱得约等于无。可这一刻，她却莫名地有了一种强烈的预感，她知道姚子奇要说什么，且并不希望他说出口。

可她没来得及阻止。

"我……我们去同一所大学好不好！"姚子奇语气由弱渐强，说到最后几乎是在小声地呐喊。他目光灼灼，语气肯定得像上战场前的宣誓。

弋戈几乎瞬间就明白了他的意思。

这是她人生中第一次被直接示好，大概也会是最后一次，她想。时间、地点、人物，都很糟糕，是那种她往后根本不会记住的糟糕，像笑话一样的糟糕。她的第一反应是四下看了看，确定没有人听到他说了什么；第二反应是用一种仿佛便秘的表情，为难地看着姚子奇。

她不是故意露出这种不雅的表情的，但她实在不知道该怎么处理这种局面,只能给出最真实的反应。

"我、我有自己想去的地方。"她的回答也很诚实,因为不知道还能说些别的什么。

姚子奇的表情黯了一瞬,然后变得急切:"你、你不用这么快回答我的……你是不是担心?我知道,我们家的事有点复杂,你上次吓到了吧?但你放心,现在已经没事了,我、我现在一个人住,还有补助金、奖学金,他们都不会再来的……"

弋戈拧起眉毛,不明白他为什么会说到家里的事。他的奖学金又和她有什么关系?

姚子奇仍在继续说:"你是不是有点没把握、有点害怕?没关系的!没关系,我懂!我们是一样的……我懂你,我们是一样的人……我……我是真的很想和你一起去大学!我……我是真的喜欢……"

弋戈的眉毛拧得更深了,额头上有颗没干的水珠落下,砸进衣服里,冰得她一激灵。她疑惑地问:"我不想和你一起上大学,你刚刚是不是没听到?"

"为什么?"姚子奇的声音陡然拔高两个度,"我们俩明明是一样的人!"

弋戈觉得困惑极了,她不懂姚子奇反复强调的"我们俩是一样的人"究竟是什么意思。还有,他为什么会斩钉截铁地认为她和他一定会去同一所大学?

虽然她对姚子奇只有浅薄的了解,但她从不知道他是这么自信的人。

"姚子奇,我不知道你为什么会产生这样的误解,但我确实不喜欢……"弋戈叹了一口气,只得再强调一遍自己的态度,却被姚子奇疯狂地打断——

"为什么?如果你不是这种心思,那你为什么要给我围巾、替我解围,还给我倒了牛奶?除了我,谁还会懂你?谁还看得到你?"

那一刻,弋戈忽然就明白了。

他说的"我们俩是一样的人",原来是这个意思。因为他们都不好看,都被羞辱,一个是"娘炮",另一个是"壮汉";因为他们都不会有别人喜欢;也许,还因为他们成绩都不错,都有被成绩撑起的可怜自尊心。

所以他认为她一定在意他,因为她别无选择——怎么可能会有第二个人懂得她?

原来是这样的"我喜欢你",是这样的"我懂你"。

弋戈看着因激动而双唇颤抖、眼镜蒙上一层雾气的姚子奇,开口道:"如果你没有听清,那我再说一遍。我不想和你一起上大学,我不喜欢你。我和你也不是一样的人。我很确定。

"如果那条围巾带给你那么多误解的话,请你把它还给我,或者直接扔掉。你给我的那本作文书,我也会扔掉的。"她的语气平静而冷淡,"另外,我想提醒你,真正给你解过围的人是蒋寒衣,不是我。他让你住在家里、从混混手底下替你解过围,而你上次留的那个纸条,除了不尊重人以外,还非常不体面。"

她说完没有停留,看也没再看他一眼,目不斜视地走了。

"你想和蒋寒衣一起,是不是?"姚子奇却忽然在她身后冷笑一声。

弋戈僵硬地、难以置信地转过身看着姚子奇。

短短几分钟里,他表现出卑微、胆怯、狂热、自信,还有现在的失智。

而她的迟疑和沉默在姚子奇看来无异于默认,他"哼"地冷笑了一声,肩膀抽动,夸张得仿佛癫痫。

"呵,没想到你也是这种人。"他嘴唇也抽动了一下,"你们女的都追捧蒋寒衣那样的吧?长得帅、家里又有钱,对吧?可他除了这些还有什么,他连个好大学都考不上!"

弋戈丧失的表达欲忽然又被点燃,她在那一瞬间无师自通地学会了戳人痛处、冷嘲热讽。

她冷笑一声:"树人尖子班的学生,历年最次也是重本,你不知道吗?哦,对不起,我忘了,你不在我们班。"

姚子奇的表情瞬间扭曲,然后他忽然笑起来,仿佛胜券在握:"看,果然是他。可你觉得他对你有意思?你对着镜子看看你自己,你除了脸上的麻子和身上的肉还有什么?你每天和夏梨坐同桌,都不觉得害臊吗?不想挖个地缝把自己埋起来吗?你想和蒋寒衣一起?那就等吧,等他什么时候瞎了,说不定还能看得上你!"

弋戈的表情僵住了，甚至连她自己都不知道，她的脸已经失去了血色。

是哪句话刺痛了她呢？

是"果然是他"，还是"他瞎了才会看上你"？

姚子奇疯狂的回击好像撕开了她生活中那张薄薄的、朦胧的纸，把一些从来存在，却被她忽视的事情摊开在她眼前。

空气好像凝固了，两人都静了很久。

姚子奇突然偃旗息鼓，看着脸色苍白的弋戈，无措地说了句："对不起……"

仿佛是被鬼神附身，刚刚狂热的疯癫的那个人不是他。

弋戈漠然地扫了他一眼，然后平静地说："我有自己想去的地方，我不需要和任何人一起上大学。谁都不喜欢。"

说完，她从他的身边走过去，目不斜视，头也不回。

姚子奇在原地怔住，不知过了多久才缓缓地蹲下，口中发出奇怪的呜咽，却始终哭不出来。

"嘭！"

身侧男厕所的门被猛地推开，吓得姚子奇往后一倒，摔倒在地。

蒋寒衣黑着一张脸走出来，身边还有个一脸震惊的范阳。

姚子奇几乎是条件反射地哆嗦起来，两条腿抖成了筛子，下意识地抬起手臂护住自己的脸。

蒋寒衣和范阳没有欺负过他，甚至还帮过他很多次，但他知道，如果他们要对他动手，那是一件多么轻而易举，甚至顺理成章的事。

但蒋寒衣没说什么，他阴鸷地盯着姚子奇，最后狠狠地把手里的篮球往地上一砸，准确地砸在姚子奇的身旁，吓得姚子奇哆嗦出声。

蒋寒衣怒气冲冲地走了。

范阳的眼睛瞪得像铜铃，盯着坐在地上吓得屁滚尿流的姚子奇。刚刚在厕所里，他简直不敢相信外面说那话的人是姚子奇。

"你有病啊！"他暴怒地骂了句，捡了球走了。

小雨又淅淅沥沥地下起来，弋戈坐在综合楼背面的台阶上，两眼放空。雨滴滴在她鞋前的贝壳头上，溅出小小的水花。

她拿手去接，接完又觉得自己矫情，狠狠地甩出去。

"谁惹你了，这么大气性？"

吊儿郎当的语气。黑色的球鞋。

视线往上，弋戈看见蒋寒衣撑着一把伞，眼里含笑。

"果然是他""他瞎了才会看上你"，这两个声音又在耳边响了一遍，弋戈却出奇地平静。

蒋寒衣就在她面前，和之前一样，笑容潇洒、开怀、二百五。因此弋戈告诉自己，姚子奇说的话不足以成为困扰，因为太荒唐了，荒唐得没有被放在心上的必要。

蒋寒衣是来哄人的，原本打算装作什么都不知道，只管死皮赖脸逗她开心。他知道弋戈还没准备好，这时候肯定不愿意和他深聊。

可看见她雾蒙蒙眼睛的那一刻，他霎时有点慌。

"怎么、怎么还哭了……"蒋寒衣不知所措地说。

弋戈白他一眼："鬼才哭了。"

她此地无银地解释："那是水，我刚刚洗了把脸。"

"哦。"蒋寒衣也不管台阶上是不是有雨水有泥巴了，在她身边坐下，直白地问，"心情不好？"

弋戈的掌心里接了几滴雨，无意识地张开又合上。

"嗯。"她也很直白地承认，"下雨了，心里烦。"

蒋寒衣轻声笑了："那带你去看场不招人烦的雨，怎么样？"

弋戈抬起头："雨还有什么不一样？"

蒋寒衣卖关子："去了就知道了。"

雨渐渐大起来，弋戈站在蒋寒衣的伞下，听见雨滴噼里啪啦的声音，一颗烦躁的心居然奇异地安定下来。

很久以后她才意识到,这一天让她安心的并不是雨声,而是身边那个、湿了半边肩膀的人。

树人总共有三栋教学楼,在综合楼的后面。高三教学楼是最右边那栋,紧邻着围栏。教学楼侧后方和围墙形成一个死角,平时也没人管,杂草、灌木疯长,一般没人来。

弋戈跟着蒋寒衣绕到教学楼后面,探脑袋一看,才发现那片杂草被烧了个干净,现在光秃秃的。

"什么时候烧的?"弋戈问。

"不知道。"蒋寒衣耸耸肩,"放假那两天吧,我也是刚发现的。"

"你对这种事倒是很上心。"弋戈轻笑。这么犄角旮旯的地方烧了一片草,学校里除了他这么个闲人,估计没人会关注吧?

"那当然,我跟你说,除了学习,我对这所学校了如指掌,多的是你不知道的事呢。"蒋寒衣很得意,忽然又压低了声音凑近她道,"比如,你知道三楼女厕所为什么一直关着吗?因为,五年前,有个学姐在那里……"

"别编。"弋戈无情地打断了他,冷酷地道,"三楼女厕所没开是因为四楼漏水。我上次看到过,墙缝渗水很严重。"

蒋寒衣摸摸鼻子:"真没劲,人人都信怎么就你不信。"

弋戈:"你到底要带我去哪儿?"

蒋寒衣看着她,一脸神秘地朝围墙那边努了努下巴。

弋戈看过去,除了一片烧过的杂草,什么也没看到。一秒后,她忽然反应过来:"……从这里?"

"不然呢?"

弋戈扭头就走。

"哎哎哎,别尿啊!"蒋寒衣忙拉住她。

"你觉得我是有多重的病才会没事找事跟你在学校里翻墙?这还下着雨呢!"弋戈像看精神病似的看着蒋寒衣。

"不是,这又不算逃课,外头也是咱学校的地嘛。而且这墙不难翻的,我保证!"蒋寒衣信誓旦旦地说,"而且雨不是又小了嘛,问题不大。"

弋戈觉得问题大了去了。

"这墙顶天了两米半,你这么高的个怕什么?踩着我肩膀,'嗖'——就过去了!"蒋寒衣紧紧攥着她的手腕,大有"你不翻我就不放手"的架势。

弋戈抬头看了看围墙的高度,目测也就两米出头,的确不高。

她在桃舟上蹿下跳那么多年什么没翻过,这点高度对她来说简直就是小菜一碟。

可真正的问题是——她为什么要和蒋寒衣在这翻墙?

她又不是疯了。

"哎呀,别磨蹭了,走!小爷带你探险去!"蒋寒衣说着就把伞收了,塞弋戈手里,然后二话不说往墙下一蹲,"快点,上!"

弋戈四下看了一圈,又抬头往教学楼那边看了眼,确定没人发现,深深地叹了一口气。

好吧,就当她疯了。

"那个……我踩了啊。"弋戈有点底气不足,"提醒你一下,我身高一米七八,体重一百三十八斤。"

"哦,我最新身高一米八六,体重一百四十九斤。"蒋寒衣学她,一板一眼地报身高体重,满不在乎的语气,"放心踩,我一定稳稳托着你。"

弋戈抬起脚,发现自己鞋边沾了点泥。下雨天,这鞋底要是踩上去,肯定惨不忍睹。

"还有,我鞋现在很脏……"弋戈又提醒道,"你现在后悔还来得及。"

蒋寒衣非常痛心地闷哼一声,然后闭上眼,壮士断腕般,说道:"没关系,踩!"

他都这么说了,弋戈也不再客气,一脚踩上了他的肩膀,然后是第二只。她用雨伞卡着墙面,站稳了:"起吧。"

蒋寒衣缓缓地站起来,如他所言,非常稳,几乎不带晃的。

他只站起来一点,弋戈已经摸到了墙顶,两只手掌抓稳后用力一撑,利落地翻上了墙,蹲稳后缓了半秒,毫不犹豫地直接跳了下去。

蒋寒衣只觉得肩头一轻,下一秒站直抬头,人已经没影了。

嘴上说不爬，真爬起来比谁都利索。

"你怎么过来？"弋戈在墙那边问。

"你退后，站远点。"蒋寒衣提醒她。

那边没声了，蒋寒衣又确定道："站远了没？"

"远了。很远。放心跳。"

蒋寒衣向后退了几米，留出助跑距离，然后一鼓作气、跑过去一跳、抓住墙顶，脚在墙面上蹬了两下，一气呵成地翻了过去。

弋戈看着他潇洒地跃过来，忽然有点后悔。

其实她也可以直接跳的，踩人的肩膀翻墙还是不够拉风。

"被我帅晕了？"蒋寒衣笑得贱兮兮。

弋戈翻了个白眼："你要带我去哪儿？这里可什么都没有。"

她看了一圈，这里好像是片荒废的地，不远处有几栋低矮的居民楼，看起来不像是住了人的样子，怪不得蒋寒衣说外头也是学校的地，只是还没开发。还有一棵光秃秃的桑树，高得很突兀。

"就那个啊！"蒋寒衣下巴一抬。

"树？"弋戈觉得自己又被蒋寒衣忽悠了。

"对啊！"

蒋寒衣撑开伞，拉着弋戈走到高大桑树的浓密树荫下。

"看好了，弋戈同学，下面，你将见证世界上独一无二的一场雨！"

弋戈疑惑地抬头，还没反应过来，只见蒋寒衣迅速地把伞一收，伞尖往树干上轻轻一戳，早已熟透的桑葚就"哗啦啦"地掉下来。

在那紫色果实就要砸在她头顶的前一秒，蒋寒衣又把伞撑开。

噼里啪啦的一阵，无数的桑葚落下来，像一场紫色的雨。果实砸在地上，紫色的雨滴溅到她的脚踝，空气中多了些甜甜的味道，像同时打开无数袋紫色QQ糖。

"怎么样怎么样，漂亮吧！"蒋寒衣兴奋地问。

弋戈其实想说她不理解,但又好像被蒋寒衣感染了一点,勉强笑说:"很有创意。"

"你猜我是怎么想到这个的?"蒋寒衣又问。

我猜你个大头鬼。看在紫色QQ糖的面子上,弋戈也只是笑笑不说话。

"你记不记得在桃舟,你家院子里有一棵桃花树!"蒋寒衣兴奋得几乎是在手舞足蹈了,"我第一次见你的时候,就是在你家围墙上,看见了一场粉红色的雨!"

弋戈愣住了。

第一次见的时候?粉红色的雨?她毫无印象。她只记得当时的蒋寒衣就表现出了异于常人的思维,坐在她家围墙上给她送了条狗。

"是不是,异曲同工之妙?"蒋寒衣的眼眸亮晶晶的,燃着两簇永不熄灭的焰火。

"嗯,应该是吧,毕竟都刺激你用上成语了。"弋戈笑道。

"不过,我突然觉得……这样应该更好看!"她迎着蒋寒衣的傻笑,忽然坏心大作,抢过他手里的雨伞,以迅雷不及掩耳之势跑到树干边,轻轻一撞,又一场桑葚雨落下来。

蒋寒衣还没反应过来,被淋了个狗血淋头。桑葚砸在他身上,把白色的校服染出一块一块的紫色,像谁用水彩在他身上涂鸦。

"哈哈哈哈哈哈哈哈哈!"弋戈终于开怀大笑起来。

"弋戈!"蒋寒衣被砸蒙了,只觉得自己身上一股香甜,手一抹全是紫色红色,整个人变成了一颗行走的巨型桑葚。

"你别说,还挺有艺术效果的!"弋戈笑得根本停不下来。

"你别跑,你也得淋一回!"蒋寒衣气急败坏地捉住她,把手上的桑葚汁往她衣服上抹。

两人闹作一团,你偷袭我我躲避你,玩得不亦乐乎,什么都忘了。这场紫色的雨像一个天然屏障,把他们与外界的一切都隔开。

然而笑声是隔不开的。

夏梨站在办公室的窗边,看着楼下的两个人乐此不疲地制造一场又一场桑葚雨。而她认识的那个,有轻微洁癖的、平时连别人动一下他衣服都要发少爷脾气的蒋寒衣,此刻身上又是脚印又是桑葚汁,他却浑然不觉、毫不在意。

她忽然很后悔为什么偏偏要在这时候来办公室拿试卷,如果她没有进来,就不会听到楼下的笑声,不会看到这样的蒋寒衣。

"咚咚!"
忽然有人敲了敲门。
夏梨回头一看,叶怀棠站在门口,一只手轻轻叩在门上,另一只手负在身后,看起来清隽优雅、卓尔不凡。
"叶老师!"她惊喜地叫出了声。
"好久不见。"叶怀棠笑得温和,假装没有看见她湿润发红的眼角。

叶怀棠看见夏梨手上抱着的语文试卷,摇头笑叹:"还是课代表负责啊,我正好要看看你们这套卷子做得怎么样呢。"
夏梨怔怔的,反应了两秒才把试卷递过去:"对不起老师,我以为您没这么快回来,就想着先发下去让大家自己对答案……"
叶怀棠笑了笑,自然地问:"怎么了,看起来有心事?"
夏梨头摇得像拨浪鼓。

叶怀棠也不说什么,自顾自地翻开卷子,十几秒后绞起眉毛:"这个弋戈……"
夏梨的注意力瞬间被吸引,控制不住地将目光探过去。
"她在教室吗?帮我把她叫出来。"
"她不在。"夏梨说,"这节是体育课,她下去自由活动了。"
"啊……这样。"叶怀棠又拧了拧眉,看起来不太高兴的样子,"刚刚我在楼下听见女孩子的笑声,挺像她的,是她吗?"
夏梨抿抿唇:"不知道……可能吧。"
叶怀棠撇了撇嘴角,点点头,又继续看试卷,一边看一边摇头,用红笔在那篇作文上勾勾画画,似乎很头疼。
"对了,你是她的同桌……你认为,她怎么样?"叶怀棠忽然又问,笑得随和而温暖，好像只是想多了解一点学生的情况。

夏梨却慌了，结巴地道："挺、挺好的啊。她很厉害的。"

叶怀棠点点头，又看了眼那篇作文，叹了口气道："其他方面都挺不错的，就是有点不上心……我看她平时上课也不集中，我讲什么也不认真听，小姑娘，傲慢得很。"

夏梨沉默了一会儿，仍旧公道地说："其实她上课都很认真的。只是有些没用的……不是，班会课之类的，她不太听。"

叶怀棠抬起头，隔着新配的眼镜，清晰地看见女生眉头微微锁着，说完这话后胸口有些不寻常的起伏。

他笑了，点头道："是吗？那可能是我了解得还不够。"

"嗯……其实她真的很厉害。"夏梨的声音渐渐弱下去。

叶怀棠宽和地笑了，似乎很欣赏她对待同学的友好与和善。

一个连坏话都说不出口的女生。

一个连讨厌都不会的女生。

她的父母将她教得多好啊。

夏梨迟迟不离开办公室，犹豫了很久，终于小声问："叶老师……您家里，还好吗？"

问完后，她忐忑地等待着回答。

感冒在家那几天，叶怀棠除了简短回复过两条短信就没了消息，而她却反复做了好几个噩梦，梦里全是那个持刀的疯女人，和叶怀棠淌血的手臂。

叶怀棠拿笔的手刻意停顿了一下，直到红色墨水洇出一个形状完美的小圆点，才缓缓地抬起了头。他先不说话，而是冲她轻轻笑了一笑。然后又低头，微微侧脸，摘下眼镜。但不要擦眼睛，那样就太过了，而且不好看。

看到夏梨的瞳孔因愧疚和动容而颤动了一下之后，叶怀棠知道，他已经不用再多做什么了。

"没事了，别担心。"他似乎很羞愧，没敢看她的眼睛，近乎自言自语地问，"是不是觉得老师挺糟糕的？家里是这个状况，上课还编谎话骗你们……"

"没有！"夏梨猛地摇头，"老师您千万别这么想！我们都明白的，"

叶怀棠仍然不看她，声音越发低沉："我对不起你师母，也对不起楠楠……"他难以克制，最终用手掌捂住脸，发出低低的呜咽。

夏梨不知所措地看着他们从来都挺拔俊雅、君子如玉的叶老师，他在哭泣。而他连哭泣的时候都是克制的，为了不让仅仅一廊之隔的学生们听到。

她直觉地走上前，绕过办公桌走近他的身边，将手放在他微微颤抖的肩膀上，安抚地拍了拍。

"叶老师，不是您的错，您已经很好了。"

弋戈又踩着蒋寒衣的肩膀翻过围墙、回到了学校。蒋寒衣说什么都不同意她自己跳回来，气得她故意在他肩上多留了几个脚印。

现在看着蒋寒衣一脸难受地把外套拎在手里，她觉得这趟莫名其妙、傻了吧唧的观雨之旅勉强称得上完美。

"笑笑笑，就知道笑！"蒋寒衣把那件"罪证"拎到她面前，"我这都是为了谁？"

"好吧，那我请你吃QQ糖弥补一下？"弋戈毫不愧疚，笑盈盈地说，"没有桑葚味的，葡萄味也可以凑合吧？"

"我就值一袋QQ糖？"蒋寒衣瞪大眼睛，"怎么也得一顿小龙虾吧！"

"不行，小龙虾太贵了。"弋戈理直气壮地摇摇头。

最终蒋寒衣还是顶着一脸的桑葚汁坐在食堂台阶下津津有味地嚼QQ糖，越嚼越觉得好笑，他跟着弋戈好像吃了很多小孩子才爱吃的东西。

而事实证明小孩子品味都不错，QQ糖确实很甜。

葡萄汁儿的甜味嚼着嚼着，又让他嚼出一丝"凌云壮志"来。

"跟你说个事儿。"蒋寒衣撞了撞弋戈的胳膊，顺手从她手里抢了两颗蜜桃味的QQ糖丢进嘴里。

弋戈一点亏也不吃，从他手里抠了两个葡萄味的还给自己，问："什么事？"

"从今天起我打算好好学习，你负责监督我。"蒋寒衣表情很认真。

可弋戈还是忍不住笑了。

"笑什么？"

"我不干。"弋戈拒绝得很干脆。

"为什么？"

"难度太大了，干不来。"弋戈摇摇头，"你抽的什么风突然要好好学习？谁又刺激你了？"

谁？除了姚子奇还有谁？

大学都考不上？瞧不起谁呢？小爷好歹也是中考考进了树人尖子班的水平，努努力，怎么也得考个"985"出来！

蒋寒衣撇撇嘴不回答，突然看着她问："你想考哪个大学？"

弋戈摇头："不知道。"

"不知道？"蒋寒衣诧异极了，弋戈这种级别的学霸，不都应该目标明确志向远大吗？比如夏梨，她从小就说要当老师，或者国际志愿者，想学很多种语言；比如高杨，他也许对于未来要做什么职业还没那么确定，但关于考什么大学、学哪个专业，他从高一入学起就计划得明明白白了。

"很奇怪？"弋戈反问。

"也、也不是奇怪吧，我就是有点意外……"蒋寒衣挠挠头。

"我没什么目标的。"

弋戈想了想，她似乎一直是个"胸无大志"的人，她没什么远大的梦想。

如果说有的话，那么小时候希望陈春杏能多带她去吃肯德基、希望银河能学会跳绳勉强算是——但前者只是个说出来就会被满足的请求，而后者，纯属童年妄想。

再大一点，她或许有了第一件可以被称为"梦想"的事：好好念书，回报三妈。

在她朴实的人生规划里，最好的结局就是和三妈、银河永远生活在一起。不用弋维山的钱，不住弋维山的房子。

到现在，这仍然是她唯一称得上是"梦想"的一件事。至于去哪里读大学、读什么专业、做什么工作，她没怎么想过，只是尽量把眼前的事情做到最好，这样无论随波逐到哪里，都不至于太差。

"考到哪儿算哪儿吧。"弋戈淡淡地说。
"那就是清大呗。"蒋寒衣笑道，"或者燕大？"
"应该是吧。"弋戈说。
"嘿，你还真不谦虚。"
"有这个必要？"弋戈斜他一眼。
"当然没有！"蒋寒衣笑得灿烂极了。
"你呢，想去哪里？"弋戈问。
"北城吧。"蒋寒衣嘟囔着，"清大燕大是不是挨一块儿来着？离它们俩比较近的学校有哪些啊，我回去查查看……"

弋戈呼吸一滞，嘴里的QQ糖刚被她咬开，沁出满腔蜜桃的香甜，她却忘了咀嚼。

"为什么？"
蒋寒衣笑着看她："你说为什么？"
弋戈怔怔的。
蒋寒衣难得见她呆一次，心痒痒的，天不怕地不怕地伸手，虎口轻轻掐在她下巴上，大拇指和食指捏着她两颊："糖别含在嘴里，牙会坏的。"

弋戈更怔了。她木木地，居然还顺着他的动作，乖乖地咀嚼起来。
"哎，乖！"

这贱兮兮的声音将弋戈的思绪一把扯回来，她"噌"地站起来，似要发怒，吓得蒋寒衣赶紧道歉。

"别生气我错了——"

话还没说半句，弋戈却什么也没干，看了他一眼，又坐下，淡淡道："那你先好好学习吧，北城可没那么好去。"

这话说得不算客气，加上弋戈语气硬邦邦，心思敏感一点的人或许还会多想，觉得她在奚落自己。可在蒋寒衣听来，却只有肯定的意味——

看,她也希望他能去北城。

于是他点点头,很郑重地道:"放心,我肯定努力追赶您。"

不管出于什么原因,那天之后,蒋寒衣居然真的开始认真学习起来,球打得少了、网吧去得少了、课间不像花蝴蝶似的四处流连了,连古诗词默写都开始老老实实背了,吓得叶怀棠以为他也受了那天晚上的刺激。

但学习并不是那么容易的事,注意力一旦被放纵就会变成脱缰的野马,难以驯服。

蒋寒衣自由惯了,论随心所欲他大概是全世界第一名。凡是他感兴趣的东西,比如物理生物之类的科目,他上手都很快,短短几周就有明显的提升,周练分数往上蹿了一大截;可对于他不感兴趣的,比如英语,就是把他摁在桌前两个小时,他宁愿钻研桌面上前人留下的鬼画符笔迹,也没办法专注在试卷上。

弋戈逐字逐句地给他分析一篇完形填空,刚讲到第8题,就发现他的眼神已经飘走了。

"你看哪儿呢?"她不太高兴地问。

蒋寒衣还浑然不觉,拿笔指着她腕骨新奇地道:"你这儿啥时候有一颗痣,我以前都没发现!"

弋戈气不打一出来,当即摔了笔转回自己的座位。

蒋寒衣才意识到自己又犯浑,忙凑上前求饶:"我错了我错了,下次我再走神你就直接拿笔扎我!"

范阳在一旁"煽风点火":"哟,你这什么意思?拿我们一哥当容嬷嬷啊?"

蒋寒衣瞪他:"你再放屁我就是容嬷嬷!"

他揪着弋戈后背的衣服,像个撒娇的小孩:"我真错了!下不为例,我保证!"

弋戈回头,严肃地看着他:"你保证不了。"

"我……"

"你要真想提高,先逼自己集中注意力吧。"她平淡地说出残酷的事实,"就你现在这样,十个我给你讲题也没用。"

蒋寒衣愕然，表情僵了一会儿后明显黯淡下去，看起来委屈极了。弋戈却一句好话也不多说，抽回留在他桌上的笔，转身写自己的试卷。

范阳跟蒋寒衣这么多年一起长大都没怎么见过他如此失落的表情，于是干笑了两声安慰道："一哥你也太严格了，以为人人都是你啊？寒衣这几次周练都五百多分好吗，上六百那不是指日可待！"

"嗯，挺好。恭喜。指日可待。"弋戈头也不回。

蒋寒衣伸手制止了范阳，然后从桌洞里掏出一套全新的英语《金考卷》，狠狠晃了晃自己的脑袋，逼自己静下心好好看。

夏梨从办公室回来，公事公办地通知了一句："叶老师叫你们三个去办公室。"

她眼神所指并不明确，范阳愣愣地问："哪三个？"

"你，弋戈，他。"她指了指埋头苦干的蒋寒衣。

"我们仨？"范阳惊了。在学习方面，他和蒋寒衣几时有那个荣幸和弋戈并列了？就算语文是弋戈的弱项，她享受的也从来都是VIP单人服务啊。

"嗯。"夏梨淡淡地点了个头，坐回自己的位置上摊开叶怀棠刚刚给她的书。是一本《白马啸西风》，泛着旧旧的黄，纸页也变脆，但是保存完好，除了偶尔有钢笔的标注，几乎看不见破损和污渍。

扉页上有两句话——

1996年冬 購（购）于香港精神书局
2012年夏 贈（赠）小友夏梨

叶老师有时候喜欢写繁体，夏梨很早就发现了，板书的时候他最常写成繁体的是贝字旁，看起来很有味道。

叶老师那么早就去过香港地区，是去做什么呢？念书吗，还是工作，或者是旅游？不管是哪种，好像都挺厉害的。

叶老师十几年前的字迹似乎和今天有些不同，当年的字遒劲有力、铁画银钩，现在就好像温柔飘逸了一些。

不过都很好看。

身边的三人都离开了,夏梨并没有察觉。她同样没有意识到的是,单单盯着叶怀棠旧书的扉页,她就已经不着边际地想了那么多。

办公室里,叶怀棠伏案改着卷子。见他们三人来,他没什么表情,公事公办地问:"下节是自习课吧?"

"是啊。"范阳有些不安地笑着,"叶帅,您叫我们来干啥啊?"

"我最近在盯大家的作文,轮到你们三个。"叶怀棠从抽屉里翻出三张崭新的作文纸,"刚好,趁自习课,练一下限时写作。"

"为、为啥是我们仨一起啊……"范阳不情不愿地问,"叶帅,你把我跟夏梨放一组成不?我肯定好好写!"

叶怀棠掀起眼帘扫他一眼:"随机的,别说废话,坐下。"

范阳长叹一口气,憋屈地坐下了,心说这叶老师平时看着开明,怎么连这点局面都看不清楚——他跟夏梨一组,让蒋寒衣单独和弋戈待一块儿,男女搭配干活不累啊。

听到要写作文,弋戈产生了一种条件反射的烦躁。但理智告诉她,她的确应该好好重视一下自己的语文成绩了,这么飘忽不定下去,简直就是给自己埋个定时炸弹。

她挨着蒋寒衣坐下,见他难得安静,一垂眼又看见他手臂上一道长长的黑笔印子,大概率是她刚刚摔笔时划到的。她这辈子头一次产生一种复杂而奇妙的心情,好像有点懊恼,又有点担心,最陌生的那种感觉是——有点心疼。

刚刚是不是太过分了?蒋寒衣是不是难过了?还是生气了?她脑海里一下子冒出好几个问题,将她的心涨得满满的,堵得慌。

"主题作文,很简单。"叶怀棠叩了叩她面前的桌面,提醒弋戈专注。

弋戈不得不强行集中注意力。

"主题就一个字'爱',自由发挥,除诗歌外文体不限。"叶怀棠看起来有点疲倦,或是懒散,"你们三个都是爱跑题的主儿,这次我把题目放得很大,看你们能发挥成什么样。"

范阳嬉皮笑脸地道:"叶帅,这你就不了解了,我们写得烂其实跟题目大不大没什么关系,跑题只是我们诸多毛病中的一个而已……"

"写。"叶怀棠简短地打断了他。

范阳倏地噤声,悻悻地看了他一眼,心里纳闷,叶老师今天心情不好?难道家里的事还没解决?唉,真惨,男人哭吧哭吧不是罪。

弋戈盯着方格纸发呆——"爱",这怎么写?她就说叶怀棠和她八字不合,连开小灶都开得让她难以下咽。之前杨静都是分题材、分类型给她布置针对性练习的,哪会出"爱"这么虚无缥缈的题目?

显然,蒋寒衣和范阳也很苦恼。但他们俩对这种一筹莫展的感觉很熟悉,所以并不焦虑,反正限时嘛,限时的意思就是,总能写出来的。

弋戈刚刚还在教训蒋寒衣不专注,这会儿自己也犯毛病了。她啃了几分钟笔头,不仅什么都没想出来,还再次被蒋寒衣手臂上那道划痕吸引了。

她刚刚为什么那么生气?按理说不至于的,她又不是不知道蒋寒衣是什么德行。

难道她比蒋寒衣更希望他能有进步,然后考上北城的大学?

可为什么?这完全说不通,她从来不是这么乐于助人的人……

四十五分钟很快过去,三人各自挤牙膏,成功生产出三篇文字垃圾。

弋戈看着自己写的无病呻吟、矫揉造作、说不清究竟是记叙文还是散文的东西,不忍地问了句:"老师,你会批改吗?"

"当然。"叶怀棠头也没抬,把作文纸收了,"现在有点其他事情,我会挨个看,到时候叫你们。"

"哦。"弋戈现在只希望能来一场小型火灾把叶怀棠的文件袋烧了。

"什么鬼题目!"一走出办公室范阳就开始发牢骚,"还'爱'?我脑子里一直在循环小虎队那首歌,差点把歌词写上去!"

弋戈走在他们俩身后,偷偷笑了声。某些时候有一个范阳这样的朋友在身边确实是必要的,他能稀释一切糟心事物的浓度。

蒋寒衣嗤了声，看起来兴致不高。

"你写的啥？"范阳又问。

"瞎写的。"蒋寒衣随口道。

"我也是。"

快走进教室时，弋戈忍不住，叫住了前面的男生："蒋寒衣！"

蒋寒衣回头，有些诧异——她不是在生他的气吗？

"那个……我今天晚上想吃肯德基。"弋戈有些拘谨地说，除了请客，她想不出有什么好办法能安慰蒋寒衣。

蒋寒衣闻言便咧嘴一笑："哦，要我陪你？"

弋戈迷惑了，这到底是是伤心了还是没伤心？如果伤心了，怎么会这么快又冲她笑？如果没伤心，怎么现在又笑得像二百五？

"我请你。"弋戈坚持完成自己的"请客安慰法"。

蒋寒衣却忽然沉默了几秒，但一直笑着，问："能换成别的吗？"

"什么？"

"还没想好，到时候再说！"蒋寒衣两眼放光，看起来很兴奋。

弋戈彻底不明白了，她在感受旁人情绪这方面果然是个白痴。但她也不想再纠结，终于把揣在兜里的手伸出来，攥着一包湿巾没好气地塞他手里。

"手上的笔迹擦一擦，难看死了！"她撂完话就擦着他的肩回教室。

"那我当你答应了啊！"蒋寒衣握着一包皱巴巴的纸巾傻笑，"喂，好人做到底，你帮我擦呗！我左手很不灵活的！"

弋戈咬咬牙，忍住没骂出一个"滚"字。

第十一章
生命从未如乐园

　　漫长的雨季终于走到终点,天空渐渐明朗起来,到了秋高气爽的好时候。

　　江城电视台对叶怀棠的专访也提上了日程,且策划得很隆重。

　　江城电视台对树人中学"英雄教师"叶怀棠的专访也提上了日程,且策划得很隆重:根据学校和电视台的安排,高三(1)班的同学将和叶老师一起踏上一次为期两天的赏秋之旅,电视台希望在这个过程中捕捉叶老师和学生相处的点滴、展现叶老师的专业能力和人格魅力。

　　学校通知下来的时候,刘国庆是很不乐意的。他拿着那张红头文件杵在校长办公室,嘟囔了半天:"这都什么时候了,还花两天时间去秋游?"

　　"哎哟,刘老师你就别啰唆了,这多好的事啊,既能让学生放松一下,又能给学校做免费的宣传!"杨红霞笑得合不拢嘴,"江城电视台的新闻栏目啊,多少公司塞广告费都拿不下来的节目!"

　　"我们是学校,又不是企业!"刘国庆仍然不赞同这个活动。

　　"刘老师,你不要这么死板嘛。退一万步说,就算不是为了给学校做宣传,这种机会多难得啊,野营、干农活、户外游戏,既能提高学生的动手能力，又能增进他们之间的感情。还有人家叶老师也不容易，家里出了那种事，还无私地帮助了那么多学生，人家也值得这种宣传和表扬的好吧……"

刘国庆"哼"了声，咕哝道："那也不好，高三多关键的时候，一玩心都野了！"

就算刘国庆的传统和死板在学校里早出了名，一听这话，杨红霞还是觉得又诧异又好笑，无奈道："刘老师，你这个思想也太古板了！我比你大几岁，都觉得过了！"

"有些事儿过点好！"刘国庆顽固地拧着眉毛，老不情愿地捏着文件，一甩袖走出了办公室。

秋游安排在了十月末——表面上说是因为那时秋色正好，实际原因是，高三的学生们经过了七天无休的所谓"国庆长假"，又无缝衔接了一次高难度的月考，再不松松绑，恐怕弦就要断了。

弋戈出门前心情很好，因为这几天陈春杏一直在家，而且还给她准备了半书包的零食，有从桃舟拿来的辣牛肉条，有昨天晚上刚炸的土豆片，还有现做的三明治，里面夹的不是培根或火腿，而是陈春杏自己腌的里脊肉。

"三妈，你晚上记得给银河驱虫，这个月还没驱的。"弋戈背上鼓囊囊的书包，嘴里还嚼着刚刚做三明治剩的边角料。

"啊？"陈春杏顿了顿，"我，我待会儿就要去医院了嘞……"

"这么快？"弋戈诧异道，"不是大前天才刚回来吗？你都在医院住了好多天了。"

陈春杏面露难色，垂下眉眼道："医生说你三伯最近情况挺好的，家里人多去跟他说说话，说不定就有醒过来的希望……"

弋戈只得松口："那好吧，那我明天回来弄吧，晚一点也没什么关系。"

骑车到学校的时候，门口已经停了辆大巴车，大部分人都提前到了，聚在一起叽叽喳喳，前所未有的积极。

最打眼的是叶怀棠和蒋寒衣，前者穿了件长款的白色风衣，脚踩马丁靴，头发被随意地往后抓成个背头，儒雅中又带些不羁，看起来像电影里的英国绅士；后者则是与他截然不同的风采，蒋寒衣穿着清爽的白T恤加牛仔裤，套一件姜黄色的外套，头发被风吹乱了，像个鸟窝，却只显得昂扬恣意，毫不邋遢。

两人刚好站一块儿，还有夏梨和范阳，说说笑笑的，吸引了来来往往所有学生和家长的目光，电视台的跟拍摄像也一直对着他们几个拍。

弋戈不想惹这个热闹，于是背着包绕到大巴尾部，默默地等待排队上车。她用目光搜寻着朱潇潇的身影，却没见到人。

暑假里的误会已经解除了，过程说起来还有些玄乎，只是某个周末两人在QQ上不咸不淡地搭了两句话，朱潇潇问她数学压轴题怎么做，第二天回校二人就和好如初。但弋戈欣然接受了这个莫名的和好过程。她渐渐懂得，友情就是这样麻烦的东西。可即使麻烦，也弥足珍贵，无法割舍。

这次秋游要在帐篷里过夜，刘国庆让大家自由分组，她和朱潇潇自然地选在了一块儿。

弋戈看了眼时间，有些急了。怎么还不来？前一天晚上说好了早点到的。她更焦急地用目光搜寻着，看了半天，没看见朱潇潇，却见姚子奇背着书包从不远处走来。

他的变化不大，仍然肤色白皙面容清秀，仍然戴无框眼镜，腿仍然细得像筷子，表情也仍然木讷而漠然。唯一扎眼的是，这才初秋，他就已经裹上了围巾——而且，还是她送的那条。看来是既没还给她，也没扔。

弋戈一看见他心里就堵得慌，还伴有一种难以抑制的愤怒。她正要别开眼神，视线忽然被一个热乎乎的油皮纸袋子挡住了。

"不想看就别看。"蒋寒衣挡在弋戈面前。

弋戈微怔，他怎么知道她不想看？在他看来，她和姚子奇不应该仍然是友好互助的关系吗？

她忽然意识到什么，心跳漏了一拍，却蹩脚地装作懵懂的样子："什么别看？"

蒋寒衣这才反应过来自己差点说漏嘴，灵机一动找补道："那个煎饼摊啊，那个不好吃，别看了。"

弋戈越过他肩膀看去，那边确实有个山东煎饼摊——不过，似乎太远了些……蒋寒衣，真的什么都不知道吗？

"吃这个吧！"蒋寒衣晃了晃手里的油皮纸袋子，"油饼包烧卖，江城老字号！饼脆麦大，绝对好吃，童叟无欺！老板还免费给我加了个烧卖呢。"

弋戈白他一眼，这人一天天哪儿来那么多话？还"饼脆麦大"……

不过油饼确实很香，她不客气地拨开袋子一看，果然，三个大烧卖把油饼撑得胖鼓鼓的，像个胖娃娃一样可爱。

她咬了一大口，满齿留香，满足地咀嚼着。也不在乎吃东西时能不能说话了，反正蒋寒衣见多了她这副样子。她嘟囔着问："是文东街那家？为什么你还能多个烧卖？我上次让她给我加她都不肯，说加不下。"

蒋寒衣得意地一扬下巴："啧，长得好，没办法。"

"啧……"

"你下次要加也行啊，报我名字，保准管用！"蒋寒衣笑嘻嘻地道。

弋戈懒得理他，径直转了个身，背对着他道："我书包里有好吃的，分你一点。这油饼的钱我就不给你了。"

"那最好不过了！"蒋寒衣几乎有点受宠若惊，带着一种隐秘的兴奋拉开了弋戈的书包——拉链不重要，里面有什么好吃的也不那么重要，重要的是，弋戈居然肯让他翻她的书包了？这这这，这得是多不见外的关系啊！

内心戏十足的已经自封为"内人"的蒋寒衣一脸矜持地从她书包里拿了个三明治，露出了诡异且娇羞的笑容："就这个，行了。"

"还有牛肉干和土豆片，巨好吃！"蒋寒衣的"矜持"在弋戈看来简直是对她三妈厨艺的不尊重。

"够了，剩下的待会儿吃。"蒋寒衣微笑道。

"不识货！"弋戈懒得和他掰扯，顺了顺书包背带，转身上了车。

朱潇潇直到发车前半分钟才匆匆忙忙地跑了上来。

"我去，地动山摇啊。"车子被她重重的脚步震得晃了两下，高杨不禁嘟囔了句，声音不大不小，前几排的人都能听到。

　　几个男生立刻心有灵犀地笑出声来。

　　"哪儿来那么多话？"刘国庆站在导游位上，严厉地瞪了高杨一眼，又同样严厉地盯着朱潇潇，斥责道，"怎么这么晚？说了七点半集合，你看看现在几点了？"

　　朱潇潇嗫嚅着："对不起老师，我、我起晚了……"

　　"赶紧去坐，马上出发了！"刘国庆挥了挥手里的花名册，没多责备。

　　大巴过道狭窄，朱潇潇既不想让人看出来她需要缩肩膀才能通过，又没法大大方方地走否则容易被卡住，于是迈着拘谨的小步子，左侧一下、右侧一下，缓慢地前进着。

　　靠过道的男生们再次发出"咯咯"怪笑，还有人夸张地把身体往窗边倒，好像朱潇潇是什么洪水猛兽，令他们避之不及。

　　弋戈看着朱潇潇缓慢走来的背影，突然有点后悔，她应该选择前排座位的，刚刚蒋寒衣劝了她好久——可前排离叶怀棠太近。

　　她和叶怀棠八字不合，离近了准没好事。比如暑假里那篇魔幻的限时作文，弋戈没有收到任何反馈，白白死了那么多脑细胞；又比如刚刚结束的月考，弋戈又是以三分的微弱优势险得第一——语文只有101分，努力了一年又被打回了半死不活的原形。

　　朱潇潇终于走到弋戈身边，一屁股坐下，仿佛跋过山涉过水一般，疲惫地、颓丧地叹了一口气。

　　弋戈知道朱潇潇心里不好受，没提这茬，笑着问："睡晚了？"

　　话音刚落，她忽然闻到一股奇怪的味道，很微弱的臭味，又好像还混着一股奇怪的药味。

　　朱潇潇点头，仍在喘粗气："嗯，闹钟被我摁掉了。"

　　那股味道又消失了，弋戈想大概是她多心，于是从书包里掏出牛肉干，献宝道："我三妈的手艺特别好，你尝尝？"

　　朱潇潇沉沉"嗯"了一声，像下了什么大决心似的，一次性抓了两根牛肉干塞进嘴里："好吃！"

"我三妈手艺特别好！"弋戈笑得特别骄傲。

这次秋游主要是电视台安排的，地点定在了江城近郊的一个大型露营基地，里面有小型的游乐设施、烧烤基地、农家菜馆、人造草原和一处天然湖泊。设施完备、宣传到位，是近两年江城市民周边游的首选目的地。

不过基地里的项目看起来丰富，但实际上学生能做的并不多，卡丁车和滑草玩几次就腻了，最终大家都回到小院里手忙脚乱地做饭，一根柴三个人轮流砍，一条鱼五六个人围着伺候，场面一度十分混乱。不过这正是电视台想要的效果，太分散了反而不好拍。

弋戈和朱潇潇被高杨以"能力越大，责任越大"的由头分配到井边打水。那是老式的水井，需要手压出水。朱潇潇使劲压了半天，老井像被掐着脖子的鸭子似的引颈哀号，却一滴水也出不来。

朱潇潇压得虎口都痛了："这井是不是干了……"

弋戈站起身和她换位置："我来。"

她拿葫芦舀了一瓢水，往井里倒，见有水上来，赶紧向下一压。这么操作两次，清澈冰凉的井水便汩汩流出。

"嘿，怎么这样就有了！"朱潇潇惊奇地扶住小木桶。

弋戈被她大惊小怪的样子逗笑，解释道："这种水井用的时间长了密封性不好，活塞下面漏了空气进去，水就抽不上来。引水密封一下就好了。"

朱潇潇听得云里雾里，"啧啧"道："物理好就是不一样。"

弋戈抿嘴一笑，这和物理好不好恐怕没什么关系，生活经验罢了。桃舟家里那口井抽不上水的时候，连银河都知道叼着葫芦催她舀点水往里倒。

朱潇潇蹲在地上等着第二个木桶装满水，羡慕地看着不远处的大槐树下，夏梨、蒋寒衣和叶怀棠围坐在一起接受电视台的采访。导演团队给他们化了妆，还竖起了打光板。三个人有说有笑，气氛融洽，画面堪称赏心悦目。

"叶老师好像特别喜欢夏梨……"她欣羡地叹了句,"就算她不是班长,叶老师肯定也会叫她一起接受采访。"

弋戈往那边扫了一眼,兴致缺缺:"为什么你们都那么喜欢叶老师?"

朱潇潇反问:"为什么你不喜欢叶老师?"

朱潇潇实在想不通,在全校男老师都长成刘国庆和邹胜那样的时候,居然会有人不喜欢叶怀棠?

弋戈:"也不是不喜欢,就是不太合得来……我每次听他说话都起一身鸡皮疙瘩。"

朱潇潇笑道:"这就是你语文好不起来的原因!叶老师讲故事明明那么浪漫。"

弋戈耸耸肩,不置可否。

中午吃大锅饭,一群十指不沾阳春水的学生手忙脚乱一上午,倒真做出三大桌菜来,看起来还像模像样的。

打饭时蒋寒衣突然溜到弋戈后面,冷不丁叹了口气,把弋戈吓一跳:"你干吗?"

蒋寒衣又叹一口气:"采访好累啊,待会儿连吃饭都要拍,这怎么吃得下?"

弋戈轻笑一声:"你找个人替你呗,应该有很多人愿意。"

蒋寒衣坚定地摇头:"那不行,小爷这张脸无可取代!"

"啧……"

"我其实是想说……你下午陪我出去逛逛呗,我来的时候看了,基地外面有小卖部,我去买口吃的。"

"为什么?"弋戈下意识反问。

"因为我待会儿会很饿。"

弋戈说:"我包里有零食,我三妈做的,绝对比小卖部的东西好吃。"

蒋寒衣急得咬牙:"你就不能陪我去逛逛?"

弋戈慢慢咂摸出他真正的用意,却故意装听不懂,又问:"为什么?"

蒋寒衣表情微妙,目露凶光。

弋戈心道这家伙最近有点飘,居然敢跟她摆脸色了?但她今天心情好,姑且不跟他计较,囫囵点了个头:"去就去呗。"

"那我待会儿来找你！"蒋寒衣眼睛一亮，伸手揉了把她的头发，转身一溜烟跑了。

弋戈特意挑了离叶怀棠最远的那一桌，一边吃饭一边看好戏。蒋寒衣和夏梨又坐在叶怀棠左右两边，她看见夏梨游刃有余地挑起话题，譬如这个菜是她现学的做得不好；譬如那个菜是同学们一起，专门做给叶老师的；譬如中间那盘排骨，大家都不知道怎么使砍骨刀，是叶老师亲手做的。

一颦一笑、一言一行，大方得体、稳重端庄。更难得的是，她看起来很真诚，和各种煽情节目里巧言令色的主持人不一样，她炯炯的目光里充满对叶怀棠的崇拜和肯定，大概是电视台的导演都觉得可遇不可求的那种。

"唉，班长就是班长。"朱潇潇感叹，"她看起来比那个记者还厉害。"

弋戈附和地"嗯"了几声，目光却全被蒋寒衣吸引了。蒋大少爷挺着背正襟危坐，笑得一脸端庄，但眼睛却不住往桌上那盘糖醋排骨上瞟，甚至还情不自禁地吞咽了几下。

弋戈忍不住笑了。

午饭吃完后导演团队又拉了一大半的人去和叶怀棠一起游湖，蒋寒衣和夏梨自然也在其中。

弋戈乐得清闲，和朱潇潇一起提前把帐篷搭好，两人窝在被子里吃零食、看综艺。

认识朱潇潇以前弋戈只看过国产电视剧，多是《重案六组》《案发现场》《仙剑奇侠传》这种在县级电视台也重播了好几轮的经典。和朱潇潇熟了之后，弋戈才在她的强行推荐下了解了各种男团女团，看了好几年的歌谣大战和演技大赏。

今天这个节目的嘉宾是朱潇潇新迷上的乐队男团，弋戈人还没认全，只见其中的两个成员在主持人的恶搞下被迫吃芥末饼干、抓恐怖箱、接受冰水惩罚，看起来尤为心酸。朱潇潇边看边骂导演组，弋戈则觉得主持人的笑声过于夸张刺耳，没一会儿便昏昏欲睡。

"算了算了，不看了！"朱潇潇气得合上 iPad，"看个电视剧吧，这次你来挑!"

弋戈最喜欢的是《重案六组》,但想到上次朱潇潇就对这类刑侦剧没有兴趣,于是想了想,折中道:"《仙剑奇侠传》?"

"这个行!"朱潇潇笑道,"我喜欢李逍遥!"

弋戈打了个哈欠,应道:"我不喜欢。"

朱潇潇头顶似有一只乌鸦飞过:"你能不能有点眼色啊?不要每次别人说喜欢什么你都来一句不喜欢好吗,这样很容易没朋友的。"

"哦……"弋戈虚心地接受了意见,乖乖闭嘴。

"不过你为什么不喜欢?你喜欢看《仙剑》但不喜欢李逍遥?这是为什么?"朱潇潇好奇地问。

"不喜欢结局。"弋戈回忆着看了好几遍的情节,"哦,不对,也不是结局,就是锁妖塔那里,要一个人献祭另外两个人才能活,然后月如就死了,你记得吧?"

"记得啊!超惨的!"朱潇潇激动起来,"所以你就是不喜欢悲剧而已嘛,干吗怪在我们逍遥哥哥头上?"

"不是,我第一次看的时候就觉得很奇怪,他为什么在纠结是让灵儿死还是让月如死?明明他自己也可以献祭吧,锁妖塔又没那么变态也喜欢采阴补阳。"

朱潇潇闻言,彻底愣住了。她还从来没想过这个呢,她只是为林月如流过好几次眼泪。

"对吧,我应该没记错?锁妖塔是谁都可以献祭的,既然有三个人,他为什么先排除了自己?"弋戈很认真地分析,"不过也可能因为他是男主角吧,主嘛,得最后才死,所以三个人里只能先让女二死。"

不知为什么,朱潇潇被她说得起了一背冷汗,总觉得童年回忆要变成童年阴影。她嘀咕道:"你的脑回路为什么总和别人不一样……"

"没有啊,我只是觉得逻辑上有BUG。"弋戈据理力争,"本来是三种可能性的事件,剧里没说明过滤条件就自动把可能性变成1/2了!"

朱潇潇一拱手,表示叹服。

两个人最终还是看了《仙剑奇侠传》,看着看着,弋戈又冷不丁说:

"其实我喜欢酒剑仙。

"不过李逍遥确实也很帅。

"所以我们俩眼光都挺好的！"

朱潇潇闻言，笑骂她有神经病，还抢走她拿在手里的一根牛肉条。

直到夜幕降临，游船的那拨人才回来。电视台拍到了足够的素材，再加上刘国庆强烈要求保护学生隐私，所以导演组背着器材打包回府，明天回程的时候再来拍个结尾。

刘国庆把男女生的帐篷分开安置在了院子两边，自己则扎了个小帐篷，拦路土匪似的挡在中间，明令禁止男女生夜间串门。

蒋寒衣只好给弋戈发短信："明天早上一起吃早饭？"

弋戈勉为其难地回了个"好"，连标点都没带，这样才能显得比较敷衍。

弋戈收拾东西准备去洗澡，这时候才发现朱潇潇整个下午都穿得严严实实的，缩在被窝里的时候连外套都没脱。

"你热不热，要不你先去洗？"她指了指院子里的浴室。

"你先去吧！"朱潇潇仍然坐在被子里，打了个哈欠，有些拘谨地用手拍了拍嘴巴。

弋戈狐疑地走出帐篷，却越想越不对劲，走到一半，心里忽然"咯噔"一跳，忙折了回去。

帐篷拉链还没拉开，她已经闻到一股浓烈的药剂味，还有早上在大巴车上闻见的那股微弱的腐臭味。

"潇潇！"她心里一紧，猛地拉起拉链闯进去。

朱潇潇坐在板凳上，两条大腿伸直敞开。她低头拧眉，一手拿着棉签，一手拿着一瓶炉甘石洗剂，在自己大腿根部涂抹，表情痛苦。

地上丢了一团沾满白色液体和血迹的保鲜膜，散发着刺鼻的味道。

朱潇潇的动作被弋戈打断，棉签和药剂都掉在地上，她下意识夹紧双腿扯下外套盖住，仓皇而难堪地看着弋戈。

"你、你……"

她说不出话来,眼里迅速蓄满了泪。

比无恶意的玩笑和不怀好意的嘲讽更让一个胖姑娘难堪的,是被别人发现她在偷偷地抹药。是让别人知道,原来她也在乎,原来她并不是自己大大咧咧说的那样——"我就是胖嘛,胖就胖呗。"

哪怕这个人是弋戈,哪怕这个人或许能跟她感同身受。

可朱潇潇心里知道,她没资格和弋戈比的。弋戈其实不胖,至少没她那么胖;弋戈还有那么好的成绩,是所有老师的掌上明珠;弋戈谁都不在乎,谁都伤不了她。

"你出去……"朱潇潇艰难地从齿缝里挤出这几个字。

弋戈脚步僵着,她无法从刚刚的画面中回过神来,只是直觉地说:"是擦伤吗,擦伤不能用炉甘石的,你……"

"求你了,出去!"朱潇潇打断她,泪流满面地说。

弋戈终于回过神来,意识到自己的在场才是对她最大的伤害,于是什么也没说,点点头走了出去,把帐篷关紧、拉严。

月亮高高地挂在夜空,夜色很好。弋戈远远地看见那棵槐树下夏梨仍和叶怀棠站在一起聊天,没了镜头的追踪,师生之间的话题反而更多了,似乎聊得尽兴。

皎洁月光洒在夏梨饱满小巧的半边脸颊下,与她水灵灵眸子里的亮光相映成辉。

朱潇潇刚刚在做什么,弋戈只看了一眼便全然了解。大腿内侧的肉会因为走路时不断地挤压而被磨烂、不知哪里传出来却被深信不疑的炉甘石洗剂能消除肥胖纹的伪科学、学校对面两块五一包的吸油纸能拔掉黑头……这些,她在初中发育期最胖的时候都听说过,甚至也尝试过。

她和朱潇潇曾有同样的痛苦、同样的难堪,和同样加重这些痛苦和难堪的挣扎。

她以为自己已经好了,朱潇潇刚刚的模样却让她产生怀疑——那一瞬间的心领神会让弋戈明白,她和朱潇潇一直是一样的,她们都选择了逃避和挣扎。只不过她的逃避是靠一张不容侵犯的铁面,而朱潇潇则选择假装不在乎；她的挣扎是用出色的运动成绩告诉别人"我健康而强壮"，而朱潇潇的，就是那瓶打翻的炉甘石洗剂。

　　弋戈心里忽然生出巨大的疑惑和无力感，一整天下来朱潇潇不断发出的艳羡声和向夏梨投去的目光在她脑海里回放。为什么，明明是坐在同一个教室里的人，明明是同样爱美爱文艺想被老师夸奖的女孩，只是因为模样身材不一样，就处在截然不同的境地里呢……

　　弋戈在帐篷外站了小半个小时，才见朱潇潇抱着衣服走出来瞥了她一眼说"你进去睡吧"，然后匆匆走向了浴室。
　　弋戈回到帐篷里，刚刚的一地狼藉已经被收拾干净，只剩那药剂的气味还难以消除。她坐在那个小板凳上，发了很久的呆，最后从书包里拿出没写的试卷，凭借并不丰富的药物常识在背面的空白上写下了几条药品的名字和对应用法。

　　朱潇潇一个多小时候后才回到帐篷，谢天谢地，弋戈已经熄灯睡了。她在黑暗中收复自己的安全感，蹑手蹑脚地躺下，却在枕头边摸到一张叠了两次的纸。
　　微弱灯光下那被叠成小小方块的纸张上还印着个坐标轴，弋戈的字迹大气有力——
　　给潇潇。

　　第二天弋戈起得早，朱潇潇还睡得很沉。她蹑手蹑脚地从被窝里爬起来，看见帐篷角落里丢着个小小的白色垃圾袋，隐约能看见里面装着那个炉甘石洗剂的瓶子，还有大团的纸、棉签和保鲜膜。
　　她回头看了眼朱潇潇，对方仍安静地睡着，侧身窝腰把自己蜷缩成一团。
　　弋戈并不明白这意味着什么，是朱潇潇已经想明白了，或者对方只是单纯地收拾了一下屋子。
　　但无论是哪一种，她现在都要把它丢掉，丢得远远的。

弋戈拎着塑料袋走出帐篷，一眼便看见蒋寒衣站在树下，笑容开朗地朝她挥手。

他穿黄色外套，整个人都明亮耀眼。弋戈的心情却很难被调动起来。她看着蒋寒衣英俊的讨人喜欢的笑脸，想到的是昨天晚上坐在小板凳上给自己涂药的朱潇潇，像被折叠的洋娃娃一样的潇潇。

她把垃圾袋扔进帐篷后面的铁桶里，然后才绕出来，走向蒋寒衣。

"我昨天在船上看见湖那边有好多小店，也有吃饭的地方。"蒋寒衣迫不及待地向她介绍这一早上的安排，"我们可以走到湖边去，散散步，然后在那里吃个早饭！"

弋戈心里嘀咕这安排未免也太丰富了些，她原本以为只是单纯吃个早饭，两人一起泡桶方便面那种。

但蒋寒衣笑得太灿烂，灿烂得让她不忍心拂他的意。她笑了笑说："好像有点远？老刘昨天说九点要点人的。"

蒋寒衣看了眼时间，六点四十八分。

"两个小时，我们走快点，可以的！"他似乎很坚持。

弋戈扶额，走快点哪还叫散步，那不就是竞走？她现在恐怕没有这个心情。她微笑问道："一定要去吗？"

蒋寒衣顿了下："也不是非要去……"

看他为难的样子，弋戈又有点心软。

"主要是我昨天看到那边有很多各地特色小吃，烫粉、粿条还有糍粑什么的，我觉得你肯定喜欢！"

弋戈突然发现自己好像没法对蒋寒衣说不了。

路上，蒋寒衣看出弋戈心情不佳，却不知她为什么心情不佳。他反复权衡着，这会儿是快点走让她吃到好吃的比较管用，还是慢慢地陪她散散心更好。

微风吹拂，谁都没有说话。

可弋戈长长的头发擦过蒋寒衣的肩膀，好像已经在他心里撩拨了千言万语。她的头发怎么长得这样快？他记得她刚来的时候，分明还是齐肩短发的。

蒋寒衣有些耐不住了,他想和弋戈说话,想逗她笑。甚至有那么一瞬间,他想不管不顾地对她说些埋在心里已久的话。

可现在当然不是个好的时机。

蒋寒衣有些灰心地想,那个好的时机什么时候才会出现呢?这么久了,他好像永远都不懂弋戈究竟在想什么,比如那天姚子奇对她说了那些话,她却丝毫没受影响,似乎"喜欢蒋寒衣"这件事无论真假,在她心里都掀不起任何波澜;比如现在,他想知道她为什么心情不好,却连个开口的契机都找不到。

他在甜蜜而矛盾的心情中一边享受与弋戈并肩而行的快乐,一边又灰心地看着自己并不光明的前途。

弋戈却冷不丁地开口了。

"蒋寒衣,我问你一个问题。"

"你问。"蒋寒衣立刻回应。

"你们男生,对自己的长相或身材会有什么要求吗?或者说,期待?"弋戈心里一团乱麻,她也不知道自己究竟想问什么,只是面对蒋寒衣,一向戒备森严的倾诉欲自然而然地敞开了大门。

"就是……会希望自己长什么样、有多高、多瘦、有多少肌肉,如果不是那样的话,就会很焦虑、很难过。"她尽量描述清楚自己的问题。

蒋寒衣很认真地思考了半分钟,回答道:"会吧,谁都想帅成贝克汉姆。不过我们可能对身高的期待值会更高一点,肌肉什么的,随缘呗。人嘛,高矮胖瘦都有,美也不是只有一种标准的。用不着为了这些东西焦虑,要悦纳自己,对吧?"

听弋戈这么问,他大概已经明白了她的心情为何糟糕,因此谨慎地措辞,试图不动声色地给她炖一锅不太腻的"鸡汤",聊以安慰。同时心里暗骂——肯定又是范阳和高杨那几个狗嘴里吐不出象牙的胡说八道,看他回去不把他们吊起来打!

"美不是只有一种标准""悦纳自己"。

好"正确"的回答。弋戈苦笑。

你能这么顺畅地说出这些无比正确的话，是因为你自己就在那个美的标准中啊。或者，就算不在，就算干瘦如范阳或虚胖如徐嘉树，他们也不会为此焦虑，甚至也能堂堂正正地说教一番"悦纳自己"，那是因为没有人会在他们走过大巴车过道的时候夸张地往边上躲，没有人会特地关注他们早上在食堂吃了三个还是四个包子，没有人会用他们的身材去创造笑料，并乐此不疲地说上两三年啊。

　　可看着蒋寒衣小心翼翼的表情，弋戈又不忍心拆穿和苛责，只好配合地笑起来，打趣道："干吗，一套一套的，上思想健康课啊？"
　　蒋寒衣仍然悬着一颗心，怕说错什么踩着她的雷点，连笑都不太自然了："本来就是这个道理嘛！"
　　"行行行，你说得都对！"弋戈舒展眉眼，做出一副玩笑的样子，冲他拱了拱手，然后又扯开了话题，"你昨天吃了东西吗？那些店，哪家最好吃？"
　　蒋寒衣怔愣地看了她一会儿，不太明白她心情为什么变得这么快。
　　但他来不及多想，回答道："我没吃，昨天一直在船上，叶老师和夏梨两个人也太能说了，你一句我一句的……"他说着回想起昨天那场面，叶怀棠和夏梨简直是从诗词歌赋聊到了人生哲学，他现在头皮还一阵阵发麻。
　　弋戈"扑哧"笑了："那就到了再看吧，快点，跑！"
　　她说着忽然撒丫子跑起来，祈求湖边的晨风穿过她发梢时，把这一脑袋乱七八糟的东西都吹走。
　　"喂！怎么说跑就跑！"蒋寒衣反应不及，被落下好几步。
　　"不跑就要迟到了，谁叫你话那么多！"
　　弋戈的声音被风稍来，蒋寒衣加快脚步，跟上了她。

　　两人最终选择吃烫粉，那老板操着一口难懂的方言，弋戈粉都快吃完了，也没听明白这到底是哪个地方的特色。
　　不过粉确实挺好吃的，热气腾腾刚烫出来的粗米粉，装在比脸还大的汤碗里，码着肉丝、香菇丝、海带丝、红辣椒、炸花生米，又鲜又脆，米粉还很有韧劲儿，龇溜就滑进嘴里。

蒋寒衣看着认真嘬粉的弋戈，心里忽然又出了太阳，一扫阴霾——有时候弋戈还是挺好懂的，至少不管发生什么事，带她来吃顿好的总是管用。

弋戈吃得满头大汗，把粉捞干净了，又开始喝汤。蒋寒衣不知什么时候又去要了一碟酥脆的小烧饼来，正好就着汤吃。

"这里能打包吗？"她揪了块饼丢进汤里，忽然想起什么。

"不知道，应该可以吧。"

蒋寒衣说着便起身去问了问老板，经过艰难的混杂方言和普通话的沟通后，回来告诉弋戈："可以，你要打包什么？"

弋戈："我待会儿吃完自己去说吧。"

"行。"

蒋寒衣见弋戈嘴角沾了饼屑，想找张纸，可他们这桌没有，于是扭头去借邻桌的。

他伸长了胳膊抽了两张纸，眼神撤回的瞬间，随意地往门口扫了眼。

那不是……

蒋寒衣愣住了。

他疑心自己看错，没来得及多想，下意识地拍了拍弋戈的胳膊。

"那个是不是……你三妈？"

弋戈循着他的视线望过去，门外不远处，湖边的绿道上，陈春杏正挽着一个陌生男人的手，两人有说有笑地迎风漫步。

陈春杏穿了一条红色的长裙，弋戈没有见过。可她头上的珍珠发卡、脚上的高跟皮鞋，弋戈都很熟悉，寒假在医院时她就注意到了。

可当时她怎么也想不到，三妈终于开始打扮自己的原因，会是这个。

不远处的陈春杏一席红裙，笑容舒展，似乎还抹了口红……她亲昵地挽着身边男人的手，时不时笑倒在他肩头，显出弋戈从未见过、也无法想象的风情来。

蒋寒衣看看湖边忘我谈笑的中年男女，又看看已经呆若木鸡的弋戈，心里暗暗叫苦，这是什么流年不利的日子……怎么好不容易把弋戈带出来一次就让她看见了这种场面。

他正绞尽脑汁地想要怎么处理这个局面,忽然被弋戈抓住手腕,往回一带:"别回头!"

蒋寒衣乖乖照做,猛地转了身,一动也不敢动。

再转身的时候,陈春杏和那男人已经走远了。

弋戈望着他们紧紧靠在一起的背影发呆,直到再看不见,才收回目光,愣愣地继续揪烧饼。

蒋寒衣观察弋戈的神色,她看起来并没有生气或伤心,好像只是有些惊讶。

"别说出去,我们今天什么也没看到。"弋戈把一张饼揪完了,全丢进汤里,却一口没吃。她下定决心似的,严肃地对蒋寒衣道。

"你放心,我不会告诉任何人的。"蒋寒衣同样严肃地保证。

"谢谢。"弋戈冲他笑了笑,起身去柜台,"我去打包一碗粉给潇潇。"

回到帐篷里,朱潇潇才刚起床,正在梳头发。她的头发又多又厚,还有点自然卷,不得不随身带着小镜子和小梳子才能打理妥帖。

弋戈捋了捋脑子里混乱得快爆炸的信息,决定先解决眼前的这一件。

她把打包回来的烫粉放在小桌子上,语气平常地说:"给你打包了烫粉,我刚刚吃了,好吃。"

她面上看着平静,心里却紧张极了,等待着朱潇潇的回答。

她并不知道经过一夜之后,朱潇潇会是怎样的状态。会气她多管闲事吗?会恨她撞破了这难堪的秘密吗?还是已经平静下来了?

弋戈在心里默默提醒自己,无论哪一种都可以理解,无论哪一种,她都能接受。

朱潇潇的目光懒洋洋地扫在那袋子上,然后又慢吞吞看了弋戈一眼。

毫不夸张地说,这一眼可以列入弋戈人生中最紧张的五大时刻之一。

几秒后,朱潇潇看着她问:"有肉吗?"

弋戈怔了一下,旋即反应过来,粲然笑道:"有!"

"加了辣？"

"变态辣！"

"葱和香菜？"

"我亲自舀的，两大勺！"

朱潇潇麻溜地绑完最后一圈马尾，从凳子上蹦起来，利落地拆开袋子搓了搓木筷，露出"行家"的挑剔笑容质疑道："有这么好吃？"

弋戈笃定道："我的口味还能有错？快点吃快点吃，就是要烫的时候才好吃！"

朱潇潇挑了一大筷子，囫囵吹了两下就全嗦进嘴里，被烫得龇牙咧嘴，手舞足蹈地比了个大拇指："好吃好吃！"

弋戈得意地点了点头。

九点，刘国庆站在他自己划的那条男女帐篷分界线中间，准时吹响了口哨。弋戈站在方阵里，听见身后女生交头接耳："老刘昨天一晚上就睡在中间这条道上，你看他那帐篷，本来就是坏的，他还搭错了，肯定漏风……啧啧，图啥啊他。"

另个女生叹了句："怕我们晚上不好好睡觉还互相串门呗，真是的，这都什么年代了……看看叶老师，人家多开明。"

"哦，对了，叶老师呢？他没住帐篷吗？"

"没有，叶老师不是睡眠不太好嘛，电视台给他在那个农家乐留了房间。本来老刘也有的，他自己不去，唉。"

"无语了……"

弋戈看着刘国庆脸上邋遢的胡楂和眼下两坨乌青，和朱潇潇对视一眼，摇头苦笑起来。

唉，中年人的执着。

与没精神的外表形成鲜明对比的是刘国庆那把万年不变的大嗓门："看看你们这一个个哈欠打的，昨天晚上又偷偷玩手机了吧？都高三的人了，能不能自觉点，我就不该松这个口准你们带手机！"

正在打哈欠的范阳怔住,吞了口空气,默默把嘴闭上了。

"待会儿等叶老师来了,咱们全班人一起去草坪上合个影,留个念!大家再自由活动一下,十点半,我们准时出发回学校!"

"啊,不是说两天吗——"众人抱怨道。

"今天,昨天,这不是两天?"刘国庆振振有词。

"昨天中午才到,今天上午就走了,哪儿来的两天……"身后的女生咕哝道。

"别抱怨了啊,高三了,有没有点自觉?你看全年级有哪个班像你们一样有这个机会出来玩的?适当放松就可以了,不能没完没了、玩物丧志……"

眼见着刘国庆口若悬河的架势,众人忙勾脑袋做乖巧状,表示"好的老师我们知道了您别念了"。

刘国庆见状也不再多说:"行了,先自由玩会儿吧,别跑远!夏梨,你组织一下,待会儿看着时间带大家到草坪那里去!"

被点到名字的班长却不像以前那么认真积极,夏梨站在方阵第一列,愣愣地望着刘国庆脚边的地面出神。直到刘国庆的大喇叭都杵到她面前了,她才如梦方醒地抬头,条件反射地答了句:"好的,老师!"

刘国庆见她恍惚,以为是昨天高强度的采访累的,没多苛责,只是又拿着喇叭提醒了一句:"回去后我们放半天假,大家调整好状态哈!别出来玩一趟心就给玩野了!"

众人早做鸟兽状散,哪有人再听他啰唆。

刘国庆无奈地叹了口气,也背着手离开了,夏梨仍恍恍惚惚地在原地站着,仿佛要将那块地看到天荒地老。

江一一奇怪地拉了拉她:"走啦?"

夏梨猛地抬头,却刚好看见院子里叶怀棠走下楼来。他还穿着昨天那件风衣,但衣服却远不像昨天那样挺括妥帖了,而是皱巴巴的,腌咸菜似的黏在身上。

她们的叶老师有着即使穿着皱衣服也难掩儒雅出众的好皮囊好气质,可夏梨却不敢看他,努力地控制着慌乱的呼吸,僵硬地站在原地,丢了魂一般。

江一一却一如往常热情，冲叶怀棠挥了挥手，甜甜笑道："叶老师早！"

叶怀棠点点头，朝她们走来："早啊，对不起，老师迟到了。昨天晚上头有点疼，没睡好。"

江一一紧张地"啊"了声："老师你没事吧？"

叶怀棠揉了揉太阳穴，笑着摇头，自嘲道："没事，老毛病。我老啦，人上了年纪就是这样。"

他好像并不介意夏梨的无礼，笑得一如往常温润如玉，关心道："你们睡得还好吗？昨天晚上风好像挺大的，冷不冷？"

"不冷——"

江一一的回话还没说完，夏梨忽然猛地甩开她的手，转身飞快地跑走了。

"哎！"江一一反应不及，纳闷地嘟囔，"今天这是怎么了……"

叶怀棠看着女生仓皇的背影，在江一一身后露出阴沉的表情，却转瞬便又笑起来，温和地玩笑道："看来她没有睡好，你快去看看，可不能只顾着自己睡好觉。"

江一一被他说得脸一红，朝他鞠了一躬："那老师，我先过去看看。"

"去吧。"

叶怀棠看着江一一以一种极不美观的姿势、像只鸭子一样跑远了，仿佛眼睛受到什么污染似的，嫌弃而又不解地撇了撇嘴。

明明相貌也还过得去，怎么跑起步来这样丑？看来近朱者也未必赤。

他卸下温柔的笑容，露出不耐烦的表情，抬起左手揉了揉自己的右肩。

被烟灰缸砸到的地方，现在还疼得厉害。

看着初生羊羔一样的女孩子，居然也有这么有劲儿的时候。他回想着昨天晚上的情景，始终想不通到底是哪里出了错。

从出发时的前采，到一整天的跟随拍摄，夏梨一直坐在他身边。她值得拥有最好的镜头和画面，天生应该像白天鹅一般高高昂起头颅。

夏梨很优秀，他从不否认这一点。他欣赏她们，正是因为她们每个人都有自己的闪光点。

后来摄像机撤了，没了镜头，他和夏梨仍然相聊甚欢。只是他累了一天，自然头疼，只能麻烦夏梨扶他上楼休息。

夏梨怕外头的动静吵得他头更疼，转身把门关上。

他从躺椅中站起来，房间简陋而狭小，只需走两步。

"谢谢你，夏梨。"

"叶老师，这是我应该做的……您、您感觉怎么样，要不要我给您倒杯……"

"水"字没有说出口，夏梨惊恐地看着老师的五官被无限放大。

究竟是哪里错了呢？夏梨不应该比之前那几个更顽固才对。

萧瑟的秋风吹得叶怀棠当真犯起头疼，他百思不得其解。

身后响起喇叭声，电视台的车来了，导演探出头笑着和他打招呼，他不耐烦地又换上温和的笑脸，迎上前去应付。